宮沢賢治と文字マンダラの世界

——心象スケッチを絵解きする

桐谷 征一

増補改訂版　用語・法句索引付

コールサック社

序文

桐谷征一氏『宮沢賢治と文字マンダラの世界』序文

本書の著者、桐谷征一氏は、情熱の人である。その由来の一つは、氏が北陸の文化都市金沢市のお寺に生育したことであると、ひそかに断じている。

氏の学問上の専門分野は中国仏教史で、「石刻経」（石に彫刻した経典）研究の分野では、しばしば、世界の学者が集まる中国での研究会の代表を務めた実績がある。

「中国の各地に散在する石刻経を渉猟調査され、とくに一九九五年に発見された末法思想に関連する山東省洪頂山の摩崖刻経遺跡については、いち早くわが国に紹介するとともに、これらを契機として本格化された石刻経の研究は、十指に余る論考として公表された。これらの研究成果は、わが国にとどまらず、中国はもちろん、欧米の研究者にも広く知られ、この分野の研究を進める上で氏の業績は必ず言及されるものとなっている。」（平成三十年度・仏教文化学術賞「中国仏教研究による学会への貢献について」より）

これらとともに、氏は宮澤賢治に魅入られたようである。殊に賢治が田中智学の国柱会に入会し、智学から大曼荼羅を授与されたことがあって、賢治が、『黒い手帳』に日蓮聖人の「大曼荼羅」を筆写して、そのイメージを追究したことに関心を寄せ、諸誌に関連事項を調査・報告してきた。本書は、氏の永年にわたる賢治思慕にもとづく研鑽をあらためて一書にしたものと受け止めるところである。賢治に託しつつ、本書は桐谷征一氏の信仰告白の書とも言うべき内容と理解する。

愚生は、昭和二十六年に立正大学仏教学部に入学。賢治に惚れ込んで出家した竹内泰存師が一年先輩という縁で宮澤賢治研究会に入会。その縁で宮澤清六氏にも会い、谷川徹三氏、浅野晃氏、天沢退二郎氏、入沢康夫氏などの賢治研究家に出会うこととなり、学長時代に「宮澤賢治シンポジウム」を三年間にわたって開催。退職後、『宮澤賢治と法華経宇宙』（大法輪閣）を刊行した。

今ここに、桐谷征一氏の力作に出会って感慨無量なるものがある。

令和二年十一月二十日

（立正大学第二十三代・第二十五代学長、元日蓮宗勧学院長）

宮沢賢治と文字マンダラの世界

——心象スケッチを絵解きする

増補改訂版　用語・法句索引付

目次

付録　文字マンダラを絵解きする

宮沢賢治と文字マンダラの世界

——心象スケッチを絵解きする

増補改訂版　用語・法句索引付

桐谷　征一

はじめに

一

宮沢賢治（一八九六―一九三三）には、生前の彼が活動した領域の広範さから、詩人、童話作家、教育者、宗教者、科学者、農業家、音楽家、演劇人、エスペランティストなどなど、実にさまざまな顔が数え挙げられている。いうまでもなく、彼をこんにちの存在たらしめている由縁は文学者としての実績ではあろうが、その創作活動を通じて見え隠れする、彼自身の人生における行動範囲の広さ、思索の深さ、各場面における真摯な態度なども、彼の死後すでに九十年になんなんとして、なお現代人の関心を掘り起こしつづける大きな理由として看過することができない。

さらに、賢治が三十七歳の若さで逝ったということも、間接的に彼に対する研究的関心の拡大現象と無関係ではない。文学者としての彼は生前、詩集『春と修羅』、童話集『注文の多い料理店』の二冊の単行書を世に問うているが、それに対する評価はごく一部の専門家を除けば、社会一般に注目されることはほとんどなかったといえる。しかし彼の死後、その直後から彼に未発表のきわめて多数の作品群が遺され、しかもそれらは完成した作品だけでなく推敲途中の原稿までを含めて、ほとんどが散逸することなく確保されていることが明らかにされた。少しずつ世に知られだしたそれら作品の背景として、それは主として一編の詩片「雨ニモマケズ」の影響であったが、まさに戦時体制へと向かいつつあった我が国の時代的趨勢が賢治の人生観や生き方に関心を示した時期もあった。もはや発言のない賢治に代わって、彼の家族、先輩、友人、知人、生徒たちが、競って彼との交流を語り出した一面もあった。賢治に関することがらであれば、ごく個人的な手紙や、手帳、一片のメモ、一挙手一投足の思い出に至るまで、余さずつぎつぎと蒐集、整理、公開がなされていった。それらのすべてが、賢治の魅力として大きく彼を包んでいった。

それにしても、いまあらためて、賢治の周辺には実に多くの文学的関心とその表現にすぐれた才能が集まっていたことに驚く。幸いなことに、こんにち我々は、賢治については、作品集（全集・選集）、作品研究、作家研究、研究史まであらゆる研究資料が、居ながらにして容易に入手することができる環境が整ったのである。

ところが、賢治研究にとって本質的には好ましい方向であるはずのかかる環境の整備が、こんにちその結果として、彼自身にとってはもっとも重要な文学上の課題であり、かつ人生の最大の目標であったテーマ、すなわち賢治の宗教にかかわる思想・信仰の問題が、あるいはその存在を黙殺し、あるいは曲解し、あるいは存在すら否定しようとする立場で、多くの所論が排出されている感が横溢している。しかし、賢治においては宗教にかかわる思想・信仰の問題は、けっして枝葉末節の問題ではあり得ない。彼の心奥に存在して、その文学、ひいては人生のあらゆる場面において根本的に関わり、それを規律した存在であったというべきであろう。

而して私は、賢治の宗教思想・信仰を把えようとする場合、その基本的な立場として、つぎに集約した三点につねに留意しておくことが必要と考えるものである。

その一。賢治研究の所論にきわめて多くみられる現象は、「木を見て森を見ず」の誤りである。たしかに行動範囲の広い、多面的な顔をもつ賢治には、どの角度からでも研究の切り口を設定することができる。しかし、それはあくまでも総合的・全体的賢治像の構築をめざす立場を前提とする必要がある。賢治の場合ほど、その一部をもって全体を推するに危険な例はない。

その二。周知のように、賢治が究極の信仰としたのは、法華経を所依とする思想・信仰である。しかし、彼にとってそれは最終の到達点であって、当然それ以前には浄土教信仰の環境に生まれ、天台教学を学び、禅やキリスト教への傾倒があったことも指摘できる。かつ法華経へ到達して後も、彼の信仰は必ずしもその伝統的、大勢的位置に立っていたとはいえない。また、同じところに立ち止まっていたとも思えない。彼はつねに、自身の信仰のあるべき姿を求めつづけ、それを革新しつづけていたといえる。賢治には、自身の思想・信仰についてまとめた論考はみられないが、幸いなことに、彼は、刻々と変わる自身の心境の変化を、その折々の有りのままを、休みなく正直に書簡として書き付けては家族・友人・知己に送っている。その多くが蒐集・記録され、今日多量のデータとして拾遺されているが、彼の場合あくまでも留意すべきは、ある一時点での文章を断片的に抜粋し、そこに賢治の全体像を投影させて見ようとすることの危うさである。賢治の宗教・信仰を見る場合、それは中心が一点に止まったままの円的、あるいは同心円的信仰としてではなく、中心が二定点以上存在する楕円形的信仰として把える必要がある。彼の法華信仰は、彼自身の信仰の深化、あるいは伝統的な、また特定の法華信仰との異同をきびしく峻別する立場で追求されなければならない。

その三。賢治の文学には、汲めどもつきない魅力とともに、多くの読者を困惑させている、ある種の難解さ、不可解さ、訝しさが同居しているとはいえないだろうか。否、あえて武断すれば、彼の文学や人生につねに付き纏《まと》うその不透明さこそ、大きな魅力の理由となっているのではあるまいか。私はいま、読者にそれらの理由には賢治自身の意識的な作為の演出があるのではないかと疑う視点を提供したいと思う。とくに、彼の文学作品には、多くのそんな「隠し」の演出があふれているといえる。それは、あるときは単に賢治の幼児的ともいえる茶目っけの多い性格に原因がある場合もあろうが、あるときはきわめて意識的に、用意周到な「隠し」の演出をもって読者を挑発し、あえてその謎解きを迫る場面もけっして少なくないのである。彼は、自身の文学作品においても、あるいはその行動や生き方においても、読者に対し総合的な視野をもって賢治を理解するように迫る。読者は、彼の発信する「暗号」に（それは多くの場合彼の独創的なブロックサインとして発せられている）、虚心に耳目を傾注する必要がある。

本書は、従来の賢治研究の方法論に対し、上にあげた三点をいかに克服したかを問うものであると同時に、賢治の研究にはなぜかかる視点が重要であるかを証明しようとするものである。それは私にとって、賢治の法華信仰に由来し、しかも終生、その心奥に深く秘められた彼の「マンダラ世界」を開放することに他ならない。

二　賢治が描いた五つのマンダラ　―「雨ニモマケズ手帳」から―

「雨ニモマケズ手帳」（以下、手帳）は、晩年の賢治が一九三一年（昭和六）十月上旬から、同年の年末か翌一九三二年初めごろまで使用したものと推定されている。ここには、彼の思想・信仰を分析するのにきわめて重要な情報が満載されているということができる。とくに、本書における賢治観の重要なポイントとなる一つの決定的事実を見ることができる。本文に入る前ではあるが、まずその事実をご確認いただくことにしよう。

なお手帳には、早く小倉豊文著『宮沢賢治の手帳研究』（一九五二、創元社）、およびその増補改訂『「雨ニモマケズ手帳」新考』（一九七八、東京創元社）の精緻な分析的研究があり、その賢治研究に裨益《ひえき》するところきわめて大であるが、本書において展開する賢治のマンダラ観およびその他の日蓮の大曼荼羅本尊の解説については、私は、氏の所論と一線を画す必要のあったことを最初にお断りしておかねばならない。

つぎに掲げる五つのマンダラは賢治自身が手帳に描いたもので、マンダラについては、以下本書の進行にしたがって順次説明を追加していくことになるが、ここでは日蓮の「文字マンダラ」（日蓮自身は自らのマンダラを大曼荼羅本尊と呼称）として紹介しておこう。まずは、賢治の書いたマンダラなるものを見てみよう。

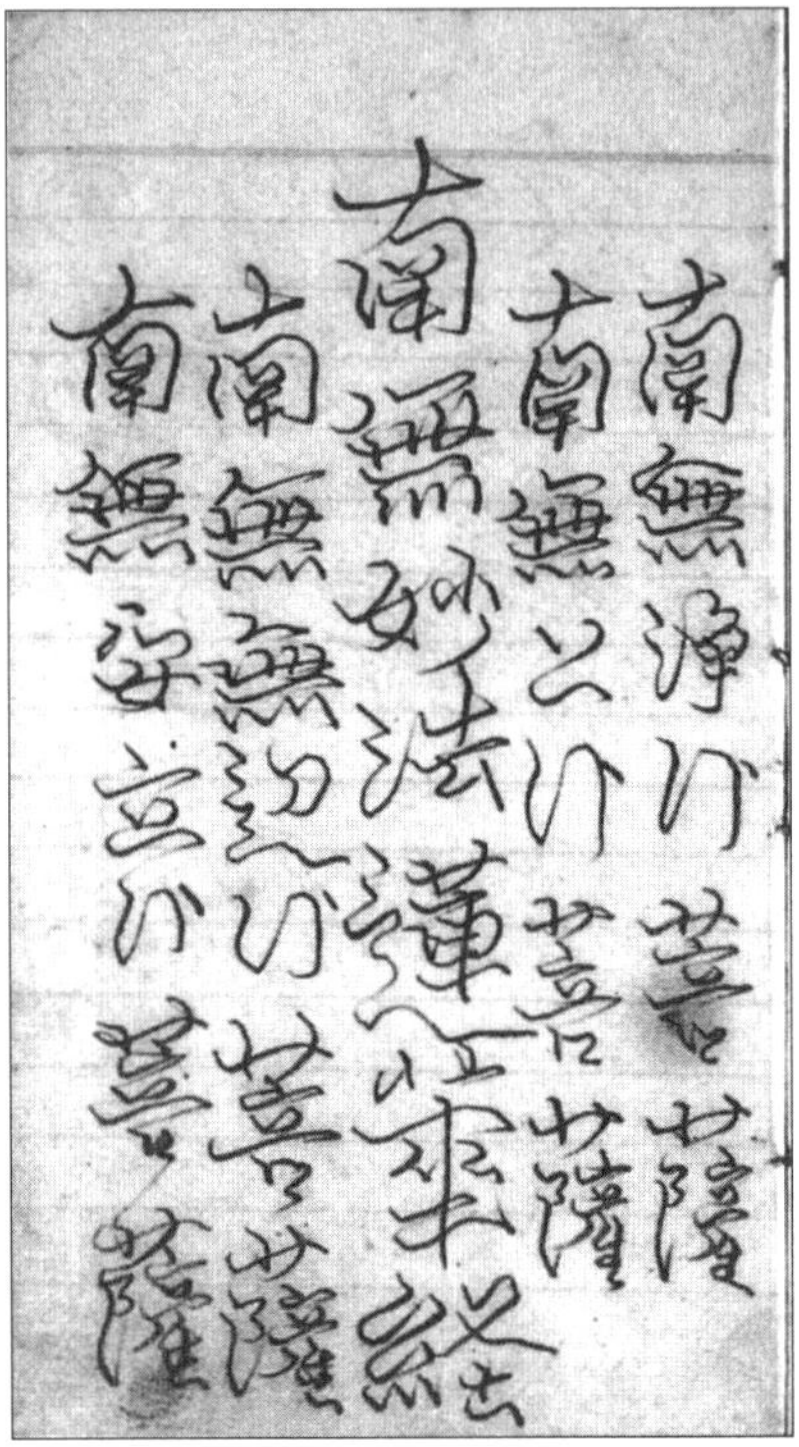

マンダラ　一　（手帳四頁）

南無浄行菩薩
南無上行菩薩
南無妙法蓮華経
南無無辺行菩薩
南無安立行菩薩

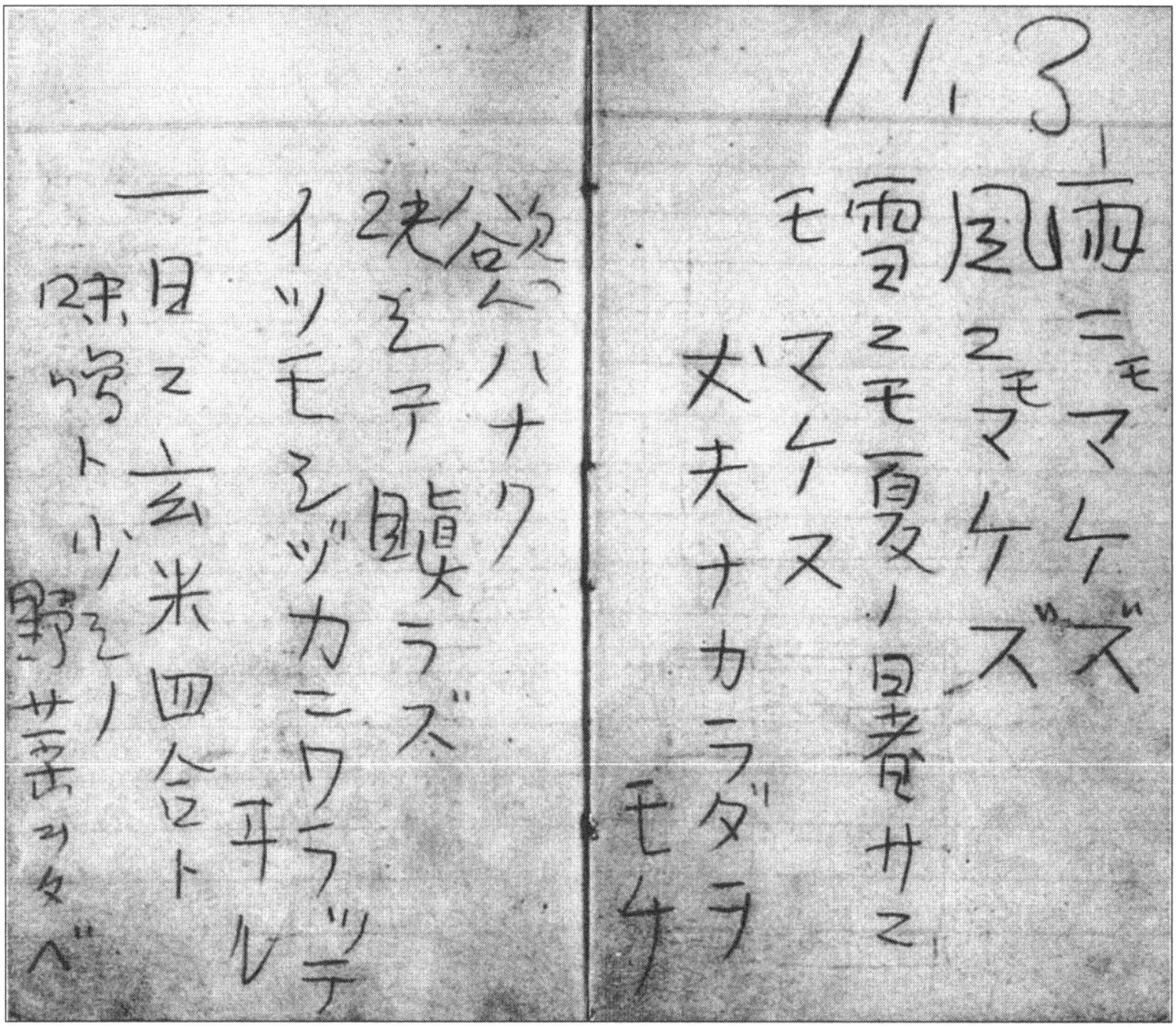

11.3

雨ニモマケズ
風ニモマケズ
雪ニモ夏ノ暑サニ
モ　マケヌ
　丈夫ナカラダヲ
　　モチ
慾ハナク
決シテ瞋ラズ
イツモシヅカニワラッテ
　　ヰル
一日ニ玄米四合ト
味噌ト少シノ
　野菜ヲタベ

〝雨ニモマケズ〟①（手帳五一―五二頁）

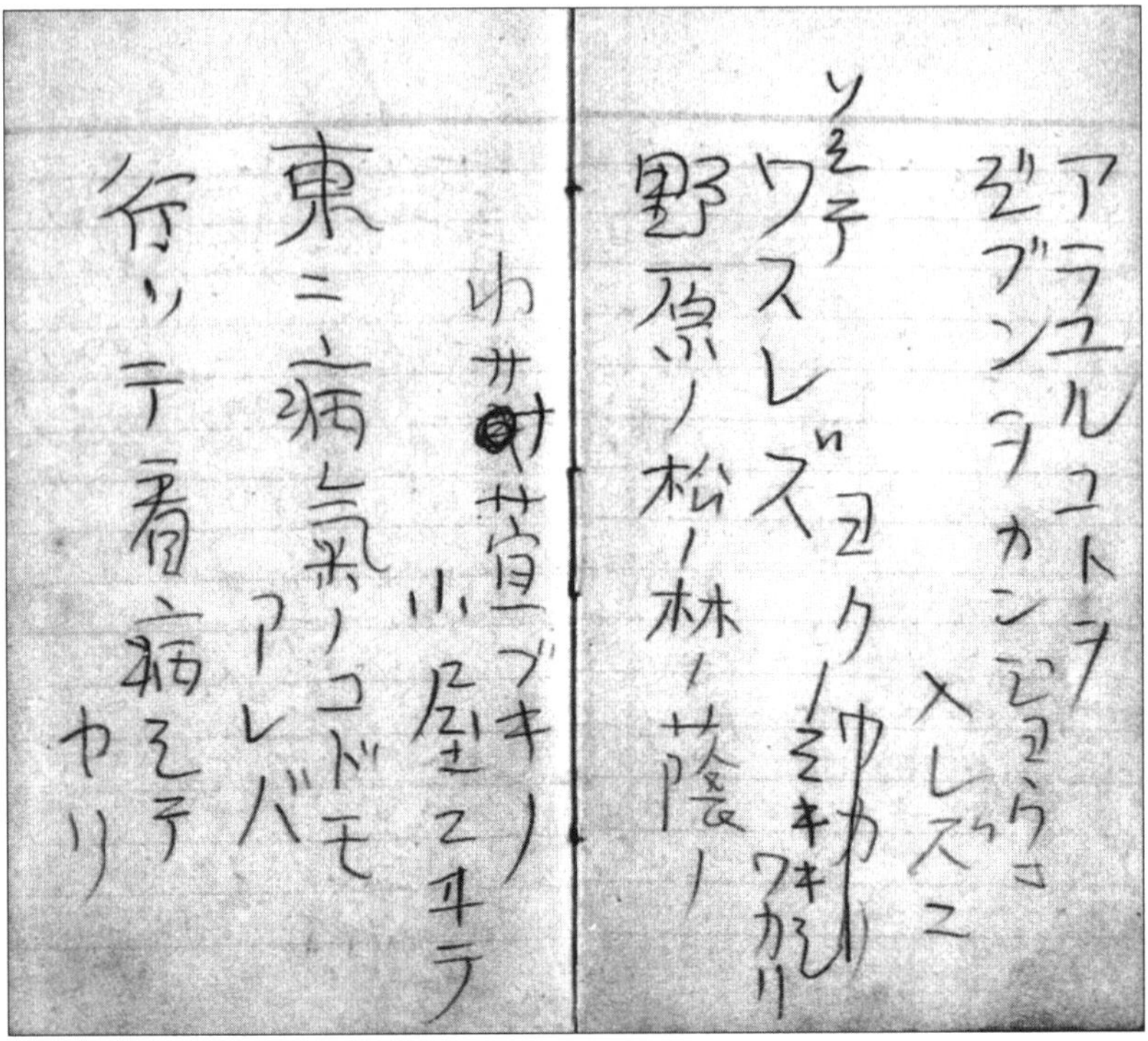

〝雨ニモマケズ〟② （手帳五三―五四頁）

アラユルコトヲ
ジブンヲカンジョウニ
　入レズニ
ヨクヰカリ
ミキキシ
ワカリ
ソシテ
ワスレズ
野原ノ松ノ林ノ蔭ノ
　ナ
小サキ萱ブキノ
　小屋ニヰテ
東ニ病気ノコドモ
　アレバ
行ッテ看病シテ
　ヤリ

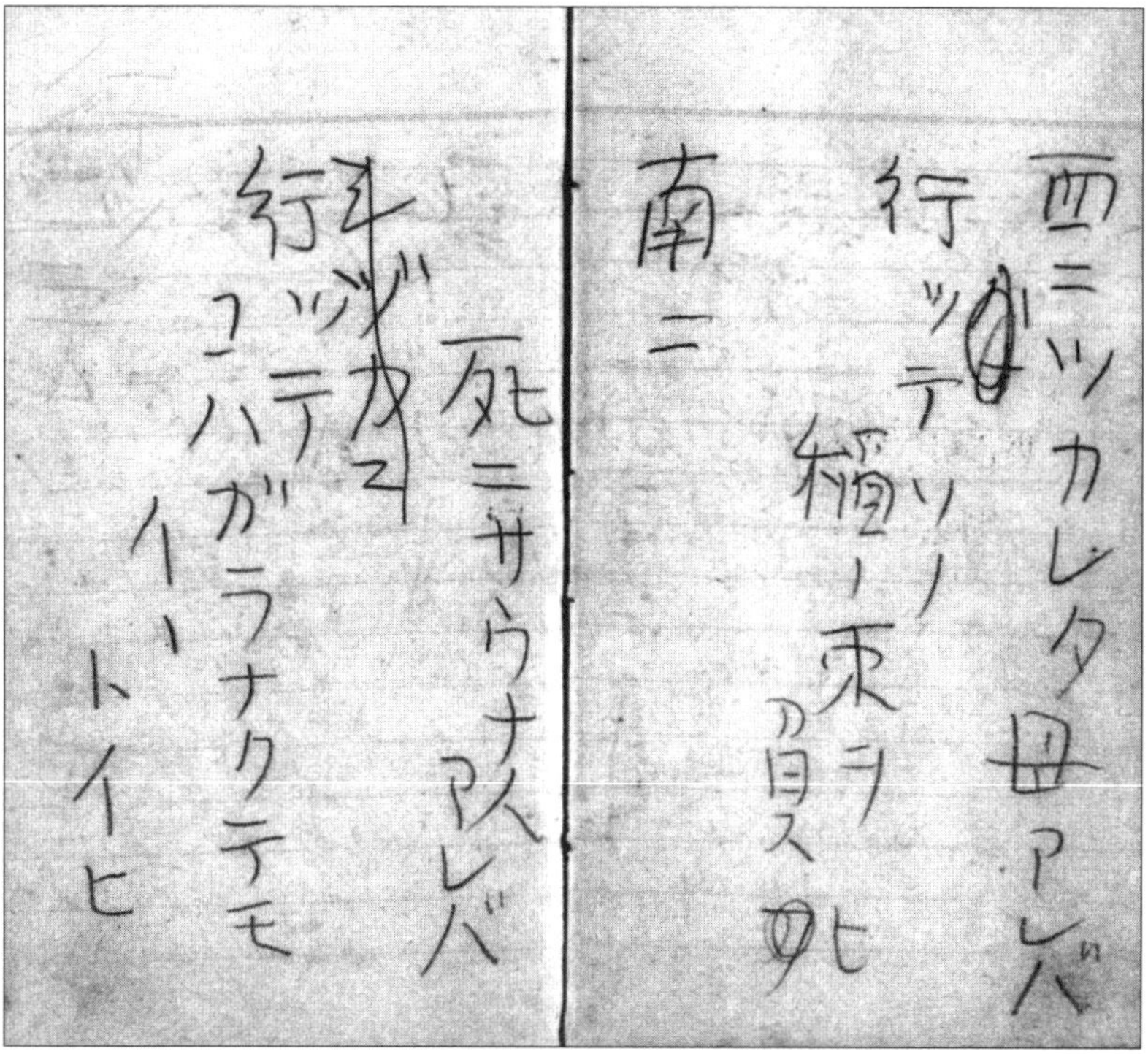

西ニツカレタ母アレバ
小オ
行ッテソノ
稲ノ束ヲ
負ヒ
南ニ
死ニサウナ人
アレバ
シヅカキ
行ッテ
コハガラナクテモ
イヽ
トイヒ

〝雨ニモマケズ〟③（手帳五五―五六頁）

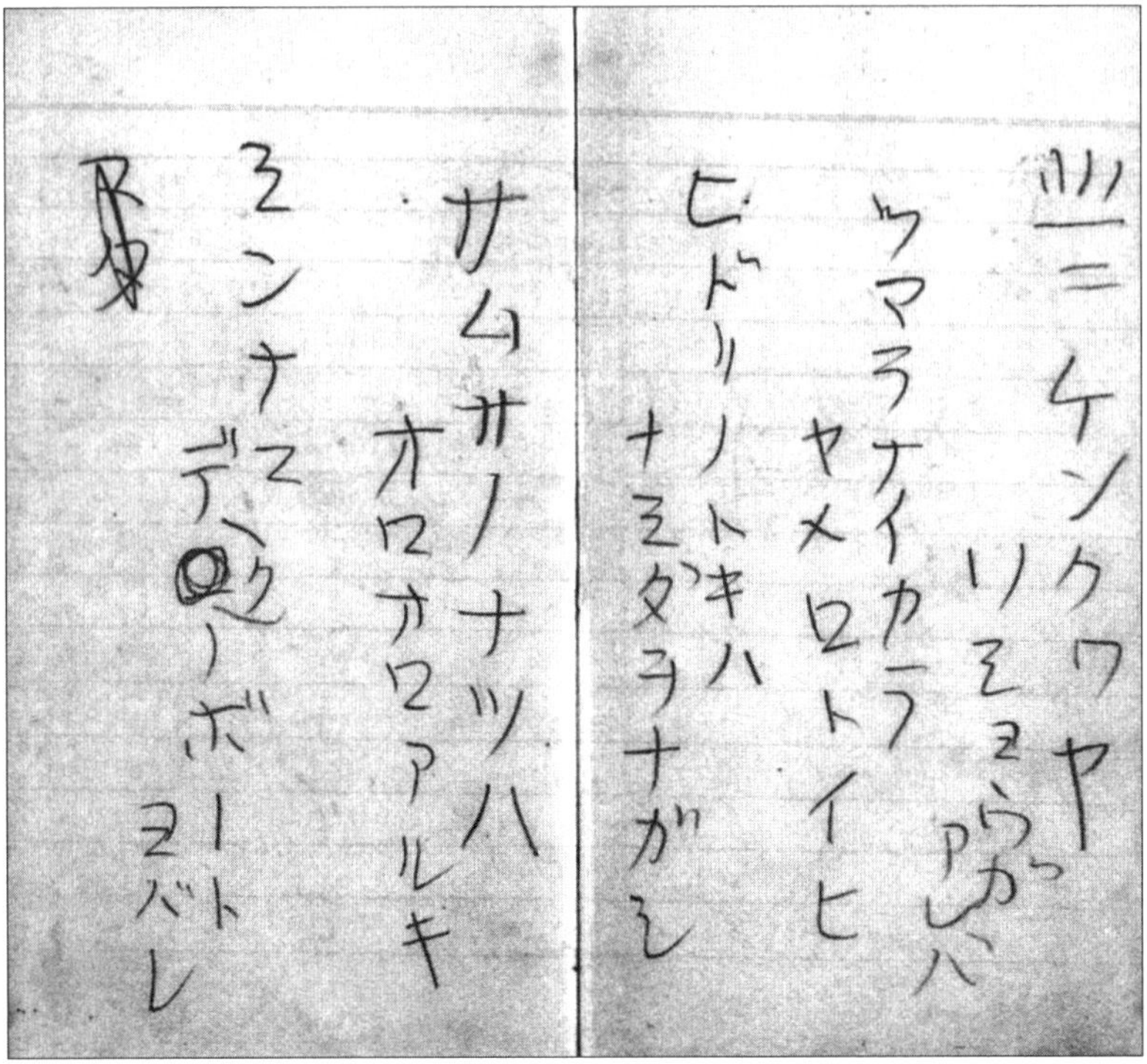

北ニケンクヮヤ
ソショウガ
アレバ
ツマラナイカラ
ヤメロトイヒ
ヒドリノトキハ
ナミダヲナガシ
サムサノナツハ
オロオロアルキ
ミンナニ
デクノボート
ヨバレ
ヤタ

〝雨ニモマケズ〟④（手帳五七—五八頁）

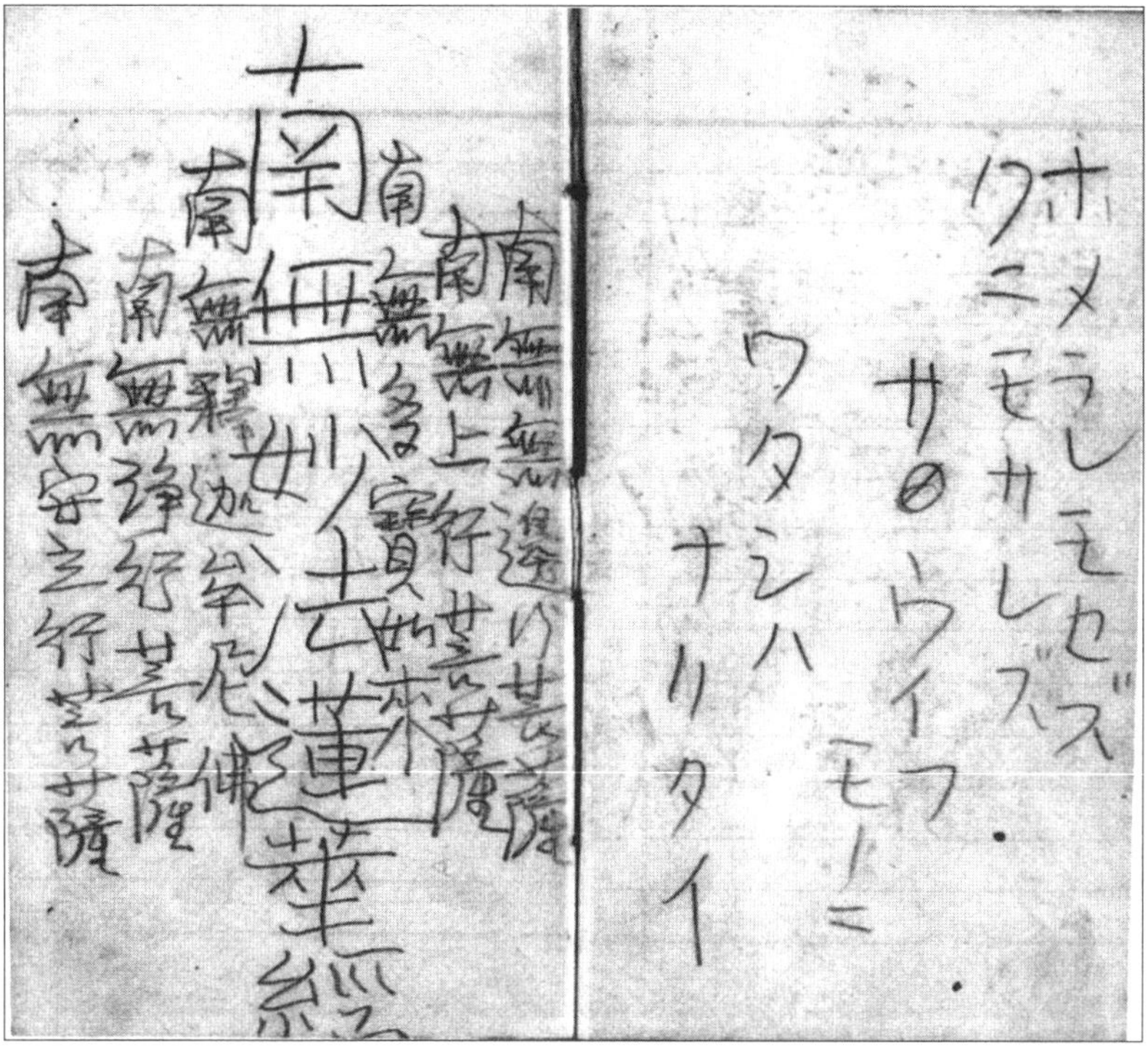

〝雨ニモマケズ〟⑤（手帳五九頁）

ホメラレモセズ
クニモサレズ
サイウイフ
　　モノニ
ワタシハ
ナリタイ

マンダラ　二（手帳六〇頁）

南無無邊行菩薩
南無上行菩薩
南無多寶如来
南無妙法蓮華経
南無釋迦牟尼佛
南無浄行菩薩
南無安立行菩薩

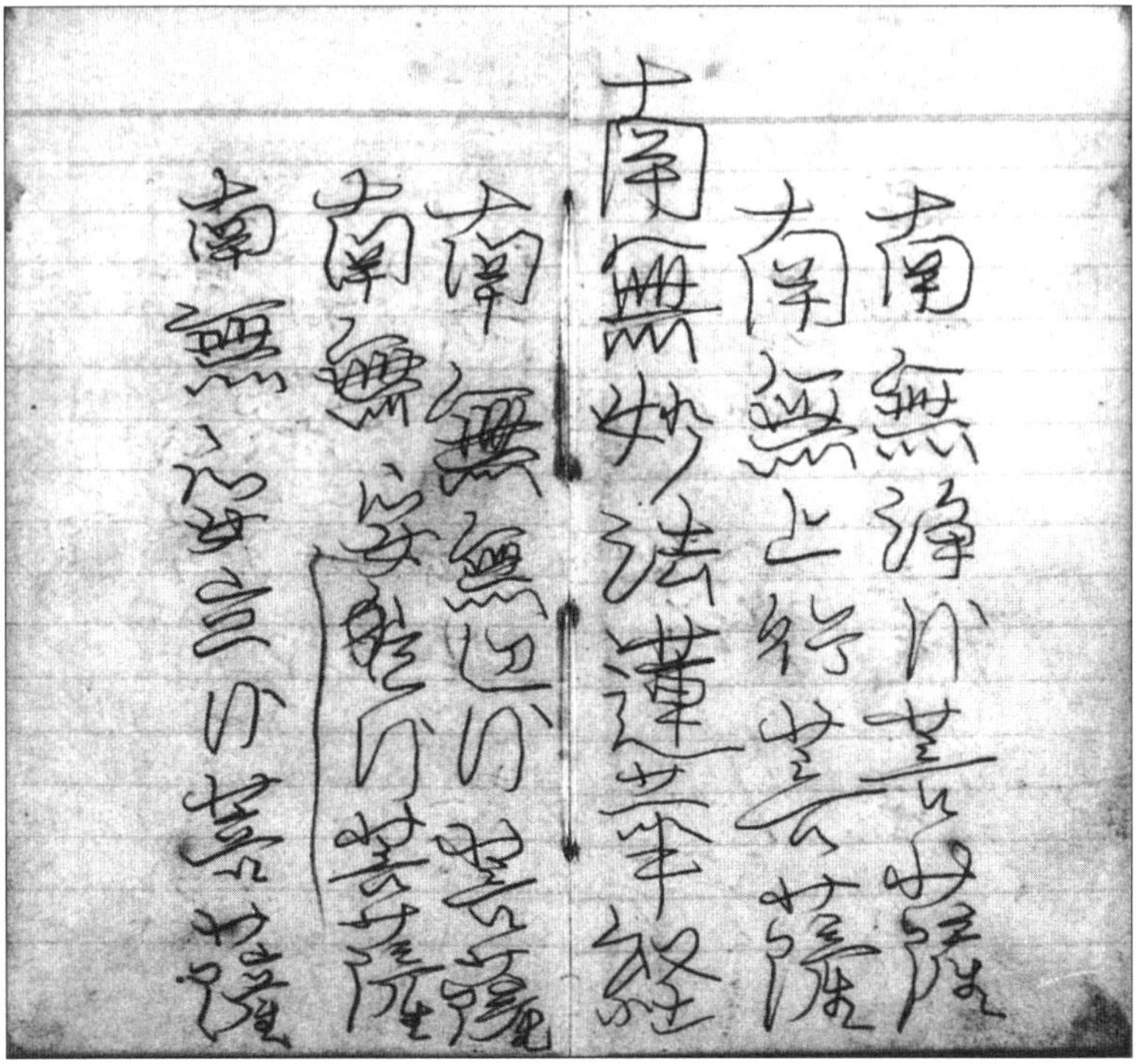

マンダラ　三（手帳一四九―一五〇頁）

南無浄行菩薩
南無上行菩薩
南無妙法蓮華経
南無無辺行菩薩
南無安立行菩薩
南無安立行菩薩

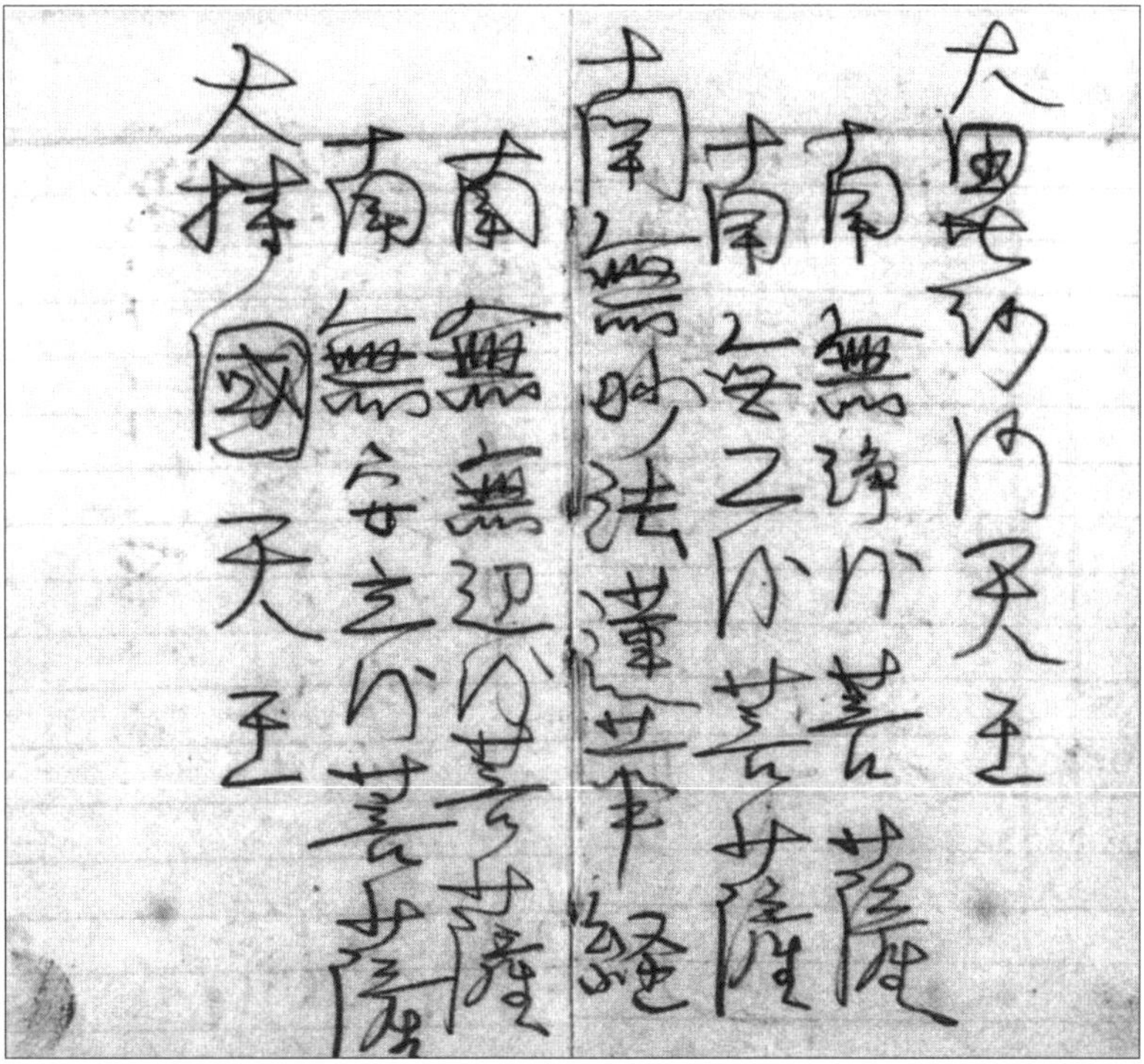

マンダラ　四　（手帳一五三―一五四頁）

大毘沙門天王
南無浄行菩薩
南無上行菩薩
南無妙法蓮華経
南無無辺行菩薩
南無安立行菩薩
大持國天王

マンダラ　五　（手帳一五五―一五六頁）

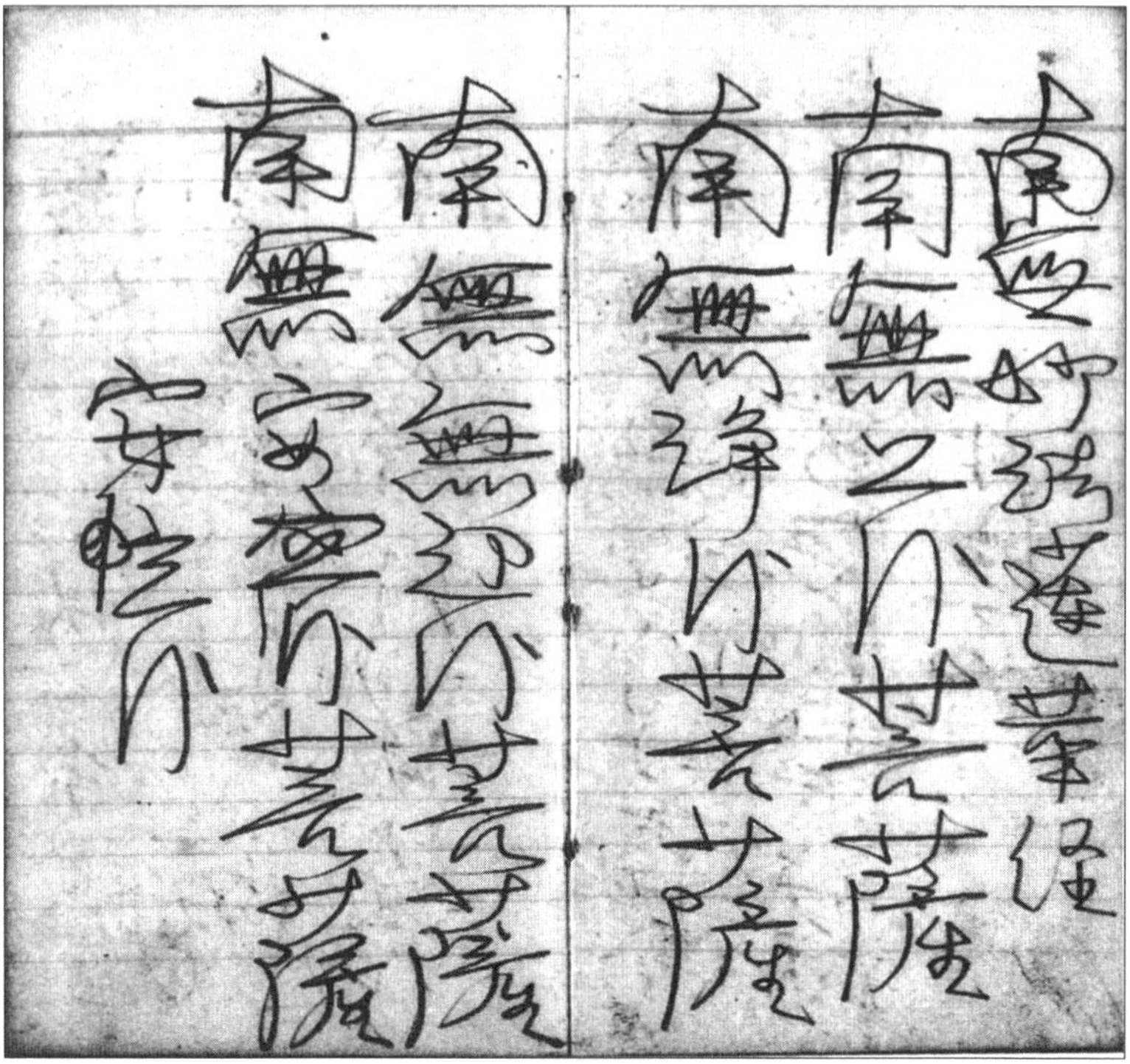

南無妙法蓮華経
南無上行菩薩
南無浄行菩薩
南無無辺行菩薩
南無安立行菩薩
安立行

詩や童話などの文学作品あるいは書簡等を通じて、賢治がマンダラの形象を直接的に表現したものとしては、この手帳の五つのマンダラ以外には遺例がみられない。本書は、そのタイトルが示しているように、賢治の文学活動のみならず彼の人生においてマンダラという存在が如何に重要な意味をもったかについて語るものであるが、上に挙げた五つのマンダラこそ、私にとってはその最大の論拠となるデータであり、本書の冒頭においてこれを読者に提示しておくべきではないかと考えた所以である。

上の五つのマンダラについては、まず客観的なデータとして、つぎのような事実が確認できるであろう。

㈠ 五つのマンダラは、手帳において一か所にまとめて描かれたものではなく、手帳の中で散らばって存在する。『「雨ニモマケズ手帳」新考』によれば、賢治は手帳を「頁を逐って」用いたものではなく、「手当たり次第に手帳を開き、空白になっている頁に順序かまわず記入したのであろう」と観察する。なかんずく、第四頁のマンダラ一が、賢治がこの手帳を使うに当たって最初に記入した部分に属すると推測している。

㈡ 五つのマンダラはいずれも、現存する日蓮真筆のマンダラ（大曼荼羅本尊）の形式においては、そのごく初期に顕わした簡略形の部類に相当し、また賢治が奉持した国柱会本尊に対しては、その中心部分を抜粋した内容に相当する。

㈢ 五つのマンダラは、それぞれ表示された内容が異なっている。マンダラ一は、中央の首題（南無妙法蓮華経）をはさんで四菩薩《しぼさつ》の名前の順序が右から浄行《じょうぎょう》・上行《じょうぎょう》・無辺行《むへんぎょう》・安立行《あんりゅうぎょう》と並ぶのに対し、マンダラ二は、四菩薩の順序が変わって無辺行・上行・浄行・安立行と序列する。しかも首題の両脇には釈迦・多宝の二尊が加わる。マンダラ三は、首題と浄行・上行・無辺行・安立行と序列する四菩薩に、さらに安立行菩薩が重複して追加される。マンダラ四は、首題と四菩薩の外側に大毘沙門天王と大持国天王が加わる。しかも日蓮マンダラの通例における大持国天王（東）・大毘沙門天王（北）に対し位置が左右逆になっている。マンダラ五は、首題が中央ではなく四菩薩の右端に置かれる。かつ四菩薩の序列も上行・浄行・無辺行・安立行のごとく、他のマンダラとは相違する。

(四) 五つのマンダラにおいて、その主題となっているのは、法華経従地涌出品第十五において、教主釈尊から末法濁世《じょくせ》に出現して法華経を弘通《ぐずう》すべき仏勅を受けて大地より涌出したという多くの菩薩たちのことである。とくにその上首の四人の菩薩を上行・無辺行・浄行・安立行という。とりわけ法華経の末法弘通を自己の信念とした日蓮は、自らの受難の宗教体験が経文と符合することからこれら四菩薩を尊重し、就中、上行菩薩を崇敬して自己をそれになぞらえてもいる。ここで注目すべきは、現実に日蓮が遺している簡略形のマンダラの中に、四菩薩を登場させたマンダラは一点も存在していないことである。すなわち賢治は、日蓮の最初期の簡略形の文字マンダラをその形式においては倣いつつ、その主題としては、日蓮が佐渡始顕本尊(国柱会本尊の原本とされるもの)においてはじめて登場させた四菩薩の名を、自己の文字マンダラにおいて独自に抜粋し登場させたことになる。

上の事実は、賢治が現存する日蓮のマンダラから一点を選んで、たとえば彼がつねにその病床の枕元に掲げていたであろう国柱会本尊のマンダラを臨写あるいは模倣したものでないことを証している。とくにマンダラ四ならびにマンダラ五の例などは、現存する日蓮マンダラ約一三〇幅の中にも類似する様式がみられない。もはや上の事実は、賢治が、描いた五つのマンダラの内容を意識的に、意図的に描き分けていることは明らかである。ここには宗教的な意義において、彼の重要なメッセージを看取する必要がある。ちなみに、小倉氏の前掲書ではこの点に触れるところはない。

賢治は五つのマンダラを通じて、確かに何か、重大な情報を我々に伝えようとしている。いったいそれは何か。以上の事実から我々は何を覚るべきであろうか。私には、この問題の本質には賢治本人の個人的な理由を超えて、つぎの点で、あるいは歴史的にあるいは学問的にも意義のある彼の提言としての可能性を感じている。

㈠ 賢治がマンダラの内容を意図的に描き分けた問題には、日蓮が自身のマンダラ本尊を同じく多様に描き分けている歴史的事実があるのである。しかも、その根本的意義については、賢治が所属した新興教団国柱会はもちろん、その源流としての伝統教団日蓮宗においても、当時は未解決の問題であった可能性がある。賢治は、その問題に一歩踏み込んで独自の新説を提示したことになるのではないか。これは宗教学史的にも注目されることであるが、当時の賢治が日蓮のマンダラを理解することにおいて、専門家すら思考の及んでいなかった議論にまで達していたことを窺わせる。なお、この点について私には、本書の付録「文字マンダラを絵解きする」において詳述するところがある。ご参照いただきたい。

㈡ このような賢治のマンダラ観は、とくに国柱会にとっては重大な本尊批判に相当するのではないか。もちろん、かの手帳は賢治の晩年において用いられたものだが、それにしてもあからさまに公表するわけにはいかない事実だったのではないか。

㈢ 手帳六〇頁のマンダラ二は、その手帳において描かれた位置がとくに注目される。それは、かの詩「雨ニモマケズ」のすぐ後ろに置かれているからである。すなわち、詩とマンダラは一体不二のものとして受け止めるべき賢治の暗示なのではあるまいか。賢治はそのとき、マンダラの心に彼自身の心境をオーバーラップさせていたのではないか。あえて直言すれば、かの詩「雨ニモマケズ」はマンダラの姿（様式）と心（世界観・人生観）とを詩形によって表現したものではないのか。一般では往々見られるように、詩とマンダラとを分離して鑑賞することは、賢治の心情としては遺憾に思うことと言えるのではないか。

㈣ 前述のとおり、賢治は文学作品および書簡等においても一切、自身とマンダラとの関係については明示することはなかった。しかし私は、その点については今後、その分析的鑑賞や研究が進むことによって、賢治が伝統的なあるいは一般的なマンダラに対する理解にとどまらず、すでにその境地が独自のマンダラ世界を開くところにまで到達していたことを明証するに充分なものがあると思量する。それは法華信仰のみならず、仏教による世界平和の新たなる理念の発見に寄与するところ大なるものがあると信ずる。

ここで、本書における資料の引用について一言しておきたい。本書は基本的に賢治自身が遺した書簡や文学作品を主たる資料として直接引用し、それに私の解説を加える形式で執筆している。今日では賢治周辺の知友人や身内の思い出話は、枚挙に暇のない状態であるがすべてを割愛させていただいた。もちろんそれらは、彼の環境情報としては貴重であるが、本書はとくにその思想・信仰に関する情報を中心テーマとしており、内容にはしばしば具体的な専門用語が登場する。データとしてはとくに厳格を期すべく、信憑性の上で利用し難い場合が少なくなかった。但し、宮沢清六、関徳弥（登久也）、高知尾智耀《たかちおちよう》の三氏の証言についてはその例外とした。情報源としてそれぞれ賢治の近親者であり、法華信仰においても賢治の同信者として、用いられる専門用語も信頼に足ると思われるからである。

なお、本書では賢治自身の書簡を中心の資料としたが、判読しにくい部分には適宜に句読点を打った。また明らかに誤字と分かる場合は〔〕に入れて正字を表示した。さらに作品や手帳、創作メモ、書簡など資料の出典を、『新校本　宮澤賢治全集』（全十六巻・別巻一、筑摩書房）に依り、引用した作品名は、詩（詩）と童話（童）および書簡（簡）の区別を付し［］に入れて表示した。例＝童［銀河鉄道の夜］（『新校本』第十巻・童話Ⅲ）、（簡１８５）など。

とくに、宗教・思想に関することがら以外の賢治および彼周辺の動向については、『新校本』第十六巻（下）補遺・資料［年譜篇］に依るところが多かった。「（年譜篇）」と略記にて表示した。特記して謝意を表する。

また、本書中においては宮沢賢治を適宜に賢治と略称し、恐縮ながら、その他の敬称を一切省略したことをあらかじめお断りさせていただく。

一、浄土門か聖道門か

1. 父政次郎の浄土信仰

宮沢賢治の文学と人生から感じるその強い精神的エネルギーの根源には何があったのか。私は思う。彼の卓越した文学的、哲学的センスは、幼少期からの宗教的環境が遠因となっていたにちがいない。

賢治は、浄土真宗の教えを尊ぶ家に生まれ育った。田舎の旧家などではよく聞く話ではあるが、賢治も物心ついた年頃には、すでに彼の伯母平賀ヤギの唱える「正信偈《しょうしんげ》」や「白骨の御文章《ごぶんしょう》」を聞き覚え諳んじていたという。父の政次郎（一八七四―一九五七）は、地元では江戸時代から続いた質、古着商を主事業とする資産家として知られ、一九〇七年（明治四十）には花巻川口町の町会議員に当選し以後四期を務めるなど、地元では名士であった。同時に、彼は花巻における浄土真宗大谷派の安浄寺の熱心な檀家としても、宮沢一族の信仰をよくまとめていた。一九一二年（大正元）、県立盛岡中学校の三年生になっていた十六歳当時の賢治は父宛の手紙（簡6）でその心境をつぎのように書き送っている。

小生はすでに道を得候。歎異鈔の第一頁を以て小生の全信仰と致し候　もし尽くを小生のものとなし得ずとするも八分迠は得会申し候　念仏も唱へ居り候。

いうまでもなく、『歎異抄』は浄土真宗の開祖親鸞の著作であるが、この頃、すでに彼は立派な念仏信者であったことが確認できる。

しかし私はここで、ごく幼少の時期は別にして、このようにすでに念仏信仰者であることを自認している賢治については、当初より最も関係が深く強く影響も受けたであろう、父宮沢政次郎が関わった浄土信仰の内容をもう少し具体的に確かめておく必要があるように思う。それは、賢治が後に身を転じて法華信仰に没入することになる前段階であることを想うとき、けっして無視できない内容を秘めていると思われるからである。

研究者にとってはすでによく知られたことであるが、宮沢家の浄土信仰の傾向というのは、父政次郎を中心として地元の有志達によって花巻郊外の大沢温泉で開催された仏教講習会に大方の根源があったことは疑いないであろう。その仏教講習会とは、一八八九年（明治二十二）から一九一六年（大正五）まで毎年開催されたが、浄土真宗大谷派を中心に他宗派からの人も含めて当時の著名な仏教者、仏教学者が講師として招かれている。一九〇四年（明治三十七）には近角《ちかずみ》常観《じょうかん》が『歎異抄』を講じ、一九〇六年（明治三十九）の暁烏敏《あけがらすはや》以降、多田《ただ》鼎《かなえ》・斎藤唯信《ゆいしん》・村上専精《せんしょう》ら同じグループの学者の名が毎年講師として迎えられていたことに気づく。彼らの名前が連なれば、おおよその信仰の傾向は推測が可能である。彼らはいずれも清沢満之《きよざわまんし》が主導した浩々洞《こうこうどう》関係の学者達で、賢治が幼少時から影響を受け、ついに中学校の三年生の頃には、その全信仰を捧げたとする仏教は、おおむね清沢満之系の浄土教信仰だったと見ることができるのである。そこでは、阿弥陀如来に対する絶対他力の信仰が強調されるものであった。

清沢満之（一八六三―一九〇三）は、浄土真宗の中興とされる室町時代の蓮如以来、同宗では禁書として封印されていた『歎異抄』を世に出し、「精神主義」を旗印として親鸞の絶対他力の信仰を鼓吹した人で、当時の浄土真宗の中でも革新派と位置づけられていた。父政次郎は清沢満之とも交流のあったことが知られているが、その主催する仏教講習会の開催にあたって、その講師陣に清沢満之一門が多く選ばれ、強く絶対他力の信仰が指導されていることには注目しておく必要がある。

『歎異抄』には、親鸞の言葉として有名な「善人なをもて往生をとぐ、いはんや悪人をや」の悪人正機説があり、他に「地獄は一定《いちじょう》すみかぞかし」という一条も注目される。そこには、たとえわが師法然の念仏が偽りの教えであって、そのために自分は地獄に堕ちるようなことになったとしても、自分はけっして後悔しないという強い信仰の意思が説かれる。逆説めいた表現を秘めるこれらの言葉が、本当に親鸞の言葉であったかどうかは疑問であるが、いずれも、なみなみならぬ信心の深さを示していて、読むものに感銘を覚えさせる。

前掲のように賢治も、強い感銘を受け自分の全信仰とするとまで言明した歎異抄であるが、この信心の背景には、浄土宗・浄土真宗で説く「他力本願」という教えが強く働いている。本来の意味でいえば、それは阿弥陀仏が衆生を救済せんとする誓願のことであり、また衆生の側ではそれに頼って成仏を願うこととされるが、転じて、一般にしばしば用いられるように「もっぱら他人の力をあてにすること」（『広辞苑』第三版）の意味となると、あまり好感をもてないイメージになる。

実際、「他力本願」を厳密に宗教的意味で理解しようとすれば、これはかなり難解な言葉である。法然の『選《せん》択《じゃく》本願念仏集』では、仏教を「聖道門《しょうどうもん》」（現世で修行して自力で悟りを開こうとする教え）と「浄土門《じょうどもん》」（来世に阿弥陀仏の力で浄土に往生して仏果を得ようとする教え）とに分け、聖道門は難行道（苦しい道）であり、浄土門は易行道（安楽な道）であると説明する。わが国の宗派仏教の伝統でいえば、天台宗・日蓮宗・曹洞宗・真言宗系は聖道門、浄土宗・浄土真宗系は浄土門ということになるが、どうやら賢治の性格としては、浄土真宗がその信仰の特色とした「浄土門」であり、「易行道」であるという傾向が容認できなかったらしい。

2. 島地大等と天台宗の法華教学

島地大等《しまじだいとう》（一八七五―一九二七）は、浄土真宗本願寺派の新潟県にある同派の末寺に生まれ、のち明治期のわが国の仏教界の近代化を指導した島地黙雷《もくらい》（一八三八―一九一一）の法嗣《ほうし》となり、盛岡市の願教寺住職の跡を継いだ。

賢治は、とくにその精神的形成期である盛岡高等農林学校時代にしばしば願教寺に通い、同寺で開催されていた仏教講話会（仏教夏期講習会、報恩講など）を受講し、島地大等から大きな感化を受けたと思われる。

盛岡願教寺における島地大等の場合は、父政次郎と賢治とでは、交際の内容を同一視することはできないのではないか。島地大等も一九一一年（明治四十四）、その年の仏教講習会の講師として呼ばれインドの馬鳴《めみょう》が著した『大乗起信論』を講じているが、おそらく彼の場合は浄土真宗の教学を指導する講師というよりも、地元花巻に近い盛岡在住の新進の仏教学者として大乗仏教の歴史や教義一般を紹介する内容だったのではないか。彼の場合は少なくとも浩々洞グループとは別途の招請ではなかったか。

また島地大等は、一九〇二年（明治三十五）から〇三年には大谷光瑞《おおたにこうずい》の第一次西域探検隊の随員の一人として、セイロン（スリランカ）、インド、ネパールの仏跡踏査に参加した経歴も注目される。賢治の童話の中に、当時のわが国にあってはごく珍しい今日シルクロードと呼ばれる中国の西域地方の風土を題材とした一群の作品が見られるのは、大等の講筵《こうえん》に賢治自身が直接に列していたことの影響と考えられる。後年、わが国では井上靖の小説『敦煌』が評判となり第二次シルクロードブームとして騒がれたが、おそらく大谷探検隊に隊員として参加した島地大等自身が直接語る大砂漠の踏査、そして現地における歴史的遺品の発見などは、その当時、世界の耳目を集めた第一次シルクロードブームの中にあって、夢多き賢治ら若者たちは血を沸き立たせる体験談として感激したにちがいない。島地大等は後年、東洋大学、東京大学の講師も務めているが、彼は狭い浄土真宗の教学の枠に捉われずに、広く日本仏教を思想面から総合的に研究した優秀な学者としても知られている。

とくに島地大等が研究において専門領域とした天台宗の教学は、中国の隋の天台大師智顗《ちぎ》（五三八―五九七）を実質的な開祖として、法華経の教えに立脚して宗派を立てたものであり、通常、教観二門としてまとめられる法華経の教義と修行法は、その智顗によって大成されたものとして伝えられる。日本の天台宗のはじまりは伝教大師最澄（七六七―八二二）が唐よりこれを伝えたことによる。ちなみに、のちに賢治が深く信仰を傾けることになった日蓮宗の開祖の日蓮（一二二二―八二）は、鎌倉時代の天台宗の系譜の中から出発し、さらに独自に法華経を修行・実践する行者として自覚を高める中で新しい宗旨を確立するに至った。したがって、日蓮にとっても天台宗の法華教学が教義の基礎となっていることは言を俟たない。

島地大等と賢治との交流は、大沢温泉の仏教講習会における大等の講演を賢治が初めて聴講したことがきっかけで始まったと考えられる。しかしそれ以後は、賢治は独自の判断で大等との交流を発展させており、盛岡の大等の自坊願教寺で夏に開かれていた晨朝仏教講話会にもたびたび通って、その豊富な知識にふれる機会が多くなったと推測される。それは、一九一四年（大正三）大等の編著になる『漢和対照妙法蓮華経』が世に出て、賢治がそれを読んで感激しその法華経信仰が始まったと考えられる、まだ三年と余も前のことである。島地大等と賢治。両者の関係において、とくにこの時期の知識の受け渡しがいかなる内容であったか、私にはひじょうに気になるところである。

賢治が願教寺で島地大等との学縁を得ていたと同じころ、浄土門に対する聖道門という関係では、別に看過しえないもう一つの仏縁が彼に始まっていた。曹洞宗の法恩寺尾崎文英《ぶんえい》との関係である。曹洞宗は一般に禅宗とも呼ばれるように、内観・自省を修行の目的とする「禅」を根本として自己の心性を見極めようとする宗派である。賢治は、同じ寺町にあって願教寺とも近い法恩寺に足しげく通い、尾崎文英について坐禅を学び、一時は頭を剃ったほど熱心な時期もあったという。彼の晩年、病床で苦しみつつ書き付けた通称『雨ニモマケズ手帳』にも、その当時を想い出している風景がある。

3.「赤い経巻」との邂逅

賢治の心友保阪嘉内への書簡では、しばしば「赤い経巻」の名で登場する法華経とは、島地大等編著『漢和対照妙法蓮華経』（大正三年八月二十八日、明治書院刊）のことを指している。同書の表紙が赤色の布地で装幀されており、古くは仏教典籍はみな巻子本仕立てになっていたところから（法華経は八巻、八本の巻物）、彼は親しみをこめた愛称としてこれを「赤い経巻」と呼んだものであろう。この後、賢治の人生に大きな影響を与えることになった「赤い経巻」であるが、彼が最初に手にした記念すべき「赤い経巻」は父政次郎の法友髙橋勘太郎（一八六九―一九三六）から贈られたものだったという。（『新校本』第十六巻（下）補遺・資料［年譜篇］、以下では、年譜篇）

あらためてわれわれも、簡単に本書の内容を確認しておきたい。その主たる部分は当然、姚秦《ようしん》の鳩摩羅什《くまらじゅう》（三四四―四一三、または三五〇―四〇九）の漢訳による「妙法蓮華経」の原文と、島地大等によるその書き下し文であるが、その特徴とするところは附録であって、「法華大意」「法華略科」「法華字解」「法華歌集」「刻経縁起」など法華文化の裾野までが広く紹介されていることである。仏教の開祖である釈迦牟尼仏の略伝をはじめ、その後に伝播したインド、中国、日本三国にわたる法華経の流布とその教義の展開、その地で法華経を讃仰した人々の紹介など、きわめて広範な仏教文化の歴史がとくに天台法華教学の立場から一望できるように解説されている。島地大等の表現はやや専門的であるとはいえるが、味読をすれば難解さを超えてその魅力が伝わる名解説である。賢治の仏教に関する基礎知識としては、本書の水準を認めねばならないだろう。

とくに、本書の特徴として注目されるところは巻頭に置かれた「賛序」であって、そこには宗派を超えて歴史的なわが国の仏教界を代表する聖賢たちの法華経に対する賛辞が列挙されている。たとえば、聖徳太子・伝教大師・弘法大師・法然聖人・道元禅師・日蓮聖人・存覚上人・白隠禅師といった錚々たるメンバーの法華経讃である。本書を見れば誰しも法華経の卓越性を感ずることになるであろうと納得する。

賢治にとっては終生、この「赤い経巻」を身辺から離すことなく、法華経といえばすなわち『漢和対照妙法蓮華経』のことであり、彼が臨終の際に遺言した「国訳の妙法蓮華経」の配布も、同書の国訳を念頭に置いている。「赤い経巻」との邂逅こそが、賢治の法華信仰にとって最大の画期的出来事であったことは疑いない事実といえるであろう。

「赤い経巻」の編・著者である島地大等の仏教文化に関する豊富な知識は、いつも賢治のすぐ身近にあった。法華経を学ぼうとする賢治にとってこれほど心強い環境はなかったであろう。賢治は、この「赤い経巻」をわがものとしたあと、自身の法華信仰への傾斜を次第に周囲にも隠さなくなるのである。

賢治の弟宮沢清六（一九〇四―二〇〇一）の『兄のトランク』（筑摩書房、一九八七）によれば、賢治は初めて「赤い経巻」と出会いその「如来寿量品第十六」を読んだときの感動を「身体がふるえて止まらなかった」と表現したという。われわれの関心事は、そのとき賢治がはたして具体的に如来寿量品のどの点に感動したかが問題である。それは彼がこの後、心友保阪嘉内への手紙の中でしばしば寿量品への信仰に言及することで徐々に明らかになるが、けっしてそれが言葉の上での観念的な信仰ではなかったことに注意したいと思う。

なかんずく、留意すべきことの一つは、賢治が手紙の中で多用する仏教の専門用語あるいは経典から引いた慣用句についての問題であろう。仏教用語にかぎらず、特定の専門領域における用語はいずれも一般的には難解に見える。しかし、その活用にはもちろん功用も多い。専門用語を用いることによって、双方にとって周知の事実については説明の冗長さを避け、たとえ広範かつ深遠な内容であってもお互いに簡便に理解し合うことが可能となる。

賢治は手紙の中で、とくに保阪に対しては仏教用語を使用することに躊躇しない。それは保阪がその仏教用語を誤解なく理解するであろうことを信頼していたからである。しかし彼は、自身の文学作品の中では仏教用語を積極的に使用することはなかった。いな、それはかえって、意識的に忌避したというべきであろう。この点については後にさらに詳述しよう。

留意すべきことの二には、彼の手紙で用いる仏教用語の背景には、かならず修行というべきか、心理的な何か、具体的な行動の実践を前提としている場合が多いということである。彼の場合それは、あえて仏教用語を持ち出すときもあれば、ときには仏教用語の仲介を排除し、自身の感情を直接に文面にぶつける場合もある。しかし、そのような場合は手紙の相手は必ず心友保阪に限定される。保阪には理解してほしい、保阪ならきっと分かってくれるだろうという、賢治の甘えが透けて見える。彼の性格の本質は実に甘えん坊なのである。

私はここで、おそらく島地大等は彼と賢治との交流のごく早い時期に、「赤い経巻」を通して法華経の教えの中で最も重要な、一つの思想を賢治に伝えたであろうことを指摘しておきたい。それは、前述の『漢和対照妙法蓮華経』中でも「法華大意」の目次に見られる「一念三千《いちねんさんぜん》」の思想である。

「一念三千」の思想は、仏の教えという意味で「一念三千の法門」とも呼ばれるが、前出の中国天台宗の開祖である隋の天台智者大師智顗《ちぎ》（五三八—五九七）の『摩訶止観《まかしかん》』に創説された法華経究極の観心《かんじん》の教えであり、これによって一切衆生の成仏の原理とその実現が説かれた、とされるものである。ごく端的に説明すれば、「一念」とは、凡夫であるわれわれの一人一人が刹那《せつな》刹那に起動する心であり、「三千」とはその心にさまざまな世界を具えているということである。書名とされた「摩訶止観」とは、大いなる思念という意味であり、天台大師がめざしたのは法華経にもとづく観法《かんぼう》（意識を何かに集中させることにより、仏教の真理を直観的に認識しようとする修行法をいう）の完成ということにあった。わが国に天台宗を開いた伝教大師最澄（七六七—八二二）は、その大局において天台大師の法華教学を継承したといえるが、島地大等はわが国における天台宗の法華教学を研究したその道の泰斗《たいと》であり、賢治が最初に出会った「一念三千」の思想は、いわば天台宗系の「一念三千」観であったことを承知しておく必要があろう。

4．浄土門と聖道門とのはざまで

「赤い経巻」との邂逅を機縁として、賢治は法華経への関心を急速に深めていったことと思われる。もし疑問が生じれば、その編著者であり天台宗法華教学の研究者である島地大等に直接質すことのできる環境もすでに彼には形成されていた。賢治はこの後、さらに国柱会の田中智学《ちがく》を通じて日蓮の法華信仰を知ることになるが、他でもない日蓮その人の基盤である法華教学も比叡山の天台法華教学から出発したものであった。

賢治が新たに関心をもった法華経に関わる信仰とは、要するに聖道門といわれる信仰の在り方であった。すなわち修行者の自浄努力を必要とする仏教であって、修行者自身の修行的計らいを放棄し阿弥陀仏の本願の救いに頼り切る浄土門の他力信仰とは対立的方向であったと言わざるを得ない。

賢治と父政次郎との父子関係にあって、その宗教上の確執は賢治にとって一生の重圧として彼の心中に重く伸しかかった問題であった。しかして、父子が離反する最初の原因であり根本の問題となったのは、浄土門か聖道門かの選択にあったといえるだろう。

つぎの手紙は、賢治が自分の育ってきた過去の環境を振り返って書いているが、一九一八年（大正七）二月二日発の賢治から父政次郎への手紙（簡44）である。賢治はこのとき、盛岡中学三年、十五歳であった。この手紙からこれまでの宮沢家において、父が賢治に対し宗教とはいかに学ぶべきか、信仰はいかにあるべきかをどのように指導してきたかが如実にわかるような気がする。

父政次郎の浄土教に対する信仰態度は、おそらくきわめて熱心な、しかし真摯で静逸なものであっただろうことは、あたかも浄玻璃鏡に映し出したごとく、賢治にも伝わっていたことがわかる。

毎度申し上げ候如く実は小生は今後二十年位父上の曾ての御勧めにより静に自分の心をも修習し経典をも広く拝読致し幾分なりとも皆人の又自分の幸福となる様、殊に父上母上又亡祖父様乃至は皆々様の御恩をも報じたしと考へ、自らの及びもつかぬ事ながら誠に只今の如何なる時なるか吾等の真実の帰趣の何れなるやをも皆々様と共に知り得る様致したく存じ、只今の努力はみな之に基き候処小生の信仰浅きためか屢々父上等にも相逆らひ誠に情無く存じ居り候

しかし、賢治はその充分に恵まれた環境にあっても、なお、いつしか父の浄土門信仰とは異なる道、すなわち聖道門信仰に目覚めてゆく。聖道門信仰とは何か。彼にはいつ頃からその芽生えがあったのかを考えてみよう。つぎの手紙は、前掲の、一九一二年（大正元）に父政次郎へ宛てた手紙（簡6）「小生はすでに道を得候。歎異鈔の第一頁を以て小生の全信仰と致し候」と書いた同じ手紙の前段に見えるくだりであるが、賢治は、その夜佐々木電眼という人物を訪ねたといい、明日からその「静座法」の指導を受けるために彼の元に通うのだという。なお、同氏の人物とその「静座法」については、父の心配を慮ったようにつぎのようにいう。

佐々木氏は島津〔地〕大等師あたりとも交隣〔際〕致しずいぶん確実なる人物にて候。静座と称するもの、極妙は仏教の最後の目的とも一致するものなりと説かれ、小生も聞き噛〔齧〕り読みかじりの仏教を以て大に横やりを入れ申し候へども、いかにも真理なるやう存じ申し候。（御笑ひ下さるな）

ここにいう「静座」が、究極では「仏教の最後の目的とも一致するもの」という意味は、いわゆる禅宗において中心的修行法とされる坐禅による瞑想の境地を指すものであろうか。賢治は、島地大等に天台法華学を学んでいたと同じ時期（大正二年頃）、曹洞宗の法恩寺にも参じて坐禅の修行も体験している。（年譜篇）

私はこの時期の賢治に、静座といい、坐禅といい、そして島地大等の天台宗教学の学習といい、それらが志向する信仰のあり方、すなわち聖道門信仰への関心が次第に膨らみ始めていることのきざしを見る。それは取りも直さず、従来彼が育ってきた環境である浄土真宗の念仏信仰のあり方への疑いであった。聖道門信仰は悟りを開くには自己の修行、努力の必要を前提とする難行道であり、一方、念仏信仰は阿弥陀仏の他力にすがって往生することを願う易行道であると、ことさらに易行道であることを強調する浄土門信仰の在り方に対して、賢治は却って反発したのである。

この後の賢治は、父政次郎の信奉する浄土門信仰への反抗というだけでなく、彼自身が生来もっていたと思われる求道的性格から聖道門信仰への傾向を次第に強めていったのではないかと考えられる。

つぎは、一九一六年（大正五）四月四日の高橋秀松宛の書簡である（簡15）。高橋秀松は賢治と盛岡高等農林学校で同学の友人であったが、単に研究科の同学というだけでなく賢治とは深い心の交遊もあったとみられる。

旅行中はいろいろ御世話になりまして何とも有り難うございます。この旅行の終りの頃のたよりなさ淋しさと云つたら仕方ありませんでした。富士川を越えるときも又黎明の阿武隈の高原にもどんなに一心に観音を念じてもすこしの心のゆるみより得られませんでした。聖道門の修業者には私は余り弱いのです。（中略）仙台の停車場で私は三時間半分睡り又半分泣いてゐました。宅へ帰つてやうやく雪のひかりに平常になつたやうです。昨日大等さんのところへ行つて来ました

十九歳の賢治はこの手紙で、はっきりと浄土門と聖道門との違いに言及し、自分の迷いをその両門ともに関わりのある島地大等のところへ持ち込んだ様子がうかがえる。手紙にある「観音を念じ」とは、法華経の普門品《ふもんぼん》に

説かれる観世音菩薩に祈ったということであろうが、ここではとくに賢治が観音信仰に関心を示したということではなく、単に自力の修行を意味する聖道門のことを指しているのだと思われる。浄土門では阿弥陀仏の四十八願の救済に対する絶対他力の信仰であるが、法華経中にあっては観世音菩薩への信仰が、衆生の救済を求める声に応じ三十三身に変じて諸難を救い、願いをかなえるという、比較的阿弥陀仏の救済に近い共通点がある。浄土門の環境で育った賢治にとっては、観世音菩薩に対しより親近感があったといえるかもしれない。しかし、賢治が聖道門を志す信仰者としてはまだ初心者である段階において、とくに法華経普門品の「観世音菩薩」に関心をもったという一事は過大に注目するには当たらない。おそらく、彼が注目した点とは「観世音」ではなく「菩薩」の方にあったのかもしれない。

一九一八年（大正七）、賢治二十一歳。この年は賢治にとって精神的には最も厳しく自分を追い詰めた、人生においても最も苦しい時期を迎えていたといえるだろう。おそらく、彼自身の法華信仰にも確信と不安とのあいだを行きつ戻りつしていたのではないか。一方では父政次郎に対し必死に浄土信仰から法華信仰へ転向することの了解を求め、他方では心友保阪に対し自分と法華信仰を共にするよう説得に努めている。

5. 法華信仰の道へ

賢治が法華経の原典、漢訳の妙法蓮華経と最初に出会ったのは、既述のように島地大等編著『漢和対照妙法蓮華経』だったと断言して差し支えないだろう。彼は「赤い経巻」と呼んで終生これを尊崇した。

また同書の編著者である島地大等が天台宗教学の権威であって、賢治が島地との縁で、彼から法華経に関する基礎的な教義・教学やその文化、歴史などを広く学んだことも疑いないであろう。しかし賢治と島地、両者の接点はあくまで「赤い経巻」を主とした法華経に関する基礎的な教義・教学と文化・歴史の範囲の授受であって、それが賢治の個人的な信仰の領域にまで踏み込んでいたとは思えない。

それには、島地大等自身が法華経の専門学者であると同時に、盛岡の浄土真宗願教寺の住職であった立場を考慮しなければならないだろう。すなわち彼は研究者の現場では聖道門を、信仰の現場では浄土門をと双方の立場をもっていたということである。浄土門信仰と聖道門信仰との間には教学上の異議、異論の存在する以上に、実際の信仰の現場ではより顕著に対立する障壁が存在したであろうことは容易に想像される。私が島地の立場において案じられる点は、花巻と盛岡のように距離的にも近い地域間の、たとえ島地は本願寺派、宮沢家は大谷派という違いはあっても、やはり同じ浄土真宗の中で、しかも花巻では中心的存在の宮沢家において、当主と長男とが信仰的に対立する関係というのは当然に憂慮すべき状況ではなかったかということである。

一九一八年（大正七）の二月一日と二日、両日続けて賢治は父政次郎にあてて二通の手紙を書いている。一通目（簡43）の内容を略述すると、当時の賢治は盛岡高等農林学校の卒業を目前にして卒業後の進路を父に相談する必要があった。父は以前から農林学校の研究科に残り、さらに研究を進めることを勧めていたが、タイミングよく稗貫郡の方から三年の予定で土性調査の依頼が来ているという。これには若干の給料も支給されるというが、賢治自身はあまり気乗りはしていない。また当時はわが国も参戦している第一次世界大戦（一九一四―一九一八）中のことであって、国民の義務としての徴兵検査を受けねばならぬ時期とも重なり、その結果次第では出征、万一には戦死もと、賢治の今後の身の振り方としては不安な心理が募って、思考が千々に乱れている。

最初の手紙では思いが十分に伝わらなかったと感じた賢治は、翌日、さらに重ねて二通目の手紙を書く。お互いの心境は、会って話すよりも手紙に書いた方が双方に誤解がなくていいのではないかと賢治は考えたようだ。二通目の手紙は信仰の問題とも関わっていて、より深刻な内容になっている。（簡44）

信ずる所父上と異らばたゞ泣きてこそあるべきに、却て怒りを致し候事など就れは前生の因縁ある事と存じ候へども、兎角父上と相近けば様々の反感のみ起し候。誠に誠に情无く帰盛の後、また逆らひ候後とても絶ず之を思ひ候。（中略）報恩には直ちに出家して自らの出離の道をも明らめ、恩を受けたる人々をも導き奉る事最大一なりとは、就れの宗とて教へられざるなき事に御座候。小生にとりては幸にも念仏の行者たる恩人のみにて敢てこの要もなく、日本一同死してみな極楽に生るゝかとも見え候へども、（中略）ましては私の信ずるごとくば、今の時念仏して一人か生死を離るべきやと、誠に誠に身の置き処も無之次第に御座候。願はくゞ〔は〕誠に私の信ずる所正しきか否や、皆々様にて御判断下され得る様致したく、先づは自ら勉励して法華経の心をも悟り奉り、働きて自らの衣食をもつくのはしめ、進みては人々にも教へ又給し、若し財を得て支那印度にもこの経を広め奉るならば、誠に誠に父上母上を初め天子様、皆々様の御恩をも報じ、折角御迷惑をかけたる幾分の償をも致すことゝ存じ候

まさに、この手紙は賢治が、自らが慈しまれながら育った浄土門という宗教的環境で、図らずもいま彼は聖道門という宗教に出会い、いずれの宗教においても必ず主要なテーマとされる「報恩」という問題について、はたして浄土門の説く「報恩」の在り方と聖道門の説く「報恩」の在り方と、いずれを真実とすべきかの判断を父政次郎に迫っているのである。ことに、ここに、「小生にとりては幸にも念仏の行者たる恩人のみにて敢てこの要もなく、日本一同死してみな極楽に生るゝかとも見え候へども、斯てだも尚外国の人人総て之れ一度は父一度は母たる事誤なき人人はいづれに生れ候や。ましては私の信ずるごとくば、今の時一人か〔が〕生死を離るべきやと、誠に誠に身の置き処も無之次第に御座候」とは、父が浄土門信仰の立場をとることに対する賢治の痛烈な反論ではないか。

たしかに浄土門信仰には、『無量寿経』が「止住百歳」（たとえ法滅があったとしても、阿弥陀仏信仰は百年のあいだ長く止住する）と説くように、他の経典に対する浄土門信仰の優位を独善的に喧伝する立場が認められる。賢治の反感は、このような浄土門信仰が主張する強い独善性に対する反感ではなかっただろうか。当時の彼は、すでに聖道門信仰の中でも菩薩のもつ「化他」あるいは「利他」（自分だけでなく、他人にも仏法の救済をあたえること）の行動につよく関心を寄せていたのではないか。

その結果として、彼は、「先づは自ら勉励して法華経の心をも悟り奉り」と、自分が当面の学ぶべき対象として具体的に法華経の名を挙げていることが注目される。「報恩」についていえば、日蓮は法華経を「内典の孝経」（『開目抄』）といい（おそらく、賢治もすでに了知していたであろう）、すなわち儒教による父母の孝養は今生に限るが、法華経こそが父母の後世を扶《たす》けるものであるとする。賢治は父の信仰する浄土信仰への不信感が募って、父と自分との対立がついに避けられぬところにまで来てしまったことを嘆き、しかし自分が法華経を学ぶことは結局、父母への孝養、周辺環境への報恩へと還るのだと強弁する。賢治二十一歳のときである。

私は、この時期すなわち一九一八年（大正七）の二月、三月ごろに書かれている賢治の手紙から読み取れる彼の主張、とくにその宗教用語の使い方の傾向から、それが法華信仰のものであることを確信する。とくにそれはこの後、賢治が信仰の上で大きな影響を受けることになる、国柱会に関わる法華信仰の用語ではなかったかと推測する。当時、田中智学（一八六一―一九三九）が主宰し、横浜、東京を中心に活動していた新興の日蓮宗系宗教団体国柱会の布教宣伝、すなわちその法華信仰の教線が東北地方の花巻に居住する賢治にまで及んでいたことを推知するのである。（国柱会については、次節で詳しく語ろう）

それは、明らかに賢治が育った宮沢家が一家の信仰とする浄土信仰と相違するのは当然として、また彼が島地大等から感化を受けたと考えられる天台法華教学の土壌とも異なる、まったく別質といえる法華信仰の匂いである。

つぎの手紙（簡46）は、賢治が、前出の父政次郎へ宛てた手紙（簡44）に続くものであると断った上で、同年二月二十三日に投函されたものである。賢治の手紙としては珍しく、当時のわが国の政治状況にもふれる。当時の「大日本帝国」としての歴史的、社会的背景から推測すれば、日露戦争に期待以上の勝利感を味わったわが国が、その後も続けて第一次世界大戦へ参戦して中国大陸や太平洋のパラオやマーシャル諸島へも派兵し、軍事国家として発展機運の高まる途上にあった頃である。国柱会のもつ都会的でかつ活発に国体思想を宣伝し、当時の著名人をも魅了したその宗教活動は、東北の一農村都市にいた賢治にとってはより光輝に満ちた存在として映ったのであろうか。

手紙の内容に、私が①〜⑤の符号を付して説明したが、賢治のこの時期の手紙に、いかに法華信仰に特有の慣用句が多数使用されているかに注目しよう。（簡46）

> 今晩等も日露国交危胎〔殆〕等と折角評判有之　定めし御心痛の御事と奉察候へども①総ては誠に我等と衆生との幸福となる如く吾をも進ませ給へと深く祈り奉り候。（中略）②万事は十界百界の依て起る根源妙法蓮華経に御任せ下され度候。（中略）何卒折角の御心配には御座候へども③私一人は妙法蓮華経の前に御供養願上候（中略）④仮令自力にせよ雑行にせよ誠に一日に一度三日に一度に御座候へども喜びを以て充され候事有難く存じ居り候。（中略）⑤戦争とか病気とか学校も家も山も雪もみな均しき一心の現象に御座候。その戦争に行きて人を殺すと云ふ事も殺す者も殺さるゝ者も皆等しく法性に御座候。起是法性起、滅是法性滅といふ様の事たとへ（先日も屠殺場に参りて見申し候）

文面から傍線の①は、法華経の修行の現場では常套句として必ず引用される一句「願以此功徳《がんにしくどく》、普及於一切《ふぎゅうおいっさい》、我等与衆生《がとうよしゅじょう》、皆倶成仏道《かいぐじょうぶつどう》」（法華経化城諭品出）からその趣意を要約して示したもので、法華経が説くその「化《け》他《た》」（法華信仰のよろこびを自分だけでなく他へも及ぼすこと）性を強調するものに他ならない。

②「十界百界」は、「十界互具《じっかいごぐ》」の思想ともいう。この後の賢治が自身の法華信仰の中心思想として重大な関心を寄せる「一念三千」の思想の基礎となるものである。十界は、迷いとさとりの世界を十にわけて、地獄界・餓鬼界・畜生界・修羅界・人間界・天上界・声聞《しょうもん》界・縁覚《えんがく》界・菩薩界・仏界とするが、それぞれの界がまたそれぞれの中に十界を具えているというものであり、すなわち百界となる。したがって、かの仏様にも地獄の要素があり、地獄にも仏様の要素があり、われわれ人間のなかにも地獄と仏が共存しているということになる。この「十界百界」「十界互具」の思想は、天台学の教義であるが、実に深い人間洞察の思想ではないか。おそらく当時の賢治がこの思想を入手した先は島地大等であったにちがいない。なお、この「十界百界」の思想は、後に賢治の中でさらに「一念三千」思想の理解へと発展するのであるが、そのことについては、もう少し先へ進んでから全体を説明することにしよう。

③では、宮沢家一族が代々にわたって浄土真宗信仰者である中に賢治一人だけが法華信仰者となることを、例して「一代法華」などという。賢治は父にその許可を求めている。

④の意味は、浄土門信仰では阿弥陀仏の名を称え、その本願力によって極楽へ往生することのみを「正行《しょうぎょう》」とし、それ以外の聖道門の悟りへの自助努力などはすべて無駄な努力の「雑行《ぞうぎょう》」として否定する。しかし、賢治は自身の体験から努力の結果がけっして無駄ではないと反論する。

⑤は、法華経方便品《ほうべんほん》で説く「諸法実相《しょほうじっそう》」（諸法は実相なり）説のことを説明する。それが仏の世界から観た森羅万象の真実の姿であることをいう。仏教の根本思想では、存在するすべてのものは「縁起《えんぎ》」（一切の事物の生起が、原因や条件が寄り集まって起こっていることをいう）によって成り立っているがゆえに、「空《くう》」（永遠不変の固定的実体はないということ）であることをいう。「法性《ほっしょう》」といい「真如《しんにょ》」というも同じ意味である。「起是法性起、滅是法性滅」（起トハ是レ法性ノ起、滅トハ是レ法性ノ滅ナリ）の一句は、智顗『摩訶止観』第五・上に見えるが、賢治の最晩年、彼が死の床で病いとの闘いの中に綴った「疾中」に「一九二九年二月」（仮称）という詩がある。その詩は

「われやがて死なん」の一句から始まり賢治の生死感が見事に結実していると感じるが、そこに彼は「帰命妙法蓮華経　生もこれ妙法の生　死もこれ妙法の死」とその覚悟した心境を語る。賢治は、早くもこの時点で、この成句の意義を深く心に留めていたことに留意しておきたい。

つぎは、一九一八年（大正七）四月十八日付の友人成瀬金太郎に宛てた手紙である。（簡55）

妙法蓮華経ハ私共本統ノ名前デスカラ之ヲ譏《ソシ》ルモノハ自分ノ頸ヲ切ル様ナモノデセウ。至心ニ妙法蓮華経ニ帰命シ奉ルモノハヤガテ総テノ現象ヲ吾ガ身ノ内ニ盛リ、十界百界諸共ニ成仏シ得ル事デセウ。／嗚呼ポナペ島ハ三世諸仏ノ成道シ給ヘル所、三世諸仏ノ妙法ヲ説キ給フ所、三世諸尊ノ涅槃ニ入リ給フ所、法華ニ帰命シ奉ル人ハ過去ニ多クノ諸仏ヲ供養シ奉ッタ人、現在ニ諸仏ニ遭遇シ奉ル人ト聞キマシタ。／現在遭遇ノ諸仏ハソノ島ニ既ニ臨ミ給ヒマシタ。「一一文々、是真仏、真仏説法利衆生。」何卒一切ノ為ニ切角御奮励下サル様。

賢治の友人成瀬金太郎は南洋拓殖工業という会社に就職していたが、まだ第一次世界大戦（一九一四―一九一八）の渦中にあった当時、国策によってわが国が占領した南方のポナペ島に赴任することになったと思われる。遠く、状況も環境も不安定な地へ友を送り出す賢治の心境には、いかに彼を励ましたらいいかという不安の心情がつよく読みとれる。

賢治から成瀬に送られた二通の手紙には、賢治自身が法華信仰から得た安心立命への文言が列挙されていると感じる。前掲の父政次郎への手紙と時期が近いだけに内容の重なる部分はあるが、そのとき賢治が法華経のどこに関心をもっていたかが分かって興味深い。

成瀬への一通目は、一九一八年（大正七）三月十四日付の葉書（簡48ａ）で、成瀬の離日を控え「君を送り君を祈るの歌」のタイトルのもとに、全六首が送られた。なかんずく、つぎの三首が法華経を詠んだ歌となっている。

あゝ海とそらとの碧のたゞなかに燃え給ふべし赤き経巻
このみのりひろめん為にきみは今日とほき小島にわたりゆくなり
ねがはくは一天四海もろともにこの妙法に帰しまつらなん

ちなみに、ポナペ島は現在ではポンペイ島といい、ミクロネシア連邦最大の島でカロリン諸島にある。ポナペ島は、十九世紀初めからヨーロッパやアメリカの捕鯨船や商船の補給基地として利用され、ポナペ島の名は一八九九年のドイツ占領時に付けられた。一九一四年十月、第一次世界大戦の際に日本はこの島を占領し、大戦終決後の一九二〇年に国際連盟により日本の委任統治が認められた。一九四五年以後は太平洋戦争終了によりアメリカの統治となった。一九八六年十一月にミクロネシア連邦が独立してからは、ポンペイはその首都となっている。

つぎは同じく成瀬へ、同年の四月十八日付の手紙である（簡55）。このときは、すでに成瀬はポナペ島に向って出発しており、賢治はその出発にあたって彼と行きちがってゆっくり話せなかったことを悔やんでいる。賢治は成瀬に、法華経の信仰はどこにいてもけっして仏の慈悲から見放されることがないことを強調する。仏の慈悲もその教えもいつも彼の傍にあることを伝えようとしている。

（前略）①楽ハ苦ノ種デモ苦ハ楽ノ種デモナク、苦ガヨイ事デモ楽ガヨイコトデモナク、又ドチラモ悪イコトデモナク、楽ハ苦ト同ジデモナク違フデモナク、唯楽ハ之レ妙法蓮華経ノ楽、苦ハ之レ妙法蓮華経ノ苦ニチガヒアリマセン。／②妙法蓮華経ハ私共本統ノ名前デスカラ、之ヲ譏《ソシ》ルモノハ自分ノ頸ヲ切ル様ナモノデセウ。至心ニ③妙法蓮華経ニ帰命シ奉ルモノハヤガテ総テノ現象ヲ吾ガ身ノ内ニ盛リ、十界百界諸共ニ成仏シ得ル事デセウ。／嗚呼ポナペ島ハ④三世諸仏ノ成道シ給ヘル所、三世諸仏ノ妙法ヲ説キ給フ所、三世諸尊ノ涅槃ニ入リ給フ所、⑤法華ニ帰命シ奉ル人ハ過去ニ多クノ諸仏ヲ供養シ奉ッタ人、現在ニ諸仏ニ遭遇シ奉ル人ト聞キマシタ。／現在遭遇ノ諸仏ハ、ソノ島ニ既ニ臨ミ給ヒマシタ。「⑥一一文々、是真仏、真仏説法利衆生。」何卒一切ノ為ニ切角御奮励下サル様。

手紙に付した①～⑥の番号は、法華信仰の具体的な常套句や思想を反映していると思われる部分である。以下には、賢治の立場から簡単な解説を試みよう。

①は、法華経方便品で説く「諸法実相《しょほうじっそう》」（諸法は実相なりと訓ずる。存在するものすべては、そのまま真実の相であるということ）を説明している。同年二月二三日の父政次郎宛の手紙（簡46）や三月二十日頃の保阪嘉内宛の手紙（簡50）でもこの思想を登場させている。「楽ハ之レ妙法蓮華経ノ楽、苦ハ之レ妙法蓮華経ノ苦」とは、その原典は、「起是法性起、滅是法性滅」（天台智顗『摩訶止観』第五・上、出）であろうが、この時期、賢治はこの表現が格別に気に入っていたのかもしれない。

②「妙法蓮華経ハ私共本統ノ名前デスカラ」については、じつは賢治がしばしば好んで用いた「本統」の意味とその用法をふかく議論する必要があるかもしれない。しかし、それにとらわれていては本書は先に進めない。賢治には「本統」は「ほんたう」と書くことはあるが「本当」とは書かず、「本統」にはほぼ同義で「まこと」の表現を好んで用いていることだけを付言しておこう。ここでいう「本統」は、真実、本物、完全といった意味で、彼の意思を理解しておきたい。

③は、法華経化城諭品の「願以此功徳、普及於一切、我等与衆生、皆倶成仏道」（願わくは此の功徳をもって、普く一切に及し、我等と衆生と、皆倶に仏道を成ぜん）が出典であろう。この偈は普回向の文として一般にもひろく読

誦されている。法華経が説くその「化他」（法華経の功徳をひろく他へ及ぼすこと）性を強調する一句である。賢治はまたここで「十界百界」という表現を使っていることに注目したい。賢治が法華経の哲学から学んだ、この「十界百界」という思想については、同年の二月に父政次郎宛の手紙（簡46）でも用いているが、のちに「十界互具」「一念三千」に発展する思想であり、彼には新しく学んでそれが気に入ると同じフレーズをくりかえし用いる習性がここにもみられる。

④は、法華経如来神力品より「當知是處、即是道場、諸佛於此得阿耨多羅三藐三菩提、諸佛於此轉于法輪、諸佛於此而般涅槃」（当に知るべし。是の處は即ち是れ道場なり、諸仏此に於て阿耨多羅三藐三菩提を得、諸仏此に於て法輪を轉じ、諸仏此に於て般涅槃したもう）が出典であろう。この場合の「道場」とは仏教でいう修行を認識する場所のことであるが、ここではとくにいま自分自身のいるその場が、すなわち仏が成道した菩提樹下のその場であり、仏がはじめて法を説いたその場であり、仏が入滅したその場である、と自覚することが大切であると教える。賢治が後に入会する国柱会ではこれを「道場観」（道場を浄め、心身を整えて修行に望む：妙行正軌）として規定しているが、賢治が晩年に用いた「雨ニモマケズ手帳」によれば、彼はこの一偈をずっと尊重し、その文学活動においても日常的に誦唱していたことがわかる。

⑤いま法華経に帰依しているあなた（成瀬のこと）は、過去にすでに法華経と縁のあった人であり、いつもあなたの傍にはおおくの諸仏が寄りそっていますよ、という意である。

⑥「一一文々、是真仏、真仏説法利衆生」（「略法華経」出。法華経の一文一文一字一字が真仏であり、真仏の説く法は衆生に理益をあたえる）の意であろう。

上のごとく成瀬に対する二通の手紙について、法華信仰に関する用語を分析してみると、おそらく成瀬と賢治との間には、すでに同じ信仰の道をゆく同志としての信頼関係が相当に進んでいたのではないかと推測される。とくに、短歌に読まれている「赤き経巻」（島地大等編著『漢和対照妙法蓮華経』）については、賢治から成瀬へこれを任地へも持参するようにつよく推薦があったか、あるいは賢治から彼にすでに進呈されていた、という事実があったかもしれない。

つぎは、賢治から父政次郎宛に出された一九一八年（大正七）三月十日付の手紙であるが、浄土信仰か法華信仰か、その是非をめぐって二人の対立情況はいよいよ究極的段階へ進んでしまった感がある。

ただしわれわれは、第三者の立場から手紙の客観的な読み手として、いま充分に留意しなければならないことがある。われわれは賢治から父政次郎へ宛てた一方通行の手紙を読んで両者の関係を推測する以外にないが、その手紙は、父の手元に残された賢治のもののみであって、父から賢治へ与えられた手紙は賢治の手元に残されてはいなかった。当時、父政次郎が賢治に対していかに繊細な思いやりのある態度で接していたことか、その慈愛に満ちた心配りは、賢治の手紙の背景からも十分に汲み取ることができ、文字通り慈父政次郎との感慨を深くする。しかし、賢治の甘えはいよいよ止まるところがなく、法華信仰への傾斜がいよいよ激しさを増しているようだ。

昨日、一度就れなりとも御任せ致し候へども、実はあれより帰盛の途中又只今に至るまで、誠に誠に心苦しく到底之の様子にては自由に研究も郡〔軍?〕への奉公も致し兼ね候（中略）私の只今の信仰妄信にや御座候はん。私の只今の願、分際を知らぬ事にや御座候はん。免〔兎〕に角私にとりては絶対なるものに御座候聖道門の修業千中無一と召思〔思召〕され候はゞ、誠に及び難き事を悟らせ下さる事こそ御慈悲に御座候（中略）この前にも申し上げ候通り私一人は一天四海に帰する所妙法蓮華経の御前に御供養下されるべく、然らば供養する人も供養の物も等しく光を放ちてそれ自らの最大幸福と一切群生の福祉とを齎すべく候（簡48）

この手紙の前日、賢治は一旦花巻へ帰省して父と盛岡農林学校卒業後の進路について相談したようである。

が、その対話の中で、賢治と父との信仰をめぐっての対立はいよいよ究極の段階まで到ってしまったらしい。賢治のこの手紙は、その時の気持ちの高まりを抑えられないままで書いたらしく、「実はあれより帰盛の途中又只今に到るまで、誠に誠に心苦しく」と言っている。このままでは、卒業後に学校に残って行うという研究も仕事も手につかない様子である。

「私の只今の信仰妄信にや御座候はん。私の只今の願、分際を知らぬ事にや御座候はん。」

おそらくは、前日の父との対話の中で賢治はよほど厳しく批判されたのであろう。法華信仰も、賢治の誓願も（この「願」については次項で詳説したい）、父は言下に否定したのであろうか、「聖道門の修業千中無一と召思（思召）され」とは、浄土門の信仰者が聖道門の信仰者に対してしばしば口にする軽蔑の言であるが、菩薩の「四弘誓願」など聖道門が志す修行に対して、それが凡人の分際を超えた非常識な努力だと否定する意味である。しかし、それならばそれと、その及ばぬところを指摘するのが、浄土門としての慈悲ではないかと賢治は言う。

また、「一天四海に帰する所妙法蓮華経」は、すなわち法華信仰者の間で通常に「一天四海、皆帰妙法」と成句されて用いられることが多いが、古代のインドの世界観でヒマラヤを擬した須弥山とそれを囲む四洲をもって全世界を意味したことから転じて、現実の世界中の国々が悉く法華経に帰依しそれによって戦争のない平和な社会の実現をめざすことをいい、これも法華信仰の立場を宣揚する代表的な合言葉である。

なお、この手紙にはさらに後半の省略した部分には「末法二千五百年」（仏滅以来、正法千年、像法千年を過ぎて、末法に入ってから五百年という意味）という語で代表される法華経の歴史意識や、しばしば賢治が手紙で用いる「願以此功徳、普及於一切、我等与衆生、皆倶成仏道」（法華経化城諭品出）という法華経信仰者が常套句として口にする極めつけの一句も見えている。賢治は、かなり法華信仰についての知識を膨らませた感がある。

さて、つぎは一九一八年（大正七）三月十日の賢治の同じ手紙（簡48）に関してであるが、その中にいささか気になる行を含んでいることに注目したい。父政次郎と母イチが、彼のかなり強引とも思われる説得と懇願により、ついに浄土真宗の信仰から法華信仰へと転向を承諾したのであろうか。つぎの文面に注目しておきたい。

既に母上は然く御決心下され、父上も昨日は就れかと御考へなされ候程に御座候へば、何卒何卒御聞き届け下され度候。返す返すも色々とあらぬ事まで御推察下され、道理自ら定まる所を無理に御ため下さらぬ様奉願候。（中略）何返も何返も不謹慎の事のみ申し上げ候へども只今私を許し下され候は、只父上と母上とのみに御座候間、何卒速に御決意下され、明後日晩方迠には確然と御返事下され度く候。

ここでは、「何卒速に御決意下され明後日晩方迠には確然と御返事下され度く候」と、日限を切ってまで両親の法華経信仰への入信を迫っているが、その後の賢治には両親からその確かな返事をもらえた形跡はうかがえない。しかし、まさにこの手紙を境として、父政次郎への執拗な法華信仰への転向を迫る賢治の手紙はいったん影を潜め、その矛先は一転して心友保阪嘉内へと向うのである。

6.「菩薩」へのあこがれ

結局賢治は、家の信仰であった浄土門の他力信仰に不信を感じ、ついに父の埒を離れてからは再び浄土門に戻ることはなかった。それ以後の彼は生涯を通じて聖道門を選択し、なかんずく、法華信仰の立場に徹底することになるが、浄土門に対する聖道門の存在に気づき、両者のはざまで苦悩するようになった最大のポイントは、賢治の聖道門における「菩薩」という存在に対してのあこがれだったのではないか。

一九一七年（大正六）、賢治は保阪らと同人誌「アザリア」（第一号は七月）を発刊しているが、彼はその第一号に、「みふゆのひのき」と題して、十二首の短歌を載せている。その中の二首が「菩薩」を詠んだ歌であり、彼にとって最初期の「菩薩」への関心がうかがえる。制作は、「大正六年（一九一七）二月中」としている。

わるひのき　まひるは乱れし　わるひのき　雪を被れば　菩薩すがたに

たそがれにすつくと立てる　真黒の　菩薩のせなのうすぐも

ここで取り上げている菩薩への羨望は、賢治にしてはまだまだ観念的であったといえまいか。しかし、大乗仏教における自利・利他の両者を目指す修行者のあり方に注目して、賢治はこの後、一生を通じて自分自身が「菩薩」をめざすことを最大の目標としたのである。

つぎの手紙は、一九一八年（大正七）頃の保阪嘉内宛（簡102a）のものであるが、この手紙が出された背景を簡単に承知しておきたい。当時、二十二歳の賢治は自身の法華信仰への期待をいっそう膨らませ、具体的には当時全国に教線を拡大していた日蓮宗系の新興宗教である国柱会への入会希望の意思を高めていた。とくに賢治は、可能ならば心友の保阪も一緒に入会をと彼への勧誘を厳しくしていたが、一方保阪は賢治の法華信仰に不同意なら、国柱会入会などは思いも寄らなかった。賢治と保阪との間には、それまでも信仰についてしばしば双方が異論を主張し合うことがあったと推測されるが、この手紙の後は二人の間にしばらく交流が途絶したほどであった。

あなたはむかし、私の持ってゐた、人に対してのかなしい、やるせない心を知つて居られ、またじっと見つめて居られました。今また、私の高い声に覚び出され、力ない身にはとてもと思はれるやうな、四つの願を起こした事をもあなた一人のみ知つて居られます。／／まことにむかしのあなたがふるさとを出づるの歌の心持、また夏に岩手山に行く途中誓はれた心が今荒び給ふならば、私は一人の友もなく自らと人とにかよわな戦を続けなければなりません。／今あなたはどの道を進むとも人のあわれさを見つめ、この人たちと共にかならずかの山の頂に至らんと誓ひ給ふならば、何とて私とあなたとは行く道を異にして居りませうや。／仮令しばらく互に言ひ事が解らない様な事があつてもやがて誠の輝きの日が来るでせう。／／どうか一所に参らして下さい。

この手紙で賢治は、過去に心友保阪にのみ明かしたとする自分の誓願のことを持ち出している。その誓願とは、保阪としてはともかく賢治にとっては自身の一生をかけた、きわめて重大な意義を秘めた決意であった。

ここで賢治は、「四つの願」と表現しているが、私はこれは、菩薩が初発心のときにかならず大願をもつといわれる「四《し》弘《ぐ》誓願《せいがん》」のことであると推断したい。あらためて「四弘誓願」とは、経典や宗派によって語句に若干の異同はあるが、一般には「衆生《しゅじょう》無《む》辺《へん》誓願《せいがん》度《ど》（生死の苦海に沈む一切の衆生を悟りの彼岸に渡すという願）、煩悩《ぼんのう》無《む》数《しゅ》誓願断（衆生のあらゆる煩悩を断じ尽くし、涅槃にみちびくという願）、法門《ほうもん》無《む》尽《じん》誓願知（仏の諸々の法を知り、迷いをはなれ真の知恵を得んとする願）、仏道《ぶつどう》無《む》上《じょう》誓願成（無上の仏道を行じ完成せんという願）」の四句の誓願をいう。

その全体の趣意としては、菩薩の自利、利他の精神を象徴的にかかげており、聖道門の菩薩像を目標としてかかげる賢治としては、もっとも印象深く記憶されていたであろう。なお数年後のことになるが、一九二六年（大正十五）三月、賢治は「農民芸術概論綱要」執筆の契機ともなった岩手国民高等学校での講義においても、受講者の記録によれば、「四弘誓願」をかかげて解説している。

もし私がこの時の、手紙を書いた賢治の心中を推測すれば、賢治と保阪との間には同床異夢の思いが交錯していたような気がする。当初岩手山中で賢治と保阪が誓いあったとする時点から、賢治だけは「四弘誓願」と「菩薩」に対する知識も誓願の意味もすでに知悉しており、その誓願を保阪と共にしたいという明確な意思があったといえるかもしれない。しかし他方、当時の保阪にははたして「四弘誓願」や「菩薩」が結びつくまでの共通の意識があったかどうか。あるいは当時の保阪にとっては、もっと軽い、若者同士ではよくありがちな、二人だけの将来への夢を語りあったという程度であったとしたらどうだろうか。

手紙の中で賢治は、保阪との二人の「誓い」の時期を「夏に岩手山に行く途中誓はれた」と具体的に書いている。因みに、「年譜篇」によれば、賢治と保阪の二人が岩手山登山に同行したのは、一九一六年（大正五）七月五日とその翌年七月十四日の二回だけだったようである。その、どちらかの登山の際に誓われた菩薩たらんとする賢治の誓願は、その後の彼にとって一生の求道の目標となり、保阪との間でもくりかえし持ち出される因縁の願となったのである。

つぎに三点列挙する賢治から保阪への手紙は、いずれも同じ立願、すなわち菩薩としての「四弘誓願」のことを指していると推測される。しかし、その立願の具体的な時日に関してはすべてが手紙の中で過去の事実として語られている。賢治の菩薩をめざす誓願へのこだわりは強く、それは一生続いたと考えられる。

つぎの一九二〇年（大正九）七月二十二日の手紙（簡166）は、賢治が国柱会への正式の入会が推定される以前のものであるが（私は、賢治の国柱会入会は一九二〇年（大正九）九月十二日、『天業民報』発刊の日と推定している。次節、「四　国柱会入信」参照）、彼の立願の意思はこれまで変わらずに保持されてきたことがわかる。

私ハ曾ッテ盛岡ノ終リノ一年半、アナタト一緒ニイロイロノ事ヲシタコロカラ、モハヤ惑ヒマセンデシタ。（タシカニワレワレハ、口デコソ云ハネ同ジ願ヲタテタ筈デス。）ケレドモ今日ニナッテ実際ニ私ノ進ムベキ道ニ最早全ク惑ヒマセン。東京デオ目ニカ、ッタコロハ、コノ実際ノ行路ニハ甚シク迷ッテヰタノデス。（中略）ソノ間私ハ自分ノ建テタ願デ苦シンデヰマシタ。今日私ハ改メテコノ願ヲ九識心王大菩薩、即チ世、界唯一ノ大導師日蓮大上人ノ御前ニ捧ゲ奉リ、新ニ大上人ノ御命ニ従ッテ起居、決シテ御違背申シアゲナイコトヲ祈リマス。サテコノ悦ビコノ心ノ安ラカサハ申シヤウモアリマセン。

手紙の中で「改メテコノ願ヲ九識心王大菩薩即チ世界唯一ノ大導師日蓮大上人ノ御前ニ捧ゲ奉リ」との表現にみられるように、彼はもうすっかり国柱会会員としての意識であり、いよいよ入会の時期が近いことが実感される。上の「九識心王《くしきしんのう》」について付言すれば、「識」とは人間の心の認識作用をいい、眼《げん》・耳《に》・鼻《び》・舌《ぜっ》・身《しん》の五識に第六には意識が加わる。インド仏教では第六識を心王《しんのう》（心の根本）としたが、その後の仏教では人間の精神活動を意識下の深層心理にまで広げ、法相宗では第七末那識《まなしき》と第八阿頼耶識《あらやしき》を立て阿頼耶識《あらやしき》を心王とした。ところが天台宗ではさらに第九識阿摩羅識《あまらしき》を立てこれを究極の心王とし、真如《しんにょ》とよぶ。既述のように日蓮は天台教学の基盤に立っており、第九識阿摩羅識《あまらしき》を学んだことは疑いないが、日蓮の日女御前《にちにょごぜん》にあてた手紙に「この御本尊全くよそに求むる事なかれ。ただ我等衆生の法華経を持ちて、南無妙法蓮華経と唱うる胸中の肉弾におはしますなり。是を九識心王真如の都とは申す也」（日女御前御返事）とあることによって、国柱会ではこの遺文をとくに重視していることから、賢治もこれに従ったものと思われる。ただし、本遺文の成立については日蓮宗の教学では古来偽書の疑いがあるとされ、本書においてもさらに後に関説するところがある。

一九二一年（大正十）一月三十日、保阪宛の手紙（簡１８６）

曾って盛岡で我々の誓った願。／我等と衆生と無上道を成ぜん、これをどこ迄も進みませう。／今や末法救主　日蓮大聖人に我等諸共に帰し奉り慈訓の如く敢て違背致しますまい。辛い事があっても大聖人御思召に叶ひ我等一同異体同心ならば辛い事ほど楽しいことです。

一九二一年（大正十）二月十八日、保阪宛の葉書（簡188）

本化日蓮大聖人／斯の人世間に行じ給ひて／能く衆生の闇をば滅す／讃ふべき哉　仰ぐべき哉　総別の二義相叶ひ／実に妙法の法体に渡らせ給ふ

上の二通の手紙はいずれも、賢治が国柱会入会の手続きを終えた後の手紙である。国柱会の機関紙『天業民報』では宗祖日蓮を讃揚する称号として「大聖人」「大菩薩」「大導師」等を用いるが、賢治もそれに従っている。なお、文中の「盛岡で我々の誓った願」とは、前述来の賢治の誓願のことであるが、「讃ふべき哉　仰ぐべき哉　総別の二義相叶ひ」中にいう「総別の二義」についても、詳しくは菩薩の「総願」と「別願」のことをいい、すなわちその総願とは賢治の目指す「四弘誓願」のことを意味している。

7. 惨憺たる「戦《いくさ》」

一九一八年（大正七）の春頃であったろうか、一時は、父政次郎の方が折れて宮沢家の浄土信仰は、賢治の勧める法華信仰へと転向が実現しそうな形勢のときもあったが、賢治も相当に頑固なら父政次郎もそれに負けず頑固な気性であったらしい。

つぎの手紙は、一九一九年（大正八）七月頃と推定されているが、賢治から保阪へ送られた。（簡152a）文中に賢治は、父との関係（筆者考）をついに「戦《いくさ》」と呼んでいる。「どう云ふ戦かはあなたへ御話したくありません。」といいながら、彼は話し続ける。清廉・高潔な父に比較して、自分は「ならずもの　ごろつき　さぎし、ねぢけもの、うそつき、かたりの隊長　ごまのはひの兄弟分、前科無数犯　弱むしのいくぢなし、ずるもの　わるもの　偽善会々長」だと徹底的に卑下している。

長い間御無沙汰を致しました。それは私があまりいそがしかったためです。からだがいそがしいのではありません。けれども戦が一寸のひまも与えて呉れなかったのです。そして今でもそうです。これからも勿論さうでせう。その戦は実に惨憺としてゐます。今や私の心は紙魚に食はれた歌麿の錦絵のやうに、また煤け果てたそれの様にこゝにこの輪廓が見えると考へてやっと慰めるのです。どう云ふ戦かはあなたへ御話し致したくありません。（中略）私の生活をよそから脉（眺）めたら実に静な怠けたものでせう。きまった本をも読まず、きまった考をも運ばず玉菜に虫が集れば構はず私の目が疲れてかすめば他人の目と感ずる。私はいまや無職、無宿、のならずもの、たとへおやぢを温泉へ出し私は店を守るとしても、岩手県平民の籍が私にあるとしても私は実はならずもの　ごろつき　さぎし、ねぢけもの、うそつき、かたりの隊長　ごまのはひの兄弟分、前科無数犯　弱むしのいくぢなし、ずるもの　わるもの　偽善会々長　です。なにが偽善といふならばこうすれば人がどう思ふと考える。何がさぎしと尋ねれば、きれいな面白い浮世絵をどこかで廉く買はうと考へる。その他は説明の限にあらず。／こう云ふ訳ですから私は著しく鈍くなり、物を言へば間違だらけ、あたまの中にはボール紙の屑　実は元来あなたに御便りする資格もなくなりました。監獄ももう遠くありません。いや私は今なぜ令状が来ないかを考へるのです。度々考へるのです。その来ないわけは心の罪は法律が問はず行の罪もないとは言へない。それでも気がつかないのです。いや監獄が狭すぎるのでせう。／今に至って私はあなたの全行為私の知るもの知らぬもの想像するものせぬものあることないことこれから未来永劫の全行為を尤ものことと感じます。尤ものこと。尤ものこと。わが友の保阪嘉内よ。保阪嘉内よ。わが全行為を均しく肯定せよ。

賢治と父政次郎の二人が対立した浄土信仰と法華信仰との宗教戦争は結局、賢治の在世中にはついに決着を見ることはなかった。

やや後のことになるが、一九二一年（大正十）［八月十一日（推定）］（簡197）の関徳弥への手紙によれば、その時期の賢治は、父に対して自分自身は国柱会へ正式入会を果して法華信仰に一つの決断をした事実を示し、さらに一家全員の帰正《きせい》を迫ってそれを理由に無断での上京を決行した。関徳弥は賢治とは従弟同士でもあり、信仰的にも同時期に国柱会へ入信するなど、最も身近で気の許せる話し相手だった。その彼に、直接の名指しはしないものの手紙の中で「一人の心をも理解し兼ねる」と愚痴を言っている。おそらく、その「一人」というのも父政次郎のことに違いなく、父との信仰上の確執は当時もまだ継続していた証左となっている。

賢治から保阪嘉内への手紙は、現在その所在が確認されている範囲においては、一九二五年（大正十四）六月二十五日（簡207）の「来春はわたくしも教師をやめて本統の百姓になって働きます」と書いた手紙が最後のものとなっている。

では、賢治にとって心友保阪との交遊は、この時期が最後となったのであろうか。私には容易に、そうは信じられない。

あらためて、賢治の思想と宗教を中心としたその最も重要な人格形成の時期をふりかえってみよう。その時期は、一九一五年（大正四）の盛岡高等農林学校入学から、ひとまずは童話集と詩集の出版を実現して文学活動への道を開いた一九二四年（大正十三）までの、ほぼ十年間であったといえよう。その間、家族である父政次郎との特定の宗教対立を別にすれば、賢治の人生において、保阪嘉内との関係ほど濃密かつ充実した人間関係は、彼の周辺で他に見ることはなかったといえるのではないか（しかし、それはほとんど手紙の往来でのみ、それも一方的に賢治の手紙においてのみ知り得るのであるが）。こんにち、賢治の文学活動とその人生のありように魅かれ、その内実を可能なかぎり詳細に点検したいとするわれわれにとっても、二人の交遊の密度を推量する作業は、つねにある種の羨望の思いにかられるといっても過言ではないだろう。

二、心友保阪嘉内との交換

1.「心友」の交わり

『新校本　第十五巻・書簡』に収録されている賢治から保阪嘉内への手紙は全てで七十一通の多きに上る。もちろん、収録の手紙はすべてが賢治からの発信で、保阪の発信が賢治の手元で発見されたものはない。しかし賢治の返信には、そのときどきの二人のやりとりがいかに濃密な心情の往来であったかは、残されている手紙だけでわれわれにも十分に伝わってくる。時には、二人の間でかなり感情の激した往来があったことを推測させる場面もある。とくに私のように、賢治の精神的変化あるいは宗教・信仰の足跡に関心をもつ者にとっては、賢治から保阪への書簡がなくては到底、その思いは叶えられなかったであろう。まさに二人の関係は、「心友」と呼ぶにふさわしい。（本書でも、保阪嘉内の子息善三・康夫監修、大明敦編著『心友宮沢賢治と保阪嘉内』の表示にしたがい、「心友」とさせていただいた。）

保阪嘉内（一八九六—一九三七）は、山梨県北巨摩郡駒井村の出身、賢治とは同年の生まれである。一九一六年（大正五）、盛岡高等農林学校農学科二部に入学し、その自啓寮で賢治とルームメイトになった。賢治が一年先輩で室長だった。実に二人の濃密な交わりはこれから始まった。

私は以下に、賢治と保阪二人の間で交わされた手紙の内容を手掛かりとして、極論すれば日々刻々にさえ変化しがちな賢治の精神状態を捕捉し、彼の用いる仏教語や法理論を通してその時々の彼の宗教環境を読み解く試みに挑戦してみたいと思う。

しかし、賢治の宗教環境を分析する資料として、彼らの手紙の交換を主たる材料に用いるということには、それが賢治の一方的な主張しか残っていないという決定的な理由のほかに、その内容が必ずしも時間的な経過を追ってというわけにはいかないのである。彼らの間で往来したと推測される話題と議論の複雑さは、時間も空間もまったく無視して展開したようだ。その点では、私の泣き言をお許しいただく以外にない。

一九一八年（大正七）三月（簡49）、保阪は入学二年目、学業途中にして高等農林を除名、退学処分を受ける。保阪が処分を受けたその具体的な理由は明確ではないが、賢治が保阪のために事情をふかく憂慮したことは疑いない。

今聞いたらあなたは学校を除名になったさうです。その訳はさっぱり判りませんが多分アザリヤ会で目立った事、例の西洋紙問題、それからあなたの公然あちこち歩いた事などでせう。どれにしても大した事ではありませんが学校では多分これから後のあなたの運動を困つたものとして考へた為でせう。

この手紙は、『新校本』第十五巻・書簡篇では、一九一八年（大正七）三月十四日前後（推定）に出された手紙として整理されているが、実は賢治はこの時の封書に、「三月十三日」の日付で書いた部分と（簡49前半）、その後に追記した部分と（簡49後半）を同封にして投函したようだ。文中の「アザリヤ会」とは、賢治や保阪らが同人となって文芸同人誌「アザリア」を発刊したグループ活動のことであるが、保阪の原稿について何か筆禍があったのだろうか。なお「年譜篇」は、賢治が保阪の除籍処分解消のために色々行動したことも記しているが、彼の退学処分には、若干当時のわが国の社会的背景も関係しているらしく、賢治は他の人から入手した情報で推理した自分の見方を追記した部分につぎのように書いている。

実はあなたは幾分虚無的なものと誤解された事が第一の原因な様です。事実あなたはそうらしい。けれども誰とて一度虚无思想に洗礼されなくて本統に一切を肯定する事ができませうか。まあそんな事もよくは知りません。またどうでもかまひません。（中略）今は摂受を行ずるときではなく折伏を行ずるときだそうです。

けれども慈悲心のない折伏は単に功利心に過ぎません。功利よきさまはどこまで私をも私の愛する保阪君をもふみにぢりふみにぢり追ひかけて来るのか。私は功利の形を明瞭にやがて見る。功利は魔です。あ、私は今年は正月から泣いてばかりゐます。父や母や私やあなたや。（簡49）

当時の社会的背景について若干説明しよう。大正期に顕著となった民主主義的、自由主義的風潮は大正デモクラシーとよばれ、当時の若者たちもその社会的高揚感に浸っていたが、とくに保阪の退学騒動があったその前年には、ロシアで革命が起り旧ロマノフ王朝が崩壊して、世界最初の社会主義政権（ソビエト連邦）が樹立して世界を驚かせている。周知の如くわが国においては、ロシア革命を主導した当時の革命的民主主義がニヒリズム（虚無主義）と呼ばれ、それは伝統的な既成の秩序や価値を否定し、既成の文化や制度を破壊しようとする反抗的な思想として警戒されていたのである。

賢治の指摘するように、おそらく保阪には実際に「虚無的」と誤解される烈しい進取の気性に富んだ一面があったのではないか。しかし、それは全く賢治の性格にも通じるものであり、当時の賢治を回想した妹シゲの言によれば（年譜篇）、彼がどうしても保阪と一緒に学校を止めると言い張って、父政次郎をはじめ家族を困らせたことがあったという。私は、あるいは彼にはそのとき、単純に保阪に同情し慰める意味ではなく、真に保阪の退学に同行する覚悟があったのではないかと思う。

また、「今は摂受《しょうじゅ》を行ずるときではなく折伏《しゃくぶく》を行ずるときだそうです」とは、賢治の口から突然に飛び出したようにみえるが、おそらく保阪との間ではすでに周知の情報であったと思われる。語尾が、「だそうです」という伝聞形になっている点も、その情報が賢治としてもまだ確信には至っていない証拠のように思われる。

その情報源というのは、疑いなく国柱会発信の宣伝情報だったと思われる。賢治はこの頃に、法華信仰に関心を寄せる中で、田中智学の主張する日蓮主義を学びつつある過程にあったのではないか。

手紙（簡49前半）を先へ読み進もう。こんどは、賢治は自分の宗教的信念を語る。

私などはとうとうおめ〳〵と卒業してしまひました。実は私はたとへあたりが誤つてゐるとは云へ、足らぬ力でともすれば不純になり易い動機で周囲と常に争ふことは最早やめやうと思ひ、これから二十年ばかり一生懸命にだまって勉強しやうと覚悟してゐました。そんな事をもあなたと話したいと思つてゐる中にあなたはこれで除名となり、最早系統ある勉強はこの辺では出来なくなりました。けれども私はあまり御気の毒にも思へません。あながちに私が他人だと思つてばかりでもない様です。実はそれが曾て私の願つた道であつたからです。勿論あなたの事ですからこれからの立つ道はきまった事です。たゞ私は呉々も御願致します。これから二十年間一諸にだまつて音なく一生懸命に勉強しやうではありませんか。それ前に兵隊や、病気や色々の事で死ぬ事もありませうが役に立つて死ぬにせよさうでないにせよいつか御約束した願はこの度一生で終る訳ではありませんから、今度も又神通力によって日本に生れやがて地をば輝く七つの道で劃り一天四海、等しく限りなきの遊楽を共にしやうではありませんか。

賢治と保阪は、保阪が盛岡高等農林に入学しルームメイトになってから、ほぼ一年。もうすでに、この時点で彼は保阪を一生の友人と心に決めている。保阪を「心友」と決めてしまっているのである。除籍になろうが、退学しようが、賢治にとって心友保阪はいつまでも、変わらず自分の心友保阪であり続けてほしいと彼は願っている。彼の気持ちは、ひしひしとわれわれにも伝わってくる。

「二十年ばかり一生懸命にだまって勉強しやう」、「二十年間一諸にだまって音なく一生懸命に勉強しやう」二度も繰り返しているこのことが、おそらく前に二人の間で交わした誓いの合言葉なのであろう。

「けれども私はあまり御気の毒にも思へません」という賢治の反語的表現にも、二人の間の将来にわたる長い交流にとっては、けっして今回の除籍も退学も障碍にはしない、という強い決意がうかがえる。賢治は、けっして今回保阪の身に起こったことを他人事とはしていない。

しかしながら、賢治はこの頃すでに、自分が進むべき道としての法華信仰を確信していたことは疑いない。おそらく賢治も保阪にその決意を語り、自分との同行を誘っていたことであろう。この手紙からは、二人が共有していたであろう情報のやり取りの緊密さが推理される。

それは、賢治のいう「今は摂受を行ずるときではなく折伏を行ずるときだそうです」の一句によってさらに明白となる。賢治が得ていたその情報源は、おそらく当時関東を活動拠点としつつ盛んに情報宣伝を展開していた田中智学主導の国柱会からであったにちがいない。摂受折伏についての問題は、賢治と国柱会との関係において第四節（国柱会入信）で詳説することになるが、賢治は保阪に対しこの手紙の中で、彼が今回誤解を受け退学の原因にもなったような行動がすなわち折伏的であり、賢治の主張する「だまって一生懸命に勉強する」のが摂受的なのだとその違いを強調しているのである。明らかに、賢治と保阪の二人の間にはすでに、田中智学と国柱会の存在についても、また、その国柱会が折伏の必要性を強調し、摂受的布教の日蓮宗から離脱して独立した事情も十分了解済みなのである。

ただし、「いつか御約束した願《がん》」については、賢治と保阪の認識に必ずしも一致を見ない内容を含んでいることに注意しておくべきであろう。賢治はこの後も、保阪に宛てた手紙の中で何度もこの時の「願」について持ち出しているのが注目される。「四つの願を起こした事をもあなた一人のみ知って居られます」（簡102a）、「自分ノ建テタ願」（簡166）、「曾《つぶさ》って盛岡で我々の誓った願」（簡186）などと見える。しかし、前節で詳解したように、この願については具には菩薩の「四弘誓願」のことで、賢治自身は保阪と出会うより以前に島地大等の天台宗教学を学ぶ中で、すでに菩薩の「四弘誓願」を発心《ほっしん》していたのだと思われる。したがって、おそらくこの手紙でいう保阪との「いつか御約束した願《がん》」については、二人の間の意思の疎通に同床異夢が生じていたのではないかと思われる。現実に、この時以後も繰り返される賢治からの執拗な法華信仰への勧誘に対しても、保阪は頑強に反論し続けている。

さらに、上の手紙（簡49前半）の中に見える「一天四海《いってんしかい》」の句は、「一天四海、皆帰妙法《かいきみょうほう》」と熟語して用いる法華信仰者の常套句であり、全世界が法華信仰に帰着するという将来への祈願をいう。また、同じ手紙の末尾には法華経の如来寿量品《にょらいじゅりょうほん》の偈文《げもん》から「衆生見劫尽」以下の十句を引いて保阪を慰めている。経文の意味は、たとえ我々が一大事に遭遇した時にも、けっして心配はいらない、仏に守られているこの世は安心だよ、という意味である。ただし、少々意地悪く言えば、賢治の経文引用には、二句が脱落しており、一字が誤写となっている。おそらく賢治にとって、これらの経文は日常的に唱え、諳んじていたものであろう。

賢治が保阪に発信するこの時期の手紙には、決まって自分と法華信仰への道を同行するように決意を促すための付言がある。そこには、法華経から直接引用した経文や法華信仰で用いられる慣用句、常套句が多く見られる。上の手紙（簡49、後半）ではつぎのようである。

> あゝ至心に帰命し奉る妙法蓮華経。世間皆是虚仮仏只真。／妙法蓮華経　方便品第二／妙法蓮華経　如来寿量品第十六／妙法蓮華経　観世音菩薩普門品第二十四〔五〕／願はくは此の功徳を普く一切に及ぼし／我等と衆生と　皆共に仏道を成ぜん

一九一八年（大正七）三月二十日前後に発信されたつぎの手紙（簡50）は、前便（三月十四日前後発、簡49）の趣旨をそのまま引き継いでいるが、私はこの手紙は賢治の宗教心理を読み解くうえで、きわめて重要な位置を占めるのではないかと考える。かなり長文の手紙なので、これを内容にしたがって分割し、少しじっくりと味わってみることにしたい。

賢治は、まだ保阪の退学事件から心が離れず、というよりも、失意でいるに違いない心友の立場を案じ、賢治としては思いつく限りの慰めのことばを絞り出しているようだ。

操〔繰〕り返す事ですが今度は私などは卒業してしまひ、あなたはこの様な事になり、何とも御申し訳けありません。どうか〳〵自暴を起さずに、（尤もそんな心配も無からうと思ひますが、）お父上様とよく御相談下され御機嫌よく新らしい努力に向って下さい。

賢治はさらに続ける。若い二人の会話らしい大言壮語ではあるが、おそらく、この内容は二人がつねに語り合っていたことではないだろうか。夢のある大正ロマンが感じられる。

私共が新文明を建設し得る時は遠くはないでせうが、それ迄は静に深く常に勉め絶えず心を修して大きな基礎を作つて置かうではありませんか。あゝこの無主義な無秩序な世界の欠点を高く叫んだら今度のあなたの様に誤解され悪まれるばかりで、堅く自分の誤った哲学の様なものに噛ぢり着いて居る人達は本当の道に来ません。私共は只今高く総ての有する弱点、裂罅を挙げる事ができます。けれども「総ての人よ。諸共に真実に道を求めやう。」と云ふ事は私共が今叫び得ない事です。私共にその力が無いのです。

賢治の話題は、つぎに信仰の勧誘に入る。具体的にここでは法華信仰とも、彼の心中にある国柱会の名も出してはいないが、なかんずく「私の遠い先生は三十二かにおなりになって始めてみんなの為に説き出しました。」とは、建長五年（一二五三）、十二年に及んだ比叡山留学から故郷の千葉清澄に帰った日蓮が、いよいよ決心して法華経専修をかかげて立教開宗の旗揚げを果たしたことをいう。日蓮ときに三十二歳であった。

保阪さん。みんなと一諸でなくても仕方がありません。どうか諸共に私共丈けでも、暫らくの間は静に深く無上の法を得る為に一心に旅をして行かうではありませんか。やがて私共が一切の現象を自巳〔己〕の中に抱〔包〕蔵する事ができる様になつたら、その時こそは高く高く叫び起ち上り、誤れる哲学や御都合次第の道徳を何の苦もなく破つて行かうではありませんか。私の遠い先生は三十二かにおなりになって始めてみんなの為に説き出しました。保阪さん　私共は今若いので一寸すると、始め真実の心からやり出した事も、いつの間にか大きな魔に巣を食はれて居る事があります。何とかして純な、真の人々を憐れむ心から総ての事をして行きたいものです。そうする事ばかりが又私共自身を救ふの道でせう。（中略）あゝ生はこれ法性の生、死はこれ法性の死と云ひます。只南無妙法蓮華経　只南無妙法蓮華経／至心に帰命し奉る万物最大幸福の根原妙法蓮華経　至心に頂礼し奉る三世諸仏の眼目妙法蓮華経　不可思議の妙法蓮華経もて供養し奉る一切現象の当体妙法蓮華経。／保阪さん　私は愚かな鈍いものです。求めて疑って何物をも得ません。遂にけれども一切を得ます。我れこれ一切なるが故に悟った様な事を云ふのではありません。南無妙法蓮華経と一度叫ぶときには世界と我と共に不可思議の光に包まれるのです。あ、その光はどんな光か私は知りません只斯の如くに唱へて輝く光です。南無妙法蓮華経南無妙法蓮華経　どうかどうか保阪さん　すぐに唱へ下さいとは願へないかも知れません　先づあの赤い経巻は一切衆生の帰趣である事を幾分なりとも御信じ下され本気に一品でも御読み下さい。

賢治は自分の法華信仰においても、この手紙ではじめて、「南無妙法蓮華経」の題目を口外へと出したのではないかと推測される。その背景として、手紙の相手が心友保阪であったこと、彼の苦境を必死に慰めようとする賢治自身の苦衷の心理があったが故ではないかと感じられる。

この手紙によって、題目を外に向かって語りだした賢治は、この後は躊躇なく題目の信仰を勧めるようになる。私の拙い経験から見ても、信仰を一歩前進させるということはそういうものであるかもしれない。賢治の一生にわたる題目信仰がここから始まったと思うと感慨深い。

なお、賢治はここで「生はこれ法性《ほっしょう》の生、死はこれ法性の死」という一句を用いる。この一句は、天台智顗の『摩訶止観』（五巻上）を出典とする「起は是れ法性の起、滅は是れ法性の滅」が原文ではないかと推考されるが、賢治のとくに好んだ表現で、彼のごく晩年の詩［疾中］に収録される［一九二九年二月］にも「帰命妙法蓮華経、生はこれ妙法の生、死はこれ妙法の死、今身より仏身に至るまでよく持ち奉る」と用いている。

また「あの赤い経巻」とは、賢治と保阪の二人の間でともに熟知の島地大等編著『漢和対照妙法蓮華経』をいう。

2. 一握の雪

一九一八年（大正七）、賢治は三月に盛岡高等農林学校を卒業すると同時に研究生として同校に在学を許可された。四月の徴兵検査は第二乙種で兵役免除となったため、五月、盛岡高等農林学校の実験指導補助員を委嘱され、関豊太郎教授の元稗貫郡の土性調査に従事することになった。

つぎの手紙は、前掲の五月十九日の日付と同じであり（簡63）、土性調査で訪れた「稗貫郡大迫町」から保阪嘉内へ出されたものであろうか。当時の賢治の信仰に対する微妙な心境を吐露している。

この町には私の母が私の嫁にと心組んでゐた女の子の家があるさうです。どの家がそれかしりません。またしらうともしません。今これを人に聞きながら町に歩くとしたらそれは恋する心でせう。私はその心を呪ひません。けれども私には大きな役目があります。摂受を行ずるときならば私は恋してもよいかも知れない。又悪いかもしれない。けれども今は私には悪いのです。今の私は摂受を行ずる事ができません。そんな事はけれども何でもない。何でもない。これらはみな一握の雪で南無妙法蓮華経は空間に充満する白光の星雲であります。

この手紙における賢治は、信仰のためには恋も家庭も捨てるという意気込みを語っているが、その理由として、自分には別に「大きな役目」があり、恋をするなどは「摂受」的行為だから、今の自分にはできないのだと主張しているのである。恋愛の問題などは「一握の雪」に過ぎないという。当時、折伏による積極的布教宣伝を主張していた田中智学（一八六一―一九三九）が指導する国柱会の影響下に、もはや賢治はどっぷり浸かってしまっているようである。

摂受《しょうじゅ》とは折伏《しゃくぶく》の反意語であり、本質的には、仏教を教化するときの態度の相違をいう。穏やかに相手の気持ちに添いながら入信を勧める摂受に対し、対立する悪人・悪法をくじき、相手を屈服させるという強い教化の態度を折伏という。自己の宗教や信仰をいかに相手に伝えたらいいかという問題は、つねに宗教教団にとってはその宗教行動の姿勢を示す重要な分岐点となることもある。田中智学が指導する当時の国柱会は、同じ法華信仰を宣揚するという立場ではあったが、伝統的位置に立って摂受的布教方法をとる日蓮宗を批判し、もっぱら折伏による積極的布教宣伝の必要性を主張して日蓮宗と対立していた。

この手紙における賢治は、まだ国柱会へ入会前でありながら、すでに心情的には国柱会シンパを自覚し、その立場で「南無妙法蓮華経」の布教を支援する姿勢がはっきりと表れているといえる。賢治の意識としては、当面は、保阪を折伏の対象と定めたようである。

3. 母を亡くした友に

賢治の心友保阪嘉内は一九一八年（大正七）六月十六日に母を亡くした。賢治から保阪へ示された弔意の手紙として、おそらく続けて発信されたと見られる三通の手紙（簡74、75、76）が現存している。疑いなく賢治の手紙は、心友である保阪の心痛を悼む手紙として届けられたものであるが、当時の賢治は自身の信仰問題が脳裏から離れなかったようである。

つぎは、その一通目の手紙（六月二十日前後と推定、簡74）であるが、賢治の友を想う親愛の情と同時に、この時期の彼には何としても保阪を同じ信仰へ誘わねばという強い使命感のあったことが読み取れる。それは、まだ正式の入会は実現してはいないものの、国柱会を背景とした折伏とみられる意識であったと思われる。

今河本さんから聞けば今度あなたの帰省なさったのは御母さんの御亡くなりになった為だとのことですが本統ですか　何かの間違らしくしか思はれませんが本統ですか。本統と仮定して今御悔みなどを云ふ気には私はなれません。私の母は私を二十のときに持ちました。何から何までどこの母な人よりもよく私を育て丶呉れました。私の母は今年まで東京から向へ出たこともなく中風の祖母を三年も世話して呉れ、又全じ病気の祖父をも面倒して呉れました。そして居て自分は肺を痛めて居るのです　私は自分で稼いだ御金でこの母親に伊勢詣りがさせたいと永い間思ってゐました　けれども又私はかた意地な子供ですから何にでも逆らってばかり居ます。この母に私は何を酬へたらいのでせうか。それ処ではない。全体どうすればい丶のでせうか。／私の家には一つの信仰が満ちています。私はけれどもその信仰をあきたらず思ひます。勿体のない申し分ながらこの様な信仰はみんなの中に居る間だけです。早く自らの出離の道を明らめ、人をも導き自ら神力をも具へ人をも法楽に入らしめる。それより外に私には私の母に対する道がありません。それですから不孝の事ですが私は妻を貰って母を安心させ又母の劬労を軽くすると云ふ事を致しません。私は今一つの務を果す為に実に実に陰気なびくびくものの日を送ってゐます。（中略）あゝけれどもこの実験室は盛岡の北の隅にあるのではない。諸仏諸菩薩の道場であります。私にとっては忍辱の道場です。

保阪の母の訃報を賢治に伝えた「河本さん」というのは、盛岡高等農林学校の保阪とは同学年で、退学になった保阪や賢治と一緒に同人雑誌「アザリア」の仲間であった。この手紙では、賢治は保阪の母の死の報を前にして、あたかも自分が責められているように自分の母イチに対する気持ちを告白している。

賢治が家族家庭を語る中で、母イチを表面に出すことは多くないが、この手紙では賢治は母についてやさしく多弁である。「妻を貰って」というのは、賢治にとってもけっして他人事ではなく、宮沢家の長男として生まれ早くから自覚のあったことにちがいない。家の将来を想い母イチのことを語るときには、彼はしばしばこの言葉を口にする。

一方、父政次郎に対する彼の感情はやや複雑である。経済的にも自立できず、常に甘えた願いごとばかりを持ち込む自分自身に強い卑下の感情を抱きつつ、家の宗教としての浄土門信仰に対し一つの限界を感じていたことは確かであろう。「私の家には一つの信仰が満ちています。私はけれどもその信仰をあきたらず思ひます。勿体のない申し分ながらこの様な信仰はみんなの中に居る間だけです。」という賢治の脳裏には、すでに聖道門信仰へ、法華信仰へ、国柱会入会へという具体的な道程が固まっているように思われる。

しかしここでは同時に、賢治は「早く自らの出離の道を明らめ、人をも導き自ら神力をも具へ人をも法楽に入らしめる」とも言っている。「出離」とは迷界を離れることであり、すなわち一般的理解としては在家を離れて出家者となること、坊さんになることに他ならない。実際に、当時の賢治は自身の宗教意識をどんどん先鋭化させていく中で、究極的には出家者の道も選択肢として考えていたということであろうか。ただ、ここでもう一つ留意しておくべきことがある。賢治がすでにつよく親近感を抱いていた当時の国柱会とは、その明確な特色として会員はみな在家者を前提とした宗教団体であったことを承知しておかねばならない。

賢治はまた手紙に、彼自身の今置かれている境遇すなわち関豊太郎教授の実験室で稗貫郡の土壌の分析に従事していることを、自分の将来につながる職業あるいは仕事としてではなく、「諸仏諸菩薩の道場であります。私にとっては忍辱の道場です」と言っている。すなわち自分にとって悟りを得るための修行の道場と覚悟していることを告白しているのである。この場合「忍辱《にんにく》」とは菩薩が基本的に修行しなければならない六波羅蜜《ろくはらみつ》（布施・持戒・忍辱・精進・禅定・智慧）の一つで、もろもろの侮辱や迫害を忍受するという意味である。

なお、この手紙の末尾に、賢治は二十八遍の「南無妙法蓮華経」（題目）を丁寧な楷書で書いている。その行為は、法華経写経の功徳を亡くなった保阪の母親に供養し慰霊したいという彼の純真な信仰心からくるものであろう。保阪の悲しみを友人として慰める心情として納得できる。

つぎは、二通目の手紙（六月二十六日、簡75）であるが、賢治は、保阪に彼自身が母のために「赤い経巻」から「如来寿量品」を書写して霊前に供えることを勧める。

此の度は御母さんをなくされまして何とも何とも御気の毒に存じます／御母さんはこの大なる心の空間の何の方向に御去りになったか私は存じません／あなたも今は御訳りにならない　あゝけれどもあなたは御母さんがどこに行かれたのか又は全く無くおなりになったのか或はどちらでもないか至心に御求めになるのでせう。／あなた自らの手でかの赤い経巻の如来寿量品を御書きになつて御母さんの前に御供へなさい。／あなたの書くのはお母様の書かれると仝じだと日蓮大菩薩が云はれました。／あなたのお書きになる一一の経の文字は不可思議〔議〕の神力を以て母様の苦を救ひもし暗い処を行かれゝば光となり、若し火の中に居られゝば（あゝこの仮定は偽に違ひありませんが）水となり、或は金色三十二相を備して説法なさるのです。

この手紙で、賢治は保阪に縷々法華経における写経の功徳を説く。「あなた自らの手でかの赤い経巻の如来寿量品を御書きになつて御母さんの前に御供へなさい」とは、出家者賢治があたかも保阪を諭すような口調である。「赤い経巻」とは、賢治と保阪の間ではすでに習慣となっている表現で、島地大等編著『漢和対照妙法蓮華経』のことであるが、賢治は、その中の如来寿量品第十六を母親の冥福のために写経して霊前に供えなさいと勧めるのである。「あなたの書くのはお母様の書かれると仝《おな》じだと日蓮大菩薩が云はれました。」という。これは、日蓮の遺文に「仏は一一の文字金色の釈尊と御覧有るべきなり」（『曽谷入道殿御返事』）あるいは「但法華経ばかりこそ女人成仏、悲母の恩を報ずる実の報恩経にては候」（『千日尼御前御返事』）などと、写経の功徳や法華信仰の女人成仏の果報あることを指しているものと思われる。

つぎは、三通目の手紙（六月二十七日、簡76）である。賢治は最初の手紙で南無妙法蓮華経の題目を書いて保阪の母上のために供養としたことを述べ、前便に続けて法華経の写経の利益を説き、彼自身にも写経することを勧めている。

私は前の手紙に階（楷）書で南無妙法蓮華経と書き列ねてあなたに御送り致しました。あの南の字を書くとき無の字を書くとき私の前には数知らぬ世界が現じ又滅しました。あの字の一一の中には私の三千大千世界が過去現在未来に亘って生きてゐるのです。（中略）実に一切は絶対であり無我であり、空であり無常でありませうが然もその中には数知らぬ流転の衆生を抱含するのです。（中略）諸共に深心に至心に立ち上り、敬心を以て歓喜を以てかの赤い経巻を手にとり静にその方便品、寿量品を読み奉らうではありませんか。南無妙法蓮華経　南無妙法蓮華経私は、この手紙を書いた賢治の念頭に、すでに「一念三千」の思想が浮かんでいることに注目する。すなわち「あの字の一一の中には私の三千大千世界が過去現在未来に亘つて生きてゐるのです」という一行が意味している思想であり、詳しくは次節に詳述するように法華信仰において最重要な思想のことである。しかし賢治は、心友保阪を相手にしても、なおその特定の語句の名前は胸に秘めまだ表に出さない（私も、ここでは賢治に准じて明かさないことにしよう）。手紙の末文には、法華信仰への誘い「保阪さん。諸共に深心に至心に立ち上り、敬心を以て歓喜を以てかの赤い経巻を手にとり静にその方便品、寿量品を読み奉らうではありませんか」という。保阪に真剣な研究をと願う、その方便品と寿量品こそが「一念三千」思想の出処なのである。

4. 求めることにしばらく労れ

賢治と保阪。二人が「心友」であるという関係は疑うべくもないが、この時期、その関係が少々怪しい雲行きとなってきた。賢治としては、母を亡くした保阪を慰める気持ちで発信した先の三通の手紙であったが、どうやら保阪はそれを強烈な賢治の「折伏」と受け取ったようだ。

つぎは、一九一八年（大正七）七月十七日の葉書（簡78）であるが、賢治に届けられた保阪の返信の具体的な内容は不明だが、保阪の返信もまた賢治に負けぬ強烈な折伏的文面だったことが推測できる。

さて憚らず申し上げます。あなたは何でも、何かの型に入らなければ御満足ができないのですか。又は何でも高く叫んで居なければ不足なのですか。我々は折伏を行ずるにはとてもとても小さいのです。只諸共に至心に自らの道を求めやうではありませんか。

賢治は保阪の言動を「折伏」的だと言い、保阪から見れば賢治の保阪に対する宗教勧誘こそがより折伏的に見える。賢治は「我々は折伏を行ずるにはとてもとても小さいのです」と必死に弁明しているが、二人の間に国柱会の存在がトゲの刺さったように意識されていることは疑いない。

さて、賢治から保阪への手紙は、この葉書以降、すなわち一九一八年（大正七）七月から十二月までの半年間（簡82、簡83、簡83a、簡89、簡93、簡94、簡95）は、賢治の手紙から折伏的論調は消え、自己主張は萎んで謙虚に、却って自己を卑下して保阪におもねっている感になる。

一九一八年（大正七）七月二十四日（推定、簡82）の手紙

私は馬鹿で時々あんな葉書を書くことがあります。気に入らなかったら許して下さい、あの葉書は実はこの前のあなたの御葉書が日蓮大士の御消息にそっくり同じ文勢の様に読んでびっくりして書いたのでした、あなたの御心持の中にこの聖者が深く刻まれて居たら御手紙もその御消息に似て来るのは勿論の事です、まあ私も学校をやめましたしこれから本が読みたいと思ってゐます。

七月二十五日の手紙（簡83）

私がさっぱりあなたの御心持を取り違ひてゐるとか云ふことも本統でせう。どうせ私の様に軽卒に絶へず断案に達するものは間違ふのが当然です。／又あなたは私の気ばかりでさっぱり思ふ様に行の進まないのを御笑ひになるのでせうがそれも仕方ありません。とにかくとにかく／「私は馬鹿で弱くてさっぱり何もとり所がなく呆れはてた者であります。」／と云ふ事をあなたにはっきりと申し上げて置きますからこれからさき途方もない間違が起って私がどんな事を云ってもあまりびっくりなさらんで下さい。

八月（推定、簡83a）の手紙

これから暫らくの間、私の手紙は、あなたに対して全然何の関係もないものとして、丁度日記の頁をちぎってあてのない処へ郵送すると云ふ事にして、書きます。そうでないと私に大そう不愉快な事がありますから仕方ありません。

十月一日（推定、簡89）の手紙

おちぶれるも結構に思ひます　落魄れないと云ふのも大したことではないではありませ（ん）か／暖かく腹が充ちてゐては私などはよいことを考へません　しかも今は父のおか（げ）で暖く不足なくてゐますから実にづるいことばかり考へてゐます。

十二月初め（推定、簡93）の手紙

今や私は学校を中途にやめ分析も自分の分を終らず、先生が来ても随いても歩けず、古着の中に座り、朝から晩まで本をつかんでゐるか、利子やもうけ歩合の勘定をするかしてゐます、これが体裁のよいことか悪いことか農学得業士がやってはづかしいことか恥しくないことか、健康によいことか、わるいことかどうも何にせよ仕方ありません。

十二月十日前後（推定、簡94）の手紙

私があなたの力を知らないと云ふのはあなたが現在の儘であなたの理想を外に施すとして、それが果して人人とあなたとの幸福を齎すかどうかを知らないと云ふ事です。／あなたに具はれる素質をも私はよく知りません。が、どちらも一定不変なものでもありませんし、十へも一へも展開させ得るのですから実は私はいつでも現在の状態は軽く見るくせがあります。（中略）今わたくしは求めることにしばらく労れ、しづかに明るい世界を追想してみました。それはあなたに今さっぱり交渉のないことかもしれません。

十二月十六日（簡95）の手紙

「私は求めることにしばらく労れ、」と書いたと思ひます。但しあなたに求めるものはあなたの私を怒らないことです。今年も匆々暮れます。

5. 今泣きながら書いてゐます

つぎの手紙は、一九一八年（大正七）の日付不明の手紙（簡102a）であるが、内容には二人の友情と信仰とのせめぎ合いがいよいよ極限まできてしまった感がある。しかし、「心友」である二人がお互いを思い遣っている心情には、手紙を手にする誰をも切なくさせて止まないだろう。

わが一人の友よ。しばらくは境遇の為にはなれる日があつても、人の言の不完全故に互に誤る時があつてもやがてこの大地このまゝ寂光土と化するとき何のかなしみがありませうか。

或はこれが語での御別れかも知れません。既に先日言へば言ふ程間違つて御互に考へました。然し私はそうでない事を祈りまする。この願は正しくないかもしれません。それで最後に只一言致します。それは次の二頁です。

次の二頁を心から御読み下さらば最早今無限の空間に互に離れても私は惜しいとは思ひますまい。

若し今までの間でも覚束ないと思はれるならば次の二頁は開かんで置て下さい。

あなたは今この次に、輝きの身を得数多の通力をも得力強く人も吾も菩提に進ませる事が出来る様になるか、又は涯無い暗黒の中の大火の中に堕ち百千万劫自らの為に（誰もその為に益はなく）封ぜられ去るかの二つの堺に立つてゐます。間違つてはいけません。この二つは唯、経（この経）を信ずるか、又は一度この経の御名をも聞きこの経をも読みながら今之を棄て去るかのみに依つて定まります。かの巨なる火をやうや

> く逃れて二度人に生れても恐らくこの経の御名さへも今度は聞き得ません。この故に又何処に流転するか定めないことです。保阪さん。私は今泣きながら書いてゐます。あなた自身のことです。偽ではありません。あなたの神は力及びません。この事のみは力及びません。私とても勿論力及びません。
>
> 信じたまへ。求め給へ。あゝ「時だ」と教へられました。「機だ。」と教へられました。今あなたがこの時に適ひ、この機ならば一道坦直、この一つが適はなかったら未来永劫の火に焼けます。
>
> 私は愚かなものです。何も知りません　たゞこの事を伝へるときは如来の使と心得ます。保阪さん。この経に帰依して下さい。総ての覚者（仏）はみなこの経に依て悟つたのです。総ての道徳、哲学宗教はみなこの前に来つて礼拝讃嘆いたします。この経の御名丈をも崇めて下さい。
>
> そうでなかつたら私はあなたと一諸に最早、一足も行けないのです。そうであつたら仮令あなたが罪を得て死刑に処せらる丶ときもあなたを礼拝し讃嘆いたします。信じて下さい。

この手紙については（簡102a）、その前段において、過去の賢治と保阪が夏の岩手山に登って将来を誓い合ったことなどを述べているが（既述一―6「菩薩」へのあこがれ　本書五五頁）、その時点で二人の間にはこの手紙でいうような「先日言へば言ふ程間違って御互に考へました」という議論の行き違いが生じていたのである。

おそらくその議論の行き違いとは、賢治が強く法華信仰への同行を勧め、また保阪がそれを頑強に拒絶したのであろう。賢治がいう「経（この経）」とは、すなわち二人の間では暗黙に了解される「赤い経巻」すなわち法華経の意味であり、「この大地このまゝ寂光土と化するとき」というのは、「娑婆《しゃば》即寂光《そくじゃっこう》」と熟語される法華経所説の永遠の目的のことで、現実にわれわれの住む穢れの多い娑婆世界が実にはそのまま仏の住む寂光浄土と覚ることをいう。

賢治は、この手紙の二頁分を糊付けして、つぎのように言い放っている。「次の二頁を心から御読み下さらば最早、今無限の空間に互に離れても私は惜しいとは思ひますまい。若し今までの間でも覚束ないと思はれるならばつぎの二頁は開かんで置て下さい」。かなり強烈な切り口上である。しかし、今にして思えば、現在われわれがこうして賢治の手紙を目にすることができているということは、当時、保阪は手紙を開封したと理解していいのであろうか。やはり、二人の「心友」関係は健在だったということである。

開封された手紙二頁の内容は、いうまでもなく、保阪に法華信仰を取るか取らないか、否か応か、いずれかの選択を迫る厳しい内容であった。「保阪さん。私は今泣きながら書いてゐます。あなた自身のことです。偽ではありません」という。おそらく賢治は本当に泣きながら保阪に迫っていたのだろう。

「あなたの神は力及びません。この事のみは力及びません」とは、保阪が信仰する神のことであろうか。『イーハトヴ学事典』によれば保阪の信仰していたのは神道禊教だったという。

つぎに、「信じたまへ。求め給へ。あゝ「時だ」と教へられました。「機だ。」と教へられました。今あなたがこの時に適ひ、この機ならば一道坦直、この一つが適はなかったら未来永劫の火に焼けます。」の一文について少しく考えてみたい。

賢治自身、「私は今泣きながら書ゐています」と言っているが、支離滅裂な文章というのはこのような状態をいうのであろうか。主語が、述語がどこにあり、文脈がどこからどこへつながるのか、私にはまったく自信はないがこの手紙から、当時の賢治と保阪の議論の背景に法華信仰の是非、それを取るか捨てるかの問題がいよいよ保阪の決断すべき究極の段階まで立ち至っていることを感じる。

「時だ」「機だ」と声高に強調する賢治の論法には、私にもいささか心当たりがある。わが国の仏教がその特徴としてしばしば指摘される宗派仏教であるが、各宗派の祖師たちは競ってそれぞれの教相判釈《きょうそうはんじゃく》（教判ともいう。諸経の教えの浅深勝劣を分別し判釈すること）を主張した。なかんずく日蓮が法華信仰へのみちびきの手順として提示したのが、「五義《ごぎ》」とよばれる教《きょう》（教法の浅深から法華経信仰にいたること）・機《き》（教法を受けるものの気質）・時《じ》（末法という時の認識の重要さ）・国《こく》（日本という国に教法が流布する因縁）・序《じょ》（教法流布の順序の問題）の教判であった。（『教機時国抄』）

五義は、一般に研究者により日蓮の思想と行動を分析する最も中心の原理として重要視されているが、この手紙における賢治は、保阪の入信を説得する手段として、「時」と「機」を持ち出したと思える。この段階で、賢治が「五義」の真義をどこまでふかく理解していたかはわからないが、保阪が時機に叶えば「一道坦〔但〕直」（ただこの道を進む以外にないということか）となるであろうと強調するのである。

「たゞこの事を伝へるときは如来の使と心得ます」の一句については、賢治においてもその使用に格別の意識があったと思われるので解説しておかねばならない。ちなみに「如来の使」とは、仏の使い、仏の使者ということで、如来から遣わされて、その教えを衆生に伝え導く者のことをいう。法華経の法師品に「法華経の、乃至一句を説かば、当に知るべし、この人は即ち如来の使にして、如来に遣わされ、如来の事《じ》を行ずるなり」と見える。ここには、賢治の法華信仰者としての強い自覚が確認できるといえよう。

6. 悶々たる日々

一九一八年（大正七）の後半の半年間は、心友保阪嘉内の母の永眠という事情もあったが、賢治自身の環境にも心晴れぬ日々が続いた。この時期の賢治には、自身の将来に対する進路の不確定、宮沢家の長男として家業への責任感、そして彼自身の健康への不安が一時に襲って彼を悩ましていた。

三月に盛岡高等農林学校を卒業した後、引き続き「地質・土壌と肥料」研究のため研究生として同校に在学を許可され、四月からは関教授の指導のもと稗貫郡土性調査に入っていたが、彼の体調は肋膜炎の発症など必ずしも順調ではなかった。同月の徴兵検査でも健康上の理由か、第二乙種で兵役免除となった。

二十一歳の賢治は苦しんでいる。

つぎは、同年八月と推定される保阪への手紙である。(簡83a)

この前の手紙で申し上げた通り、先づ私はこれから先に、何の仕事をしなければならないと云ふ約束を持たない事になりました。けれどもこれは又苦しいことです。私は何もできないのです。畑を堀っても二坪も堀ればもう絶えず憩んでばかりゐる。少し重い物を取り扱へば脳貧血を起したりする。それでもやっぱり稼ぎたくて仕方がないのです。毎日八時間も十時間も勉強はしてゐます。がこれは何だか私にはこのごろ空虚に感じます。もしこの勉強がいつまでも続けられる事情ならば斯うは感じますまい。(中略)私は長男で居ながら家を持って行くのが嫌で又その才能がないのです。それで今私は父に、どうかこれから私を家が雇って月給の十円も呉れる様な様式(形式ではない、本統に合名会社にでもして仕事をするつもりです。ことに鉱業的なこと、又工業原料的なこと)にして呉れまいかと頼んでゐます。そして又この辺では沢山仕事はありますがみな大きな資本が要ります。とても私などが経営できる事はありません。とにかくこの様にして三十五迠も働けば私の父と母とが一生病気にかゝっても人に迷惑をかけないで済む様な状態に私の家がなります。(中略)今の夢想によればその三十五迠にはすこしづゝでも不断に勉強することになってゐます。その三十五から後は私はこの「宮沢賢治」といふ名をやめてしまってどこへ行っても何の符丁もとらない様に上手に勉強して歩きませう。それは丁度流れて、やまない私の心の様に。けれども私は私の心を見習ふのではありません。その様にして偉い和尚様になるのではありません。もとより出家しないのですから和尚様になれ様筈がありません。最早夜も更けました。

つぎは、同年の十月一日と推定される保阪への葉書（簡89）であるが、賢治の作品群には入らないが興味深い一つの創作が添付されている。黒い河のながれに、沢山の死人と青い生きた人とが流れてゆくという異様な情景が綴られているが、書き出しが「私の世界に」となっているところからみれば、これはおそらく当時の賢治自身の心理描写であり、登場する「青人」とは賢治本人の意味であろうか。前便（簡83ａ）の内容ともどこかオーバーラップするものを感じる。

私の世界に黒い河が速にながれ、沢山の死人と青い生きた人とがながれを下って行きまする。青人は長い手を出して烈しくもがきますがながれて行きます。青人は長い長い手をのばし前に流れる人の足をつかみました。また髪の毛をつかみその人を溺らして自分は前に進みました。あるものは怒りに身をむしり早やそのなかばを食ひました。溺れるものの怒りは黒い鉄の瓦斯となりその横を泳ぎ行くものをつゝみます。流れる人が私かどうかはまだよくわかりませんがとにかくそのとほりに感じます。

なお、『新校本』（第一巻　短歌・短唱）には、歌稿［Ａ］の「大正七年五月以降」として、「青びとのながれ」の見出しで短歌十首（６８０―６８９）が収録されている。内容は葉書と同じである。つぎに、その中から三首（６８０、６８１、６８４）だけをあげておこう。

あゝこはこれいづちの河のけしきぞや人と死びととむれながれたり
青じろき流れのなかを死人ながれ人々長きうでもて泳げり
溺れ行く人のいかりは青黒き霧とながれて人を灼くなり

賢治は、一九一九年（大正八）の正月を母イチと二人で東京で迎えていた。前年の暮れ十二月に妹のトシが肺炎のために入院したとの知らせがあり急遽母とともに上京したのである。東京は、修学旅行のときの経験もふくめて賢治にとって初めてではなかったが、ほぼ三か月に及んだこのときの東京滞在は後の賢治の行動を思うとき、貴重な体験となったのではなかっただろうか。

とくに、彼はこのときの東京滞在中にはじめて、上野桜木町の国柱会館で田中智学の講演を聴いたという。それは二十五分程度のごく短い時間だったようだが、賢治にとっては忘れられない記憶であったにちがいない。（簡177）

ここで、賢治の妹トシについて少しく紹介しておきたい。彼女と賢治の間で、信仰的には具体的にどのように深密な関係があったかは詳らかでないが、後に賢治は詩［無声慟哭］（『春と修羅』所収）の中で「信仰を一つにするたったひとりのみちづれ」とその死を悔やんでいる。彼にとっての存在感の大きさがうかがえる。

トシ（一八九八―一九二二）は、政次郎・イチの長女で賢治の二歳下の妹。尋常小学校、高等女学校とも成績優秀で通し、一九一五年（大正四）に日本女子大学校家政学部予科に入学した。トシ入院の報により賢治と母イチが上京し看病に当たったのは、彼女が大学の卒業年度に当たる第三学期のことであった。

トシは、入院のひと月前に賢治にあてて一通の手紙を書いている。「年譜篇」では、トシから賢治に宛てた手紙はこれ以外に残っていないとされるが、その内容によれば、これに前だって賢治からトシに、自分の風邪がなおったこと、彼女の卒業論文のテーマについての助言、そして賢治自身の将来の仕事の見通し、などを書き送ったことがわかる。

つぎのトシの手紙は、当時の賢治の立場を理解し温かい励ましを与えている。

大正十年位までハゆる〳〵と御考へを練らるゝ事に賛成申し上げ候。／とにもかくにも真生活の方法と職業との一致の外に望ましき生活法ハ考へられず候　一人〳〵も一家もその天職を見出して之を遂げたくと折角ねがひ居り候。（中略）無責任な理想を申し上ぐるならバ兄上様御自身の天職と一家の方針とが一致する事が何よりも望まれ候　家族が必要な援兵としてでなしに唯の足手まといとなる事ハお互ひに不本意なる事に御座候（中略）只今としてハ御健康を増さるる事が第一と存ぜられ候へば折々に運動も遊ばさるゝ様願ひ上げ候（年譜篇）

この手紙により、賢治が大正十年頃までには自分の将来を決めようとしていたことがわかる。しかし、はたしてその現実は「ゆる〳〵と」余裕のあるものであったかどうか。トシの発病は、手紙のすぐ後のことであった。トシの入院した永楽病院は、日本女子大学と学寮（責善寮）にも近かったので、賢治たちもそれに近い雲台館（小石川区雑司ヶ谷町）に宿をとって、病院へ通っている。このとき、トシが罹患したのは当時世界的に流行を見ていた俗にいわれるスペイン風邪であったという（年譜篇）。この東京滞在中に賢治は四十六通の書簡でトシの病状と看病中の財政状況を父へ報告している。

トシは、大学の最終学年の三学期を全休したが、幸いにも在学中の成績優秀により見込み点で卒業が認められ、三月、病状の回復とともに、賢治と一緒に帰花した。翌一九二〇年（大正九）九月には、健康の回復により母校花巻高等女学校の教諭心得となり、英語・家事を担当している。

このときの滞京中に、賢治は、心友保阪嘉内に一通の手紙を出している（簡１０２）。盛岡高等農林学校を中退した後の保阪は、その後は東京に出て明治大学に在籍していた。彼もまた、新しい進路を模索していたのである。賢治は、できれば都合をつけて彼に会い、家の事情を相談したいと考えたのであろうか。

私は一月中旬迠は居なけ〔れ〕ばならないのでせう。／あなたと御目にかゝる機会を得ませうかどうですか若し御序でもあれば日時と場所とを御示し下さい。夜は困ります。母の前では一寸こみ入った事は話し兼ねます。殊によれば私も早く帰るかもしれません。然しもう一返出て来ないとなりませんし或は家事上の都合で私は当地に永住するかも知れないのです。／あ、変化ある未来は測り兼ね、仮令悪く変るとしても面白いではありませんか

しかし、この滞京中に賢治と保阪が会うことはなかった。
つぎの手紙は、賢治の心友保阪への手紙（四月頃か、簡144）であるが、

お手紙ありがたう存じます　私こそ永々と御無沙汰致しましたがその間何をしてゐたかと御訪ねを受けますと御恥かしい訳ですが周囲の事情は今のあなたの通りです。全くその通りです　只私のうちは古着屋でまた私は終日の労働に堪えないやうなみじめなからだな為にあなたの様に潔い大気を呼吸しては居りません　畑を起したり播いたりもして見ました—便利瓦といふものを売って見たり錦絵が面白くなって集めたり結局無茶苦茶です。なんにも云はんで下さい。商買をすれば偽を云ったり、偽になるやうなうまい方法をつかったりしなければなりません。
○煮えきらないものは一生こんなことを苦に病んでゐなければなりません。私のある友達が申しました。また私も申しました。
「なるやうになれ。どうでもなるやうになれ。流れろ。流れろ。」ひとりでに流れる力は不可抗です。たゞしこれからの流れやうはきめなければならない。

馬鹿〳〵しいと云ふ私の友よ。私にはあなたがかゞやいて見える。

つぎの手紙は、一九二〇年（大正九）六月～七月頃（簡165）に出されたものである。賢治が国柱会へ正式に入信の手続きをするほぼ二、三か月前の時期に当たる。

私なんかこのごろは毎日ブリブリ憤ってばかりゐます。（中略）いかりがかっと燃えて身体は酒精に入った様な気がします。机へ座って誰かの物を言ふのを思ひだしながら急に身体全体で机をなぐりつけさうになります。いかりは赤く見えます。あまり強いときはいかりの光が滋くなって却て水の様に感ぜられます。遂には真青に見えます。確かにいかりは気持が悪くありません。（中略）私は殆んど狂人にもなりさうなこの発作を機械的にその本当の名称で呼び出し手を合せます。人間の世界の修羅の成仏。そして悦びにみちて頁を操ります。本当にしっかりやりませうよ。

「本当の名称」とは、いうまでもなく「南無妙法蓮華経」の題目のことであり、「人間の世界の修羅の成仏」の一句は、賢治本人のことを指しているにちがいない。後年、賢治が文学活動の初の成果とする心象スケッチ『春と修羅』を想起させる。

この手紙の末尾に、賢治は「しっかりやりませう」と、二十一回も列記している。

当時の彼は、盛岡高等農林学校研究生を修了し実家に帰っているが、日々変化の少ない生活に鬱積したやり場のない気分を、心友であればこそ保阪に向けてぶつけている感が強い。「本当にしっかりやりませう」とは、必死に自分自身を励ますことばであるにちがいない。

つぎの手紙（簡166）は、一九二〇年（大正九）七月二十二日付の賢治の返信である。保阪から賢治へ近況報告が届いたらしい。手紙の内容から、当時保阪は士官として入営していた様子がうかがえるが、賢治と保阪の関係もやや回復したかのように見える。賢治の機嫌も悪くない。その理由は、おそらくこの手紙が明かすように、賢治はこれまで内心に抱いていた一つの迷いに決意を固めたようで（いうまでもなく、それは国柱会への入会であろう）、その表情は明るく見える。

コチラノコトモ書カナイト変デスカラ書キマセウ。私ハ曾ッテ盛岡ノ終リノ一年半アナタト一緒ニイロイロノ事ヲシタコロカラモハヤ惑ヒマセンデシタ。（タシカニワレワレハ口デコソ云ハネ同ジ願ヲタテタ筈デス。）ケレドモ今日ニナッテ実際ニ私ノ進ムベキ道ニ最早全ク惑ヒマセン。東京デオ目ニカ、ッタコロハコノ実際ノ行路ニハ甚シク迷ッテヰタノデス。／（偶然乍ラ数人ノ人々カラアナタノ悪イ評判ヲ私ハ聞カサレマシタ。ケレドモドウセコノ人達ハ正シクアナタヲ判断スル筈ガナイシ、タトヘソンナ小サナ問題デナシニモット烈シイ大キナ悪イ事ヲ私ガ現ニアナタニ見タトシテモ曾ッテ盛岡デワレワレガ冥々ノ中ニ建テタアノ大キナ願①ハアナタヲ去ラナイコトヲ少シモ疑ヒマセン。）／モット立チ入ッテ申セバ盛岡以来アナタハ女デヒドク苦シンデヰラレタデセウ。ソノ間私ハ自分ノ建テタ願②デ苦シンデヰマシタ。今日私ハ改メテコノ願ヲ九識心王大菩薩即チ世界唯一ノ大導師日蓮大上人ノ御前ニ捧ゲ奉リ新ニ大上人ノ御命ニ従ッテ起居決シテ御違背申シアゲナイコトヲ祈リマス。サテコノ悦ビコノ心ノ安ラカサハ申シヤウモアリマセン。

上の手紙において、賢治が「願」について二つの異なる「願」を指呼していることに再度注目しておきたい。すでに前にふれたが、「願」①は賢治と保阪が岩手山登山の折に二人で誓った願であり、「願」②はそれよりも早く賢治が「菩薩」に目覚め、自身の精進を誓って立てた「四弘誓願」のことである。賢治の意識の中では本来一つの願のはずであるが、ここでは保阪の誤解を察知して異なる願のごとくに話している。

　また、「九識心王大菩薩即チ世界唯一ノ大導師日蓮大上人ノ御前ニ捧ゲ奉リ」とは、賢治が国柱会に入信することを決意しての宣言であるが、なかんずく、「九識心王大菩薩」は、国柱会に限定される用例として彼の信仰を裏付ける注目される一語である。日蓮遺文中では『日女御前御返事』に導かれた表現と思われるが、同遺文は古来偽書としての疑いがもたれており伝統宗門では積極的には使用しないが、国柱会では修行の軌範とする「妙行正軌」中にも収め尊重する。注目されるのは、当時の賢治の国柱会研究がいよいよかかる特殊な用例にまで、深く進んでいたことをうかがわせる証左である。

　賢治の国柱会入信の決行がいよいよ目前に迫っている。

三、法華信仰の理念と実践

1. 南無妙法蓮華経とは何か？

つぎの手紙は、一九一八年（大正七）［三月二十日前後］の保阪嘉内宛（簡50）の手紙である。前にもふれているが、現存する賢治の手紙において、彼が「南無妙法蓮華経」を表白している場面は、この時が最も早期のものではないだろうか。つまり、これまでは賢治の法華信仰の直接的な表白は「妙法蓮華経」が対象であって、「南無妙法蓮華経」ではなかったことが注目される。しかして、この後は賢治の法華信仰の表白は断然、「南無妙法蓮華経」の登場場面が多くなってくるのである。

只南無妙法蓮華経　只南無妙法蓮華経／至心に帰命し奉る万物最大幸福の根原〔源〕妙法蓮華経　至心に頂礼し奉る三世諸仏の眼目妙法蓮華経　不可思議の妙法蓮華経もて供養し奉る一切現象の当体妙法蓮華経／保阪さん　私は愚かな鈍いものです　求めて疑つて何物をも得ません　遂にけれども一切を得ます　我れこれ一切なるが故に悟った様な事を云ふのではありません　南無妙法蓮華経と一度叫ぶときには世界と我と共に不可思議の光に包まれるのです　あゝその光はどんな光か私は知りません　只斯の如くに唱へて輝く光です　南無妙法蓮華経南無妙法蓮華経　どうかどうか保阪さん　すぐに唱へ下さいとは願へないかも知れません　先づあの赤い経巻は一切衆生の帰趣である事を幾分なりとも御信じ下され　本気に一品でも御読み下さい

上の手紙の中で、賢治は明らかに「妙法蓮華経」と「南無妙法蓮華経」との意味を区別して用いていると思われる。そこには、経典のタイトルとしての「題目」と、信仰の対象としての「題目」との相違の論理的説明が必要であろう。

賢治の法華信仰の特色として、これまで見てきたような彼の書簡だけでなく、この後に登場する短歌、詩、童話など文学作品などにおいても、随所に法華経から取材した字句や思想をかなり自由に、あるいは奔放にちりばめるという事実を指摘できる。それは、法華経の文言を直接引用する場合もあれば、またある程度賢治流に要約やアレンジを加える場合もある。しかし、賢治が基本的に宗教と向き合う、より具体的には法華信仰に対する態度はどこまでも真摯である。彼の伝統的な教学や歴史に対する知識を無視して、その思想、宗教を批評する立場はあってはならないと感じる。以下においても、できるだけ賢治の認識する法華経観の進展や変化を見逃さずに稿を進めることとしたい。

ここでは、ひとまず伝統的解釈にしたがって「妙法蓮華経」と「南無妙法蓮華経」の基本的な意味の違いと、その信仰の内容を確認しておくことにしたい。なお、私は拠るべき参考文献として、宮崎英修編『日蓮辞典』（昭和五十三年、東京堂刊）、事典刊行会編『日蓮宗事典』（昭和五十六年、日蓮宗宗務院刊）を選んだ。ご了承いただきたい。

一般に「法華経」と呼び習わしているが、その具名《ぐみょう》は「妙法蓮華経」という。この経の原名は梵語のサッダルマ・プンダリーカ・スートラで、中央アジア亀茲《きじ》国生まれの姚秦鳩摩羅什《くまらじゅう》（クマーラジーヴァ、三五〇―四〇九）が「妙法蓮華経」と漢訳した。当初の羅什訳は七巻二十七品《ほん》（二十七章）であったが、後に隋代に至って現行の八巻二十八品の形式に再編集された。

法華経を漢訳した鳩摩羅什について、もうすこし説明をくわしくしておきたい。賢治がこの恩人に対して無関心であったわけがないからである。『赤い経巻』を解説した島地大等は「此の経を読まん者、豈什三蔵伝訳の勲労に感激する所なかるべけんや」と特記している。

鳩摩羅什は、中国南北朝の訳経僧としてつとに有名であるが、彼はインド人を父とし亀茲国王の妹を母として、亀茲国で生まれた。亀茲国というのは、中国西域のタクラマカン砂漠の北辺すなわちシルクロード（天山南路、西域北道）のルート上にあって、古代オアシス都市国家として栄えた地である。現在は、新疆ウイグル自治区の庫車《クチャ》にあたる。羅什の一生は数奇な運命にもてあそばれたといえる。

羅什は七歳で出家し、九歳のとき母に伴われて北インドのカシミールに遊学し、十三歳で亀茲に帰ったが、その間、仏教は小乗・大乗にわたって学び、広く諸学にも通じて、彼の名声は西域諸国に広まった。

ときに長安を中心とした関中に勢力をはった前秦王苻堅《ふけん》は、建元一八年（三八二）に亀茲を伐って亀茲の王室を滅ぼし羅什をとりこにした。一説には、羅什を入手することじたいが亀茲を伐った目的だったともいわれる。ところが、羅什をともなった将軍呂光は長安へ凱旋の帰途、すでに苻堅は殺され前秦が滅びその帰途を失ったことを知り、涼州を平定して後涼国を建てたため、羅什もそのまま十六、七年間は涼州に止まることになった。

後秦の姚興が後涼を打ち、羅什を長安に迎えたのは、弘始三年（四〇一）であった。姚興は三宝を尊崇し、国師の礼をもって羅什を迎え、西明閣および逍遥園において経論を訳出させた。羅什はその後、十年余にわたり経論の伝訳や講説に従事し、門下数千の英才を教化したのである。姚秦の時代、華北においては一大仏教興隆期が出現し、多くのインド僧や西域僧が陸続と渡来し訳経事業に従事したが、なかんずく中国仏教を輸入の時代から成長発展の時代に転回させた原動力となったのは、羅什の活躍であった。

羅什が長安に没するまでの十二年間に翻訳した経典は、おおよそ七十四部三八四巻にのぼり、その主なものを挙げれば、いま話題の『法華経』をはじめ『大品般若経』『阿弥陀経』『維摩経』『金剛経』などの大乗経典、『坐禅三昧経』『禅法要解』などの禅経典、その他律典、および論書や伝記類まで、わが国において馴染みの深い大乗典籍の初訳はほとんどが羅什の翻訳によるといえる。

鎌倉時代に日蓮宗を開いた日蓮（一二二二―一二六二）は、妙法蓮華経こそ教主釈尊が末代に向けて留め置いた唯一の衆生済度の経典であると感受して、その題目は一部八巻二十八品が説く全ての教えを一括して代表するものであると主張した。たとえば、「妙法蓮華経の五字は経文に非ず其の義に非ず唯一部の意のみ」（「四信五品抄」）。あるいは、「釈尊の因行《いんぎょう》果徳《かとく》の二法は妙法蓮華経の五字に具足す。我等この五字を受持すれば自然に彼の因果の功徳を譲り与えたまふ」（『観心本尊抄』）という。

すなわち日蓮においては、「妙法蓮華経」の五字の題目は、単に経名、経題としての一般的意味ではなく、「釈尊の因行果徳の二法」の功徳による衆生救済という特別の信仰的意義が付与された「宗旨としての題目」（『本化聖典大辞林』）であるとする。私は、その違いに充分の注意が必要である、と思う。

また日蓮は、外面的には「妙法蓮華経」だけでなく、「南無妙法蓮華経」も一様に「題目」と表示している。「南無」というのは、梵語のナマスの音写で、意味としては古来「帰命《きみょう》」の訳が最も多く用いられているように、「南無妙法蓮華経」とは、身命を捧げて絶対の信をもって法華経に帰依するという意味になる。

日蓮の遺文の表現では、「題目の五字」あるいは「妙法蓮華経の五字」、また「南無妙法蓮華経の五字七字」「妙法蓮華経の七字五字」等と、五字と七字を明確に区別せずに表現しているが、これは日蓮宗の伝統的教学にあっては五字と七字が異なって在るのではなく、あえて両者不可分の関係を示す寓意的表現と理解されている。

法華経は全体が八巻二十八品よりできているが、構成上でも内容上でもかなり複雑であるため、古来多くの注釈家によって経意を把握するための種々の整理方法が試みられてきた。なかんずく、中国仏教の創立者である釈《しゃく》道安《どうあん》（三一二―三八五）以来、仏教経典の内容把握は形式的に一経の全体を、序分《じょぶん》・正宗分《しょうしゅうぶん》・流通分《るつうぶん》に科段する三分法が一般的であり、その科段法によれば法華経は序分（序品第一）・正宗分（方便品第二～分別功徳品第十七の前半）・流通分（分別功徳品第十七の後半～普賢菩薩勧発品第二十八）に三分される。［図版　法華経の品目と科段］

しかしその後、法華経の場合には、中国の天台大師智顗（五三八―五九七）がその思想の本質を捉える方法として、全体の二十八品を前半の十四品（序品第一～安楽行品第十四）の迹門《しゃくもん》と、後半の十四品（従地涌出品第十五～普賢菩薩勧発品第二十八）の本門《ほんもん》とに二分する方法を提案し、以後は法華経の場合は、この二分法がより内容を理解しやすいとして一般的に用いられるものとなった。

法華経を理解する方法としてはとくに重要な、本門と迹門についてもう少し説明しよう。まず迹門は、諸大乗

図版　法華経の品目と科段

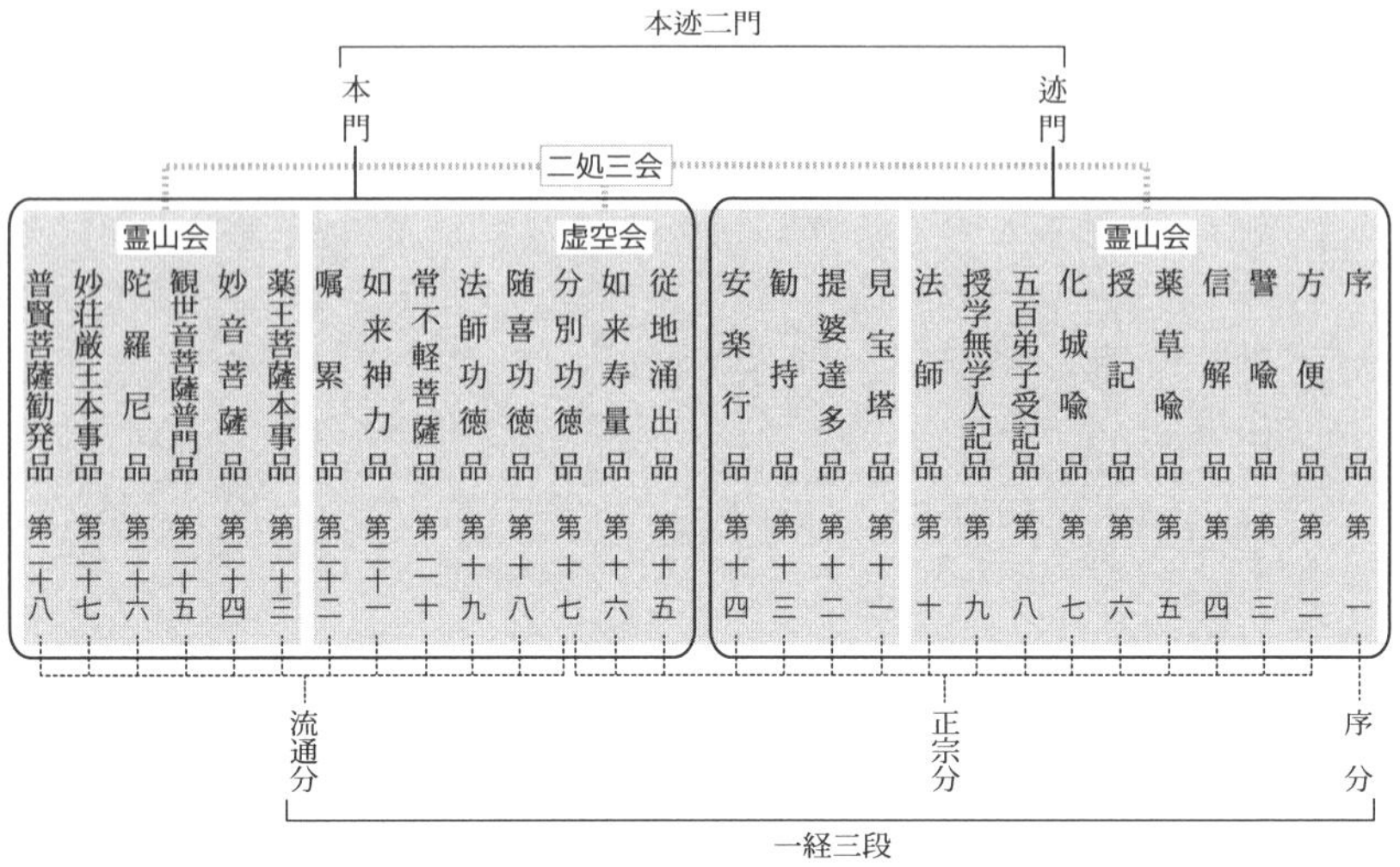

経では歴史上の釈尊（迹仏《しゃくぶつ》）が説いた三乗《さんじょう》説（声聞・縁覚・菩薩乗）の内、声聞と縁覚の二乗は不成仏とするが、法華経では三乗とは真実には唯一乗（仏乗）としてあるのみとし、二乗にも成仏の道を開いた。これを二乗作仏《にじょうさぶつ》という。本門とは、その中心は如来寿量品第十六にあるが、ここで教主釈尊は迹門までの始成正覚《しじょうしょうがく》（歴史上の釈尊）を破して久遠実成《くおんじつじょう》の本地（釈尊の成仏が実には久遠のむかしであること）を明らかにする。「二乗作仏」と「久遠実成」とは法華経の二大特色とする。天台宗の法華経観が本迹二門説に立ちながら迹門を中心に法華経を見たのに対して、日蓮は自己の法華経観は本門中心の立場であるとし、法華経が究極的な教えとする「一念三千」説（後に詳述）に対しても天台智顗の一念三千論を「理の一念三千」と称し、自己の一念三千を「事の一念三千」と区別する立場をとった。

法華経の構成を見る区分法には、さらにもう一つの説が存在する。法華経が釈尊によって説かれたという叙述の体裁から見ると、それは一経を三つに区分する、すなわち釈尊の説法が「二処三会《にしょさんね》」であったとされることに根拠する理解である。まず序品から法師品《ほっしほん》までの十品は霊鷲山《りょうじゅせん》山上で説かれ（霊山会《りょうぜんえ》）、宝塔品から嘱累品《ぞくるいほん》に到る十二品は霊鷲山山上の空中に浮かぶ多宝塔の中で説かれ（虚空会《こくうえ》）、薬王品以下勧発品《かんぼっほん》までの六品は再び霊鷲山上で説かれている（霊山会）。

法華経が「二処三会」より構成されているという見方は、とくに日蓮の大曼荼羅の発想の基本的な根拠となったと考えられるが、この区分法は一般的にも自然で理解しやすいのではないか。じつは、賢治の法華経観、より直接的には彼のマンダラ観に画像的なイメージをもたらし、彼の文学作品に大きく影響を与えたのは、この「二処三会」構成説であったと考えられる。

なお法華経の経名にかかわる余談であるが、賢治は詩［オホーツク挽歌］、詩［樺太鉄道］、童［手紙 四］、「兄妹像手帳」（『新校本』第十三巻（上）覚書・手帳、一六六頁）などでは、「ナモ（または、マ）サダルマプフンダリカサスートラ」と表現している部分がある。これは彼が「南無妙法蓮華経」（題目）を梵音で表記した意味と解されるが、信仰的には題目を梵音で発音することは伝統宗門においても、また国柱会においても実際にはおこなわない。

2. 賢治の「一念三千」入門

私はここで、賢治がこれまでに学んできた法華信仰において、すなわち島地大等の「赤い経巻」との出会いを契機として、おそらくすでに心中で大切に温めていたに違いないと思われる一つの有力な思想について紹介しておきたいと思う。

それは、略して「一念三千」と表現される思想についてのことである。しかし、賢治自身はその用語じたいは作品においてはもちろん、心友保阪への書簡でも一度も登場させたことはないだろう。おそらく、彼が意識して徹底的に隠した仏教の専門用語の一つだったのではないか。しかし賢治が実際に隠したのはその「一念三千」という用語だけであって、その思想、考え方じたいは、すでに保阪への手紙の中で頻繁に持ち出している。

あるいは私はこうも考える。「一念三千」の法理は奥が深い。賢治は、「一念三千」の哲学には出会ったその当初から魅せられており、その深奥の理解にまでは到達できなくても（賢治は宗教者、哲学者ではない。彼自身がそれを専門用語を用いて説明する必要はない）、彼自身がたとえそれが我流の理解であったとしても、「一念三千」に一定の理解を得た段階でそれを彼流の表現で語り出していたのではないか。もちろん、その相手は心友保阪である。

また私は、こうも考えた。本書における「一念三千」の説明じたいを賢治に従ってみようと。法華信仰における「一念三千」思想の詳細の紹介は、ここで一挙にその全体像を説明するのではなく（実際それは、私の非力では到底不可能なことであるが）、以下に紹介する賢治から保阪への手紙の時間的経過の中で、彼自身が徐々に「一念三千」思想への思索を深めていくその経過の次第に従うのがより興味深いのではないかと。

賢治は結局、彼の文学活動のみならず彼の生涯を通して、「一念三千」思想を手放すことはなく、いな、彼独自の「一念三千」観をより深化させ成長させていったのではなかっただろうか。

それは、本書の目的としても賢治の「一念三千」観の深まりと広がりを追跡する意義があると同時に、より巨視的に法華経信仰の歴史的意義としては「一念三千」の思想が本来具有する、その現代的な意義を追求するという意味でも有意義ではないかと考える。すなわち、「理」（普遍的な法理、理念のこと）の一念三千から「事」（具体的な事物・現象のこと）の一念三千へと発展する歴史的な議論にも参加し得るといえるのではないか。

つぎの手紙は、一九一八年（大正七）［三月二十日前後］とされる賢治から保阪嘉内へ届いたものである（簡50）。賢治と保阪との交友については既に前節でその概略は述べたが、同年の三月、保阪は学業途中にして盛岡高等農林を除名、退学処分を受けた。賢治が心友保阪のために事情をふかく憂慮したことは疑いない。くり返し保阪の失意に対する慰めの手紙を書いており、この手紙もその中の一通であるが、賢治はこの中で一種奇妙な論理を展開していることに気づく。

保阪嘉内は退学になりました　けれども誰が退学になりましたか。又退学になりましたかなりませんか。あなたはそれを御自分の事と御思ひになりますか。誰がそれをあなたの事ときめましたか　又いつきましたか。私は斯う思ひます。誰も退学になりません　退学なんと云ふ事はどこにもありません　あなたなんて全体始めから無いものです　けれども又あるのでせう　退学になったり今この手紙を見たりして居ます。これは只妙法蓮華経です。妙法蓮華経が退校になりました　妙法蓮華経が手紙を読みます　下手な字でごつごつと書いてあるらしい手紙を読みます　手紙はもとより誰が手紙ときめた訳でもありません　元来妙法蓮華経が書いた妙法蓮華経です。あゝ生はこれ法性の生、死はこれ法性の死と云ひます。

賢治の文面には、半ばは保阪の失意を慰めることにあり、半ばは彼を自分の法華信仰へ同行するように勧誘する説得の意図が表れている。例によって、賢治が先に出した手紙に対する保阪の返信の内容は不明であるが、興味深いのは、この手紙で賢治が用いている論法、すなわち論理の運び方についてである。私はここに、賢治の意識下にある法華経を背景にした「一念三千」観の存在を看取すべきだと思う。率直にいえば、きわめて初歩的なレベルとは言えようが、彼は、意識的に「一念三千」の論法を用いて、何かを立証しようとし、失意の心友を慰めようと試みているのである。

さらにもう一通、比較的近い時期の賢治の手紙を見てみよう。つぎは、上と同年（一九一八年）の五月十九日の保阪嘉内宛の手紙である（簡63）。

私は春から生物のからだを食ふのをやめました。（中略）食はれるさかながもし私のうしろに居て見てゐたら何と思ふでせうか。「この人は私の唯一の命をすてたそのからだをまづさうに食ってゐる。」「怒りながら食ってゐる。」「やけくそで食ってゐる。」「私のことを考へてしづかにそのあぶらを舌に味ひながらさかなよおまへもいつか私のつれになって一諸に行かうと祈ってゐる。」「何だ、おらのからだを食つてゐる。」まあさかなによつて色々に考へるでせう。（中略）この感を大きくすると食はれる魚鳥の心待〔持〕が感ぜられます。（中略）ねがはくはこの功徳をあまねく一切に及ぼして十界百界もろともに仝じく仏道成就せん。一人成仏すれば三千大千世界山川草木虫魚禽獣みなともに成仏だ。

この手紙で賢治は、菜食主義という新たな決心を自分の生活習慣の中に取り込んだことを告げているが、その内容は、後に作品『ビヂテリアン大祭』（『新校本』第九巻・童話Ⅱ）として結実させたものであることがわかる。賢治は『ビヂテリアン大祭』の中で、そこに参加した代表者に菜食主義者の精神というものを同情派と予防派の二派に分けて、つぎのように言わせている。

同情派と云ひますのは、私たちもその方でありますが、恰度仏教の中でのやうに、あらゆる動物はみな生命を惜むこと、我々と少しも変りはない、それを一人が生きるために、ほかの動物の命を奪って食べるそれも一日に一つどころではなく百や千のこともある、これを何とも思はないでゐるのは全く我々の考が足らないのでよくよく喰べられる方になって考えて見ると、とてもかあいさうでそんなことはできないとかう云ふ思想のであります。ところが予防派の方は少しちがふのでありまして、これは実は病気予防のために、なるべく動物質をたべないといふのであります。

賢治の場合は、当然に仏教における精進料理の存在を念頭においての発言である。彼の菜食主義は、実際には一九二一年（大正十）八月をもって終了したことが、関徳弥への手紙（簡197）で告白しているが、その意味は後述にゆだねることにしよう。

ところで、賢治が関心を寄せる「一念三千」の思想の存在は、この手紙においても指摘できる。つまり賢治はこの時期、法華信仰における「一念三千」思想の重要さに気づき、その思想を活用することで保阪の関心を引き、法華信仰へと導こうと考えたのではないか。

賢治は、まず最初の手紙（簡50）では心友保阪に対し彼を慰める目的で、法華経方便品に説く「諸法実相」（諸法は実相なり）説を何とか賢治流にこなして説明しようと試みているものと理解される。退学という事実は事実として率直に認める以外にない、それ自体にあまりいつまでもこだわるべきではない、という意味ではあるまいか。この「諸法実相」説は、法華経迹門の中心テーマであって、すなわちあらゆる存在は縁起によって成り立ち、それ故に「空《くう》」の存在であること、それが仏の眼から観た森羅万象の真実の姿であることを説明する。

つぎに二番目の手紙（簡63）で賢治が語っているのは、古来大乗仏教の諸宗間でも多くの議論が起こった、いわゆる「草木成仏」の問題である。一般には感情をもたない無心とされる草木にも、人間ら有情《うじょう》と同じく発心、修行、成仏があることをいう。法華信仰を背景とした草木成仏論は天台宗から起こり、広く諸宗にも展開されたが、その原理となったのが「一念三千」論である。

賢治も、手紙の中で「ねがわくはこの功徳をあまねく一切に及ぼして十界百界もろともに仝じく仏道成就せん。一人成仏すれば三千大千世界山川草木虫魚禽獣みなともに成仏だ」と述べているが、「願以此功徳、普及於一切、我等与衆生、皆倶成仏道」（法華経化城諭品出）の願意と「一念三千」論の趣意がここでは一体となっている。

おそらく、この「一念三千」論と賢治が最初に接触したのは、彼が最初に天台教学を伝授された島地大等が住職の盛岡願教寺の仏教講習会ではなかったかと思われる。島地大等編著『漢和対照妙法蓮華経』にも「一念三千」の項目を立ててその説明がある。

その経緯の中で、賢治がより強く関心をもったのは、宗教には仏に救いを求めるだけでなく、人もその努力すなわち修行という行為によって関われる部分のあることを知ったことではないか。すなわち教相（あるいは教門）よりも観心《かんじん》（あるいは観門）に強く興味をもったと感じられる。ちなみに教相というのは、仏の説いた諸経の成立順序やその優劣を考えることであるが、一般的には知識として他から学ぶことが多い。対する観心とは、自分の心を対象として観察する修行のことである。自分自身の心はもっとも卑近であり、かつ心は一切万法の根本であるから、観法《かんぽう》（意識を集中させものごとの真理を直観的に認識しようとする修行）の対象はいろいろあってもとくに観心を重んじ実践修行するのである。

賢治が、他力門でなく自力門に魅力を感じた理由もこの点にあったといえるであろう。あるいは島地大等は賢治に対し、その実践修行についても具体的に指導した可能性があるかもしれない。

賢治と「一念三千」論との関係については、この後もたびたび触れることになるが、端的にいえば、「一念」とは凡夫であるわれわれ一人一人が刹那刹那に起動する心であり、「三千」とはその心にさまざまな広い世界をそなえているということである。仏教では修行の根本として自己の心を観察する方法を重視するが、「一念三千」は、中国の天台大師智顗《ちぎ》が創説した法華経究極の観心の法門とされ、これによって一切衆生の成仏の原理とその実現が説かれる。

要するに、賢治が上の二つの手紙で展開した論法は、一つは「諸法実相」（すべてのものの真実究極のすがた）説に基づいて、ものごとを既成概念でとらわれずに、率直にありのままに見ることの大切さを、つぎには「一念三千」説によって狭い固定的な考えにとらわれず、広く大きく発想することの大切さを、保阪に伝えたいとの賢治の想いが伝わるではないか。いかにも賢治の我流にしかみえない拙劣な論法ではあるが、いずれの手紙も天台宗教学における観心の方法を念頭に、彼はその観法を現実の場で試みたのではないかと考えられる。

おそらく賢治としては、心友保阪の苦衷の心情を少しでも慰めるために、まだ学んだばかりの天台宗の観法を試用したものであろうか。ここには天台宗教学における三諦説すなわち空諦・仮諦・中諦が意識されているのではないかと考えられる。

天台宗の教学では、観法の修行の中でも「観心」を重視するが、その対象とするところを大別すれば、「心」と「仏」と「衆生」との三種があるとする。その中で、初心の修行者には主に自らの心を観察することが最も重視されるが、その方法は「一心三観」（自己の心中に空・仮・中の三つの真理を見ること）また「三諦円融」（諦とは真理ということ。空・仮・中の三つの真理は孤立して成立するのではなく、同時に一つの真理として成立するものであること）ともいい、存在するものの真実の相とは何かを追求する観法の手順をつぎのように進める。まず存在の真理は空であるという空諦と、縁起によって仮に存在するという仮諦と、空諦・仮諦を超えた絶対のものであるという中諦を順次に、また同時に自身の心を対象として観ずる修行法といえる。「一心三観」「三諦円融」の観法を用いて、究極には心の不思議な在り方である「一念三千」を証得しようとするものである。

しかし私には、賢治の場合はまた別の論法の可能性にも想到する。賢治はすでにその経歴として高等農林学校で学び、後にはまた農学校で理科系の授業の教鞭をとっているように科学者としての一面がある。それは単に学的経歴としてだけではなく、彼自身の意識の中にも強くそれが自負として感じられる。

そのような賢治に、「一念三千」論と関連して想起される西洋哲学のなかの一論証法がある。正しくは弁証法的唯物論とよばれるが、正・反・合（定立・反立・総合）と定式化されたヘーゲル（一七七〇―一八三一）の弁証法の影響である。実は、古代ギリシャ時代の問答法から発展してヘーゲルが大成したとされる弁証法は、研究史的にも仏教的思考方法と非常に近いものがあるのである。パーリ語経典としての『ミリンダ王の問い』（漢訳名『那《な》先《せん》比《び》丘《く》経《きょう》』）は、紀元前二世紀後半に、アフガニスタン・インド北部を支配したギリシャ人であるインド・グリーク朝のミリンダ王と比丘ナーガセーナ（那先）の問答を通して仏教の要義を明らかにしていく内容であるが、その論法は弁証法に共通するといわれている。もともと歴史的に先行しているのは仏教の思考方法で、それが弁証法によって理論づけられたといえるかもしれない。

私は、手紙に見られる賢治の論法は天台宗教学における三諦説だったのではと思考するが、科学者であると同時に哲学者でもあり海外の情報通でもあった賢治が、彼の当時の環境においてヘーゲルの弁証法の論理展開を先刻入手していなかったとは断言できない。

もう一度、上の手紙の話に戻ろう。

手紙の中には「ねがはくはこの功徳をあまねく一切に及ぼして十界百界もろともに仝じく仏道成就せん。」（法華経化城諭品出「願以此功徳、普及於一切、我等与衆生、皆倶成仏道」）という法華信仰の慣用句が見える。やや具体的にその意味を述べれば、賢治自身の菜食行為などはごく微細な善行かもしれないが、そのささやかな行為の精神が広くあらゆる分野に及ぶならば、究極には仏教を信ずるわれわれ人間だけでなくその他の生きとし生けるものすべてに仏となる道を開放することになる、といった解釈ができよう。

つぎは、一九一九年（大正八）八月二十日前後の手紙（簡１５４）である。賢治の「一心三観」「三諦円融」説への関心はさらに発展したように見えるが、われわれは、この保阪嘉内への書簡で賢治のあられもない狂気を見る。賢治は、この手紙で自身の狂気を洗いざらい保阪にぶちまけている。もとより賢治にとってもかかる乱暴な内容をぶっつけることのできる相手は心友保阪なればこそであろう。それは彼自身もよく自覚している。彼にとっては保阪の存在自体が唯一許される心に安らぎを得られる場なのである。賢治自身がかく言う始末である。

私の手紙は無茶苦茶である。このかなしみからどうしてそう整った本当の声が出やう。無茶苦茶な訳だ。しかしこの乱れたこゝろはふと青いたひらな野原を思ひふっとやすらかになる。あなたはこんな手紙を読まされて気の毒な人だ。その為に私は大分心持がよくなりました。

しかし賢治は、自分がなぜかく取り乱すのか、狂気を引き起こすのか、その理由にもはっきりと気づいてはいるのである。それは「みつめる」「凝視する」という行為によってである。しかも、この「みつめる」「凝視する」という行為が、当時の賢治にとっては実に大切な意味をもった体験であり、あえてこれを仏教的な感性で表現すれば一種の修行体験であったということが可能であろう。後日にはたしかにこの体験こそが、彼の文学活動にも基礎となってひろく投影された行為だったと気づかされるのである。

この手紙で、賢治が「みつめる」「凝視する」ことを行った対象とは、「われとは何か」という問題である。やや長文ではあるが、余計な解説は措いてまず彼の手紙の本文をそのまま読み進むことにしよう。

みだれるな。みだれるな。さあ保阪さん。すべてのものは悪にあらず。善にもあらず。われはなし。われはなし。われはなし。われはなし。すべてはわれにして、われと云はるゝものにしてわれにはあらず総ておのおのなり。われはあきらかなる手足を有てるごとし。いな。たしかにわれは手足をもてり、さまざまの速なる現象去来す。この舞台をわれと名づくるものは名づけよ。名づけられたるが故にはじめの様は異らず。手足を明に有するが故にわれありや。われ退いて、われを見るにわが手、動けるわが手、重ねられし二つの足をみる。これをわれなりとは誰が証し得るや。触るれば感ず。感ずるものが我なり。感ずるものはいづれぞ。いづちにもなし。いかなるものにもあらず。いかなるいかなるものにも断じてあらずよ。このあやしき蜘蛛の姿。あやしき蜘蛛のすがた。／いま我にあやしき姿あるが故に人々われを凝視す。／見しかも凝視するものは人々にあらず。我にあらず。その最中にありて速にペン、ペンと名づくるものを動かすものはもとよりわれにはあらず。われは知らず。知らずといふことをも知らず。おかしからずや。この世界は。この世界はおかしからずや。人あり、紙ありペンあり夢の如きこのけしきを作る。これは実に夢なり。実に実に実に夢なり　而も正しく継続する夢なり。正しく継続すべし。破れんか。夢中に夢を見る。その夢も又夢のなかの夢。これをすべて引き括め、すべてこれらは誠なり誠なり。／善なり善にあらず人類最大の幸福、人類最大の不幸／謹みて帰命し奉る　妙法蓮華経。南無妙法蓮華経（簡154）

いざ、上の手紙を読んだらしい保阪の返事が賢治に返ってきた。つぎは、保阪の返事に対する、さらに賢治の返信（簡155）。

御手紙拝見致しました。あんなに破壊的な私の手紙にも乱れずあなたの道を進むといふあなたを尊敬します。これ丈のことを申上たくこの葉書を差しあげました。

賢治は、自分で書いた手紙のことを「あんなに破壊的な私の手紙」などと言っているが、自分自身のことをよく自覚しているところが可愛いではないか。

また、賢治の自分自身を深く見つめ、さらに自分自身を他に置き換えて考える、いわば、一念三千の修行感覚あるいは実践感覚ともいうべき体験であるが、それは、その後の彼の文学活動の中でもしばしば散見される。つぎに、その一例を見よう。

童［マグノリアの木］（『新校本』第九巻・童話Ⅱ）には、つぎのような会話がある。

「あなたですか、さっきから霧の中やらでお歌ひになった方は。」

「え、、私です。又あなたです。なぜなら私といふものも又あなたが感じてゐるのですから。」

「さうです。ありがたう、私です、又あなたです。なぜなら私といふものも又あなたの中にあるのですから。」

その人は笑ひました。諒安と二人ははじめて軽く礼をしました。

3. 日蓮の「一念三千」観

賢治の法華信仰にとって、法華経の枢要の思想とされる「一念三千」観との出会いは、おそらく彼にとっても強烈な印象で受け取られたのではないかと思われる。それは、彼が育った他力門の信仰にはまったく想定外の一面であって、信仰には仏に祈るという観念、観法だけでなく、そこには自心を見つめるという実践修行があり、科学的、技術的な要素を含んでいるという実感をもったということではないだろうか。

賢治が最初に関心をもった法華経の教学は、前述のように島地大等から学んだ天台宗の教学であった。しかし、その後になって彼が出会い、彼の文学活動や人生において真にその血肉となったのは、日蓮の法華信仰であった。天台宗教学としての法華信仰と日蓮の法華信仰。実はこの二つの信仰の具体的内容は、けっして同一ということはできない。

話題は若干歴史を遡ることになる。

中国の天台宗は、隋の天台大師智顗《ちぎ》（五三八―五九七）を実質的な開祖とし、法華経の教旨に基づいて立宗した。その教義すなわち教観二門（教相すなわち教理と観心すなわち行法のこと）にわたる体系化は智顗によって大成されたといって過言ではない。

日本の天台宗のはじまりは伝教大師最澄（七六七―八二二）が唐よりこれをもたらした（八〇三入唐、八〇五帰朝）。もちろん日本天台宗は、基本的には中国天台宗の教理を継承してはいるが、大略していえば、中国天台宗が法華円教（法華経は円満な教えであるとすること）を教旨とするのに対し、日本天台宗の教旨は顕密融合（顕教と密教）である。このように、仏教の伝統における教旨の継承とは、けっしてその一〇〇パーセントがそのまま継承されるわけでなく、国土と民族、文化の環境によって変化を受容しながら継承されるのが通例である。それは、宗教である仏教文化の発展の有意なる特色といえよう。

　賢治が法華信仰において最大の関心を抱いた「一念三千」観は、中国の天台智顗をその起点として、日本の天台宗の「一念三千」観を経由し、ついに日蓮の「一念三千」観に及んで、ようやく賢治に到達したという経緯を承知しておく必要がある。

　日蓮は配流の地佐渡において、その法華信仰の精魂を傾けて生涯の主著となる『如来滅後《にょらいめつご》五五百歳《ごごひゃくさい》始《し》観心本《かんじんほん》尊抄《ぞんしょう》』（以下は、『本尊抄』）を著したが、その冒頭に天台智顗の「一念三千」説の紹介を置いている。以下、『本尊抄』の表現を借りて、「一念三千」の名目となるその源流を説明すれば、つぎのようである。

「智顗『摩訶止観《まかしかん》』第五の文には『すなわち、夫《それ》一心には十法界（地獄界・餓鬼界・畜生界・修羅界・人間界・天上界・声聞界・縁覚界・菩薩界・仏界）を具えており、それぞれの一法界がまた十法界を具しているから百法界を具えていることになり（これを十界互具という）、そのそれぞれの法界は三種の世間（衆生世間・国土世間・五陰《おん》世間）を具え、そこに十如（すべてのものが相・性・体などの十のありかたで存在し、生起するということ。すなわち如是相・如是性・如是体・如是力・如是作・如是因・如是縁・如是果・如是報・如是本末究竟等をいう）がはたらいているから百法界は三千種の世間を具することになり、かくしてこの三千の法界は一人一人の一念の心にあって、その心がなければそのはたらきを失い、少しでも心があれば三千法界を具するのであるから、この法界を不可思議境となづけるのである』とある。」（『本尊抄』の原文は、漢文の白文体）

　日蓮はまた、「一念三千は十界互具よりことはじまれり」（『開目抄』）といい、上の「十界互具」説が、「一念三千」思想の根本をなす重要な要素であるところから、「十界互具」と「一念三千」は、しばしばこれを並列させて「十界互具・一念三千」として表現することが多い。

　日蓮の説くところを再説することになるが、もうすこし別の角度から説明を続けよう。

「一念三千」という思想は、われわれ凡夫が日常にいだく一瞬一瞬のかすかな心の動きにも、「三千」という数で表される宇宙の一切のすがたが具わっていることをいう。「一念三千」説の原典である『摩訶止観』とは、大いなる念慮という意味であり、智顗がめざしたのは法華経にもとづく観法の完成ということにあった。日蓮は、智顗の「一念三千」の理論こそ、法華経による末法救済の究極の法門と感受し、これこそ「法華経の珠」であると門下・信徒に紹介したのである。

「一念三千」説は、法華経の方便品の「諸法実相」（現象としてのあらゆる存在は、そのまま真実のあらわれであること＝中村元『仏教語大辞典』（東京書籍））を説明する十如是（あらゆる存在のそのままの形相、そのままの特性、そのままの本体、そのままの能力、そのままの作用、そのままの原因、そのままの条件、そのままの結果、そのままの果報、そのままの全体がまた平等であり一つのものである）の教えを基礎として構築された論理といわれ、これによってわれわれ凡夫も、釈尊の悟りの世界に入ることができ、すべての生きとし生けるものの成仏が明らかとなるとされる。

とくに、「三千」という名目の根拠については、前出の「十界」（地獄界から仏界まで）のおのおのが、また、それぞれ十界を具えているので百界となり（これを十界互具という）、その百界に方便品で説く「十如是」（すべての存在はこの十如是の仕組みによってはたらいている）を相乗して千如是（これを百界千如という）となる。さらに、千如是のそれぞれに三種の世間（衆生世間―生きとし生けるものすべてのこと、国土世間―生きとし生けるものすべてが住む所、五蘊《ごうん》世間―あらゆる存在を構成する物質的・精神的な五要素、色・受・想・行・識の総称、蘊は集まったものの意）を相乗して「三千世間」とするものである。「一念」という極小の世界と「三千」で表される極大の世界が相即相関し、渾然一体となっている状態をいう。すなわち「三千世界」（くわしくは「三千大千世界」という。もともと古代インド人の世界観による全世界、大宇宙の意味である）とは、物質的にも精神的にもわれわれ人間の想像力が及ぶ最大の大きさ、広さ、深さをイメージしている。

ごく下世話なたとえで恐縮だが、幕末の高杉晋作（一八三九―一八六七）はなかなかの粋人であったというが、彼の作とつたえられる都都逸にこんなのがある。「三千世界の烏を殺し　ぬしと朝寝がしてみたい」。

賢治の受容した「一念三千」観は、その仏教用語としての観念から離れて、それを日常的、生活的な実践手段として身に着けたところに特色があるといえよう。それは、はたして仏教的にはどういう意義があるのであろうか。私はおそらく、賢治の「一念三千」観を語る場合には、中国仏教以来、わが国の伝統においても継承されてきた、「理」と「事」の問題として理解するのが良策ではないかと思う。すなわち、賢治の文学活動あるいは人生において法華信仰の心髄として受容された「一念三千」観は、その理論を巧説することではなく実践したことにこそ特色があるといえる。

4．日蓮「文字マンダラ」の成立

文字マンダラの発想

私はここで、いよいよ、賢治と法華信仰との関係を語る中において、とくに重要なその中心的存在となった日蓮の「文字マンダラ」を登場させねばならない。しかし、「文字マンダラ」というのは、あくまでも本書においてその外見上また性質上からする便宜的な表現であって本来の正式名称ではない。日蓮が命名した正式の名称は「大曼荼羅《だいまんだら》」という。

そもそも、日蓮が文字マンダラを発想したその動機と経過はけっして単純なものではなかったと思われる。日蓮は、一二七一年（文永八）十月十日、鎌倉幕府によって佐渡へ流され、以後赦免され鎌倉に帰るまで三年間を流罪人としての生活を送った。日蓮はその一生のうちで法華信仰を布教したために、法敵や鎌倉幕府から数々の迫害を受けたことはよく知られているが、なかんずく最大の法難と呼ばれるのが、佐渡流罪とその契機となった龍口法難（同年九月十二日）であった。

日蓮の佐渡流罪は、発展途上にあった教団にとって壊滅的な打撃であったが、宗祖としての日蓮は逆境にあったはずの佐渡流罪のその時期に、あえて自身の法華信仰の教義の再確認（二つの主著『開目抄』『観心本尊抄』の執筆）と門下信徒の修行の中心となる大曼荼羅本尊（文字マンダラ）を完成したのである。

本尊とは一般に、仏教では信仰・礼拝の対象として本堂などに安置される仏・菩薩の造像を指していうが、日蓮は、自身が信解《しんげ》した法華経の救済の世界を一葉の紙面に図としてあらわした。その一見した図相としては、中央に「南無妙法蓮華経」の題目が独特の筆法（光明点という）によって大書され、題目を囲むようにその周辺には三段、乃至四段に仏・菩薩の名が一面に文字で配置されている。一般にマンダラ（曼荼羅、曼陀羅）といえば、真言密教の絵画のマンダラを想像しがちであるが、日蓮のマンダラは文字によって表現されている点が特徴的である。「文字マンダラ」と呼ばれる所以である。

日蓮自身は、三十二歳の立教開宗の時からその生涯を通じて立像の釈尊像を持仏（随身仏）として礼拝していた。しかし、なぜ、ことさらに日蓮は龍口法難から佐渡配流に至った逆境であるこの時期を選んで、新たな本尊を必要としたのであろうか、それが問題である。

「文字マンダラ」が、しばしば誤解される解釈であるが、一紙に描かれた「文字マンダラ」は、少なくとも、それまでの仏像のように仏師や絵師ら専門技術者の手を介することなく、その本尊は一管の筆、一枚の紙により図顕が可能であるから経済的負担を顧慮する必要がなかった、というようなことでは正当な理由にならないのである。

当時の日蓮には、鎌倉幕府からの強い弾圧を受け新興の教団としては存亡にかかわる極めて重大な危機に直面していた。不遇の環境のもとで、自身の信奉する法華経の教えをいかに門下の弟子や信徒に正しく伝えることができるかは喫緊の課題であった。そのためにも、具体的な教えを伝えにくい立像の釈尊像に代わる新しい本尊の必要性が求められたが、とくにその具体的な課題としてつぎの三つの理由が大きな存在であったと考えられている。

それは、日蓮が新本尊の創案と同時期に配流の佐渡で執筆した「観心本尊抄」の内容から推測されるが、いずれにしても技術的にはきわめて難題であったと推測される。その一は、中国の天台大師智顗がこれぞ法華経の究極の教義とした「十界互具・一念三千」（既述）の法門を何とかして門下信徒の人々に提示したいということ。その二には日蓮自身のつよい信仰的信念であったが、法華経は釈尊により末法救済のために説かれたという思いを、如何にしていまを生きる人々のために、さらに未来の人々に伝えることができるかということであった。この二つの目的は、いずれも本質的には形に表現しにくい無相の教義であるが、これを結果として、同時に一紙上に一図のマンダラとして視覚化を達成したのが、日蓮の「文字マンダラ」であった。

さらに日蓮の文字マンダラには上の理由の他に、もう一つ重大な期待があったと考えられる。当時の日蓮自身の意識の中に、これまでの門下や信徒に対する指導の方向として、経典の優劣や解釈（すなわち教門）についてはともかく、法華信仰としての具体的な修行（すなわち観門）の必要性については如何であったかという点である。すなわち日蓮は、新しい本尊の必要性に対し実践の面についての期待を考えていたのではないかということである。

真言密教マンダラの超克

日蓮の新しい本尊はその形式として、木造の釈尊像から一転して一紙のマンダラ図上に諸仏諸尊の名を文字で表すという一大飛躍をしたものであったが、もとより日蓮には、マンダラについての知識とそれに対する関心は、比叡山留学時代にすでに感得したところがあったことはいうまでもない。

したがって、日蓮の「文字マンダラ」を成立させたいとする目的には、その技法面からいえば先行して存在する真言密教の図画マンダラに対して、これを超克せんとする強い意思のあったことを充分推測できるであろう。

真言密教における金剛界・胎蔵界の両界マンダラを中国からわが国に将来した弘法大師空海（七七四―八三五）

にはマンダラの図画化について、その「請来目録」につぎの発言がある。「法は本より言なけれども、言にあらざれば顕われず。真如は色《しき》を絶すれども、色を待ってすなわち悟る。密蔵は深玄にして翰墨に載せがたし。さらに図画を仮りて悟らざるを開示す。」（原漢文、「大正大蔵経」五十五巻、一〇六四頁）。

日蓮が、この図画マンダラにおける空海の理念を尊重しそれを継承したことはいうまでもない。しかしその上で、自身が最大の課題とする天台大師智顗の究極の法門すなわち「一念三千」法門を視覚化する目的にとっては、やはり真言密教の図画マンダラでは限界があると見極めをつけたのである。

日蓮において新本尊の「文字マンダラ」を採用する意義には、あくまで様式美重視の真言密教の図画マンダラから、法華経の教義の深さや大きさの伝達、とくに実践面における個人としての救い（「身土の一念三千」「己心の一念三千」については後述）までを視野に入れた、新しい法華信仰の在り方を目的として新本尊を準備したいとする重要な選択があったと考えられる。いうまでもなく、新しい日蓮の「文字マンダラ」は真言密教の図画のマンダラに比較したとき、その本尊としての伝達し得る情報の質と量とには圧倒的な格差をもたらしたといえよう。また、本尊の受容者すなわち門下、信徒の立場にとってみれば、その具体性、個別性には断然の喜びが感じられたことは疑いがない。

つぎには、日蓮の文字マンダラと真言密教の図画マンダラについて、その様式の違いから見た特色を比較してみた。（下図参照）

日蓮「文字マンダラ」の構成

本書執筆の目的の一つは、賢治の文学活動と日蓮の文字マンダラとの関係についての解明であるが、「マンダラ」の概念とその形態に対する理解について、賢治が最終的に到達したと思われるマンダラ世界へは、われわれは少なくとも四つの段階を踏み上るという手順が必要である。

その第一段階は、まずインドに発生した仏教におけるマンダラの本質的意味について。第二段階は、その後中国を経てわが国に渡来し、一般には最もよく知られている真言密教のマンダラについて。第三段階は、従来のマンダラの伝統を超脱し、法華信仰の立場から新しい息吹を与えて成立した、日蓮のマンダラ（大曼荼羅）の図法とその思想について。第四段階は、賢治が師と仰いだ国柱会の主宰者田中智学の、日蓮のマンダラに対する解釈とその実践指導について、などである。以上は、マンダラの思想と形態およびその実践の発展段階を認識するに必要な手順でもある。

　ただし賢治の場合は、マンダ

・日蓮の文字マンダラ（大曼荼羅）と真言密教のマンダラ比較図

	日蓮の文字マンダラ（大曼荼羅）	真言密教のマンダラ
表現法	諸仏諸尊の名号を文字（特徴的なひげ文字）で表現、「文字マンダラ」の称あり	諸仏諸尊の姿を、絵画あるいは造像で表す
内容	法華経所説の「十界互具・一念三千」の教義を具象化	大日経および金剛頂経所説の内容
仕様	一幅の掛け軸	絵画では金剛界と胎蔵界の二幅の掛け軸、造像では壇上に配置
用材	紙あるいは絹布と筆墨	紙・絹布と画材、または造像の用材と工具
彩色	墨一色	極彩色（青黄赤白黒の五色）
構図	左右と上中下三段あるいは四段に緩やかなバランス（基本的には、法華経が説かれる霊鷲山上の虚空会の場面に準ずる）	シンメトリーの幾何学的構図
中心	題目「南無妙法蓮華経」	本尊仏（大日如来）
儀軌	特定の儀軌がなく、固定化されない（基本的な様式はあるが、内容は個性的）	儀軌があり、固定化
讃文	大曼荼羅の名称を宣明、大曼荼羅の歴史的意義を表明、法華経の末法救済の保証	なし
経文・要文	内容は日蓮聖人から門下・檀越に対する法華信仰のメッセージ、独特の筆法は文字マンダラの流動性を表現	なし
制作事項	制作者名・花押・制作年月日・制作地・被授与者など、大曼荼羅の個別性を明示	なし

（付録「文字マンダラを絵解きする」参照）

ラへの認識が上のような発展段階にしたがって深まっていったとは考えにくい。おそらく一般とは例外的に、賢治が最初に出会ったマンダラ観は国柱会田中智学のそれであり、その段階で天性の才能に恵まれた賢治の鋭敏な直観は、直ちに何かを啓発されるところがあったにちがいない。その後、彼はマンダラの発展段階を遡及するようにマンダラ思想の全体像を展望しつつ奥義に到達し、さらに彼独自のマンダラ世界を自家薬籠中のものとして実践の現場へ打って出たものであろうと推測できるのである。

若干繁雑ではあるが、ここでは、賢治のマンダラ世界が成立するに至るまでの、伝統的、歴史的背景を概観しておく必要があろう。

マンダラ（サンスクリットでmaṇḍala、漢訳の音写では曼荼羅、曼陀羅、漫荼羅などに表記する）の思想は、すでにインド密教史上では七、八世紀頃から存在が確認されているが、マンダラの名称がもつ本来の意味は、中心あるいは心髄を備えたもの、すべての法を具足しているもの、というほどの意味である。仏教でいう心髄とは他でもない「さとり」を意味する。すなわち、マンダラとは「さとりを有する場」、現代風にいえば「聖なる空間」というような意味になるであろうか。

これを漢訳では、姚秦の鳩摩羅什（三四四―四一三、前出）を代表とする旧訳では「壇《だん》」（神聖な領域）、唐の玄《げん》奘《じょう》（六〇〇―六六四）に代表される新訳では「輪円具足《りんねんぐそく》」（円輪のごとく欠けることなくすべてがそなわっていること）、「功徳聚《くどくじゅ》」（諸仏の功徳が聚《あつま》るところ）などに解釈する。

マンダラの実在する図画の形式は、主に中国やチベット、さらに日本の真言密教で発展したが、そこでは主尊大日如来の悟りの境地の図画、あるいは修行者の宇宙的心理を映写した絵画として解釈され普及した。その具体的な表現形態としては、金剛界と胎蔵界の両界曼荼羅に代表されるように、絵画もしくは造像による極彩色の諸仏諸尊が、用紙や絹布の上にあるいは壇上に幾何学的構図のもとに、きわめて整然と配置される。（付録「文字マンダラを絵解きする」参照）

賢治のマンダラ世界を理解する上でとくに注目しておくべきはその実践面であるが、インドでは本質的にマンダラの実践には大別して二種があるとされた。灌頂《かんじょう》などの儀礼に用いられる有相《うそう》のマンダラと、修行者の瞑想法の中で用いられる無相のマンダラである。なかんずく有相のマンダラが世間・未了義に対するものとされたのに比し、無相のマンダラが出世間・了義に対するものとして上位に置かれている。すなわちマンダラとは、その形式よりも実践応用こそが本質的に重要なのである。中国・日本における真言密教においても、その本質は継承されているといえるであろう。

私は先年、インドのラダックにチベット仏教の僧院を訪れ、いまは世界文化遺産として保護されている十世紀頃成立と伝えられる絵画のマンダラが寺院の壁や柱に多数現存する現場を拝観したが、そこでは、修行僧が瞑想の対象とする深遠な教義を図画にしたマンダラの他に、ごく初心の仏教者に向けて仏教の基本的な教えや仏伝など歴史を説いた素朴な絵画が多数存在するのを見て、マンダラの源流をあらためて確認したような気がした。

賢治のマンダラ観の遍歴は、結果的に日蓮のマンダラ観とその実在する「文字マンダラ」に帰着した。しかし、日蓮のマンダラの図画は一見して従来の伝統的マンダラ表現とはまったく異なる様相のものであった。日蓮のマンダラは、その用紙の全面が墨筆による黒一色の文字で網羅されている。それは、すなわち歴史的には最も卑近な存在であり、わが国においてはもっとも一般に普及している真言密教の両界曼荼羅に代表される、極彩色の絵画によるマンダラ図法に対する明らかな挑戦であり、否定である。

日蓮が、歴史上に前例のない、かかる革新的なマンダラを創出するにはもちろん理由のあることであった。日蓮は自らの法華信仰の本尊とすべくマンダラを採用するにあたり、その歴史的意義を活かしつつ、しかし表現様式はまったく異形式のものに変革する工夫を提案したのである。旧来の絵画マンダラでは、日蓮自身が信ずる法華仏教の枢要である思想、すなわち中国の天台智顗が提唱した「十界互具」説および「一念三千」説の意義を表現でき得ないことが最大の理由であった。貴重な尊ぶべき教説はいずれも無相であったが、日蓮はマンダラによって教説の有相化あるいは視覚化を目指したといえるのである。マンダラには歴史的な図画という表現技法の伝統もあるが、日蓮がマンダラを自らの信仰の本尊とする意義としては、絵画と文字とではその情報の伝達量においては比較にならないという意味も大きかったであろう。日蓮の新マンダラ様式の創出には、改革と創造との非常なる工夫があったことを知るべきであろう。

いま、賢治についてわれわれが注目すべきことは、日蓮がマンダラにかけた改革と創造の目的について、またそれにともなう技術的な障壁の克服について、彼の慧眼はほぼ完全にその意図を洞見していたと思われることである。私は、賢治が在世当時の日蓮のマンダラに関する専門的研究の水準から思えば、それは実に驚異的であると評価せざるを得ない。いな、現在の研究者であってもあらためて賢治のマンダラ観を再検証する必要があるかもしれない。

前述の通り、日蓮の「大曼荼羅本尊」（これは、日蓮自身が命名した正式名称であるが）を本書では「文字マンダラ」と呼称し、さらに論を進めることにしよう。賢治が領受したマンダラのイメージとしてはこれが最もふさわしい表現ではないだろうか。

日蓮が従来のマンダラに革新を必要としたのは、ただ、その形式上に伝統からの変化を求めただけの問題ではなかった。かねてより、日蓮マンダラの独自性を疑う立場において、所詮それは従来より見られた真言密教中の「法華マンダラ」の範疇に過ぎないのではないか、あるいは浄土真宗には日蓮以前からマンダラの名称は用いないまでも、様式の似た「名号本尊」や「光明本尊」が存在するではないか、などの議論が存在する。しかし、そのような論難では日蓮のマンダラの革新性を説明することはできないのである。また、おそらくそれらの議論の延長線上では、本書がテーマとする賢治のマンダラ世界もけっして誕生しなかったにちがいない。

ここでは、賢治が終生座右に奉安していたとされる、国柱会本尊を具体的なモデルとして（［図a］［図b］）、日蓮の文字マンダラが構成するところの解説を試みたい。なお、賢治が所持した国柱会本尊の原寸は、縦

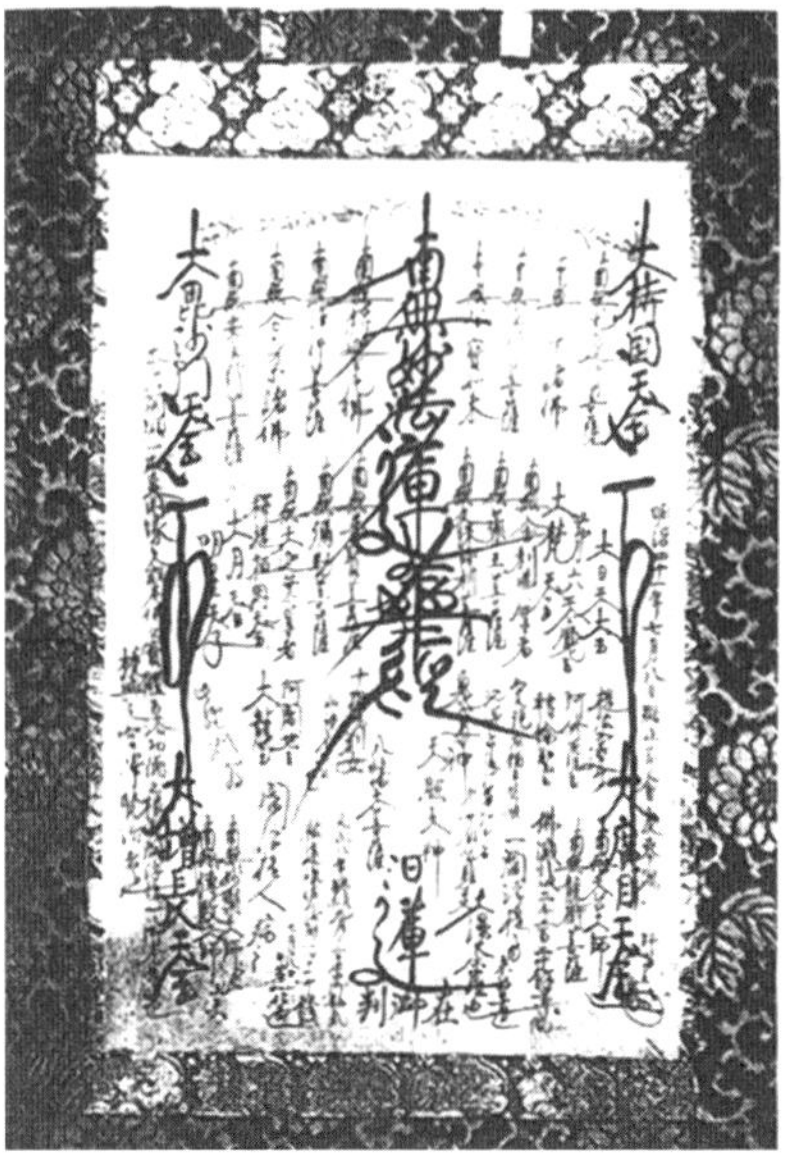

図a　国柱会本尊写真

明治四十一年七月八日顕正節會虔奉寫　師子王　花押
大持國天王〔不動明王〕大廣目天王
南無无邊行菩薩　大日天大王　提婆達多　南無天台大師
第六天魔王　阿修羅王　南無龍樹菩薩
南無三世諸佛　大梵天王　転輪聖王　佛滅後二千二百二十餘年之間
病即消滅不老不死
南無上行菩薩　南無舍利弗尊者　如来現在猶多怨嫉　一閻浮提之内未曾有之
況滅度後法華弘通之者　大漫荼羅也
南無薬王菩薩
南無多寶如來　南無文殊師利菩薩　鬼子母神　今世有留難事
南無妙法蓮華經　天照大神　八幡大菩薩　日蓮　在御判
南無釋迦牟尼佛　南無普賢菩薩　十羅刹女　文永八年太歳辛未九月十二日蒙御勘氣
南無彌勒菩薩　佛語不虚也　被遣流佐渡國同十年太歳癸酉
南無浄行菩薩　南無大迦葉尊者　七月八日　日蓮始圖之
若人有病得聞是經
南無分身等諸佛　釋提桓因天王　阿闍世王　閻浮提人
大月天王　大龍王　南無妙楽大師　病之
南無安立行菩薩　明星天子　此経則為　南無傳教大師　良薬
大毘沙門天王〔愛染明王〕大増長天王
本法開顕一大事因縁久成本佛之實體万法功徳之根元閻浮統一之御本尊也
授與之宮澤賢治者也

図b　同釈文

二八・〇センチ、横一八・五センチの紙本で、これは田中智学の臨写した原本を縮刷して会員に配布したものである。当本尊は、こんにちも花巻市の宮沢賢治記念館（一九八二年開館、花巻市矢沢一―一―三六）に現存する。今回本書で用いた本尊写真［図a］は、私が二十五年前にはじめて記念館を訪問した際に当時の宮沢雄造館長から頂戴したものを使用した。

実は、日蓮が自らの信仰の本尊として文字マンダラを門下や信徒に発行したのは晩年のほぼ十年間であった。その最初に完成したと考えられている作品（いわゆる「始顕本尊」と呼ばれている）の出現は佐渡配流時代であったが、その後、実際に多数のマンダラを制作した身延滞山時代まで、発行された本尊の実数は不詳であるが、こんにち、その現存する日蓮の真蹟本尊は約一三〇幅が数えられている。

しかも注意すべきは、その本尊の内容はけっして同一ではなく、厳密にいえば現存する一三〇幅の本尊は一点一点の表現がマチマチで不同なのである。もちろん冗談であるが、それはコピー機が存在しなかった時代だからという理由ではない。そこには宗祖日蓮の厳然たる意思が存在している。

留意すべきは、日蓮が本尊すなわち文字マンダラにおいて試みた革新性には、彼が特定の一点の形式をもって本尊としたものではなく、また特定の一形式だけを本尊として指定したものではなかったことである。すなわち、日蓮のマンダラには本来、自身の執筆した本尊をもって宗門内にシンボリズム化する意図はなかったとみられる。あくまで文字マンダラが「本尊」であることの意義は、修行者自身の「己心《こしん》の一念三千」「身土《しんど》の一念三千」なのである。

賢治はその点もよく承知している。賢治が晩年に用いた「手帳」に五つのマンダラを書いているが、その内容をすべて書き分けたのは、賢治自身がその意義を充分に承知していた証左でもある。（本書一七頁参照）

したがって、ここではなぜ国柱会の本尊をもって、日蓮マンダラを解説のモデルとするのか、その所以は明示しておかねばならないが、私はまず、当本尊が同会主宰の田中智学によって、明治四十一年に日蓮の「佐渡始顕本尊」から臨写したものとされ、同会の『妙行正軌』にも厳密に規定された同会唯一の本尊であるというその由緒を尊重したい。さらに、本書においてなによりも尊重すべきことは、賢治が国柱会入会後は授与されたこの本尊を身近に置いて日夜礼拝していたという事実である。彼が晩年に使用したとみられる「雨ニモマケズ手帳」からも、彼は本尊に対して終生その身辺から離さず崇拝し、本尊に対する儀礼を欠かさなかった状況を知り得るからである。

ただし、ここには国柱会の主宰者田中智学の宗教的識見が、なぜ複数遺されている日蓮の本尊の中からただ一点を選んで同会の本尊としたのかという問題もあるが、いまは、それは智学自身の宗教的見識として詮索は留保しておきたい。

したがって、読者はここに掲げた国柱会の本尊は、あくまで日蓮本尊中の一点であることを念頭に、その内容をご検知いただきたいと思う。

日蓮が新しい本尊として登場させた大曼荼羅本尊（すなわち文字マンダラ）の上に表現しようとした内容は、その構成要素として、おおよそつぎのことができる。ように（イ）―（チ）の八つのポイントにおいて整理することができる。

さらに、マンダラについての詳細は［図C］「付録　文字マンダラを絵解きする」を参照されたい。

（イ）題目。すなわち「南無妙法蓮華経」のこと、マンダラにおいては首題ともいう。題目は、日蓮にあっては法華信仰の統一的象徴であって、マンダラの中央に独特の光明点とよばれる筆法（俗な表現では、ひげ題目ともいわれる）によって大書される。じつに日蓮の文字マンダラは、題目との邂逅によってはじめて誕生し得たといっても過言ではなく、どのように簡略形のマンダラであっても首題が省略されることはない。題目は文字マンダラが「一念三千」の縁起世界を表現する「一念」に相当するであろう。

（ロ）十界の諸仏・諸尊。文字マンダラの一紙面のほとんどの空間を占めているのは実には十界の諸仏諸尊の名号であって、中央の首題を中心におおよそ四段に配置されている。ちなみに「十界《じっかい》」（十法界）とは、迷いから悟りまでのすべての境界を十種に分けたもので、地獄界・餓鬼界・畜生界・修羅界・人間界・天上界（以上を、迷いの世界、六道ともいう。とくに地獄・餓鬼・畜生・修羅は四悪趣とする）、声聞界・縁覚界・菩薩界・仏界（以上を、悟りの世界、四聖ともいう）をいう。なかんずく、賢治は自身を「修羅」の位置に自覚している。文字マンダラは十界の諸仏諸尊がもれなく網羅されているので「十界マンダラ」の呼称もある。ただし、賢治自身には「十界マンダラ」の表現は確認できないようである。私はもし彼がその呼称を意識的に避けたのだとしたら、おそらく彼には「十界マンダラ」よりも意味の大きな「一念三千マンダラ」の意識が存在したゆえではないかと思う。

文字マンダラの上から第一段では、首題の両脇に「釈迦牟尼仏」と「多宝如来」（法華経見宝塔品出。釈尊が法華経を説かれたとき、その真実性を証明するために宝塔とともに涌出した仏。如来は仏と同義である）の二仏をはじめ、「上行」「無辺行」「浄行」「安立行」の本化《ほんげ》の四菩薩（涌出品出。法華経の後半本門において大地より涌出した久遠の釈尊の本弟子を代表する菩薩をいう）、その間に「三世諸仏」（過去・現在・未来にわたる多くの諸仏）「分身等諸仏」（釈尊の分身などの諸仏）が配されている。第二段には「文殊」「普賢」「薬王」「弥勒」等の迹化《しゃっけ》の菩薩（法華経迹門の会座に列する菩薩）、「迦葉《かしょう》」「舎利弗《しゃりほつ》」等の声聞衆（釈尊在世の直弟子）。また「梵天」（ヒンドゥー教の三神の一。仏教では欲界の主として帝釈天とならんで諸天の最高位とされ、仏法の守護神とされる）、「釈提桓因《しゃくだいかんいん》（帝釈天）」（三十三天の主で、梵天とともに仏法を護る神）、「第六天魔王」（三界の魔王）、「日天・月天・明星天」（太陽と月と星の神格化を意味する三

図c　大曼荼羅本尊の構成要素　（例：国柱会本尊）

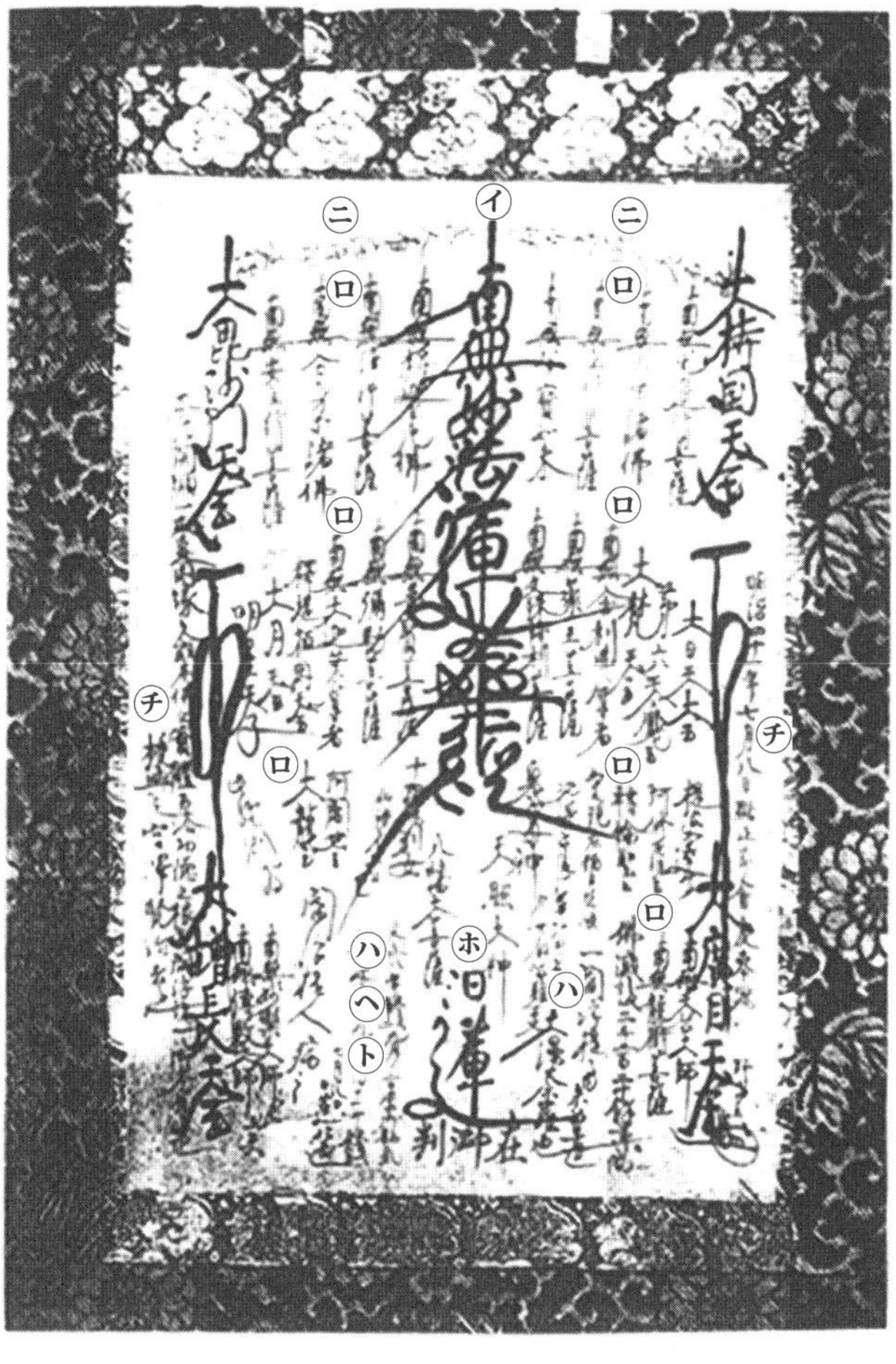

㋑　題目　　㋺　十界の諸仏・諸尊
㋩　讃文　　㋥　経文・釈文
㋭　日蓮の自署・花押　　㋬　マンダラの制作年月日
㋣　マンダラの制作地　　㋠　授与書きと被授与者名

※「付録　文字マンダラを絵解きする」参照

光天子）等の天上界の諸尊が列挙される。第三段には、「鬼子母神《きしもじん》」「十羅刹女《じゅうらせつにょ》」（ともにヒンドゥー教ではもと悪鬼であったが、のちに正法に帰依し修行者の守護神となる。）が並び、「転輪王」（古代インドの理想とされる王で、正義をもって世界を治めるという。人間界）、「阿闍世《あじゃせ》」（提婆達多《だいばだった》に誑かされ父王を殺してマガダ王となったが、のちに仏に帰依し改心して仏教守護の大檀越となった）、「阿修羅」（修羅界）、「竜王」（畜生界）、「提婆達多」（釈尊の従兄弟だが、釈尊を妬んで三逆罪を犯し生きながら無間地獄に堕ちた。地獄界）等人間界と四悪趣に属する諸尊が並ぶ。第四段には、「龍樹」「天台」「妙楽」「伝教」（インド・中国・日本の法華経弘通の先師）が配されている。次に、両側の梵字の種子《しゅじ》（密教において諸仏・諸尊が一字の梵字で象徴的に標示されたもの）で表現されているのは「不動」（右）「愛染」（左）の二明王。また四隅には、「持国」（右上・東方）「広目」（右下・西方）「増長」（左下・南方）「毘沙門」（左上・北方）の四天王がとくに大字で配されている。最後に、首題の真下に「天照太神《あまてらすおおみかみ》」「八幡大菩薩」（二神は、日本の諸神を代表する）が配置されている。なお文字マンダラには、「縁覚界」の諸尊の名は記されないが、その理由は縁覚は独覚と漢訳されることもあるように、他の縁によって独りでさとりを開いた人をいい、固有名詞は挙げられない。声聞とともに小乗仏教（上座部）においては聖者の位置を与えられる。

なお、当本尊が臨書の原本とした本来の佐渡始顕《しけん》本尊では、列座の諸尊すべてに「南無」が冠されており総帰命式の本尊とよばれるが、当本尊では、十界の諸仏諸尊のうち、仏・菩薩・縁覚・声聞のみを対象に「南無」を冠する四聖帰命式の本尊に改変されていることにも注意を要する。

日蓮が本尊としての文字マンダラの形式を創案し、その中に盛り込もうとした要素は多く、そのために工夫された表現技法はきわめて複雑だというべきである。後世のわれわれにとって問題なことは、日蓮自身が新しい本尊を必要とした理由と目的については、その主著『観心本尊抄』において縷々説明するところはあるが、その工夫の成果である文字マンダラじたいについては関説する遺文がほとんど存在しないことである。それは、修行者自身が敬虔かつ真摯な精神をもってマンダラと向き合い、日蓮がそれに托した意味を感得する以外にないといえよう。

なお、日蓮が本尊を解説する遺文として一般にしばしば用いられる「日女《にちにょ》御前御返事」であるが、これには偽書の疑いがあり本書では採用していない。（詳細は後述）

とくに文字マンダラにおいて、十界の諸仏諸尊を列挙することによって提示しようとした日蓮の宗教的意図は単純とはいえない。筆者にはその意図をくみとるに十分の自信はないが、少なくともそれへの挑戦だけは試みたいと思う。私が賢治に対しつよく畏敬の念を抱くのは、その点においてである。文字マンダラについて、まだまだ当時は未開といえる研究環境にあって敢然と独自に挑戦した彼の求道の姿勢は高く評価されるのではないか。

例えば、具体的に次のような点には日蓮の発信したつよい意図が感じられるのではないか。

まず列座の諸仏諸尊に見られる多様性の具体的な内容とその意味について考えてみたい。（1）文字マンダラでは、十界の諸仏諸尊が「十界互具」（前述。十界のそれぞれの境界が、それぞれ十界を具していること）の存在であることが多様性の原点である。そこには、迷いの世界からさとりの世界まであらゆる精神世界が網羅されている。（2）諸仏諸尊の多くが法華経中に登場する諸仏諸尊あるいは法華信仰に有縁の神々や先師が挙げられているなかで、とくに真言密教の主尊である不動・愛染の二明王がなぜ列座するのか注目される。これも多様性の問題には相違ないが、その理由については、古来研究者間にも種々の議論があり、賢治にも固有の意見が見られる（後出）。私は、マンダラの本義に則して「開会《かいえ》」（法華経の重要思想の一で、開顕会融《かいけんえゆう》の略。方便を開いて真実に会入《えにゅう》する意）説に従っておきたい。（3）諸仏諸尊の出自が必ずしも仏教だけではなく元はヒンドゥー教の神々や、また天照太神や八幡大菩薩などわが国の神々の代表も諸尊として列座する。（4）文字マンダラでは、諸尊名の表記法が問題であり、仏教が伝播したインド・中国・日本にわたっている。日本と中国は漢字表記で共通しているが、なかんずく不動・愛染の二明王がインドのサンスクリットの種子《しゅじ》（密教において諸仏・諸尊が一字の梵字で象徴的に標示されたもの）で表現されたことは最も顕著な例であるが、四天王の中に持国・広目・増長の三天王が一般に漢名の漢字表記であるのに対し、多聞天だけは毘沙門天と梵名の漢字表記になっている例が多い。また四王天のすべてが梵名の漢字表記という例もある。

以上、文字マンダラは列座するすべての諸仏諸尊に見られる種々の多様性をもって、一切衆生、生きとし生けるものまであらゆる存在、あらゆる境界を代表させ、仏教の説く広大無辺の「縁起世界」すなわち「三千大千世界」を表象させている。一般にいう大宇宙、コスモスの意味を表示するのである。

（ハ）讃文《さんもん》。当本尊においては、二か所にわかれている。日蓮の記名がある右に「仏滅後二千二百二十余年の間、一閻浮提《えんぶだい》の内に未曾有の大漫荼羅なり」とある一文、さらに同左に「文永八年太歳辛未九月十二日、御勘気を蒙り、佐渡の国に遠流せらる、同十年太歳癸酉七月八日、日蓮始めて之を図す」（原漢文）とあるものをいう。讃文は経文や釈文とは異なり、文字マンダラ中に唯一の日蓮自身の地の文章であり、とくに後段は、始顕本尊に固有の一文で、日蓮が文永八年（一二七一）九月十二日幕府に逮捕され、佐渡へ流罪になったこと、当本尊（文字マンダラ）は文永十年七月八日に、日蓮がはじめて図示したことを表明している。

また前段の「仏滅後二千二百二十余年之間、一閻浮提内未曾有之大漫荼羅也」の一文は、「文永十二年（一二七五）卯月日」以降の本尊ではこれが独立して定型化されたものとして、ほぼすべての日蓮の文字マンダラにおいて登載されるようになった。文字マンダラの歴史的意義、また信仰的意義を表明した内容になっている。なお、当本尊には「仏滅後二千二百二十余年之間」とあるが、他の本尊では「三十余年」と異なる表示をしている本尊もあり、ここにも日蓮のつよい意思表示がある（付録「文字マンダラを絵解きする」に詳述）。

始顕本尊の讃文は、「日蓮」の自署の左右両側に分けて配置しているが、右側の讃文には本尊としての本質を述べ、左側には始顕本尊としての特別の環境のもとで成立した事情を開陳している。文字マンダラは文字で表現されていても本質的には図画であることを、日蓮は「之を図す」とあえて強調していることに留意したい。したがって、文字マンダラの制作は一般的に「図顕」と通称されることもある。

（ニ）経文・釈文。この本尊には「此経即為、閻浮提人、病之良薬、若人有病、得聞是経、病即消滅、不老不死」

（法華経薬王品）と「『如来現在猶多怨嫉、況滅度後』、法華弘通之者、今世有留難事、佛語不虚也」（『』内は法華経法師品、引）の二句が引用されているが、他の現存する真蹟本尊の例を総合すると、全十九種の経文釈文が用いられていることが確認されている。日蓮の文字マンダラでは、修行者の信仰を支援する法華経の経文や、先師の釈文も重要な構成要素なのである。これらは日蓮から門下信徒への信仰上の個別的なメッセージであるともいえる。

さらに日蓮の文字マンダラの思想的特徴として、文字そのものに対する信仰、とくに法華経の文字を「一々文々、是真仏」あるいは「文字即仏」と受容する信仰が特筆されよう。法華経の一文字、一文字を、諸仏諸尊と同格の存在として受け止め、それを文字マンダラの多様性の一環として表示した可能性もある。

また私は、文字マンダラにおける経文釈文の意義には、とくにその流動的な筆法にも意味があると考えている。とくに経文釈文は、文字マンダラにかならず配置されるものではなく、大型の本尊で諸仏諸尊の配置に比較的空間に余裕のある場合に、複数点の経文釈文がおかれるが、そこには「一念三千」の世界を表示する文字マンダラの本質が固定的なものではなく動的であることを表示する意味があると推測する。

（ホ）日蓮の自署・花押《かおう》。文字マンダラでは、その制作者（受持者）の確定は必須の成立条件である。「己心の一念三千」あるいは「身土の一念三千」が成立することの意義である。日蓮の文字マンダラでは、制作者自身の自署・花押は基本的に首題の下方に明記する。当マンダラが確かに当人のものであることの意味を証するためである。当本尊では首題の真下に置かれているが、日蓮の初期の本尊では、自署と花押とを左右に分ける例がみられる。くり返し述べるように、当本尊は日蓮の筆法と形式を模してはいるが、日蓮の真蹟ではなく、国柱会の主宰者である田中智学の筆写である。したがって、本来は日蓮の自署と花押がある位置に、ここでは「日蓮、在御判」となっている。

（ヘ）マンダラの制作年月日。当マンダラの日蓮の制作年月日は讃文中に含まれている。国柱会では、当本尊は歴史的にいわゆる「佐渡始顕本尊」と命名され尊重されている文字マンダラの臨写本であると言明している。その脇書きによって「明治四十一年七月八日、顕正節会」に主宰者田中智学（師子王は号）が真蹟と信ぜられた原本より奉写したものであることがわかる。日蓮が新たに創案したマンダラとは、かならず日時を特定して成立するものであり、その日時はマンダラ上に明記される。制作年月日はそのマンダラにおいては成立の必須の必要事項である。

（ト）マンダラの制作地。日蓮は、マンダラの成立の要件として、「いつ」（制作年月日）とともに「どこで」（制作地）の明記も必要と考えたらしい。日蓮の場合は初期の本尊には制作地が明記されているが、身延山に定住後はほとんどこれを省略している。

（チ）授与書きと被授与者名。被授与者とはマンダラの受け手のこと。日蓮が制作したマンダラは、本尊として日蓮の弟子や信仰の確かな信徒に授与された。日蓮の場合は、必ずしもすべての本尊に対して被授与者名を記しているわけではないが、記載が見られることもある。既述のとおり、当本尊は国柱会の主宰者田中智学が「佐渡始顕本尊」から臨写したとされるものであるが、国柱会では日蓮の前例にしたがって、本尊上に被授与者名の明記を慣例化していることがわかる。

当本尊上には、日蓮の文字マンダラとしての内容以外に右側端に一行、左側端に二行の加筆が見られるが、いわゆる国柱会としての賢治に対する本尊の授与書きである。その内容は、本尊臨写の所以と執筆者田中智学（号師子王）の署名と花押、さらに同会の本尊としての宗教的意義と、当本尊が「宮澤賢治」に与えられた本尊であることが明記されている。すなわち、この加筆は、当本尊が国柱会から宮沢賢治に宛てた授与書きとしての意義をもつ。以下に、加筆の三行分（原漢文）を掲載する。なお、内容の注は省略させていただく。「明治四十一年七月八日ノ顕正節会ニオイテ　師子王虔ンデ奉写ス　花押」（右側）、「本法開顕ノ大事因縁　久成本仏之実体　万法功徳之根元　閻浮統一ノ御本尊ナリ／宮沢賢治ニ之ヲ授与スルモノナリ」（左側）。

四、国柱会入信

1. 微かなる足音

賢治の法華信仰は、最初は「赤い経巻」との出会いが契機となり、その編著者でもある島地大等から天台宗教学としての法華思想とその文化を学んだことから始まったと考えられる。しかし、その後の彼の進路に決定的な方向性を与えたのは、田中智学の主宰する日蓮宗系新興教団である国柱会の影響が多大であったことは疑いない。

一九一八年（大正七）十二月二十六日、賢治は母イチとともに夜行で花巻を発ち上京した。東京の日本女子大学に在学中の妹トシが、同月の二十日から永楽病院（その後、東京大学医学部付属病院小石川分院、現在は東大の国際留学生施設）に入院との知らせに、その看病のためであった。トシ（一八九八―一九二二、前出）は賢治の二歳下の妹。賢治と同じ尋常高等小学校に通う六年間ずっと全甲で通したほどの秀才で、岩手県立花巻高等女学校も首席で卒業し、一九一五年（大正四）に日本女子大学の家政学部予科に入学し、責善寮に入っていた。寮は大学からすぐ近くの雑司ヶ谷にあった。トシは、父と兄が信仰について激しく対立する宮沢家にあって賢治には最大の理解者であった。

上京した賢治らは、翌日から同じ雑司ヶ谷の雲台館に滞在し、トシの看病をしながら越年する。一九一九年（大正八）三月三日、賢治は父の命により母とともにトシに付き添って帰花するが、彼はそのときの東京滞在中にはじめて、上野桜木町の国柱会の本部国柱会館で田中智学の講演を聴いたという。それは二十五分程度のごく短い時間だったようだが、賢治にとっては忘れられない記憶であったにちがいない。（簡177）

賢治が実際に国柱会に入会したのは一九二〇年（大正九）のことであるから、その当時の彼の環境からいえば、入会するまだ二年前だったことを記憶しておこう。しかし、すでに当時の彼の言動、たとえば前節における心友保阪嘉内に対する賢治の信仰勧誘の態度は、まさに当時の田中智学の指導した国柱会の布教が特徴とする折伏《しゃくぶく》の姿勢そのものであったといえるだろう。賢治自身は手紙の中で、まだ直接に国柱会の名を出している例は見られないが、保阪にとって賢治の勧誘は単なる法華信仰への同行を求めているのではなく、それが具体的に国柱会への入会を意味する誘導であることは十分承知していたにちがいない。

しばらく、当時の賢治が周辺に発信している手紙から、その微かな国柱会の船影を追ってみることにしたい。その船影は、時期的にはとくに一九一八年（大正七）に集中している。

一九一八年（大正七）二月二日、父政次郎宛の手紙（前出、簡44）では、浄土門を信仰する父と対立する自分を詫びつつ、その父母への報恩のためにも彼は自分の法華信仰の許可を懇願する。その文面に、「若し財を得て支那印度にもこの経（法華経）を広め奉るならば、誠に誠に父上母上を初め天子様、皆々様の御恩をも報じ」という。賢治の、他ではあまり見かけられない考え方であるが、それがまさに、当時の田中智学が宣伝に努めた国柱会の日蓮主義、国体論の主張であったことは疑いない。（大谷栄一著『日蓮主義とはなんだったのか』講談社、二〇一九）

さらに前節で見てきたように、まさに「心友」としての保阪嘉内に対する手紙には、賢治の法華信仰を勧誘する場面がとくに多い。その文面には頻繁に仏教の専門用語が登場し、信仰の勧誘も積極的、直接的である。しかし、これには承知のように保阪の返信は賢治の手元に遺されておらず二人の詳細なやりとりは不明であるが、保阪の性格も賢治に負けず劣らずに頑固で、賢治の勧誘に対する反論も相当に頑強だったことが窺える。ついには二人の関係が険悪な雰囲気になった時期もある。

一九一八年（大正七）三月十四日前後の保阪嘉内宛の手紙（前出、簡49）。手紙には、「一天四海、皆帰妙法」「願以此功徳、普及於一切、我等与衆生、皆倶成仏道」（取意）などの法華信仰で用いる常套句が頻発して見られるが、とくに「今は摂受《しょうじゅ》を行ずるときではなく折伏を行ずるときだそうです」という賢治の言い方には、明らかに彼の背景にある国柱会の宣伝がすでに到達していたことを推測させる。保阪にしてもまた、当然に彼の用語の意味するところを理解していた状況が窺える。

同年三月二十日前後の保阪嘉内への手紙（前出、簡50）には、「南無妙法蓮華経　南無妙法蓮華経　どうかどうか保阪さん　すぐに唱へ下さいとは願へないかも知れません　先ず、あの赤い経巻は一切衆生の帰趣である事を幾分なりとも御信じ下され、本気に一品でも御読み下さい」とある。この手紙に見える「南無妙法蓮華経」（題目）は、日蓮の法華信仰の象徴であり、賢治の手紙にあってはこれが初見である。国柱会の影響によって、賢治の法華信仰がここまで来たことがわかる。

また同年四月十八日の友人成瀬金太郎宛（前出、簡55）の手紙には、その中で用いられる「十界百界諸共ニ成仏シ得ル事デセウ」「一一文々、是真仏、真仏説法利衆生」は、いずれも法華信仰の常套句であるが、とくに思想に関心をもつ賢治にはすでにこの時期、田中智学の著書をかなり学んでいた可能性があり、いよいよ「十界互具」、「一念三千」思想などの法華経哲学の中心思想にまで理解が及んでいた可能性が推測される。

さらに同年五月十九日、保阪嘉内宛（前出、簡63）の手紙。「ねがわくはこの功徳をあまねく一切に及ぼして十界百界もろともに仝《おな》じく仏道成就せん。一人成仏すれば三千大千世界山川草木虫魚禽獣みなともに成仏だ」と書いている。そこには「十界互具」「一念三千」の思想を、直接に用語として登場させるのではなく、仏教としての重要課題でもある「草木成仏」の問題に関連させて使用していることが注目される。

「草木成仏」は、草木あるいは国土のように心を有しないもの（非情）さえも、仏性をもっているのでことごとくみな仏になる、という思想である。衆生（有情）にとって、その生活に草木・国土は切り離して考えられない存在である。したがって真の意味での一切衆生の成仏を期するためには、その環境である草木・国土の成仏が認められなくてはならない。もともと涅槃経や法華経に由来し、とくに天台宗が強調した思想であるが、日蓮も「一念三千」説を根拠として（観心本尊抄）、人間だけの成仏ではなく、すべての有情非情にわたる成仏こそが、真の成仏であると主張した。賢治が、つよくこの思想に魅かれたことは疑いない。

また、同じ手紙では（簡63）、いったん日付も記名も宛名も書いた後で、賢治は自分の恋愛観、結婚観について、とくに追記しているのが注目される。結局賢治は一生独身を通したが、けっして彼は本質的に独身主義だったわけでもなく、恋愛を否定していたわけでもない。彼の周辺で、具体的な固有名詞が話題に上っていたことも私は承知している。しかし、賢治は結果的に独身を選択した。その理由が、この手紙には述べられている。「摂受を行ずるときならば私は恋してもよいかも知れない。又悪いかもしれない。けれども今は私には悪いのです。今の私は摂受を行ずる事ができません。そんな事はけれども何でもない。何でもない。これらはみな一握の雪」。

ここにも国柱会の布教の最大の特徴である「折伏」が、賢治によって率直に受け入れられている。当時の賢治にとっては、恋愛も結婚も「一握の雪」だというのである。

私はこの時期の賢治の手紙に、このような法華信仰者の用いる常套句が頻繁に登場するのは、他でもない、これまで関東地方を活動の拠点として発展してきた新興教団国柱会の布教宣伝が、次第に彼の周辺すなわち東北岩手県にも到達している明らかな痕跡をみるものであり、賢治の心理にも同会の主宰者田中智学の指導する法華信仰の精神がかなり深く浸透してきている証しを見るのである。

2. 国柱会の成立とその主張

ここで話は少し後もどりするようであるが、宮沢賢治が深く関係をもつことになった日蓮および彼が開いた日蓮宗と、田中智学が主宰した国柱会との関係を少しく紹介しておくことにしよう。賢治の一生は、その法華信仰が進展する折にふれて、日蓮の歩んだ道すじと連鎖する感がある。
鎌倉時代の宗教家日蓮（一二二二—一二八二）は、千葉県の安房に生まれ清澄山清澄寺にて出家の後、京都の比叡山延暦寺に遊学して天台宗を中心に諸宗を学んだが、とくに修学の成果として中国天台宗の祖である天台大師智顗の教学に心酔し、大乗仏教の数多の経典の中から法華経こそが、まさしく釈尊の教えを正しく伝えた経典であると確信した。一二五三年（建長五）、京都の勉学を終えて故郷の清澄寺に戻った日蓮は、天台宗を離れて独立し法華経を信仰の根本経典とし、「南無妙法蓮華経」の題目を唱える新教団を旗揚げしたのである。

なぜ、日蓮は同じ法華経を信奉する天台宗からあえて離れ、新しい道を進まなければならなかったか。そこには理由があった。どこまでも法華信仰の「真実」「まこと」を求める日蓮にとって当時の天台宗に不純（密教）の要素を認めたからであった。しかし、その後の日蓮が選び歩んだ道は厳しかった。一般に大難四ヶ度小難数知れずといわれる苦難が連続した。とくに、一二七一年（文永八）の竜口法難とそれに続いたほぼ三年間の佐渡流罪は、新興の日蓮教団として受けた打撃は大きかった。

一二七四年（文永十一）佐渡から鎌倉へ戻った日蓮は幕府諫言を断念し、山梨県の身延山に退隠した。以後は、鎌倉に出ることはなく、ひたすら門下信徒との交信によりその信仰の養成に努めた（日蓮の真蹟遺文は約四〇〇編が現存し、賢治の当時は『縮刷日蓮聖人遺文』として、今日は『昭和定本日蓮聖人遺文』として現存する）。一二八二年（弘安五）、身延の冬の厳しい環境に身体を衰弱させた日蓮は、身延を下山し身を養うために常陸の湯へ向かう途次、十月十三日、武蔵の国池上（現在の大田区池上本門寺）の地で没した。享年六十一。

日蓮の没後、その門下は日蓮自身が定めた本弟子（六老僧）らを中心に教団は全国各地に展開していったが、それぞれ別々に活動した各門流の発展は、信仰・布教方法の有り方、法華経の解釈をめぐって次第に対立が激しくなり、さらに門流の分派をもたらした。しかし、中世末までの日蓮門下は、法華宗あるいは日蓮法華宗と統一的に称していたが、一八七四年（明治七）維新直後の政府が発令した一宗一教一管長制により、身延山久遠寺を中心とする一致派が「日蓮宗」を呼称した。宗名として日蓮宗を名乗ったのはそれが最初である。現在の伝統教団としての日蓮宗には一致派の他に、それぞれの派名を名乗る勝劣派が対立的に存在する。

賢治が一九二〇年（大正九）に入会した国柱会は、田中智学（一八六一―一九三九）が、一九一四年（大正三）に在家仏教運動による近代日蓮教団の改革を掲げ、伝統教団としての日蓮宗から独立した新興教団である。

もともと智学は日蓮宗僧侶として出家し、下総の飯高檀林、日蓮宗大教院と進学したが、病気による休学を機に日蓮宗から脱宗、還俗した。これ以後智学は在家仏教運動を開始し、蓮華会、立正安国会を経た後、国柱会の設立に至った。智学は活動の中心を著述と講演に置いたが、その教団としての特色を日蓮の布教は終始「折伏《しゃくぶく》」に一貫していたとの考えに立ち、当時「摂受《しょうじゅ》」的な気風が潮流となっていた伝統教団としての日蓮宗に強く反発した（摂折問題については次項で詳述）。こうした智学の活動には、守成的な伝統教団の在り方に反対し、新国家としての道を歩み始めた日本の民衆の中に、日蓮の宗教を時代に即して蘇生させ、生きた思想としての仏教を萌芽させせようとした智学独自の時代観、仏教観が指摘されるであろう。

賢治が、日蓮の思想と行動に注目する契機となったのは、田中智学の著述からであったと考えられる。とくに、一九〇二年（明治三十五）四十二歳の智学は日蓮主義教学の組織大成をめざして「本化妙宗式目《ほんげみょうしゅうしきもく》」を完成させ、翌年から一年間にわたり大阪の立正閣で約二〇〇人の受講者を集めてこれを講じた。その講義録は、当時二十五歳の山川智應が筆受整備して『本化妙宗式目大講義録』（五巻、三三〇〇頁）と題して八年の歳月を要して刊行された。おそらく賢治が、繰り返し深く学んだとされるのはこの書であったと思われる。同書は、後に『日蓮主義教学大観』五巻と改称されたが、智学教学の集大成の書として当時の国柱会のみならず、日蓮関係教団全体に大きな思想的影響を及ぼした。

しかし、ここでちょっと立ち止まって考えてみよう。賢治は当時、どこからどのようにして、国柱会の情報を得ていたのだろうか。また、その具体的な教義などを学んでいたのだろうか。すでに前項で見たように、賢治は父政次郎や心友保阪嘉内へ法華信仰を勧誘するに当たっては、彼の布教の態度や使用する宗教用語はかなり濃厚に国柱会の影響を受けていると感じられるが、当時の国柱会にはたして東北地方の農村都市であった花巻で具体的な教線の確認ができるだろうか。田中智学在世中の会員数は実際には三千をこしたことはなかったと伝えられる。（『戦後の田中智学論を糾す』田中智学門下青年協議会編、展転社、平成十年刊）

私は上の考えから、当時の国柱会の機関紙である『国柱新聞』をやや詳細に点検してみたことがある。『国柱新聞』は明治四十五年に創刊以来（刊行元の名称は、当初は立正安国会、大正三年から国柱会に変更）、各月に三回刊行され、例年の春夏秋冬に開催されていた「日蓮主義講習会」の報告や、田中智学を主講とする国柱会の教義の解説を連載しているが、なかんずく、東北岩手県の盛岡あるいは花巻に居住する当時の賢治に限定したとき、はたして国柱会の教線がそこまで到達していたかどうか。その可能性を推測してみると、その可能性はあまりにも希薄だと言わざるを得ないのである。その証拠として『国柱新聞』には、毎号に全国各地から寄せられる「浄資奉告」「義納奉告」の名目で、金額・県市名・氏名等が克明に掲載されているのであるが、そこに見られる東北地方とくに岩手県からの事例はごく僅少なのである。

しかし、当時の国柱会としてつぎにみられるような布教宣伝の実態は、かなり社会的にも注目されたと推測され、あるいは何人かの手を経て賢治の手元まで情報が届いていた可能性は否定できないかもしれない。

もうしばらく、国柱会の歴史とその主力を注いだ宣伝活動の実態を具体的に見てみたい。国柱会は一八八一年（明治十四）に蓮華会として横浜にはじまり、一八八五年（明治十八）立正安国会と改称し本部を東京に移している。その後に、大阪、京都、和歌山、室津、庭瀬、四日市、名古屋等へと支部を広げているのをみれば、国柱会は当初から関東地方を中心に活動し、賢治が入会を考えていた当時は明らかにその教線は北ではなく西へ向かっていたといえるであろう。

しかし国柱会の布教、宣伝活動でより顕著なのは、田中智学を主講として各地における講演会の開催、出版・

文書活動、機関紙や出版物などの施本運動、災害時被災者への救難活動等であった。他には資財家に対する募金活動も活発で注目される。当時の仏教諸派と比較してもこれほど対外的活動に力を入れたところは他に例がない。現実に国柱会の当時の報告書などにおける参加者名簿を点検してみると、その講演会などは確かに盛況で国柱会会員だけでなく、独立するまで智学が教学を学んでいた伝統教団の日蓮宗からも多くの聴講者の参加があったことが確認できる。当時の田中智学の現実の社会に目を向けた積極的な活動には、彼の古巣である日蓮宗内にもその主張に賛同する人々が少なくなかったと思量される。

なかんずく、講演会、出版・文書活動、施本運動などは当初より一環して国柱会の布教宣伝に効果を上げたと思われる。具体的に、随所で行われた講演会では同時に数百、数千、ときには数万冊という大量の施本が世間に配布されたという。その実例の一であるが、当時の著名人にも配布された田中智学の『宗門之維新』が、高名な評論家高山樗牛を感動させてその後の日蓮研究を一大転換させ、さらにそれが姉崎正治の名著『法華経の行者日蓮』へと繋がったことはよく知られている。

賢治の法華信仰が、この後の文学活動や社会活動に向った背景として、それはつねに貧困の農民や社会的弱者を視野に入れ、その救済あるいは動植物などの自然愛護へと志向する理由には、このような当時の国柱会の社会活動を直接見聞し、また後には自らも活動に参加するなど、共感するところが少なくなかったのではないか。

もとより、国柱会は本質的には宗教団体であって社会事業を目的とする団体ではない。ちなみに、当時の「国柱新聞」中に見つけた「日蓮主義研究の順序」という囲み記事は、おそらく入会前の賢治の国柱会研究もこのような指導要領に導かれてのことであったかと思われ興味深い。ここにいう日蓮主義とは、田中智学によって創唱され、体系化された近代仏教思想といえるが、国柱会は独自の政教相関論を主張し、現実世界の寂光浄土（仏国土）化という理想世界の実現をめざして、宗教活動だけでなく、社会活動・政治活動・芸術活動等の幅広い活動を通じて、日蓮主義運動を展開していた。また、その影響は国内にとどまらず東アジア諸地域にまで及び、まさに日蓮主義は明治末から大正期にかけての日本社会で一種の流行思想であった。（大谷栄一『日蓮主義とはなんだったのか』講談社）

ちなみに、賢治が国柱会へ入会した後のことであるが、一九二〇年（大正九）十二月上旬（推定、簡178）の保阪嘉内への手紙で、彼はこう言っている。「日蓮主義者。この語をあなたは好むまい。私も曾っては勿体なくも烈しく嫌ひました。但しそれは本当の日蓮主義者を見なかった為です」。

国柱会が、当時の会員に向け指導要領として示していた「日蓮主義研究の順序」とは、つぎのようなものである。

「第一に「妙宗手引草」を読んでざっと日蓮主義のあら筋をうかゞひ、
第二に「宗鋼提要」を見て日蓮上人の宗旨の綱要をのみこみ、
第三に「日本国の宗旨」と「世界統一の天業」を見て国体の解決を知り、
第四に「日蓮聖人の教義」を反覆通読して教義の梗概を暁り、
第五に　その後「日蓮聖人御書全集」を通読して直に聖音に接し、
第六に「本化摂折論」を読みて折伏大化の教要を知り、
第七に　参考として「国教十一論」「宗門之維新」其他を一読し、
第八に　妙宗式目正条に入り「同講義録」（改題「本化宗学」）を精読し、
（但し、第九欠）
第十に　最後に「護法正義」「妙行正軌」等によりて願行に資成するを一通りの順序とする、「日蓮聖人御書全集」を精読するについては「本化聖典大辞林」について解をもとめば、尤も明快なり。」（「国柱新聞」大正五年六月一日号）

また、同新聞の一九一六年（大正五）十一月一日号の第一面には「日蓮主義に入るにはどうしたらいいか」の記事を掲げている。このような資料を通覧すると、当時の国柱会の布教宣伝において、会員をいかに勧誘し、また入会後の会員をどのように指導していたかのおおよそを理解することができる。その指導は実に微に入り細をうがっているといえよう。

賢治に同行した関登久也《とくや》『宮沢賢治素描』によれば、「賢治が入信当時、『本化妙宗式目講義録』を五回もくりかえし読んだ」というが、おそらく彼らも一九二〇年（大正九）の実際の国柱会入会にあたっては、その決断に先んじてこのような記事を参考にし、会発行の出版物を通じて、日蓮教学の要旨や修行法の内容、さらには教団主張の日蓮主義にもある程度の習熟に達していた可能性が推測される。

3．摂受《しょうじゅ》か折伏《しゃくぶく》か

『摂折御文・僧俗御判』を編む

国柱会のあらゆる布教宣伝において、通じて特徴的なことは、その「折伏《しゃくぶく》」という姿勢であった。折伏というのは摂受《しょうじゅ》に対する反対語で、しばしば摂折問題と一括して表現される。摂折の問題は、賢治の生来の性格あるいは彼の文学活動の本質を理解するうえにおいても重要で、彼がつねに自身に対してその是非を問うた問題であったと思われる。

国柱会の「折伏」攻勢の問題について、ここで少し解説しておくことにしよう。摂受と折伏は、いずれも仏教における教化上の手段をあらわす用語であるが、ちなみに国柱会の主宰者である田中智学が自らの法華信仰の先師と仰いだ日蓮には、彼の遺文の『佐渡御書』につぎのようにある。「仏法は、摂受・折伏、時によるべし。譬ば、世間の文武二道の如し」と。また、一般的な認識としても「摂折」は用いられたらしく、中世の軍記物語である『太平記』（巻第十二・公家一統政通時）などには、「文武の二道、同じく立ちて治るべきは今の世なり。（中略）それ諸仏菩薩、利生方便を垂るる日、摂受・折伏の二門あり。」と解説しているように、その用語は仏門と一般を問わず双方で使われていたようだ。

すなわち、文武二道のうち、「文」に該当するのが「摂受」であり、「武」にあたるのが「折伏」であると理解されてきた意味は、穏やかに相手の長所を受け入れつつ正義を伝える教化の方法を摂受といい、一方、相手の仏教信受のあり方の欠点を厳しく論難して正義を顕正しようとするのが、折伏という化導法《けどう》（教化し導くこと）であるといえよう。

ところが、田中智学の摂折観はやや一般的な理解とは異なる。智学は、自らの尊崇する日蓮の生涯は戦闘的折伏的であったという解釈で、独自の「日蓮主義」を標榜し、「摂受的に行用する仏教」でなく、「折伏的に行用する仏教」であることを強力に主張した。あらゆる邪法邪見の存立を許さないところの折伏で教えを成立するのが日蓮の折伏立教であって、その応用の実例として宣言したのが浄土宗、禅宗、真言宗、律宗を批判した「念仏無間・禅天魔・真言亡国・律国賊」という四箇格言であったとして、僧俗の別を問わない折伏の励行を勧めたのである。（以上、『日蓮聖人の教義』から取意）

前節における賢治から保阪嘉内への書簡においても、当時の二人の間でその是非について厳しい意見の対立のあったことが推測される。当時は、賢治が折伏的であり、保阪が強くそれに反発したのである。

折伏と摂受の問題は、賢治にとってはその後の彼の文学活動ひいては一生の法華信仰の上にも大きな課題として意識に止められていた可能性がある。文学活動に入って以後の彼には、以前とは逆に、徹底した折伏否定の姿勢しか確認できないのである。

賢治の法華信仰について、彼の国柱会入信に先立つ信仰の内実を知りたいと思うときに最も興味深いのは、一九二〇年（大正九）の夏と推測されているが、その頃に彼が編集したという『摂折《しょうしゃく》御文《ごもん》・僧俗《そうぞく》御判《ごはん》』（『新校本』第十四巻・雑纂）の存在である。

賢治は、当時の国柱会が布教活動の上で強調する「折伏」という行為について強い関心を持っており、実際の入会に先だってすでに周辺の人々に対して意識的に法華信仰の折伏的勧誘を実行していたことはすでに紹介したが、あえてこの時期に、『摂折御文・僧俗御判』を編集した心境については、彼がいよいよ国柱会の入会に向け本気になって一歩踏み出したことの確実な証左と見ることができる。

『摂折御文・僧俗御判』は独立した別冊で、表紙には「摂折御文」と「僧俗御判」という四文字ずつの表題が並べて墨書されており、内容は賢治自筆のペン書きですべてが仏教典籍からの抜書きを収録したものである。いずれも短文で、番号は付されていないが、全文では五十七条の項目が数えられる。その前半の三十九条までは田中智学著『本化摂折論』（明治三十年初版）の中に引用されている仏教典籍（主に日蓮遺文）の文言を、ほぼ順を追って抜書きしたもので、抜書きの文言それ自体には智学の文章は含まれていない。

後の十八条が『日蓮聖人御遺文（霊艮閣版）』からの抜書きで、日蓮による僧侶と在俗者との仏教との関わり方を示した文言を摘出した「僧俗御判」に該当する部分である。しかし、抜き書きの内容を少し詳細にみれば、「僧俗御判」の部分にしても「摂折」に関する文言が多く含まれており、賢治の実際の関心がいずれに重きをおいていたかは容易に推測がつく感じがする。したがって、この抜き書き作業は賢治としてもそれほど厳密なものであったとは言いがたい。

問題は、なにゆえ賢治はこの時期に、『摂折御文・僧俗御判』の作業を思い立ったのかという点である。私はそれを、賢治が国柱会入会を本気で考えたが故の、田中智学が主張する「折伏主義」と「在家主義」の二つの面について、その根拠とする仏典とくに日蓮の考え方をしかと確認するための作業だったのではと推量する。

しかし、その結果、果たして賢治がこれによって何を得たか、真に彼の期待した答えが得られたかどうか、まだこの時点では詳らかではない。ただ賢治がこの後、終生一貫して法華信仰の生涯を貫いた中においても、この摂折問題に対し彼はけっして無関心ではなく、いな、きわめて重要視した問題であったことは確実であるというべきであろう。彼が後に初出版した詩集のタイトルとした『春と修羅』の「修羅」（正しくは阿修羅）とは、後には改心して仏教の守護神となったがもともとは古代インドの神話における戦い好きの悪神のことで、他でもない賢治自身が自分の性格をよく自覚し、自戒の意を込めて命名したものであった。

その上で、彼の文学活動における摂折問題の意義を総括するとすれば、それはほとんど「摂受」というべき傾向であり、「折伏」主義はとくにその全文学作品を通してどこにも見出すことができないのである。その事実は、かえって、この問題に対して賢治の強いこだわりがあったことの証左といえるであろう。

4. 私は入会致しました

一九二〇年（大正九）十二月二日発、賢治から心友保阪嘉内へ宛てたつぎの手紙（簡177）は、かねて自分自身の実行を是か非か躊躇するところのあった国柱会への入信が、手続きの上でも完了したことを知らせている。文面からも彼の緊張感が伝わってくるようである。

今度私は／国柱会信行部に入会致しました。即ち最早私の身命は／日蓮聖人の御物です。従って今や私は／田中智学先生の御命令の中に丈あるのです。　謹んで此事を御知らせ致し　恭しくあなたの御帰正を祈り奉ります。／あまり突然で一寸びっくりなさったでせう。私は　田中先生の御演説はあなたの何分の一も聞いてゐません。唯二十五分丈昨年聞きました。お訪ねした事も手紙を差し上げた事もありません。今度も本部事務所へ願ひ出て直ぐ許された迠であなたにはあまりあっけなく見えるかも知れません。

賢治の国柱会入会には、法華経の同信者として関徳弥（一八九九―一九五七、筆名：関登久也）も彼に従った。関徳弥は賢治の父政次郎の母方の従弟にあたるが、徳弥は賢治を兄のように敬慕し、短歌も彼に学び、信仰や人生の問題もいろいろ相談していたようである。下記は、関徳弥が国柱会の主宰者田中智学へ宛てた入会希望の手紙であるが、同会の日刊紙『天業民報《てんぎょうみんぽう》』の十一月三十日号の三面中段に「『日蓮聖人の教義』を読みて信に入る」として全文が掲載された。文中には、「宮沢賢治」の名も見える。

拝啓　初冬の候益々御清栄の段蔭ながら欣賀罷在候。陳者昨廿三日先生御主宰の国柱会に信行部員として入会いたし度申込書及略歴書共に本部へ差出申し候関徳弥と申す者にて之あり候。かねて『法華経』を信仰し居り候ところ近日御著『日蓮聖人の教義』その他三四冊の御本を拝読し、信心いよいよ明かに堅固に相成申候、この矢先同町の宮沢賢治氏より（宮沢氏は信行部に入会いたし居り候）先生が御主宰の会あるをきゝ知り、ここに信行部に入会の事を決心いたし候。入会後は会の趣旨は勿論、この身一切を『法』にさゝげて絶対に遵奉し修申可候間何卒入会の儀御聴許下され御指導給はらんことを一重に奉願候。尚来春は商用にて上京致す可く、そのせつは御面語致度く存じ居り候。寒気日増相加り候、御身御大切に遊ばされ度、先は右御願迄斯如くに御座候。謹白　十一月二十四日　関徳弥　田中智学先生侍史

かくして、賢治は自身が念願としていた国柱会入信をついに実行した。では実際に、彼がいつの時点で入会を決断し、いつ手続きを終えたのか、その正確な日時はどうであろうか。その点についてては、当人はどこにも明か

していない。賢治が保阪嘉内に国柱会入会を知らせたのは、一九二〇年（大正九）十二月二日の手紙（簡177）であるが、この関徳弥の文章を載せている『天業民報』の新聞記事によれば、同年の十一月二十三日以前に賢治はすでに入会の手続きを終え、信行部への入会が許可されていたことになる。

その点について私には、もしかしたら賢治は国柱会への入会は「この時」かと、彼がかねて時宜を決意していた一つの可能性に心当たりがないでもない。

それは、国柱会が日刊の機関紙『天業民報』を発刊した記念の日、すなわち、一九二〇年（大正九）九月十二日である。国柱会にとって「九月十二日」という日は、宗祖日蓮の一生においても特別に意義ある日として選定した日であった。賢治がかねて準備の国柱会入会を決行したとすれば、おそらくその日ではなかったか。私は、もともと賢治がかかる場合には然るべきけじめをつけることの好きな性格であったことを思いだす。

その記念の日とは、日蓮門下では日蓮の四大法難の一として挙げられるが、龍口法難《りゅうこうほうなん》として記憶されている日である。一二七一年（文永八）九月十二日、日蓮が鎌倉幕府により突然に逮捕され、同深夜鎌倉の龍ノ口において密かに斬首されようとした事件をいう。幸いにも、この事件では日蓮は奇跡的に一命を取りとめ、その後佐渡へ流されて三年を過ごした（前出）。

その夜のできごとは、日蓮自身が翌年著した『開目抄』に「日蓮といゐし者は去年九月十二日子丑の時に頸はねられぬ」と記している。この龍口法難では、日蓮のみならず弟子・檀越にも徹底的な弾圧が加えられ、まだ形成の初期にあった教団は壊滅的な打撃を受けたが、その後の教団史における評価でも特別の意義が付与されてきた。日蓮はその生涯全体を顧みるとき、この龍口法難と佐渡流罪を契機として、その思想が佐前と佐後とに分けられるほど、すなわち凡夫日蓮から聖者日蓮への飛躍を遂げたと指摘されているのである。

日刊『天業民報』の創刊は、文書伝道を会の宣伝活動の中心と頼む国柱会として実に長年にわたる宿願であった。会の創始者田中智学が、その紙面に「『天業民報』創刊に就て種々の告白」として載せている文章は、おそらく彼の正直な心情であったろう。

「(小生は)専ら文書伝道の利を説いて、みづからも不文不才を顧みず、かいてかいてかきまくり、明治二十三年の創刊『師子王』以来、同三十三年『妙宗』改刊、尋《つ》いで『日蓮主義』となり、『国柱新聞』『毒鼓』と月刊又は旬刊を出してからでも三十一年になる」(『天業民報』一九二〇年(大正九)九月二十六日号)。

私は、賢治が国柱会入会を正式に手続きしたのは、国柱会が『天業民報』を発刊したその日ではなかったかと推測している。その理由としては、その日「九月十二日」には、賢治にはもう一つの思い入れがあったからである。

実に賢治らしいといえばいえるが、他の目から見れば、あるいは狂気じみたとも思える異常な行動であったかもしれない。それは、賢治一人だけで勤めた特別の、一種の修行的行為であった。その具体的な内容は、一九二一年(大正十)一月中旬頃と推定されている心友保阪嘉内宛の手紙によれば(簡181)、つぎのようである。

竜ノ口御法難六百五十年の夜(旧暦)私は恐ろしさや恥づかしさに顫えながら燃える計りの悦びの息をしながら、(その夜月の沈む迠座って唱題しやうとした田圃から立って)花巻町を叫んで歩いたのです。知らない人もない訳ではなく大低の人は行き遭ふ時は顔をそむけ行き過ぎては立ちどまつてふりかへって見てゐました。盛岡の農林学校では化学の一年が見学に来てゐてその一群にもあひました。向ふは校歌を唱ってゐたのです。その夜それから讃ふべき弦月が中天から西の黒い横雲を幾度か潜って山脉に沈む迠それから町の鶏がなく迠唱題を続けました。

ここに「竜ノ口御法難六百五十年の夜(旧暦)」とあるのは、明治維新後に採用された新暦でいえば「一九二〇年(大正九)十月二十三日」の夜に当たるが、それは鎌倉時代の旧暦の暦に換算すれば、正当《しょうとう》の龍口法難「九月十二日」の夜に当たる。

賢治はその夜、すなわち鎌倉時代の旧暦で正当の「九月十二日」の夜を選んで、彼は自分ひとりだけの「竜ノ口御法難六百五十年」記念の特別の夜を演出したのである。

この夜、賢治が行った修行は彼自身の意識としては一種の「唱題行《しょうだいぎょう》」だったと言えるだろう。唱題行とは、日蓮が勧奨した法華信仰の修行法で、「南無妙法蓮華経」の題目を、精神を集中して数十遍、数百遍と、数は随意にくり返し唱えることをいう。賢治は保阪に向かって同じ手紙で、この修行により「実にこの様にして私は正信《しょうしん》に入りました」と告げている。この場合、「正信」が何を意味しているかは賢治にしか分からないが、彼がこの修行により一定の境地を得たことを伝え、心友保阪嘉内を法華信仰へと誘うために、より具体的には国柱会への入会を勧誘するための手段として持ち出していることは疑いない。

5. 智学の日蓮主義に酔う

何はともあれ、かくして賢治は念願であった国柱会の会員になった。その報せは、やはり彼にとって第一の心友である保阪嘉内に知らせたと考えられる。しかし、賢治が保阪へ発信する手紙は、いつもながら電報を打つような軽い内容ではなく、（過去にはときに、明らかに賢治が取り乱しているらしい文面の手紙もあったが）彼としても周到に配慮した用語、万一の反論にも堪え得る論理を準備した上で、投函している様子がうかがえる。しかしそんなときには、おそらく、保阪の方がより以上に賢治に対する気遣いの厳しさ、油断のなさはあったかもしれない。このような二人に共通する緊迫感は、二人が真の心友なればこそのものであって、けっして関係の不調や疎遠を意味するものではない。

一九二〇年（大正九）十二月二日に出された賢治から保阪への手紙（簡177）は、国柱会への入信を報告する手紙であったが、いつもよりさらに緊張感にあふれ重々しい。とくに、保阪に対し国柱会へぜひ自分と同行をと求める気持ちは迫真の演技といえるだろう。

最早私の身命は／日蓮聖人の御物です。従って今や私は／田中智学先生の御命令の中に丈あるのです。謹んで此事を御知らせ致し　恭しくあなたの御帰正を祈り奉ります。（中略）日蓮聖人は妙法蓮華経の法体であらせられ／田中先生は少くとも四十年来日蓮聖人と　心の上でお離れになった事がないのです。／これは決して決して間違ひありません。即ち①／田中先生に、妙法が実にはっきり働いてゐるのを私は感じ私は信じ私は仰ぎ私は嘆じ　今や日蓮聖人に従ひ奉る様に田中先生に絶対に服従致します。御命令さへあれば私はシベリアの凍原にも支那の内地にも参ります。乃至東京で国柱会館の下足番をも致します。それで一生をも終ります。／今私はこれら特種の事を何等命ぜられて居りません。先ず自活します。これらの事を私の父母が許し私の弟妹が賛しそれからあなたが悦ぶならばどんなに私は幸福でせう。既に②私の父母は之を許し私の弟妹は之を悦び、みんなやがて　末法の唯一の大導師　我等の主師親／日蓮大聖人に帰依することになりました。／至心に合掌してわが友保阪嘉内の／帰正を祈り奉る。／南無妙法蓮華経」

すでに、賢治の国柱会会員としての意識は最高潮である。賢治の中において宗祖日蓮と国柱会の主宰者田中智学への帰依は、もはや絶対的である。ここで賢治が、保阪にいう「御帰正を祈る」とは、単に正道に帰る、あるいは正義に帰する意味ではなく、法華信仰に入ること、より具体的には国柱会への入信を意味している。

傍線の部分①に見られるように、賢治は、完全に田中智学が提唱し、国柱会挙げて宣伝に努めるその「日蓮主義」に酔っているがごとくである。「御命令さへあれば私はシベリアの凍原にも支那の内地にも参ります」とは、当時、第一次大戦後の日本の軍部の中国大陸、東アジアへの進展と共に、国柱会の日蓮主義もそれを支援して積極的に海外へ普及させる意思を喧伝していたことの反映であろうか。賢治もその動向に積極的に参加するという意思である。賢治はまた、一転して自分自身の覚悟が固いことを「東京で国柱会館の下足番をも致します。それで一生をも終ります。」とも表明する。この意思表示は、この後直ぐに彼はその言葉どおりに実行して、自分の決意がけっして偽りでないことを示して見せるのである。

しかし、傍線②「既に私の父母は之を許し私の弟妹は之を悦び、みなやがて　末法の唯一の大導師　我等の主師親　日蓮大聖人に帰依することになりました。」については、賢治の父母、弟妹が揃って国柱会に入信したかのごとくに書いているが、その後の状況から見れば、この時の彼の発言は虚偽である。あくまでも保阪を同信へと誘うための虚言だったのであろうか。

つぎは、一九二〇年（大正九）年十二月上旬（簡178）の賢治から保阪への手紙である。おそらく前の、国柱会へ入会を知らせた手紙に続くものであろう。前便に続き、さらに激しく保阪の国柱会入信を迫っている。

前便最早御覧の事と存じますがどうか御賢慮を以て速かに帰正入妙の日を迎へられる事を祈り奉ります　その御賢慮といふのは、一寸失礼に聞えるかも知れませんが、あなたの様々な宗教の比較や御進退の分別を申すのではありません／只　末法の大導師／絶対真理の法体　　日蓮大聖人　を無二無三に信じてその御語の如くに従ふことでこれはやがて／無虚妄の如来　全知の正偏知　殊にも　無始本覚三身即一の／妙法蓮華経如来　即ち寿量品の釈迦如来の眷属となることであります／全体云へば、私はこんな事をあなたに申し上げる筈がないのです。あなたは私より賢いし苦労してゐるでせう。それをとやかう云ふ筈はありません。只これが　大聖人の御命令なるが故に即ち法王金口の宣示なるが故に違背なく申し上げる丈です。どうか殊に御熟考の上、どうです、一諸に国柱会に入りませんか。一諸に正しい日蓮門下にならうではありませんか。諸共に梵天帝釈も来り踏むべき四海同帰の大戒壇を築かうではありませんか。／私が友保阪嘉内、私が友保阪嘉内、我を棄てるな。／別冊『世界統一の天業』何卒充分の御用意を以て御覧を願ひます。天孫人種の原地に就てはあなたにも私同様色々な学説が混乱してゐるでせう。然しながら吾々は曾て絶対真理に帰命したではないか。その妙法の法体たる日蓮大聖人の御語に正しく従ひませう。

この手紙における賢治の論調は、本来議論好きの保阪の性格を承知の上でそれを押しとどめて、ひたすら「日蓮大聖人を無二無三に信じてその御語の如くに従ふこと」を求めている。それが、当時にあっては国柱会の会員たることの資格なのであろう。

「無虚妄の如来　全知の正偏知　殊にも　無始本覚三身即一の　妙法蓮華経如来　即ち寿量品の釈迦如来の眷属となることであります」については、いま、私には賢治の意図した理解と一致する解説をなし得ない。宗教的に高揚した賢治独特の脚色された表現も含まれている。ただ、彼が国柱会の指導にしたがい、法華経寿量品が説くいわゆる永遠の昔においてすでに正覚を成就した（久遠実成の）仏の尊さについて力説していることは疑いないといえるであろう。

また、「別冊『世界統一の天業』何卒充分の御用意を以て御覧を願ひます。天孫人種の原地に就てはあなたにも私同様色々な学説が混乱してゐるでせう。」については、天皇家の出自やその万世一系についての議論がすでに賢治と保阪との間で存在したことをうかがわせる。当時の国柱会においては最主要な議論であり、その主張を載せている別冊『世界統一の天業』（師子王文庫、明治三十七年刊）は、すでに賢治から保阪の手元に届けられていることをうかがわせる。賢治としては希少の、日本の「国体論」に関する発言である。

「無虚妄の如来」（全くいつわりの無い仏）「全知の正偏知《しょうへんち》」（全知にしてあらゆることに通じている仏）「妙法蓮華経

如来」（妙法華経そのものである仏）「無始本覚三身即一」（無始本覚の法身・報身・応身が備わった仏）等は、いずれも「寿量品の釈迦如来」を称揚する意味の説明であるが、ここではとくに、法華経寿量品が説くいわゆる永遠の昔において正覚を成就した（久遠実成）仏であることをいう。ちなみに、一般に仏の称揚は、仏十号あるいは如来十号として知られる十種の称号、すなわち如来《にょらい》・応供《おうぐ》・正偏知・明行足《みょうぎょうそく》・善逝《ぜんぜい》・世間解《せけんげ》・無上士《むじょうじ》・調御丈《じょうごじょう》夫《ぶ》・天人師《てんにんし》・仏世尊《ぶっせそん》として語られる。一一の語彙の解説は省略するが、賢治はいま、釈尊を称揚し、法華経を讃仰することにその文学的才能を傾注させている。

つぎは、一九二一年（大正十）一月中旬（簡181）の保阪嘉内宛の手紙である。文面から窺う賢治は、生気に満ち、自信にあふれている。しかし、一足先に国柱会へ入会した賢治にとって、心友保阪は是非にも同行させねばという使命感に自家撞着してしまった感もある。当時、保阪は一年の入隊訓練を終え、郷里の山梨県北巨摩郡駒井村に帰っていたが、そこへ賢治の手紙が追ってきた。

> お便り拝見致しました　お語一一ご尤もです　軍隊からお帰りになったばかりで定めしお疲れの処にあれ程の大事を申し上げそれを色々お考へ下さったとは実にあり難うございます。けれどもこればかりは打ち棄て丶置けないことです　どうかどうか御熟考を願ひます。（中略）保阪さん。もし、あなたに「信じたい」といふ心があるならそれは実に実に／大聖人の御威神力があなたに下ってゐるのです。それに烈しく逆らふ心、仮令ば「証明があやふやだ」「それより仕方はあるまいが何とか何とか外に仕方はないか」「とにかく厭だな、逃げたいな」など、これらは第六天の大魔王（中略）があなたに現はれてゐるのです。この時あなたの為すべき様は／まづは心は兎にもあれ説にもあれ／甲斐の国駒井村のある路に立ち／数人或は数十人の群の中に／正しく掌を合せ十度高声に／南無妙法蓮華経／と唱へる事です。／決して決して私はあなたにばかりは申しあげません。実にこの様にして私は正信にはいりました。（中略）

それはとにかく／保阪さん　どうか早く／大聖人御門下になって下さい。／一緒に一緒にこの聖業に従ふ事を許され様ではありませんか。憐れな衆生を救はうではありませんか　何かお考がありましたらばりばり私へ云って下さい。済んだら一束にしてお返しします。この手紙も焼いて下さい。（中略）私共の心としては「真理」よりも「真理を得了った地位」を求め／「正義」よりも「正義らしく万人に見えるもの」を索ねてゐる事が度々あります。見掛けは似て居ますがこれこそ大変な相違です。

この賢治の手紙からは、これまでの保阪との親交の様子が、その一面がよく窺える気がする。おそらく、私の推測する保阪の性格とは、ものごとを深く理詰に考え、自分がよく納得しなければ行動に移すことがなかった人ではないか、そのために賢治とはこれまでにも数々の場面で議論の対立があったのではないか、しかし保阪は、議論の結果に納得すれば自分の行動には責任をもって確実に実行できるタイプだったのではないか。賢治はそのような保阪を強く信頼し、一面では彼を頼りにする気持ちも強かったのではないだろうか。この手紙の文面からは、賢治が保阪を自分の心友として国柱会への同行を強く促す、偽りのない本心がよく確認できるとは言い得まいか。だからこそ賢治には、入会までの悶着が終れば「この手紙も焼いて下さい」という発言があったと思われる。

賢治は、もし保阪に国柱会入会を忌避する心があるとするならば、それは「第六天の大魔王」の仕業であり、保阪の責任ではないのだという。ここに言う「第六天の大魔王」とは、仏教において修行の妨げになるものは一般にどんな場合もひっくるめて「魔」と認識されるが、人間の欲界を支配する最上層に君臨する魔王という意味であろう。引用した手紙の文面からは省略しているが、賢治は、釈尊のブダガヤにおける成道修行の際にそれを妨げようとした麗しい女性たちがその魔王だったという仏伝の故事を前提にしている。

つぎに手紙において、賢治は保阪に対し具体的に一つの修行の実行を提案する。「甲斐の国駒井村のある路に立ち　数人或は数十人の群の中に　正しく掌を合せ十度高声に　南無妙法蓮華経　と唱へる事です」という。しかも、その方法は、「決して決して私はあなたばかりには申しあげません。実にこの様にして私は正信にはいりました」といい、賢治は自分の行った修行の体験について詳細に述べている。既に前項において紹介したが「竜の口御法難六百五十年の夜」の修行のことである。

実際、ここで賢治が提案しているような具体的な修行の実例は、しばしば、新興宗教などでは初心の信徒に対して指導される場合があり、その目的は、自己の信仰心の確認として行われる、あるいは信仰心をより強固にする手段として行われるものである。実際に、私自身の経験でも寺院の住職時代に、明らかに新興宗教への入信早々と見られる人から直談判を申し込まれたことが度々ある。確かに、賢治自身の経験でもあるように、また、それを保阪に勧めようとする意味でも「私は正信にはいりました」という信仰確認の意義はあるといえるのかもしれない。

6. 御本尊の授与

関登久也著『賢治随聞』によれば、関は前述の通り賢治と一緒に国柱会へ入会したが、その時二人には、会から会員の証しとなる「ご本尊」すなわち「お曼陀羅《まんだら》」が授与されたという。

（大正九年）国柱会の信行部へ二人で入り、会から本尊とすべきお曼陀羅をいただきました。そのお曼陀羅を町内の某という経師屋へ持って行き小さな軸にしてもらいました。幾日かして軸ができ上がり、まず最初に賢治のお曼陀羅を勧請しました。その日の読経や式の次第は実に荘重でりっぱで、後に控えている私はそのりっぱさに感動したものです。それから数日たって私のお曼荼羅も勧請してくれました。

『賢治随聞』の記述からは、二人が本尊のお曼陀羅《まんだら》をごく丁重に扱っていることが読み取れる。すでに前述したことであるが、本尊とは何か、曼陀羅とは何か、ここでも簡単にその意味を知っておくことにしよう。

本尊とは、仏教一般では礼拝の対象とする木像や金像などの尊像形式によるものを指すが、日蓮においては法華経に示された教主釈尊の救済のすがたを一紙上に表現し、それを大曼荼羅《だいまんだら》と命名した。マンダラの表記については、曼荼羅とも曼陀羅とも書くが、もともとサンスクリットの音写であるから漢字そのものに意味はない。マンダラといえば、わが国では一般に空海が中国から将来した真言宗の両界曼荼羅（金剛界・胎蔵界）がよく知られるが、真言宗の曼荼羅が絵画で表現されるのに対しては、日蓮の大曼荼羅は全面が文字で表現されるという違いがある。この本尊形式は歴史的にも日蓮の独創で、本書では「文字マンダラ」と呼んでいる。

賢治と関が国柱会への入会時に授与された「お曼陀羅」は、国柱会の主宰者田中智学が日蓮の佐渡流罪時代に、初めて図顕した大曼荼羅（これを始顕本尊と呼ぶ）を一九〇八年（明治四十一）に臨写したとするもので、始顕本尊の原寸は、身延山三十三世の遠沾日亨《おんでんにちこう》（一六四六―一七二一）の『本尊鑑《かがみ》』は「絹地巾二尺六寸一分、長五尺八寸二分」と記録している。国柱会ではこれを縦二八・〇センチ、横一八・五センチに縮小し和紙に複製したうえで、本尊として会員に配布したものであった。『賢治随聞』によれば、賢治と関はそれぞれが授与された本尊を経師屋で軸装として形態を整え、あらためて賢治が唱導師となって開眼の儀式を行ったというのである。

賢治に授与された本尊には、彼の名を記した授与書きがある（本書一二四頁［図a、図b］参照）。ながく入会があこがれであった国柱会から本人の名が記された本尊が授与されたことに対し、賢治の感動はいかばかりであったろうか。この後の賢治は日々に、この本尊を前に自ら唱題修行していたことが推測できる。彼は終生この本尊を座右に安置し崇拝したという。宮沢賢治記念館に現存する。（前出の［図a］参照）

7．出奔─花巻駅五時十二分発

一九二一年（大正十）一月二十三日、花巻駅発午後五時十二分の列車で、賢治は出京した。あまりにも突然な、家族にも無断の行動であった。しかし、なにはともあれ、取りあえずという感じで、心友保阪嘉内にだけは葉書（一月二十四日、簡182）で、出京の事実を伝えた。

突然出京致しました／進退谷まったのです／二三日は夜丈け表記に帰ります　その後の事は又追って御報知致しませう

翌二十五日には別の住所に間借りしたことを伝え（簡183）、二十八日には一つの職を得たことを知らせている（簡184）。短文ではあるが保阪には連絡を絶やさない。

昨日帝大前のある小印刷所に校正係として入り申し候　仕事は大学のノートを謄〔謄〕写版に刷りて出す事に御座候　何卒御安心奉願候　乍末筆御健勝祈上候

同年一月三十日に賢治から関徳弥宛に出されたつぎの手紙（簡185）には、保阪への手紙では省略した二十三日に家を出たときの状況から、出京後すぐに国柱会本部へ行ったこと、小出版所に職を得たこと、その職場の雰囲気までをかなり詳しく書いている。一緒に国柱会にも入会し、賢治とは親戚としての事情を知り得る関徳弥は、彼が出郷後の留守宅との連絡係としても最適任ではあったろう。賢治の手紙は長文であるが、会話の逐一までが直接話法で書かれているので、その状況は具体的でわかり易い。

今回出郷の事情は御推察下さい。拝眉の機会もありませう。色々御親切に家の模様などお書き下されまして誠にありがたうございます。本日迄の動静大体御報知致します。

何としても最早出るより仕方ない。あしたにしやうか明後日にしやうかと二十三日の暮方店の火鉢で一人考へて居りました。その時頭の上の棚から御書が二冊共ばったり背中に落ちました。さあもう今だ。今夜だ。時計を見たら四時半です。汽車は五時十二分です。すぐに台所へ行って手を洗ひ御本尊を箱に納め奉り御書と一所に包み洋傘を一本持って急いで店から出ました。／途中の事は書きません。上野に着いてすぐに国柱会へ行きました。「私は昨年御入会を許されました岩手県の宮沢と申すものでございますが今度家の帰正を願ふ為に俄かにこちらに参りました。どうか下足番でもビラ張りでも何でも致しますからこちらでお使ひ下さいますまいか。」やがて私の知らない先生が出ておいでになりましたからその通り申しました。

「さうですか。こちらの御親類でもたどっておいでになったのですか。一先づそちらに落ち着いて下さい。会員なことは分かりましたが何分突然の事ですしこちらでも今は別段人を募集も致しません。よくある事です。全体父母といふものは仲々改宗出来ないものです。遂には感情の衝突で家を出るといふ事も多いのです。まづどこかへ落ちついてからあなたの信仰や事情やよく承った上で御相談致しませう。」

色々玄関で立った儘申し上げたり承ったりして遂に斯う申しました。

「いかにも御諭し一一ご尤もです。私の参ったのは決して感情の衝突でもなく会に入って偉くならうといふ馬鹿げた空想でもございません。しかし別段ご用が無いならば仕事なんどは私で探します。その上で度々上って御指導を戴たいと存じます。お忙しい処を本当にお申し訳けございません。ありがたうございました。又お目にかゝります。失礼ですがあなたはどなたでいらっしゃいますか。」「高知尾知曜〔智耀〕です」

「度々お目にかかって居ります。それでは失礼いたします。ご免下さい。」礼拝して国柱会を出ました。そうです。こんな事が何万遍あったって私の国柱会への感情は微塵もゆるぎはいたしません。けれども最早金は三四円しかないしこんな形であんまり人にも会ひたくない。まあ後は略します。

第二日には仕事はとにかく明治神宮に参拝しました。その夕方今の処に間借りしました。はじめの晩は実に仕方なく小林様に御厄介になりました。家を出ながらさうあるべきではないのですが本当に父母の心配や無理な野宿も仕兼ねたのです。その内ある予約の本をやめて二十九円十銭受け取りました。窮すれば色々です。三日目朝大学前で小さな出版所に入りました。謄写版で大学のノートを出すのです。朝八時から五時半迠座りっ切りの労働です。周囲は着物までのんでしまってどてら一つで主人の食客になってゐる人やら沢山の苦学生、弁（ベンゴシの事なさうです）にならうとする男やら大抵は立派な過激派ばかり。主人一人が利害打算の帝国主義者です。後者の如きは主義の点では過激派よりももっと悪い。田中大先生の国家がもし一点でもこんなものならもう七里けっぱい御免を蒙ってしまふ所です。

さあこゝで種を蒔きますぞ。もう今の仕事（出版、校正、著述）からはどんな目にあってもはなれません。こゝまで見届けて置けば今後は安心して私も空論を述べるとは思はないし、生活ならば月十二円なら何年でもやって見せる。

一向順序もありません。ごめん下さい。

稽首本門三宝尊

合掌

南無妙法蓮華経

おからだお大切に。それからうちへは仕事が大変面白くそして時間も少いさうだと云って置いて下さい。

社会の富の平均よりも下の方に居る人はこゝでは大抵過激派で上は大抵国家主義者やなにかです。変れば変ります。

賢治はなぜ、家出という緊急手段に打って出たのであろうか。この時の彼の行動は、はたして、まったく誰にも予想のできない衝動的なものであったのか。他人にはともかく、賢治本人の心情としてはどうだったのか。

賢治は保阪に対しては「進退谷まった」と言い、親戚でもあり宮沢家の事情にはくわしい関徳弥に対しては「事情は御推察下さい」という。その理由とは、父との宗教対立であろうか、あるいは家業の継承の問題であろうか。

前の関徳弥への手紙にも、花巻出発の決心は「あしたにしやうか明後日にしやうか」迷ったと書いているが、賢治の一連の行動に、直接その腰を上げさせた切っ掛けが「その時頭の上の棚から御書が二冊共ばったり背中に落ちました」というのは、いかにも法華信仰者として気持ちの高ぶっている賢治らしい逸話ではないか。ここで「御書」というのは、日蓮の遺文集『日蓮聖人御遺文（縮刷遺文）』（霊艮閣、明治三十七年刊）のことで、近代における日蓮研究の基本文献としての役割を果たしていた。賢治は、それがぼろぼろになるまで、読みこなしていたという。

頭上に御書が落ちたというのは、突発的、偶然の出来事であったとしても、出京という行動じたいはもっと早くから考えていたのではないか。その痕跡は、いくつも賢治から保阪への手紙の上で確認できる。手紙を遡ると、前年の七月末〜八月初め頃の手紙（簡167）には「来春ハ久々デオ目ニカカッテ大ニ悦ビノ声ヲアゲマセウ」と書き、八月十四日の書簡（簡168）には「来春は間違いなくそちらへ出ます」、さらに九月二十三日の葉書には「来春早々殊によれば四五月頃久久にて拝眉可仕候」（簡172）などとくり返し自分の見通しを書き送っている。

さらに大正十年一月中旬といえば、出奔のわずかに数日前と思われるが、つぎのような内容も送られている

（簡180）。句読点のない手紙である。

あなたは春から東京へ出られますか
お仕事はきまってゐますか
私の出来る様な仕事で何かお心当りがありませんか
学術的な出版物の校正とか云ふ様な事なら大変希望します
今や私は身体一つですから決して冗談ではありません

これらの状況を総合してみれば、賢治の行動は、すでにある程度は考慮の上の行動であったことが察せられるではないか。上の手紙（簡185）に登場する固有の名称についてのみ若干の説明をしておこう。

「国柱会」については、当時本部を静岡県三保の最勝閣に置き、布教活動の本拠として一九一六年（大正五）に東京の鶯谷に国柱会館を建設した。賢治が訪れたのは、新築後まだ新しい国柱会館だった。「高知尾智耀《たかちおちよう》」（一八八三―一九七六）は当時、国柱会理事・講師を務めていた上に、国柱会館の清規奉行《しんぎぶぎょう》として受付まで引き受ける多忙な立場だった。しかし、賢治は、この時の高知尾の応対には後年に至ってもずっと感謝を忘れない。晩年の彼が『雨ニモマケズ手帳』に「高知尾師ノ奨メニヨリ　法華文学ノ創作　名ヲアラハサズ、報ヲウケズ、　貢高ノ心ヲ離レ」と書いて、その後の彼の文学活動を進める上で、その時の高知尾の教唆を後々まで記憶に留めていたことがわかる。

しかし私には、突然に国柱会館を訪れた賢治が、そのとき応対した高知尾の助言により彼のその後の文学活動に一つのきっかけを与えたのは事実であったとしても、そのことだけがストレートに寝ていた賢治の文人魂を呼び起こす理由になったとは思えない。その当時、高知尾の助言したという内容はすでに賢治は、智学の著書で知悉していたはずである。その点に関するアンテナは当時の彼はすでに、高く高く上げていたと思われる。賢治が「手帳」で、あえて「高知尾師ノ奨メニヨリ　法華文学ノ創作」という点を強調している点についていえば、それは高知尾という人物について彼は尊敬し、慕っているところがあったのではないか。高知尾も彼には国柱会にあって、よくその身辺に気をくばってくれていた節がある。賢治はその後、国柱会との直接の交渉が見られなくなった後でも、高知尾との交流だけは絶やさなかったようだ。賢治の没年のその正月にも、彼は国柱会本部の高知尾宛に年賀状を出していることが注目される。

しかし、高知尾との記憶にのこる出会いがあった以外には、賢治の国柱会本部訪問は必ずしもいい印象ではなかったらしい。最初から少しは当てにしていたところもあったらしいが、その思惑が外れ上京後の彼を一番に襲ったのは、経済的な圧迫だったらしい。これまで恵まれた環境で育った彼には、かなり印象に残る体験だったらしい。保阪嘉内に宛てた手紙（簡186）では「上野に付いたらお金が四円ばかりしか無くあてにして来た国柱会には断はられ実に散々の体でした」とぼやいている。

「小さな出版所」とは、東京大学の赤門前にあった文進社（文京区本郷六丁目二番地）のことで、大学の講義録などを孔版印刷で出版していた。賢治は、その校正係として職を得た。「もう今の仕事（出版、校正、著述）からはどんな目にあってもはなれません」と、とりあえずは覚悟をきめた体である。

一九二一年（大正十）一月二十三日の賢治の行動。私は、これを単なる家出よりも、自身の現状から逃げ出したという意味で出奔と断じたいのだが。

8．かくて「心友」への折伏は達成されたが

賢治は自身が国柱会へ入信した後、全精力を傾け入魂の折伏をもって挑戦したのは、他でもない心友保阪嘉内に対してであった。しかし、彼の切なる願望もこれまで見てきた一九二〇年（大正九）十二月上旬の手紙（簡178）、ならびに翌年一月中旬の手紙（簡181）では、少なくともまだその間においては、ついに保阪の翻意を得るには到らなかったように見える。しかし、それでも賢治はまだ、完全に保阪の折伏を断念したわけではなかったのか。賢治が家人にも無断で突然上京したのは、日時から考えれば、まさにその直後のできごとであった。それは、果たして保阪への折伏と無関係だったのか。私には、家出・上京という突然の賢治の行動も保阪に対する一連の折伏に一環しているように思えるのだが。

すなわち賢治は、一九二一年（大正十）一月二十三日に上京。直接国柱会の門を敲いて、自分の入会、自分の出京は、固い決意の下で実行したことを訴えている。その間の経緯は、前項、前々項で先に詳細を説明した。しかし、現在残されているつぎの手紙を見よう。出京後の賢治の保阪に対する手紙には、従来とは一転、勧誘の言辞も折伏の態度も全く消滅しているではないか。我々はこの変化をどう読み取る見るべきであろうか。

つぎの手紙は、一九二一年（大正十）一月三十日（簡186）、保阪嘉内宛のものである。

①お父様や弟さんを棄てるなんどは私ならば致しません。全体そんな事はいけません。私の今の場合は一時の変通です。「この経は内典の孝経なり」本当の孝道はこの道にしかございません。②あなたが一本立ちになるとかならぬとかそんな事は一向よろしうございます。その場合によります。私の一本立ちは止むを得ないのです。③曾って盛岡で我々の誓った願。／我等と衆生と無上道を成ぜん、これをどこ迄も進みませう／今や末

法救主　日蓮大聖人に我等諸共に帰し奉り慈訓の如く敢て違背致しますまい。辛い事があっても大聖人御思召に叶ひ我等一同異体同心ならば辛い事ほど楽しいことです。（中略）④それでは、心はとにかく形だけでそうして下さい。／国柱会に入るのはまあ後にして形丈けでい丶のですから、仕方ないのですから／大聖人門下といふ事になって下さい。全体心は決してそうきめたってそう定まりはいたしません。／形こそ却って間違ひないのです。日蓮門下の行動を少しでもい丶ですからとって下さい。

賢治の文面で語られている状況は複雑である。例によって①〜④の符号によって理解しよう。文面①から、保阪が何か重大な決断をして、彼は父と弟を置いて一人で家を出ようとしている状況が推測される。賢治はそれを親不孝と判断し行うべきではないと反対している。自分の家出の場合はあくまで臨機応変の、一時的な変則的行為で、通常ではないと保阪を諌めている。「この経は内典の孝経なり」とは、日蓮の『開目抄』等に見えるが、父母を大切にする孝の思想は儒家の中心思想と思われているが、法華経こそが真にその報恩を説いており仏典中の孝経だという説明である。②は、なぜ保阪は家を出て自立しようとしているのか。そのことを賢治が自分の場合と比較して云々している根底には、やはり自分と同じ信仰という理由が存在する故ではないか。③は、「曾って盛岡で我々の誓った願」とは、賢治と保阪が盛岡農校時代に二人で誓い合った「菩薩」の願のことであり、二人の間では過去の手紙でもいく度も登場し、お互いが「心友」であることを確認する証しのような存在となっている。「我等と衆生と無上道を成ぜん、これをどこ迄も進みませう。今や末法救主　日蓮大聖人に我等諸共に帰し奉り慈訓の如く敢て違背致しますまい。」の一句には、従来の賢治が激しく保阪に迫っていた法華信仰への勧誘の意味はなく、国柱会へ「帰正」させようとする「折伏」の意味も含まれていない。④では、「心はとにかく形だけでそうして下さい」という状況が、具体的には判然としないが、最も理解しやすい解釈でいえば、「形だけ」という意味は国柱会への入会手続きのことかと思われる。後に続く文で「国柱会に入るのはまあ後にして」

というのは、賢治の説得によって心友保阪もついに折れて、国柱会入会の手続きはとにかく後のこととして、とうとう法華信仰へと気持ちが傾いたことをいうものか。

いずれにしても、この手紙においては、従来の賢治の手紙に顕著であった、いわゆる「折伏」的な表現は一切見られないことに留意すべきであろう。

つぎは、同じく保阪嘉内に宛てた二月上旬（簡187）の手紙である。手紙の趣旨が前便（簡186）と全く継続していることが判る。前便と同様に、①〜⑤の符号を追って、内容の分析を進めたい。

お手紙ありがたうございます。ありがたうございます。／すべてはすべてはみ心の儘にあらしめ給へ。／すべてはすべては大聖人大悲の意輪に叶はせ給へ。／①この上はもはや私は「形丈けでも」とは申しません。なぜならあなたにやがて心と形と一諸に正しい道を旅立たれるその日が近く、いや最早その日になってゐるからです。②但しお父様や弟様を捨て丶着のみ着の儘こちらにおいでになる事はどうしてもいけません。③お父様にまだそれ迄お話しにはならないでせう。先づは静に静に大聖人の大慈悲をお伝へなされ如来の御思召をお語りなされ、さてその上で何としても致し方がないときは或は私の様な不孝の事も許され申すかもしれません。この度お出になるならばよくよく皆様にも御心配のない様にしてお父様のお許しを受けてお出でになってはいかゞですか。私如きものの口から申し上げるのは本当に恐れ入ります。お許し下さい。あなたは総ての私の失策や潜〔僭〕越をも許して下さるだらうと思ひます。④国柱会では私の行為も色々お叱りになりました。尤も私はいつもの癖でさっぱり事情も充分に述べなかったのです。／⑤今月の十六日は大聖人御誕生七百年の大切な大切な日です。それ迄に一寸お出でになれませんか。汽車賃は私が半分出します。失礼ご免下さい。ごはんは私の所では駄目ですがお出でになる丈なら三畳の汚い処ですが何十日でも宜しうございます。たゞ私の唯只の生活は実にみすぼらしいものですからそこは充分ご承知下さい。

賢治の手紙は、心友保阪に対する信頼感と満足感であふれているようである。①について、賢治は「この上はもはや私は『形丈けでも』とは申しません」という。賢治はもはや、保阪が国柱会へ入会することを確信したものと思われる。②前便に続けて念を押す。賢治は保阪が自分が行ったような家族に無断で家を飛び出すことには重ねて賛成できないことを告げる。③「お父様にまだそれ迠お話にはならないでせう」とは、保阪の法華信仰への転向、より具体的には国柱会へ入会のことを指しているのであろう。しかし「先づは静に静に大聖人の大慈悲をお伝へなされ如来の御思召をお語りなされ」とは、保阪に対しこれまでもっぱら折伏的説得を繰り返した賢治としては、笑止な言い分ではないか。しかし、もし家を出るならその時は父上にはきちんと入信の意思を伝え了解を得た上で出るようにと説得する。それでも万やむを得ないときには、法華信仰という人生の大事の前には自分のような家出の実行も許されると、その行動じたいは自認しているようである。④とは、前項で詳述の様に（簡185、関徳弥への手紙）賢治が一月二十三日に上京し、直接国柱会を訪れたときに、高知尾智耀から唐突な行動をたしなめられたことをいう。⑤「今月の十六日は大聖人御誕生七百年の大切な大切な日です」とは、日蓮が誕生したのは貞応元年（一二二二）二月十六日であるが、その七〇〇年記念の当日を迎えるという意味である。賢治としては、国柱会が催す記念祝賀会の盛況を保阪に見せたいと思って、上京を促したのではないか。ちなみに今年、令和三年（二〇二一）には日蓮の降誕八〇〇年記念を迎える。私の気持ちとしては、本書の出版はその記念に供える意義もある。

さて、以上二通の賢治から保阪嘉内への手紙を通覧して、従来の賢治の論調と明らかに異なることを理解していただけるだろうか。これまでは必ず特筆されていた法華信仰への勧誘の言辞、より具体的には国柱会へ入信を勧める折伏的な表現が一切見えないのである。逆に、これから信仰を共にする同行者保阪に向けた激励の言辞に変ったと言えるのではないか。いうまでもなく、これら二通の手紙の前提としては保阪から賢治に対して、入信、入会の意思を明示した信書が示されていたはずであるが、今となってはその確認は望むべくもない。

私が愚考するに、おそらく保阪にとっては、これまで繰り返された熱心な勧誘の上に、今回は更に、突然の家出、上京、国柱会新館へのぶっつけ訪問まで実行して見せた賢治の行動が、いったい何を意味するものであったか。それが賢治の純な信仰心に出ていることは保阪は誰よりもよく知るところであっただろう。なお、この二通の保阪宛の手紙よりも後日になるが、同年三月十日の友人宮本友一に宛てた手紙（簡191の1）に賢治は、「今回は私も小さくは父母の帰正を成ずる為に家を捨てゝ出京しました」という表現で行動の理由を明かしている。心友である保阪に対して、賢治は「心友」なればこそ、「あなたのために家を出た」とは、けっして口にも態度にも出せなかったであろう。

なお、この項に関する従来の研究では堀尾青史『宮沢賢治年譜』他、保阪は賢治の勧誘を最終的には拒否したとする結論が圧倒的に多い。私は本書においては前書らの結論に同意しない。また、この問題は賢治から保阪嘉内へ宛てた「日付不明」とされる手紙を、一九一八年（大正七）に置くか（簡102a）、一九二一年（大正十）に置くか（簡196）の問題でもある。私は本書においては、大正七年（簡102a）に置いたことをお断りする。

9．国柱会の残影──その期待と失望

賢治にとって、その法華信仰に到達してからの人生、またその後の文学活動における人生においても、田中智学の主導する国柱会が与えた影響には多大なものがあったことは疑いない。

本項ではこれまで主に、賢治がそのときどきの環境において周囲の人々に発信した手紙の内容から、国柱会と

の関係に関わる情報を収拾してきたが、賢治はまた終生、国柱会との関係をまったく不変に継続させていたわけではなかった。彼の環境の変化がそれを許さなかった一面もあれば、彼自身が国柱会の存在や行動に相容れないものを感じて主体的に離れた部分もあった。

以下には、とくに賢治の文学活動と法華信仰との関係を語る中において、彼が国柱会の影響を継続して受容した部分と、意識的にこれを排除したと感じられる部分を整理しておくことにしたい。

つぎは、一九二一年（大正十）二月十八日、保阪嘉内宛の葉書（簡188）であるが、賢治は前便（簡187）で、保阪が彼の説得を受け入れ法華信仰への入信を決意したことを確信したので、来る二月十六日には国柱会が催す宗祖日蓮の「御誕生七百年」を祝う記念の行事へ上京して参加しないかと誘っていた。賢治は「汽車賃は私が半分出します」とも言っていたが、結局保阪の参加はなかったようだ。

本化日蓮大聖人／斯の人世間に行じ給ひて／能く衆生の闇をば滅す／讃ふべき哉　仰ぐべき哉　総別の二義相叶ひ／実に妙法の法体に渡らせ給ふ／至心に謝し奉る末法唯一救主上行大薩埵／緑よ緑よ燃ゆる熱悩の涯無き砂漠今し清涼鬱蒼の泉地と変ぜよ　焦慮悶乱憂悲苦悩総て輝く法悦と変ぜよ。／至心に願ひ上げますどうか世界の光栄天業民報をばご覧下さい。

この葉書の内容は、賢治が崇敬する日蓮の業績を讃える言辞を簡潔にまとめたものであるが、生誕七百年記念を祝う会の盛況の詳細については機関紙である『天業民報』を見てほしいという趣旨であろう。ここにも、とくに入信を勧誘する言辞は見られない。若干用語の説明をすれば、「総別の二義」とは、仏菩薩の誓願に総願と別願の二義あることをいうが、一般に総願とは四弘誓願（既述）のことをいい、別願とは諸仏諸菩薩のたとえば薬師の十二願、阿弥陀の四十八願、観音菩薩の八難救護の願など個別の諸願を意味する。「上行大薩埵《だいさった》」は、本化の四菩薩（上行、無辺行、浄行、安立行）の最上首で、上行菩薩と同義。とくに法華経の後半本門に登場して末法濁世に法華経を流布せよという仏勅を受ける。国柱会では上行菩薩は日蓮の意味に特定される。

つぎは、一九二一年（大正十）二月二十四日、父政次郎宛の手紙（簡189）であるが、賢治は一月二十三日の夕刻に家人にも無断で上京以来、ほぼ一か月間彼の方からは意識的に連絡を断っていたらしい。

寒い処、忙がしい処父上母上はじめ皆々様に色々御迷惑をお掛け申して誠にお申し訳けございません。一応帰宅の仰度々の事実に心肝に銘ずる次第ではございますが御帰正の日こそは総ての私の小さな希望や仕事は投棄して何なりとも御命の儘にお仕へ致します。それ迠は帰郷致さないこと最初からの誓ひでございますからどうかこの段御諒察被下早く早く法華経日蓮聖人に御帰依遊ばされ一家同心にして如何にも仰せの様に世諦に於てなりとも為法に働く様相成るべく至心に祈り上げます。

「一応帰宅の仰度々の事実」という文面から見れば、賢治の居場所は先に関徳弥へ手紙を書いたことですでに承知の父から、何度も賢治の身体を案じた連絡があったことが推測される。しかし、賢治は一家揃っての法華帰正が今回の家出の理由であり、それが実現するまでは決して帰郷することはないと父の言い分には頑固に応じない。

つぎは、同年三月十日の友人宮本友一宛の手紙（簡191の1）。国柱会への入信の相談でも受けたのであろうか。

別冊勅教玄義に研究案内がありますからその順序におよりなさったらいゝかと思ひます　差し当り一番緊要なのは天業民報でせう（中略）どの宗教でもおしまひは同じ処へ行くなんといふ事は断じてありません。間違った教による人はぐんぐん獣類にもなり魔の眷属にもなり地獄にも堕ちます。／今回は私も小さくは父母の帰正を成ずる為に家を捨てゝ出京しました　父母にも非常に心配させ私も一時大変困難しました　今は午前丈或る印刷所に通ひ午后から夜十時迠は国柱会で会員事務をお手伝しペンを握みつゞけです。今帰った所ですよ。

「別冊勅教玄義の研究案内」については、当時、国柱会が初心の会員に日蓮主義を学ぶための手順を指導していた諸資料中の一点で、おそらく、賢治自身も入会以前にこの種の資料によって国柱会研究の手順を踏んだものであろう。また、前述のように、この手紙では、「今回は私も小さくは父母の帰正を成ずる為に家を捨て丶出京しました」という表現が気にかかる。今回の賢治の家出には、やはり他にも何か理由があったのではないか。というよりも、賢治にとっては父母の帰正はあくまでも、表向きの外交辞令だった可能性が強い。賢治は、なかなかの役者なのだ。

つぎは、同年［五月］四日の葉書（簡192）であるが、保阪嘉内への便りは時期が時期だけに、ひどく気にかかる。保阪は、七月一日甲種勤務演習に応召し、再び兵営に入る。（年譜篇）

お葉書拝見いたしました。全体どうなされたのです。ひどくやけくそではありませんか。も少し詳しいお便りを下さい。

その後の国柱会と賢治

妹トシが喀血したという家からの電報で、賢治が急ぎ荷物をまとめて帰花したのは、一九二一年（大正十）八月中旬から九月初旬のころであった（年譜篇）。弟の宮沢清六『兄のトランク』は、これを「七月」とするが、八月十一日（消印）の関徳弥への手紙（簡197）では「うちからは昨日帰るやうに手紙がありました」ということだから、やはり八月中旬から九月初旬の帰郷と見るのが妥当だろう。正味で半年の家出生活であった。

一九二一年（大正十）十月十三日、賢治から保阪嘉内へのつぎの手紙（簡198）は、妹の病気を機に東京の生活を切り上げ帰郷したこと、彼女の病気は幸いに安定していること、自分は郷里での就職も止むなきことを伝えている。賢治は、十二月に稗貫郡立稗貫農業学校（後、岩手県立花巻農学校）教諭に就任した。

帰郷の儀も未だ御挨拶申上げず御無沙汰重々の処御海容願上候。お陰を以て妹の病気も大分に宜敷今冬さへ無事経過致し候はゞと折角念じ居り候。当地就職の儀も万止むなきの次第御諒解を奉願候／御除隊も間近に御座候処切に御自愛被遊度御多祥を奉祈上候

詳細は後述にゆずるが、じつは賢治にとってこの時期、すなわちトシの病気によって帰郷を促された一九二一年（大正十）の、春から初夏にかけては、彼のその後の活発な文学活動においてきわめて重要な転機が訪れていたのではないかと思われる。

四月初旬、賢治の東京での生活状況を案じた父政次郎は、彼の住居を尋ねその部屋の狭さにおどろきつつ、布団をならべて一夜をいっしょに寝たという。さらに、父は賢治を伊勢神宮参拝の五日間の旅行に誘い、二人で京都の比叡山、聖徳太子墓、奈良法隆寺などを回っている。いずれもわが国における法華経の歴史と因縁の深い遺跡ばかりである。父の胸中を思えば、なんとか賢治が家に戻りやすくするためにとの思いやりを感ずるが、このときの賢治はとうとう家出の初志を曲げなかったようだ。

妹トシが病気に倒れたという報せは、賢治の突っ張っていた意気地を一挙に崩したようだった。しかし私が推測するに、このときの賢治には、東京での生活を切り上げる一つの潮時だったのではないかと思われる。もとより、賢治自身もそのことをじゅうぶんに自覚していたのではないか。

私には、その時の賢治におよそつぎのように複数の理由が重なって思い当たる。その一は、賢治にはこの時

期、国柱会での宗教活動にある種の限界を感じていた可能性があること。とくに経済的に切迫し、国柱会の活動との両立に不安を感じていたのではないか。二には、家出の主たる原因には父政次郎と親友保阪嘉内の法華入信への圧力の意味があったが、保阪についてはともあれひとまずは賢治の説得に応じ、結果が得られたこと。三には、賢治の上京が家族全員に多大の心配をかけていること。とくに、直近の父政次郎の上京には賢治もかなり精神的な負い目を感じたであろうこと。四には、これがもっとも有力な理由であったと思われるが、賢治にはこの時期、自分の将来への進路として新しい文学活動へのてがかりにようやく確信をもてた可能性があること、などである。そのためには、東京での環境がもはや必ずしも絶対的なものとはいえず、かえって郷里での新しい活動に自身の期待をかけたのではないか。

賢治と国柱会との関係は、彼の帰郷をもって急激に減退することになったことは疑いない。それは彼自身の環境が、参加していた会の活動から直接の撤退を余儀なくされただけでなく、信仰的にも以前見られたような会への積極的な親近の言動、あるいは知友人に対する熱烈な折伏が急激に減少していった様子が見られるからである。

ここでは、とくに賢治の国柱会との関係における末期的行動を整理しておこう。

しかし、国柱会との関係の急激な減退、あるいはその末期的行動とはいっても、賢治はけっしてこの機に、国柱会との関係を積極的に、また一挙に清算しようと図ったわけではなかった。というよりも、帰郷後の賢治は明らかに実家の経済力を背景として、国柱会側からいえばその印象を好転させているかのように見える。半年前に、東北の農村出身の無名の青年が家出をしてきたと言って、突然に本部会館の玄関に現れたときと、国柱会側の対応には明らかに変化が感じられる。

この時まで、国柱会の機関紙『天業民報』が賢治の動向を積極的に紙上に掲載することはなかったが、これ以後はしばしば見出すことになった。

まず、帰郷後の賢治は国柱会へ財政的な支援すなわち寄付金の提供を積極的に行っているように見える。「虔祝田中先生之還暦」の祝賀広告の協賛者に、関徳弥の名と一緒に（大正十年十一月十五日号）。「国柱会資成部奉告式」に賢治・トシの名で祝状（大正十一年九月二十四日号）。すでに、トシも正式に国柱会へ入会したか（未確認）。国柱会資成部へ宮沢登志子（トシ）の遺志（大正十一年逝去）として一百円を寄進（大正十一年十二月二十三日号）。「国性文芸会新則」に「一口岩手宮沢賢治殿」（大正十二年四月二十一日号）。「国難救護　正法宣揚　同志結束」の募金に十円寄付（大正十二年十一月二十七日号）。

一九二二年（大正十一）十一月二十七日、賢治にとって最も深く彼を理解していた家族である最愛の妹トシが逝った。トシは享年二十四。臨終の時、賢治は彼女の耳元へ口を寄せ「南無妙法蓮華経」と力いっぱい叫び、彼女はうなずくように二遍息をして息を引き取ったという。賢治とトシの別れの情感は、詩「永訣の朝」・詩「松の針」・詩「無声慟哭」（いずれも『春と修羅』所収）に切々と綴られている。賢治の心痛は想像するだに余りある。

彼女の葬儀は、宮沢家の菩提寺である浄土真宗の安浄寺で行われたが、賢治は宗旨が違うという理由で式には出席せず、野天でおこなわれた火葬の際には棺の焼け落ちるまで傍で法華経を読み続けていたという。その後、トシの遺骨は分骨され、静岡県三保にある国柱会の妙宗大霊廟に合祀されたことが同会の記録にある。（年譜篇）

また、『天業民報』（大正十二年七月三日号）に「白瑞」の署名で「初夏の花巻より」という紹介文で「花巻農学校精神歌　宮沢賢治」が掲載されている。

「岩手県花巻農学校に教鞭をとってゐる報友宮沢君から学生歌数章を送られた。これは同校で学生諸君が若い声で歌って居るのだそうである。同君が学課の教授の外に学生を精神的に指導してゐる努力が偲ばれてゆかしく思ふ。ちなみに同君の令妹は女子大学卒業後花巻高等女学校教諭をしてゐた若き日蓮主義者であったが惜しい哉先頃病没され、遺言によって三保へ納骨した。詩藻に豊かな宮沢君！唱題中に瞑目された令妹の為にも歌ってあげてください。（白瑞）」なお、「白瑞」とは高知尾智耀の雅号である。（年譜篇）

なお他に、賢治の作品として「角礫行進曲」（大正十二年七月二十九日号）、「黎明行進曲（花巻農学校精神歌）」（大正十二年八月七日号)、「青い槍の葉 (挿秧歌)」(大正十二年八月十六日号) が掲載されている。

さらに、一九二六年 (大正十五) 一月末 (または二月初) の国柱会職員選挙に際し、「国柱会職員被選挙人資格認定簿」のうち、「理事被選資格者の部」の中に、賢治の名が掲出されている。(年譜篇)

「五つのマンダラ」が訴えるもの

賢治の晩年の病状とその心境を深くうかがうことのできる資料として、『雨ニモマケズ手帳』(以下、手帳と略す) に勝るものはない。かの、詩「雨ニモマケズ」も賢治の没後に同手帳から発見されて一躍有名になり、ついに手帳の通称にまでなったが、その存在は彼の一生とくにその晩年を考察するうえで不可欠の第一級の資料といえるであろう。

手帳の発見の経緯については、すでに小倉氏の精緻な研究があり、私に付言する余地はない。あらためて、小倉豊文著『宮沢賢治の手帳　研究』(昭和二十七年、創元社刊)、ならびに同氏著『「雨ニモマケズ手帳」新考』(昭和五十三年、東京創元社刊) の研究、とくに手帳の正確なテキスト化とその解説に傾注されたご労苦には深甚の敬意を表したい。同氏は手帳の原初本を直接手にして調査され、筆記用具の種別や文字の色別、筆圧の強弱、筆跡の配置や大小、抹消の状態までを確認され、それによって賢治が手帳を手にした時の、健康状態、心理状態までを分析されている。また生前の宮沢政次郎からも直の証言を得て当時の状況を補充されている。氏の本書における報告は、今後においても余人の追随を許さない貴重な実証的データとして尊重されるであろうことは疑いない。

同氏の研究によれば、手帳は、一九三一年 (昭和六) 十月上旬から年末か翌年初めまでに使用されたものであろうと推測されているが、しかし、私が思うにその手帳の存在感には、賢治のあまりにも短命を惜しまれる一生の最晩年の記憶であるという、時期的な意義にとどまらずそれ以上に、彼自身の一生をここで総括しようとする覚悟も感じられる重大な内容を秘めた存在感、それだけの重量感があるのである。

しかし小倉氏本人もしばしば述懐しているように、氏自身は仏教学の専門家ではなく修行の体験者でもない。一方、研究対象の賢治は相当に仏教学の知識に通暁しており、かつ修行の実践的体験者でもある。氏の手帳研究が結果的に仏教語の字引的な解説で、どこまで賢治の真実に迫り得たかについては疑問がないではない。

とくに、本書が冒頭の「はじめに」で問題提起したことであるが、手帳において賢治が描き遺した「五つのマンダラ」の意義については、国柱会に対する賢治の視点として決定的に重要なことが指摘されているのである。ここでひとまず提示した私見の整理をしておくことにしたい。

賢治の「五つのマンダラ」の内容が、それぞれ個々別々に描かれていた事実は、彼が日蓮の「文字マンダラ」の本尊としての宗教的な意義を正しく理解し、その「文字マンダラ」の図法としての表現技法をも正しく看破していることを実証してみせたことになる（桐谷説として、既述した）。

しかし、賢治が手帳に明かしたその事実は、宗教団体国柱会にとっては、いわばその信仰・礼拝の対象である本尊（一般には仏・菩薩像であるが、日蓮系の団体においては大曼荼羅、すなわち文字マンダラを指す）の否定であり、もし賢治によってこれが現実に公表される事態がおこれば、国柱会としては由々しき問題であり到底そのままには放置できないことであったといえよう。

しかし現実には、賢治はその事実を固く彼独りの内心の問題としてとどめ（実際、賢治は文字マンダラとの邂逅によって「心象スケッチ」の意味に開眼し、それを彼独自の文学技法としてその後の文学活動に打って出ることになったが。詳細は後述）、その文字マンダラの秘密の痕跡を「雨ニモマケズ手帳」中に遺すにあたっても、あえて一か所にまとめるのでなく、目立たぬように手帳の各所に散らばして描いた。「雨ニモマケズ手帳」における賢治の文字マンダラに対するかかる入念な配慮は、その後長く、後年の手帳の研究者小倉豊文の注意の眼からさえも問題点の所在を逃がしめたが、それほど、当時の国柱会における本尊問題とは、同会においては重大な問題であり、その意味を晩年の賢治もよく承知していたということである。

とくに、当時の国柱会においては本尊をめぐって、つぎの三点の問題が指摘されていた。もちろん、賢治はこれらの問題の所在も承知していたと思われる。なお、この項については、日蓮の真筆として現存する他の本尊に言及している点が多い。その詳細については、ぜひ、「付録　文字マンダラを絵解きする」をご参照いただきたい。

（一）国柱会本尊についての規定の問題

国柱会が修行の正しい規範と定めている『妙行正軌』所収の「本化妙宗信条」第二条によれば、同会の本尊についてつぎのように規定されている。「本尊の雑乱を厳禁すべし。違式の本尊を奉じ及び勧請を錯るもの、都て之を本尊の雑乱と為す。本化妙宗の本尊は、聖祖親奠の正儀たる本門の本尊、事の一念三千十界常住輪円具足の妙法曼荼羅を正式本尊と為し、特に模範を佐渡始顕の広式に取る。」と。この規定は、宗教団体国柱会としては、その存在の根本にかかわる本尊の問題であり、決定的に厳格である。

国柱会の正式の本尊とは、賢治が国柱会へ入会の時に授与された本尊（本書一二四頁［図a］）がそれであるが、国柱会では当本尊以外のマンダラの様式を正式本尊とは認めないということである。しかしながら現実には、現存する日蓮の真蹟マンダラは約一三〇幅に上る。国柱会の本尊形式以外に、極論すれば、それらの真蹟マンダラの相貌すべてがけっして同一ではなく個々まちまちである、という事実がある。もちろん、当時は複写機がなかったという理由ではない。たとえば、その相貌の多様性には、中心の首題を除いて、その他の諸仏諸尊に存略あるいは異例の勧請があり、またそれらの配列の位置にも東西南北あるいは左右の逆転、さらに梵・漢名などに異例の表示がみられるのである。

かかる本尊の相貌の多様性には、日蓮が本尊をもって伝えようとする法華経の最重要法門である天台大師の「十界互具・一念三千」法門（本尊抄）の視覚化が本質的理由であったが、国柱会ではその意義を無視したことになる。

（二）始顕本尊臨写としての偽疑

賢治が国柱会へ入会の時に会から授与された本尊には、右欄外に「明治四十一年七月八日の顯正節會に虔んで奉寫す　師子王　花押」と後筆による追記があり、また前掲の『妙行正軌』所収「本化妙宗信条」にも明記される通り、同本尊は同会主宰田中智学が明治四十一年（一九〇八）に、日蓮の「佐渡始顕本尊」から臨写したとされているものであることが確認できる。

しかしながら、同本尊にはつぎの二点について、本尊としての正統性に疑義がある。まずその一点は、日蓮真蹟の「佐渡始顕本尊」はかねて身延山久遠寺に格護されてきたが、一八七五年（明治八）の火災により焼失したことが明白な事実として存在する。問題は、それでは智学が「明治四十一年」に臨写したとする「佐渡始顕本尊」とはいずれの本尊を指すのであろうか、ということである。この件については、田中智学生前より国柱会内部でも問題視されているが（田中智学『師子王全集』六、教義篇「本尊瑣談」昭和六年）、国柱会では、佐渡始顕の本尊は身延曾存（身延本）のもの以外に、京都で村上国信所伝のもの（村上本）があり、智学は村上本を臨写したという理解のようである（山川智應「本門本尊唯一精義」昭和二十八年）。

二点目の問題は、「佐渡始顕本尊」が身延山において焼失したことは前述の通りであるが、幸いにもその焼失以前に真蹟から臨写したものが二本現存しており、始顕本尊の内容自体は現在も確認することができる。日乾（一五六〇―一六二五）臨写本（京都本満寺蔵）と、日亨（一六四六―一七二一）臨写本（身延久遠寺蔵）である。ところが、この二本と国柱会本尊とはその様式において一致しない点がある。

すなわち、身延山に真蹟のあった本尊は列挙の諸仏諸尊すべてに「南無」が冠された、いわゆる「総帰命」と呼ばれる様式のマンダラであるのに対し、国柱会の本尊すなわち村上所伝の本尊は、仏・菩薩・縁覚・声聞の四聖にのみ「南無」が冠された、いわゆる「四聖帰命」様式のマンダラとなっている。

しかし、「佐渡始顕」と称する本尊に二種の異本が存在するということ自体、信じがたいことではないか。以上、国柱会の本尊の正統性に疑義があるとする所以である。

（三）「日女御前御返事」は偽書か

日蓮の文字マンダラ本尊が解説される場合に、しばしば日蓮の遺文として用いられる「日女御前御返事」（定本一三七四頁、朝師写本）であるが、その取扱いには十分の注意が必要である。やや長文になるが、以下にその本文を引いてみよう。

「（前略）ここに日蓮いかなる不思議にてや候らん。竜樹・天親等、天台・妙楽等だにも顕し給はざる大曼荼羅を、末法二百余年のころ、はじめて法華弘通のはたじるしとして顕し奉るなり。是れ全く日蓮が自作にあらず。多宝塔中の大牟尼世尊・分身の諸仏すりかたぎ（摺形木）たる本尊なり。されば首題の五字は中央にかかり、四大天王は宝塔の四方に坐し、釈迦・多宝・本化の四菩薩肩を並べ、普賢・文殊等、舎利弗《しゃりほつ》・目連《もくれん》等坐を屈し、日天・月天・第六天の魔王・龍王・阿修羅、其外不動・愛染は南北の二方に陣を取り、悪逆の達多《だった》・愚癡《ぐち》の龍女一座をはり、三千世界の人の寿命を奪ふ悪鬼たる鬼子母神・十羅刹女《らせつにょ》等、加之《しかのみならず》、日本国の守護神たる天照太神・八幡大菩薩・天神七代・地神五代の神神、総じて大小の神祇等体の神つらなる、其の余の用の神豈《あ》にもるべきや。宝塔品ニ云ク、諸ノ大衆ヲ接シテ、皆虚空ニ在リ云云。これ等の仏・菩薩・大聖等、総じて序品列坐の二界八番の雑衆等、一人もれず。この御本尊の中に住し給ひ、妙法五字の光明にてらされて本有の尊形となる。是を本尊とは申す也。」（以下、略）

既述のように、そもそも文字マンダラの開発者である日蓮自身には文字マンダラについて直接に解説した文はきわめて少ない。その中で、「日女御前御返事」は利用価値の高い日蓮遺文として利用されることが多い。要するに、本尊の様式や内容が、比較的わかりやすくしかも信仰的に説明されているため、これが日蓮直接の遺文となれば、一般信徒に対する説明には便利な存在なのである。国柱会（本化妙宗）においてもその修行の規範をまとめた『妙行正軌』に拝訓すべき日蓮遺文として同書を採用し、小倉豊文著『「雨ニモマケズ手帳」新考』に所収の「十界曼荼羅について」は、国柱会本尊の解説だけでなく日蓮マンダラの一般的説明として同遺文を使用している。また渡辺喜勝著『文字マンダラの世界』（岩田書院、一九九九年刊）も、「日女御前御返事」を日蓮本尊の全体にわたる議論に基本的資料として多用している。

しかしながら、同遺文にはかねてより専門家による日蓮遺文の書誌的研究の視点からは強く偽書の疑いが指摘されており、これに十全の信頼をおくことには問題があった。

いささか余談かもしれないが、ここで日蓮遺文にともなう偽書の問題について簡単にふれておこう。一口に日蓮遺文と一括しているが、現在、日蓮の遺文として伝えられているものには、著作・書状四九三篇、図録六十五篇、それ以外の真筆断簡三五七点を数え、さらに書写本二十三点、要文一四〇点を加えれば、遺文の存在は膨大な数にのぼる（宮崎英修『日蓮辞典』）。これらは、日蓮の生活・行動・思想・教義を明らかにする基本的文献であるのみならず、当時の政治・社会・文化を考察するうえに貴重な資料である。

日蓮の遺文が今日に伝わった形態としては、真筆・写本・刊本などの形式がある中に、話題の「日女御前御返事」は本尊の相貌と信行の安心を比較的わかりやすく説いていることで古来重視されてきたが日蓮の真蹟は現存せず、日朝（一四二二―一五〇〇）が書写、収集した「朝師本」に収録され伝えられてきた。

日蓮遺文には、その深い信仰のゆえにその名が仮託された、偽作の遺文も少なくない。日蓮の真蹟が現存する遺文は、たとえその一部の断片が残っていても真蹟遺文として信頼度が高く評価されるのに対し、写本・刊本の遺文はその出処については今日も究明すべき多くの問題が残っている。賢治が在世の当時、日蓮遺文を研究しボロボロになるまで読み込んだと話題の『日蓮聖人遺文』（縮刷遺文）は、一九〇四年（明治三十七）に刊行され（賢治使用の縮刷遺文は記念館に現存）、近代における日蓮研究の基本文献としての役割を果たした。現在は、一九五二年（昭和二十七）に開宗七百年記念事業として刊行された『昭和定本日蓮聖人遺文』（本書では「定遺」と略す）が『縮刷遺文』を底本に、真筆と古写本との校合を行うとともに、その後発見された真蹟遺文を収載して刊行された。

私はあらためて本書で、日蓮の文字マンダラにおける分析の視点から、現存する真蹟のない遺文「日女御前御返事」（朝師写本）の信頼性には重ねて疑問を呈しておきたいと思う。

まず、同遺文が説明しているマンダラの内容では、特定の一幅の本尊に限定した説明としてはともかく、日蓮がその他の多くの本尊の内容を多様に変化させて、すなわち諸仏諸尊の存略、配置の異同、名称の言い換え等々、マンダラの相貌の多様性をもって伝えようとした、かの「十界互具・一念三千」の思想の意味が説明できないのである。とくに、上記遺文の傍線の部分はしばしば日蓮の本尊の相貌を説明する箇所として利用されやすい表現になっているが、到底、日蓮の現存する多様な形式の本尊を説明できる表現とは思えない。

その上で、いま、改めて日蓮の真蹟が現存する『観心本尊抄』から文字マンダラに関わる一箇所を確認しよう。同書は、日蓮にとって筆頭の檀越である下総中山の冨木常忍に宛てて「日蓮当身の大事」（同抄副状）として届けられたものである。

『観心本尊抄』には、本尊の相貌について、

「その本尊の為体（ていたらく、姿のこと）、本師の娑婆の上に、宝塔空に居し、塔中の妙法蓮華経の左右に、釈迦牟尼仏・多宝仏。釈尊の脇士は上行等の四菩薩なり。文殊・弥勒等四菩薩は、眷属として末座に居し、迹化・他方の大小の諸菩薩は、万民の大地に処して雲閣・月卿を見るがごとし。十方の諸仏は、大地の上に処したもう。迹仏・迹土を表するが故なり」（定本七一二頁、原漢文）と記す。

この表現こそ、始顕本尊の基本的なイメージを明確に表現し、また、その後に執筆された他の本尊の多様性をも許容するものといえるのである。

五、賢治マンダラ世界の発見

1. 新たなる旅立ちへ──「宗教と芸術」

『新校本』第十五巻・書簡篇では、一九二三年（大正十二）の一月一日付けの一枚の年賀葉書（簡199a）を最後に、一九二五（大正十四）二月九日の一通の封書（簡200）を確認するまで、手紙で辿ろうとする賢治の消息は、その間の時の流れがあたかも消えてしまったかのように見事にすっぽりと抜け落ちている。まさかその間、われわれが知るあの手紙好きの賢治が一通の手紙も書かなかったとは信じ難いが、この間に彼の身に尋常でない何かが起こっていたことは想像に難くない。

とくに注目されるのが、一九二一年（大正十）［推定、七月十三日］（簡195）、賢治から関徳弥に宛てたつぎの手紙である。

私は書いたものを売らうと折角してゐます。それは不真面目だとか真面目だとか云って下さるな。愉快な愉快な人生です。／おゝ。妙法蓮華経のあるが如くに総てをあらしめよ。私には私の望みや願ひがどんなものやらわからない。（中略）図書館へ行っ〔て〕見ると毎日百人位の人が「小説の作り方」或は「創作への道」といふやうな本を借りやうとしてゐます。なるほど書く丈けなら小説ぐらゐ雑作ないものはありませんからな。うまく行けば島田清次郎氏のやうに七万円位忽ちもうかる、天才の名はあがる。どうです。私がどんな顔をしてこの中で原稿を書いたり綴ぢたりしてゐるとお思ひですか。どんな顔もして居りません。／これからの宗教は芸術です。これからの芸術は宗教です。

「これからの宗教は芸術です。これからの芸術は宗教です。」

おそらく、賢治のことをよくよく知る関徳弥にしても、この一句はきわめて不可解な、唐突な感じで受け止めたのではあるまいか。しかし私は、賢治にとってこの一句は、誰か自分をよく理解してくれている人にしか明かせない、が、そんな誰かには、歓声を上げて伝えたい思いの一句ではなかったかと推量する。

つぎは、一九二一年（大正十）［推定、八月十一日］（簡197）前便に続けて同じく関徳弥への手紙であるが、この時期の賢治にとって、関徳弥は最も身近で、お互いの状況もよく知り合って、気の許せる話し相手だったのだろう。賢治は、これまで三年間も断ってきた肉食を再開したことを関に告げている。

七月の始め頃から二十五日頃へかけて一寸肉食をしたのです。それは第一は私の感情があまり冬のやうな工合になってしまって燃えるやうな生理的の衝動なんか感じないやうに思はれたので、こんな事では一人の心をも理解し兼ねると思って断然幾片かの豚の脂、塩鱈の干物などを食べた為にそれをきっかけにして脚が悪くなったのでした。然るに肉食をしたって別段感情が変るでもありません。今はもうすっかり逆戻りをしました。

賢治のベジタリアン宣言は、一九一八年（大正七）五月十九日付の保阪嘉内宛の手紙（簡63）でわれわれも承知しているが、その意志はこれまで確かに貫き通してきたようである。そのことについては、賢治の同級生、友人たちの多くの証言もある。

しかし、ここへ来て、賢治が自分自身へ誓ったことをあえて破棄したのはなぜか。彼に、何か、それを棄てさせる理由が生じたのではないか。環境に、心境に、何か変化があったのではないかと感じさせる。ただし、この手紙にいう「一人の心をも理解し兼ねる」とは、おそらく、父政次郎との信仰上の確執の問題にちがいないが、それはベジタリアン宣言以前から続いており、ここへ来て急に変化があったわけでもあるまい。

さらにこの時期、賢治と国柱会との関係において、というよりもこの場合はおそらく一方的に賢治の側の事情によるものであろうが、何か彼に大きな環境の変化があったことをうかがわせる情報がある。一九二一年（大正十）三月十日の友人宮本友一宛の手紙（簡191の1）で、賢治は国柱会での奉仕時間を次のように言っている。

今回は私も小さくは父母の帰正を成ずる為に家を捨てゝ出京しました　父母にも非常に心配させ私も一時大変困難しました　今は午前丈或る印刷所に通ひ午后から夜十時迠は国柱会で会員事務をお手伝いしペンを握みつゞけです。今帰った所ですよ。

賢治は、この手紙でも裏付けられるように今回の出京後、東大前の出版所（印刷所）でようやく得た職は、勤務時間が「朝八時から五時半迠座りっ切りの労働」（関徳弥宛、簡185）だったはずであり、国柱会での勤労奉仕はその後に午後の十時まで行っていたと、われわれは承知していた。

ところが、同年の七月三日の保阪嘉内宛の手紙（簡194）には、突然に上京してくるという保阪に対して、「私もお目にかゝりたいのです（中略）私は夜は大抵八時頃帰ります」と書いている。

彼は、この時期、国柱会の奉仕の時間を早めに切り上げて帰宅することにしているのである。この間の賢治の環境に、あるいは何か事情の変化があったのではないか。

つづいて同年の十二月頃と推定される心友保阪嘉内宛の手紙（簡199）も、時期的には注目される。この時期の保阪は、軍隊の応召によって入営していたが、賢治は、彼の除隊の時期が間もなくと知り「切に自愛を祈る」と送信（十月十三日、簡198）した後、しばらく連絡を絶やしたらしい。

その間に、賢治自身の環境には大きな大きな変化があったことがうかがえる。

暫らく御無沙汰いたしました。お赦し下さい。度々のお便りありがとう存じます。私から便りを上げなかったことみな無精からです。済みません。毎日学校へ出て居ります。何からかにからすっかり下等になりました。それは毎日の NaCl の摂取量でもわかります。近ごろしきりに活動写真などを見たくなったのでもわかります。又頭の中の景色を見てもわかります。それがけれども人間なのなら私はその下等な人間になりまする。しきりに書いて居ります。書いて居りまする。お目にかけたくも思ひます。愛国婦人といふ雑誌にやっと童話が一二篇出ました。一向いけません。学校で文芸を主張して居りまする。芝居やをどりを主張して居りまする。けむたがられて居りまする。笑はれて居りまする。授業がまづいので生徒にいやがられて居ります。

まったく個人的な私の感慨であるが、私はこの手紙が賢治の手紙の中で最も好きである。感動で、ひとり眼を潤ませることもある。自惚れがつよく、文章でも言動でもつねに自分自身を飾り、信仰の陰に隠れて、他人にはけっして自分の真に心の中まで覗かせることのない賢治が、どんな心境の変化であろうかこの手紙では思わず自分自身の弱みを漏らしているではないか。

賢治は告白している。「何からかにからすっかり下等になりました。それは毎日の NaCl〔塩化ナトリウム、食塩の主成分〕の摂取量でもわかります。近ごろしきりに活動写真などを見たくなったのでもわかります。又頭の中の景色を見てもわかります。それがけれども人間なのなら私はその下等な人間になりまする。」

賢治は、関徳弥への前便（簡195）に続いてこの心友保阪への手紙でも「しきりに書いて居ります。書いて居りまする。お目にかけたくも思ひます」と告げている。賢治としてそれは事実であったろうし、自分のわくわくとした気持ちを、誰に伝えるよりも保阪に伝えたかったのではあるまいか。

話は若干前後するが、あらためてこの時期に賢治の環境に起こった、慌ただしくかつ重大な変化を見ておこう。たしかに、賢治の文学活動において、さらに彼の人生にとっても、この時期の彼の環境の変化は重大な意味をもっていたということができる。

一九二一年（大正十）七月、賢治は家から妹トシ発病の電報を受け、急遽、東京での生活をいったん切り上げ、帰花することの止むなきに到った緊急事態が発生していたのである。

弟の宮沢清六は『兄のトランク』（筑摩書房、一九八七）の中で、その時、賢治を花巻駅頭に出迎えたときの情景をつぎのように思い出している。賢治としては、正月二十三日に突然に家を出て以来の約半年ぶりの帰郷であった。

「その頃中学生の私が、花巻駅に迎いに出たとき、まず兄の元気な顔に安心し、それからそのトランクの大きなことに驚いた。兄は実にきまり悪そうに苦笑いをして『やあ』と言ったし、私も『やあ』といい、そこで二人ともすっかり落ち着いて、そのトランクを下げて家へ帰ったのだ。……（中略）さて、そのトランクを二人で、代りがわりぶらさげて家へ帰ったとき、姉の病気もそれほどでなかったので、『今度はこんなものを書いて来たんじゃあ』と言いながら、そのトランクを開けたのだ。」

帰郷した賢治は、同年の十二月に稗貫郡立稗貫農業学校教諭となった。新たに学校へ就職したこともこの手紙（簡199）で知らせており、保阪へは、おそらく久しぶりの手紙ではなかっただろうか。

私はこの時期の賢治に、上に見てきたようにその生活基盤が東京から花巻へ移ったこと、必然的に国柱会の宗教活動からは離れたこと、また最愛の妹トシの心配される病状など、環境的には確かに大きな変化があったことは認めるとして、しかしそれ以上に、彼にとって精神的な何か、この時期から急速に創作活動を活発化させていることとけっして無関係ではない、何か大きなできごととの出会いがあったことを推測するのである。

制作年月日へのこだわり

賢治の文学活動にいつ頃から日蓮の「文字マンダラ」との接触が確認できるか、それは私にとっても本書執筆を思い立った当初から最大の関心事であった。もちろんそれは、単なる形式的な接触の意味ではなく、賢治の文学活動に決定的な活力を与えたその真の理念との出会いという意味である。それをより具体的に指摘すれば、日蓮マンダラの究極の哲学であり世界観である「十界互具・一念三千」の思想にいつ開眼したのか？その証拠は？ということである。

その結果、私は賢治の自作品に対する制作年月日へのこだわりという点に注目した。日蓮マンダラの特色の一つが、同様に制作年月日へのこだわりということであったからである。

すでに賢治の手紙で見たように、一九二一年（大正十）［推定、七月十三日］（簡195）、賢治から関徳弥に宛てたつぎの手紙で、彼は、「私は書いたものを売らうと折角してゐます」と言っている。その後の、同年［十二月］保阪嘉内宛の手紙（簡199）でも、「しきりに書いて居ります。書いて居ります。お目にかけたくも思ひます」と書いている。この情況はけっして徒事とは思えない。おそらく、この時期の賢治の作品に何か手掛かりがあるのではないか。

あった。見つけた。賢治はまさにその時期に、「電車」「床屋」「図書館幻想」（『新校本』第十二巻・童話Ⅴ・劇・その他、初期短篇綴等）等の短編を産み出している。それぞれの作品の末尾に「1921.6.–」（電車）、「1921.6.–」（床屋）、（「1921.11.–」（図書館幻想）と、原稿用紙のマス目内に、青インクで書き込みがあったという（『新校本』第十二巻［校異篇］）。その洋数字の表記は、いうまでもなく、「大正十年六月」と「同年十一月」の意味である。それは、まさしくその時期こそ、賢治のその後に続く文学活動に拍車の入った時期であったと推測していいのではないか。

私は改めて、『新校本』第十二巻（本文編・校異篇）の編集に携わった方々の、その行き届いた精緻な編集作業に対し深心の敬意を表したい。賢治の作品にはいずれの作品にも、彼自身の特定の思想に対するこだわりが感じられるが、そのこだわりこそが彼自身の自己実現だと確信している節がある。賢治の作品や行動を分析、研究しようとするには、そのような微細のこだわりを拾い出す作業が不可欠であり、そのために、丁寧な、精緻な編集作業が要求される。

以下のさらに詳細の状況は、読者に直接検証していただく以外にないが、『新校本』第十二巻［校異篇］は、私の疑問に対し有力な情報を提供してくれている。「初期短篇綴等　用紙と自筆日付一覧」によって、きわめて興味深い事実が知らされる。賢治は短編「電車」「床屋」以前には、作品の冒頭に鉛筆で「大正五年」あるいは「大正八年秋」など漢字表記で制作の年月をメモしていたが、「電車」「床屋」以降になるとその表記が洋数字に変わり、しかもそれ以降が変わっただけでなく、彼にとっては現存する最初の「大正五年」の作品にまで遡って、洋数字に訂正を施している事実がある。作品の制作年代へのこだわり。その痕跡を賢治はあえて残し、編者はそれを確認して記録を整理してくれたのである。賢治には、それ以前から作品に制作の年月日を記録する習慣をもっていたが、一九二一年（大正十）六月の時点で、記憶を遡って自身の記録をも修正したと考えられる。

私はあらためて、賢治は一九二一年（大正十）六月頃に、日蓮の文字マンダラに対する彼の学習の中で、日蓮が日時を意識することの意味に気づいたこと、それを彼自身のこだわりとしてその作品の末尾に表記することを開始したと結論したい。

ちなみに、『新校本』第十六巻［年譜篇］（二二七頁）では、短篇「竜と詩人」の現存の草稿が書体からいえば一九二二年（大正十一）以後と推定されるが、草稿末尾には「一〇、八、二〇」とあるとして、年譜では同作品を「大正一〇年八月二〇日（土）」の事項に配列している。また、同年譜の同年「八月二五日（木）」項の童［かしはばやしの夜］の欄外注(35)として、同作品が一九二四年（大正十三）十二月刊の『注文の多い料理店』には「八月二五日」の日付で収録されており、単純にこれを制作日付と呼ぶことはできないと問題視しているが、賢治の自作品に対する制作年月日へのこだわりについては、上のような文字マンダラに由来する理解が必要であることに留意しておきたい。

抹消された三首の短歌

賢治には、日蓮の「文字マンダラ」の意味を認識する以前と、認識して以後とでは、彼自身の文学活動における意識において、心中に明らかな差異が生じたと考えられる。すなわち、賢治は「文字マンダラ」の真の意味と邂逅したことにより、彼にとっては文学活動全体を新しい方向へと進路を転換したことに他ならない。

そのことに気づいたとき、性格的に几帳面な賢治としては、外の雑誌等へ既発表の作品に対してはともかく、未発表の作品に対してはそのままに放置できず、過去の作品に遡って手を入れた可能性がある。前出の「作品における日付」の問題にしても同工の趣旨であったといえようが、つぎの例は、過去の自作に対する完全な抹殺の姿勢であったとはいえまいか。

賢治に、早くマンダラを詠んだ三首の短歌が存在する。『新校本』の編者は、これを「大正八年（一九一九）八月以降」の作としているが（『新校本』第一巻、短歌・短唱、九七頁）、当時の彼はまだ日蓮の「文字マンダラ」については、おそらく国柱会の本尊としての存在を知る程度であり、ごく表面的、観念的な認識に止まっており、後の彼自身のマンダラ観に到達してはいない。彼の信仰に、国柱会風のかなりファナティックな発言が見られた頃である。

あはれ見よ青ぞら深く刻まれし大曼荼羅のしろきかゞやき
須弥山の瑠璃のみそらに刻まれし大曼荼羅を仰ぐこの国
はらからよいざもろともにかゞやきの大曼荼羅を須弥に刻まん

なお、同『新校本』第一巻〔校異篇〕によれば、この三首の歌稿については、後に賢治自身の手で抹消の跡が残されているという。この三首を覆うように紙を貼ったらしい跡があり、後から毛筆の墨で三首を四角く囲い、まとめて×印や線で消してあるという。賢治にとっては、抹消という行為そのこと自体に固い意思表示のあったことが分かる。私はいつの日か、ぜひ、賢治のその手の跡を見たいと思う。おそらく、彼は後に文字マンダラの真の意味を知るに至って、この時点でのマンダラ観を自身が容認できないことの処置であったろう。

しかし、ここにはたしかに彼が遺した形象としてのマンダラ観が存在する。しかも、彼はマンダラを「大曼荼羅」と呼称している。その名は、賢治が崇拝した日蓮がみずから、伝統を超越して創案した新形式の文字マンダラに自負をこめて命名したものであった。

ここには、当時の賢治がすでに文字マンダラに対する関心をもってはいたが、まだ、日蓮が文字マンダラに仮託した真の意義には開眼していない明らかな証しを見ることができる。はたしてこの作品は、国柱会へ入会以前の作か、入会後の作か、また抹消はいつの時期であったか、ひじょうに興味深い問題ではある。

2.「心象スケッチ」の誕生

賢治と日蓮の「文字マンダラ」との真の出会いが、いつ、どのような機会であったかはわれわれの重要な関心事であるが、実はその実際については深い霧の中という以外にないのである。たしかに、国柱会入会の際に賢治はその本尊としての「文字マンダラ」の授与は受けており、その修行上における取り扱いについては「妙行正軌」にも丁寧に指示されている。また、おそらく同会においても、新入会者に対しては教義の基本的な解説はなされていたに違いない。現に、「妙行正軌」には日々の修行でも読誦につづく拝訓として、日蓮遺文から「日女御前御返事」の曼荼羅本尊を説くくだりが長々と収録されている。

しかし、それは日蓮の「文字マンダラ」の宗教上における本尊としての一般的あるいは一応の解説ではあっても、賢治のように、さらにそれを一歩踏み込んで制作上の深い根拠を質すような疑問については、まったく触れられるはずはなかったといえよう。現在の時点から思えば、「文字マンダラ」についての専門的研究自体がそのレベルに達していなかったと言えるかもしれない。

ここで私の個人的な経験談を挟んで恐縮であるが、もともと日蓮教学を専門とする研究者でもなく日本文学の研究者でもなかった私が、とくに賢治のマンダラ観に関心をもった背景には若干説明しておくべき経緯がある。私はいわゆる伝統宗門日蓮宗の一寺院で生まれたが、学生時代よりすでに故人となった川喜田二郎（一九二〇―二〇〇九）についてKJ法（発想法）を学び、その図法を用いた問題解決法を研究する中で、あらためて歴史的な日蓮の文字マンダラにおける図法的意義に刮目させられるところがあった。すでに五十年以上も前になる。既述の、賢治が「雨ニモマケズ手帳」に遺した五つのマンダラと出会いふたたび刮目を新たにしたのは、さらにその十年後であった。以来私は、日蓮が文字マンダラ開発へ挑戦した佐渡在島当時の辛苦と、その六〇〇年後の賢治が文字マンダラの解明へ必死にアプローチしようとした辛苦、その両者の辛苦をわが身で偲びつつ行きつ戻りつしながら今日に至った。

ごく端的に私の理解をいえば、日蓮の文字マンダラが我々に伝えようとする内容とは、仏教が開祖釈迦牟尼以来あらゆる機会と手だてを講じて提示しつづけている、「縁起」なる世界観、人生観であり、われわれがその真理を会得することによって得られる真の「救い」のことである。

それは、われわれが生きる上で関わる森羅万象の存在が、本来「無常」であり「無我」であるという実態を、ありのままに見ることの大切さを主張するものである（法華経方便品「諸法実相」説）。しかし実際には、これはあくまで理念、哲学であって、これを実感できるものとして、たとえば有相のもの、可視的なものとして把捉することはなかなか容易ではない。深遠な教えも木像や金像の本尊ではもう一つ具体性をもって伝えきれない。そのことを衆生教化のための善巧なる方便（手段）として、一つの完結した信仰の世界を図画に示したのが文字マンダラであったということができる。

歴史的には、真言密教の両界曼荼羅はその美麗な装いによって衆目の期待に応えた。仏教史上にマンダラが登場したことによって、仏教徒は「縁起」の世界をより可視性のあるものとして実感できるようになったことは疑いない。マンダラと向き合い、マンダラと心を通わせ、その世界観を自分の仏道修行に吸収し、さらには個々の人生の上にも身近な実際のエネルギーとして活用したいというのが修行者一般の願望である。

日蓮の文字マンダラについて、前掲の本尊解説（三―4．日蓮「文字マンダラ」の成立）では、あくまで国柱会の本尊をモデルとしてその概要を説明したが、しかし実際に、賢治の日蓮マンダラに対する理解、ひいてはそれを踏まえてさらに一歩踏み込んだと考えられる彼のマンダラ世界を理解するには、必ずしもそれでは十分とは言えないのである。彼の生来の宗教者、文学者、また科学者としての鋭敏なセンスは、日蓮のマンダラ革新の本質にさらに近くにまで迫っていた可能性がある。

その最も明確な証しは、賢治の新造語であり、好んで用いた「心象スケッチ」の表現とその背後に隠された思索であろう。改めていうまでもなく、「心象」とはimage（イメージ、心的表象）の訳語として明治期より使用例は認められているが、「スケッチ」（写生、素描）と複合させ「心象スケッチ」という成句として用いたのは賢治の独創である。そこには、発想とそれに加えて想像力という二つの実践的活動がともなっている。

しかしながら私は、いま、賢治が「文字マンダラ」との邂逅により、「心象スケッチ」の発想を入手したことには確信をもったが、さて、これを筋道を明らかに論証していくことはけっして容易でないことを感じている。

すなわち、おそらく賢治が最初に「心象スケッチ」という発想とそれにともなう実践的作業の対象としたのは、日蓮の「文字マンダラ」そのものであったろう。文字マンダラの形象と理念に対する深く、慎重な、観察であったと思われる。いったい「文字マンダラ」には、何が描かれているのか。それがマンダラという、仏教的には絵画、図画の意味をもった表現であることを承知したとして、それがすべて文字で表現されることにどんな意味があるのか。

さらに賢治の観察は、文字マンダラという形式がなぜ必要だったのか、はじめてそれを仏教史上に提案した日蓮の、その宗教上の目的すなわち日蓮が文字マンダラの創作上にもっとも苦心した「十界互具・一念三千」の思想をいかに表現するか、その技術的な問題の解明にまで想到したと考えられる。そこまで観察が徹底されなければ、賢治の発想した「心象スケッチ」の表現には到達しなかったと思われるのである。

「心象スケッチ」の表現とその背景となった文字マンダラの思想は、賢治にとっては直ちに文学活動すなわち作品制作の有力な技法として自覚されたと考えられる。しかし、彼の心象スケッチはあくまで彼の主観的な観察であり、それが彼の大前提であって、その客観性についてはー切責任を負ってはいない。文学的技法としてはそれも「あり」なのではあるまいか。

一方、私は彼の文字マンダラ観には強い自制心のはたらいていることも強調されるべきかと思う。その心象スケッチはあくまで彼の主観的な心象スケッチにとどまるものであって、彼自身が宗教家風にあるいは研究者風に文字マンダラを解説することはないのである。また賢治の文字マンダラについての「心象スケッチ」は、真摯な一人の科学者としての視線によって観察されていることも彼の特徴であろう。

賢治の取得した「心象スケッチ」という文学的技法について、私が最も注目し評価するところは、彼が「文字マンダラ」の教えすなわち「十界互具・一念三千」の思想に導かれて、彼自身の心理（一念）を主体に、その心理に映る森羅万象（三千大千世界）を対象として観察しスケッチするという（すなわち、これが賢治の「心象スケッチ」成立の秘密である）、その着想から新たな発想にいたる彼の卓越した想像力、発想力の偉大さである。

賢治が文字マンダラから受けた教示は、もとより、けっして彼一人が対象ではなく日蓮が万人に向って公開した法華信仰における本尊としての意義である。しかし、文字マンダラが発信するいわば観念的な法門を、具体的な智慧として活用したところに賢治の存在があるといえまいか。その想像力、発想力こそ偉大である。

私自身はこれを論理的に説明する手段をもたないので、手元の『広辞苑』（岩波書店）を頼ってみたら「想像力」の項でつぎのような解説に出会った。

「カントにおいては、感性と悟性の性質を分有し、両者を媒介して認識を成立させる能力。ニーチェ・サルトルらにおいては、芸術経験の創造・享受両面における形象生産の契機。構想力」とある。

私は、この解説によって賢治の「心象スケッチ」の表現が秘めている意味の複雑さと難解さに説明の道すじがついたような気がするのである。賢治は、「文字マンダラ」のもつ形象と思想から「心象スケッチ」の認識を成立させ、さらに彼は「心象スケッチ」の認識をただ認識に止めることなく、それを文学活動（作品制作）の技法へ、さらに「文字マンダラ」のもつ理念の社会実践（羅須地人協会）へと、新たな発想力と想像力をもってその実践的展開までをわれわれに提示したのである。

かくして、日蓮による「文字マンダラ」は、成立以来七四〇年余の時空を経て、賢治という、宗教者あるいは科学者、文学者としての鋭敏な感性により、「心象スケッチ」と表現される独自の文学的な手法として新たな発展を見たと言えるのではないか。

「心象スケッチ」という語表現の発見とその思想の背景を思うとき、あえて当時という限定でいえば、私には賢治の「文字マンダラ」に対する理解は、国柱会はもとより伝統宗門における本尊研究の学的水準をもはるかに超えていたのではないか、という疑いさえも抱かせる。当時の賢治には、他者の力を借りる手段はなく、独力で「文字マンダラ」そのものと向き合う以外に方法はなかったというべきであろう。その結果、彼の鋭敏な感性がとらえた一つの悟りが「心象スケッチ」の語で表現されたと推測される。

賢治はまた、周知のように新造語の名人ともいわれる。「心象スケッチ」も新造語であるが、辞書を引いても見付けることのできない彼の新造語の頻出現象は、どこに理由があったのか。私は、そのそもそもの原因も、「文字マンダラ」との出会いに理由があったと考えている。おそらくその最初の新造語である「心象スケッチ」は、「文字マンダラ」という歴史上に新しく出現した宗教的象徴（本尊）との邂逅によって、彼の心がとらえたイメージをいかに文学的に表現すべきか、その思考の窮余の中から産み出されたものだったのではないか。

賢治が「文字マンダラ」について発見する事実が多くなればなるほど、すなわち彼の「心象スケッチ」の効果がその実力を発揮すればするほど、彼の新造語は活発に生産されるという道理である。

「春と修羅」序をよむ

つぎは、賢治が「心象スケッチ」の語を「詩集」と冠するところに替えて用いていた、『春と修羅』の「序」である。かなり長文の引用で恐縮ではあるが、あるいは本書における心臓部にあたる部分というべきかもしれず、止むを得ないこととご寛恕いただきたい。（以下、「序」の本文において、／は改行、／／は一行あき）

わたくしといふ現象は／仮定された有機交流電燈の／ひとつの青い照明です／（あらゆる透明な幽霊の複合体）／風景やみんなといつしよに／せはしくせはしく明滅しながら／いかにもたしかにともりつづける／因果交流電燈の／ひとつの青い照明です／（ひかりはたもち、その電燈は失はれ）／／①

これらは二十二箇月の／過去とかんずる方角から／紙と鉱質インクをつらね／（すべてわたく《ママ》と明滅し／みんなが同時に感ずるもの）／ここまでたもちつゞけられた／かげとひかりのひとくさりづつ／そのとほりの心象スケッチです／／②

これらについて人や銀河や修羅や海胆は／宇宙塵をたべ、または空気や塩水を呼吸しながら／それぞれ新鮮な本体論もかんがへませうが／それらも畢竟こゝろのひとつの風物です／たゞたしかに記録されたこれらのけしきは／記録されたそのとほりのこのけしきで／それが虚無ならば虚無自身がこのとほりで／ある程度まではみんなに共通いたします／（すべてがわたくしの中のみんなであるやうに／みんなのおのおののなかのすべてですから）／／③
けれどもこれら新生代沖積世の／巨大に明るい時間の集積のなかで／正しくうつされた筈のこれらのことばが／わづかその一点にも均しい明暗のうちに／（あるひは修羅の十億年）／すでにはやくもその組立や質を変じ／しかもわたくしも印刷者も／それを変らないとして感ずることは／傾向としてはあり得ます／けだしわれわれがわれわれの感官や／風景や人物をかんずるやうに／そしてたゞ共通に感ずるだけであるやうに／記録や歴史、あるひは地史といふものも／それのいろいろの論料《データ》といつしよに／（因果の時空的制約のもとに）／われわれがかんじてゐるのに過ぎません／おそらくこれから二千年もたつたころは／それ相当のちがつた地質学が流用され／相当した証拠もまた次次過去から現出し／みんなは二千年ぐらゐ前には／青ぞらいつぱいの無色な孔雀が居たとおもひ／新進の大学士たちは気圏のいちばんの上層／きらびやかな氷窒素のあたりから／すてきな化石を発掘したり／あるひは白堊紀砂岩の層面に／透明な人類の巨大な足跡を／発見するかもしれません／／④
すべてこれらの命題は／心象や時間それ自身の性質として／第四次延長のなかで主張されます／／⑤
大正十三年一月廿日　宮沢賢治
（『新校本』第二巻・詩Ⅰ）

おそらくこの序ははなはだ難解という理由で、これまで多くの方々を悩ましてきた一文ではあるまいか。私は残念ながら寡聞にして、この一文についていまだ納得できる解説に出会ったことがない。
もちろん賢治はここで、自身が用いる「心象スケッチ」の語意を語ろうとしている。しかし、それをストレートにあるいは釈明的に語ろうとはしていない。「心象スケッチ」の語をどこから取得したか、その出典や発想のヒントをどこから得たかを明かそうとしていない。すなわち彼はこの序で、まだ「文字マンダラ」の存在、それと自分との関係を明かしてはいないのである。あえて、その肝心の一点は固く秘しつつ、「心象スケッチ」について語っているところに難解さの根本原因があると私は思う。加えてそれには、いつもの賢治らしい茶目っ気も感じる。

それには、賢治としての一分の理由もあったのではないか。彼はこの序で、宗教の本尊である日蓮の「文字マンダラ」という存在の本質を、可能なかぎり科学的、実証的に、しかも文学的な鑑賞にも堪えうる表現で説明しようとしているのではないかと、私は感じる。それは実は、宗教的な意味においても重要なことではあるが、長い歴史をもつ仏教においては、その専門用語を多く保有しているがゆえに、かえってその専門性にたよって、いまは「文字マンダラ」を説明する適切な表現を失っているといえるのではないか。科学者であり、文学者でもある賢治は、鋭敏な感覚でそれを感じとっていたのではないか、と私には思える。彼はじつに、一人の宗教者でもあったのである。

序の内容は五つの段落に区分されているので、ここでもその区分にしたがって説明してみようと思う。便宜的に段落には①〜⑤を付した。

一段目は、冒頭の「わたくしといふ現象は」とは、第一人称で書きだしてはいるがもとより賢治自身のことではなく、擬人化された「心象スケッチ」によって捉えられた作品のことをさしている。すなわち賢治にとっては、彼が感得した「心象スケッチ」という文学的技法がそもそも日蓮の「文字マンダラ」を出自とするものであり、その「文字マンダラ」も一つの「心象スケッチ」の作品であることを主張しようとするものであったと思われる。したがって、「文字マンダラ」のことを概略でも知らなければ、おそらく、この「序」の真の意味は通じないといえるのではあるまいか。

二段目から五段目までは、いずれも「これら」という指示代名詞が主語であり、二段目の「これら」は、心象スケッチ『春と修羅』に収録された全六十九作品のことを指している。賢治の感性がとらえた詩形としての「心象スケッチ」の意味であろう。

三段目の「これら」は、歴史的な「心象スケッチ」の存在、すなわち「文字マンダラ」が成立した背景やその本体論を明かそうとするものであろうか。

四段目の「これら」は、「新生代沖積世」すなわち賢治をふくむ現代のわれわれ自身がとらえている「心象スケッチ」を意味するものであろう。なかんずく、文中に賢治がこだわりを見せている「二千年」の意味については、とくに「文字マンダラ」の存在にかかわる固有の字句として説明しておくべきであろう。

ここで賢治は、その「二千年」という具体的な数字を用いて、記録や歴史の中にある過去・現在・未来の時空の変化を説明しているが、それは、賢治が法華信仰の先達としてこよなく尊崇を傾けた日蓮（一二二二―一二八二）が、「文字マンダラ」それじたいの中にそれを創作した年代を「仏滅度後二千二百二十余年（あるいは三十余年）」と明記しているからに他ならない。（ただし、その仏滅年代の認識はわが国の鎌倉時代の一般の認識であって、いまわれわれが認識する科学的にいう仏滅年代でないことは知っておきたい）。

また仏教は、「諸行無常」（すべてのことは、つねに変化する）の基本的な縁起観が示すように、みずからの中に終末的歴史観をもっている。釈尊の入滅後は、時代が下るにしたがってその教えの影響力が次第に衰え、人間にも社会にも混乱と退廃がおこり、ついには完全な破滅が到来するという思想である。いわゆる末法思想である。それは一般に、仏滅から数えて仏法の衰滅するまでを三期に区分して、正法《しょうぼう》千年・像法《ぞうぼう》千年・末法《まっぽう》一万年とする（末法思想が発展した中国には他の説もあるが、日本では伝教大師以来この説を受け入れている）。

日蓮は、日本の仏教において各宗の祖師のなかでももっとも末法の危機意識をつよく主張した一人であったが、したがってその門下を自認する賢治は「仏滅後二千年」すなわち「末法のはじめ」にあたって、その危機感を背景に逆境のなかでも新しい革新的な本尊である「文字マンダラ」を誕生させた意義に敬意を示したのである。

五段目の「これら」は、「心象スケッチ」ならびに「文字マンダラ」の意味の総括であり、それは「第四次延長」という未来を意味する時空間の中においてのみ主張されるという両者の本質を解明しているといえる。

「心象スケッチ」という文学的手法 ―『春と修羅』―

賢治は自信の新造語である「心象スケッチ」の語を、彼の処女出版である『春と修羅』のタイトルに冠してはじめて登場させた。以来、彼はその文学活動においては終生一貫してこの語に固執したといえる。私の告白としていえば、賢治の「心象スケッチ」の一語に対する異常なほどのこだわりが、彼の文学活動の背後にある日蓮「文字マンダラ」の存在を私に確信させた。「心象スケッチ」の語は、日蓮の「文字マンダラ」との関係においてこそ正しく解釈されると考える。それが、「文字マンダラ」から教示を得た賢治にとっては作品制作にもかかわるきわめて具体的な文学的手法すなわちより具体的には取材技法を意味する一語であると同時に、あらゆる彼の想像性をも許容する一語であって、その限りにおいては、確かに彼のいう狭義の意味で用いる「詩集」との表現を否定する理由を理解しないわけにはいかないかもしれない。

もし、賢治の用いた「心象スケッチ」の語が、彼の作品制作上の手法を意味する表現であったとすれば、私にはそれと関わりがあるかも知れない作品群に心当たりがある。それは、『新校本』第一巻［校異篇］の推測によれば、一九二一年（大正十）十二月から翌年三月までの間の作品と考えられている「冬のスケッチ」（『新校本』第一巻、短歌・短唱）である。「冬のスケッチ」に収録されている作品の内容は、実際には作品というより詩稿あるいは詩材としての断片が一群として集められているものといえる。これに賢治自身が「スケッチ」とネーミングしたとすれば、それはそれで興味深いことではないか。実際、文語詩［月の鉛の雲さびに］（『新校本』第七巻・詩Ⅵ）は、「冬のスケッチ」から改作されたとみられることが、同『新校本』の校異篇によって指摘されている。

『新校本』では、その編集方針として、この詩稿の一群を新たに「短唱」と命名し「冬のスケッチ」として一括しているが、その現存稿としては「冬のスケッチ　四」（六十四編）と「冬のスケッチ　五」（一一二篇）に相当することが理解される。賢治自身が「冬のスケッチ」とタイトルしていた一群の詩稿集なかで「四」と「五」のみが現存しているとすれば、私には賢治の「心象スケッチ」という語の発想と関連して、つぎのような諸点が疑問として浮かぶ。

「冬のスケッチ　四」と「冬のスケッチ　五」が現存しているとすれば、当然にその前後が存在したと推測されるが、それはいま、どこに？　その内容は？　その前後との分離は賢治自身によって行われたものか、他者の手か？　その時期はいつか？

さらに、賢治の「心象スケッチ」への着想が「冬のスケッチ」の制作と関係しているとすれば（私は、それを確信しているが）、おそらく「冬のスケッチ　四」と「冬のスケッチ　五」の前後を、なぜ彼はそれを分離したのか、その時期は？という問題が重要になるのではないか。

なかんずく、とくにその後に登場することになる『春と修羅』との関係を推測すれば、「冬のスケッチ」には「心象」の語が三度、「菩薩」の語が二度登場している。どうしても「冬のスケッチ」は、「心象スケッチ」と『春と修羅』とのあいだにあって、両者を結ぶキーポイントとして気にかかるのである。

賢治は、『春と修羅』が「詩集」と呼ばれることを明らかに嫌っているが、その語調は決定的に拒否あるいは否定というより、自分の「こだわり」の意思を無視されて困ったものだという程度であろうか。もちろん、自分の作品が一般的には詩形であって、詩集と呼ばれることは十分承知しているのである。

『春と修羅』の出版後、あまりにもその売れ行きが不調で、東京の岩波書店の岩波茂雄宛にその泣き言を持ち込んだときの手紙が最もよく彼の気持ちを語っている。

手紙は、一九二五年（大正十四）十二月二十日発（簡２１４ａ）である。

わたくしはあとで勉強するときの仕度にとそれぞれの心もちをそのとほり科学的に記載して置きました。その一部分をわたくしは柄にもなく昨年の春本にしたのです。心象スケッチ春と修羅とか何とか題して関根といふ店から自費で出しました。友人の先生山尾といふ人が詩集と銘をうちました。詩といふことはわたくしも知らないわけではありませんでしたが厳密に事実のとほりに記録したものを何だかいままでのつぎはぎしたものと混ぜられたのは不満でした。

具体的な用例としての「心象スケッチ」の初出は、前出の『春と修羅』の「序」詩（『新校本』第二巻・詩Ⅰ、本文七頁）につぎのように確認できる。その第二節に注目しよう。

これらは二十二箇月の／過去とかんずる方角から／紙と鉱質インクをつらね／（すべてわたくしと明滅し／みんなが同時に感ずるもの）／ここまでたもちつゞけられた／かげとひかりのひとくさりづつ／そのとほりの心象スケッチです

私も、ここではやむをえず、賢治の嫌う詩という言葉を使うことを許してもらうことにしよう。「心象スケッチ」とは、賢治が「これらは二十二箇月の／過去とかんずる方角から／紙と鉱質インクをつらね」というとおり、『春と修羅』に収録されている全六十九篇の詩が、過去二十二か月の間に（それは『春と修羅』の末尾に収録される詩篇の目次に見られる）、最初の「屈折率」一九二二年一月から、最後の「冬と銀河鉄道」一九二三年十二月までの凡そ「二十二箇月」の間に制作したものであるという意味であろう。「すべてわたくしと明滅し　みんなが同時に感ずるもの」とは、すなわち賢治の心がとらえた（心象スケッチした）、マンダラ世界を意味しているにちがいない。

「心象スケッチ」を冠した『春と修羅《しゅら》』の書名の由来についても簡単にふれておくことにしよう。この書名についても、賢治の重要なこだわりが看取できる。

「修羅」とは具には阿修羅《あしゅら》のこと。インド神話に登場する悪神でアスラともいい、同じくインド神話の善神であって仏教に入って代表的神格を与えられたインドラ（帝釈天）と戦う。阿修羅は釈迦によって教化を受けたのちは、八部衆の一として仏教の守護神とされる。また「修羅」は、賢治自身が自覚する現在の心境あるいはその立ち位置の意味であり、それは一方では仏教の守護神の立場もあるが、闘争を好みつねに他と諍う性格を仮託され、十界の中では人間界の一ランク下に位置している。

つぎに、『春と修羅』の「春」とは、もちろん季節としての「春」の意味ではない。賢治が人生そのものを修行の道場を見定め、その目標としてめざす「菩薩」のことを指すものであろう。十界の中では仏になろうとする最も近い地位である。思えば、賢治が心友の保阪嘉内に対して自分が菩薩をめざして「四つの願（四弘誓願）」の誓いを立てたことを最初に告白したのは、彼が一九歳のときであり（簡102）、以来彼はずっとその誓いを保ち続けている（簡166）。畢竟、『春と修羅』の書名は、「阿修羅を自覚している現在の自分から菩薩となる自分を目指して、ささやかな努力を続ける自分自身のあらゆる出会いの心象をスケッチしたもの」というような意味になるのであろうか。

もう少し、当時の賢治の環境に分け入ってみよう。文字マンダラから「心象スケッチ」へと辿り着いた賢治の思想追及の厳格さは、当時の宗教的あるいは学問的水準を踏まえることなくしてはあり得なかったと思われるからである。

「心象スケッチ」の語は、彼が同年十二月に出版した童話集『注文の多い料理店』に関しても用いられる。そのときの、「広告チラシ」（一九二四年十一月十五日発行の新刊案内）には、つぎのように登場する。もちろん、この「広告チラシ」の作文も賢治自身であろう。

イーハトヴは一つの地名である。（中略）実にこれは著者の心象中に、この様な状景をもって実在したドリームランドとしての日本岩手県である。（中略）この童話集の一列は実に作者の心象スケッチの一部である。

（傍点は、原文のまま。『新校本』第十二巻・グラビア）

賢治自身のもともとの心づもりでは、童話集『注文の多い料理店』は、詩集『春と修羅』と同時に刊行されるはずであったらしい。そんな彼の期待は、出版元の事情で裏切られたが、あらかじめ準備されていた「広告チラシ」の文面からは、詩だけでなく、童話もともに「心象スケッチ」なのだという賢治のはっきりした意思が確認できる。彼には、詩集と童話集との両者とも「心象スケッチ」の意識において、どうしてもセットとして世に問うべき理由があったと推測される。

私は、この「心象スケッチ」の一語にかける賢治の思い入れと、その確たる自信のほどから、この語の意味の重要さを推量する。「心象スケッチ」とは、「すべてわたくしと明滅し、みんなが同時に感ずるもの」（『春と修羅』において）、「著者の心象中に、この様な状景をもって実在した」（『注文の多い料理店』において）、とはこれはそのまま、彼の心象中に存在した「マンダラ世界」の描写であることの告白であったと確信する。

一方は詩集としてイメージの表現に優れ、他方は童話集としてストーリーの表現が得意である。賢治にとっては、それぞれ、ともに彼の「マンダラ世界」を描写した「心象スケッチ」であった。だからこそ、彼は自分の『春と修羅』は「到底詩ではない」、「ほんの粗硬な心象スケッチ」（森佐一宛手紙、簡２００）だと主張し続けるのである。

また賢治には、「心象スケッチ・春と修羅」のタイトルの下で、第二詩集（一九二四―二五年）および第三詩集（一九二六年四月―一九二八年七月）までの出版計画があったが、とくに一九三一年（昭和六）頃賢治が勤務していた「東北砕石工場花巻出張所」の用箋の裏に書かれたメモには、興味深い記述がみられる。

それは、第三詩集での創作上の用心であろうが、「心象スケッチ」について「感想手記」「叫び」を可とし、「比喩」は「心象スケッチに非ず、排すべきもの」としているのが注目される。賢治自身の詩作に対するメモと推測されるこの「心象スケッチ」についての記述は、多くの「比喩」がきわめて効果的に用いられている彼の童話の作法には符合しない。この点には、賢治の詩と童話に対する創作への態度の使い分けが見られるといえまいか。

賢治の創作の時期から見れば、童話の作品群の方が詩の作品群よりも先であり、精力的に童話の創作を始めた一九二二年（大正十二）一月頃には、あるいはマンダラ世界に直結する「心象スケッチ」の表現は、まだ彼の脳裏でも充分に熟していなかったかもしれない。しかし、賢治が詩集と童話集の同時刊行にこだわった段階では、疑いなく、マンダラと「心象スケッチ」は、文学的手法として完全に彼の掌中に握られていたはずである。

上来みてきたように、賢治にとって「心象スケッチ」は、単に言語表現の問題としてでなく、その後に展開する彼のすべての文学活動を後押しした発想および想像力のエネルギーともなった可能性がある。それには私は、彼に一つの大きなヒントを与えた可能性として、つぎのような一人の人物の存在を指呼できる。

山川智応の存在

私には、当時の賢治にも日蓮のマンダラ本尊の秘密に近づく唯一のチャンスとして、その可能性に心当たりがある。しかし、これはあくまでも私の当て推量であり賢治本人の確たる証言は見いだせない上であることをお断りしておきたい。

それは、賢治と山川智応との交流である。山川智応（一八七九―一九五六）は、賢治の国柱会へ入会当時、田中智学のもとで会の中枢として、『妙宗式目講義録』の整記刊行をはじめ『類纂高祖遺文録』『本化聖典大辞林』等の編集主任を担当。機関紙「国柱新聞」「毒鼓」の編集、「天業民報」「大日本」でも主筆として活動していた。同氏の学者としての業績は、日蓮遺文に対する文献考証的研究、日蓮思想の体系化において当時の同分野の第一人者として評価され、やや後年になるが一九三四年（昭和九）「法華思想史上の日蓮聖人」で文学博士号も授与され、『日蓮聖人研究』の著書も物している。思想的、学術的には、同氏は国柱会における支柱的存在であった。

私がその頃の山川と賢治との関係にとくに注目しているのは、山川には、日蓮の大曼荼羅（文字マンダラ）研究に実績が存在することと、彼にはそれについての確たる見識が見られることである。すなわち、この時期の賢治に、山川との交流を通じて文字マンダラを学び何かしら文学活動にも開眼するところがあって、作品の爆発的な生産に繋がったのではないかと考えられるのである。

当時の国柱会における山川の活動からすれば、賢治が彼と接触すること自体はそれほど問題はなさそうである。つまり、講演や執筆された出版物の上での接触の機会を推測することは充分に可能であろう。しかし、それを日蓮の文字マンダラについての研究と限定すれば、それ自体が当時にあっては限定された特異なテーマと言ってよく、しかも特定の本尊以外を認めない国柱会内では容易には成立し得ないテーマではあったかもしれない。

しかも、日蓮の「文字マンダラ」の研究には、少なくとも内容の比較検討のためにできるだけ多数の日蓮真筆の本尊（文字マンダラ）の蒐集が、絶対的な前提条件である。それ無くして研究は成立しない。もちろん研究じたいは写真版であってもいいが、当時ではその現物を実見することの困難さは到底現在の比ではない。しかし、当時の研究者の環境およびその研究水準を考えるとき、私は山川智応はまず当時のトップクラスの専門家として指呼される存在であったと思う。

まず、おそらく時期的にも、賢治と山川との接触が最も注目されるのは、一九二一年（大正十）四月に見られ

るつぎのメモであろう。賢治の「文語詩篇」ノート二三頁（『新校本』第十三巻、ノート・メモ）には、

四月　国柱会　外の面桜咲けるに　この建物の中ひえびえとして　山川智応氏のどをいたはり　行き来して
ある「国柱会　屋上展望。並びに」

とある。ここにメモされた「四月」とは、賢治にとっては、後に改めて注目することになる特別の時期、すなわち、彼が関徳弥に宛てた手紙（推定、一九二一年七月十三日付、簡195）で、「私は書いたものを売らうと折角してゐます」と書き、それを事実として裏書きするように「電車」「床屋」（『新校本』第十二巻〈初期短篇綴等〉）の短編が「大正10年6月」のメモで残っている、その時期に符合する。いな、より重要な意味をもつその直前の時期に符合する。

ふたたび、山川智応に日蓮の大曼荼羅（文字マンダラ）研究に実績のある話に戻ろう。彼には一方で、国柱会における会規定の本尊は、田中智学が日蓮の佐渡始顕本尊を臨写したものとする本尊説を擁護する立場をとりながら（既説、山川智應「本門本尊唯一精義」昭和二十八年）、一方では、研究者としての「聖祖の大曼荼羅本尊図式に文永、建治と弘安との大別ある所以の法義を闡明す」（山川智応博士著・山中喜八居士解説『大曼荼羅本尊御図式要義』、昭和三十二年六月、信人社刊）という研究成果も発表している。この研究は、よほど数多くの日蓮の大曼荼羅（文字マンダラ）を比較、分析の上においてしか成立し得ない。国柱会という宗教教団の厳しい制約の枠をこえて、山川は当時の日蓮本尊の研究者として最高水準を行く豊富な知識とデータ量を所有していた可能性が高い。

山川智応以前の研究者はいずれも、日蓮の文字マンダラの現実にみられる形態の多様性について、これを年代による表現の相違と理解した。しかし、対するに山川は二説をもち、一説は他と同様の年代による分類説をとったが、他の一説として本尊の外観を大まかに観察して、「広」（題目を中心に十界の諸仏諸尊を円具したもの）、「略」

（題目を中心に十界に存略あるもの）、「要」（題目と二尊、本化四菩薩のみのもの）、「要要」（ただ題目のみのもの）の四種に分ける説を提案した。（詳細は、付録「文字マンダラを絵解きする」参照）

山川の本尊研究は当時として、いわば最新であり最高のレベルであったといえるが、賢治の立場は、山川の研究を直接継承したとは云い得ないまでも、その環境のごく近くに彼が存在していたことは確かである。賢治は、彼自身が本尊に関心を抱き始めたとき、そのすぐ傍に本尊についての学識と何よりも彼に必要だった本尊の多数の実例と出会う機会を彼は手にしていた可能性が高い。

本書の冒頭「はじめに」で紹介のように、賢治が『雨ニモマケズ手帳』に遺した五つのマンダラは、まさに、山川の主張する「広」「略」「要」「要要」の四説の中では「要」説に準じて、彼自身の大曼荼羅（文字マンダラ）を表現したものに他ならない。私が、賢治のマンダラ観に山川の影響があったと感じている証左である。

3. 賢治と日蓮の文字マンダラ

文字マンダラは「図」——十のポイント

ここで、賢治が日蓮の「文字マンダラ」すなわち本尊としての大曼荼羅をどのように理解していたかについて考えてみたい。この問題は、賢治の文学活動にも直接に影響する問題なので、その疑問に答える意味でも、ここで問題の歴史的背景を少しく紹介しておくことにしよう。

日蓮は、歴史的にも最初の文字マンダラ（大曼荼羅）を制作し、これを本尊として門下・信徒に配布した。しかし実際、流罪中の佐渡でなされたその仕事は、日蓮にとって、容易なことではなかった。環境上の問題もあったが、日蓮にとってはそれよりも「文字マンダラ」じたいの創作の上で種々の難関があった。

日蓮にとってその最難関が、法華経の究極の教えである「十界互具・一念三千」説、それは本来が無相の哲学であり思想である。それをいかに視覚化して表現できるかという問題であった。日蓮はその独自の工夫の結果として、まずマンダラ図上の諸仏諸尊の名を仏教の流伝したインド・中国・日本三国のそれぞれの呼称、また各種の文字によって表現すること、あるいは配置を多様に表現することによって問題をクリアーしたのである。しかも、その工夫は一葉の図上では収まらず、各本尊それぞれを各種各様に異なる形式に変化させることによって、本尊の本尊たる趣旨を表明しようとしたと考えられる。その成果が「文字マンダラ」であった。

しかしその後、日蓮の門下信徒にとって遺された大きな問題は、日蓮がその在世中に本尊にかかわる諸種の工夫についてはほとんど詳細の説明をしていないことである。日蓮は、他の諸宗の祖師方の中では遺文を比較的に多数残しているが、「文字マンダラ」そのものについては、信頼するに足る遺文がほとんど存在しない。

その結果、日蓮の「文字マンダラ」については、約一三〇幅の真蹟の本尊が、実に多様な形式に表現された状態で今日に現存するという現実だけが存在する。対象が信仰の本尊であるだけに、これをどう理解するか、それは後には門下信徒間において、いわゆる本尊論という大問題として立ち上がったほどであった。

しかして、賢治の置かれた環境から上の問題を見たとき、これがまた一問題である。国柱会の本尊は、いわゆる日蓮の佐渡始顕本尊の臨写本を唯一絶対の本尊として、信仰的には他の文字マンダラの介入を許さないことが建前である。しかし、賢治が現実に国柱会に入会し、その本尊の意義を学び、その結果として他の文字マンダラの存在やその真の意義を知るようになるとどうなるか。前述の山川智応と賢治との邂逅は、その邂逅のあった時期と日蓮の本尊が抱えている歴史的問題とにかかわっていると考える。

古来、日蓮門下の本尊研究者はそれぞれに多数現存する真蹟本尊の整理法を工夫してきた。それは一に日蓮の真蹟の本尊（文字マンダラ）が種々多様な形式で現存している現実をいかに理解すればいいか、日蓮の本尊に託されたその真意を誤ることなく受け取るには如何したらよいか、が課題であった。

私が思考するに、日蓮が苦心して形式を多様に表現することで伝えようとした本尊すなわち「文字マンダラ」の真意であったが、その後の歴史的経過の中では、それが必ずしも門下や信徒間に正確に伝えられ定着したとは言い難い。以下には、まことに僭越ながら、本書の著者としての文字マンダラ観を披露させていただくことにしたい。

私自身の本尊研究はまず素朴な発想であったが、「文字マンダラ」そのものと率直に向き合うことであった。要するに「文字マンダラ」は「図」であり、それを図として観察する際にはつぎのような十のポイントに留意する必要に気付いたことから始まった。あるいは、これは当時の賢治が「文字マンダラ」に対して「心象スケッチ」を問いかけていたポイントとも重なるところがあるのではないか。

(1) 文字ばかりなのに、なぜ「図」なのか?
(2) いったい、何が描かれているのか?
(3) 「お題目」は、なぜ中央が定位置なのか?
(4) 何か基本的な構図(下図)があるのだろうか?
(5) 諸仏・諸尊はなぜ、多種多様な表現で登場するのか?
(6) なぜ、ことさらに「不動・愛染」なのか?
(7) なぜ、「讃文」が必要なのか?
(8) なぜ、「経文・要文」が入るのか?
(9) なぜ、光明点など装飾的なのか?
(10) なぜ、文字マンダラは本尊なのか?

以下には、この私の「文字マンダラ」の観察ポイントを参考に、しばらく賢治が日蓮の「文字マンダラ」について、何を「心象スケッチ」したかを拾い出してみることにしたい。それはすなわち、賢治自身のマンダラ世界への開眼であり、彼を新しい創作活動へとみちびく原動力となった視点にも重なるのではないか。

なおここでは、マンダラ（曼荼羅）についての呼称をすこし厳密にしておきたい。真言密教等の曼荼羅をふくめ、ひろく歴史的なマンダラ一般を意味する場合には「マンダラ」。とくに日蓮のマンダラの具体的な内容およびその特色を説明する場合には「文字マンダラ」。その宗教的な意義を説明する場合には「本尊」あるいは「大曼荼羅」と表現することにしたい。

（1）「文字マンダラ」は文字ばかりなのに、なぜ「図」なのか？

「文字マンダラ」の創案者である日蓮は、その本尊上に疑いなく「之を図す」と明示しているが、文字によって、図で、教えを表現するという試みについては、日蓮自身もそれが正しく門弟や信徒から理解されるかについて案じるところがあったのではないか。最初期の本尊（文永十一年七月二十五日本尊、茂原藻原寺蔵、本尊集13、付録・［図11］）では、その讃文中に日蓮があえて特記して「得意之人（志のある人）之を察せよ」とみられ、また佐渡の信徒の阿仏房《あぶつぼう》は日蓮から本尊を届けられて、本尊中の題目について質問したところ、日蓮から「法華経の題目宝塔なり、宝塔又南無妙法蓮華経也」（阿仏房御書）との返信があったらしいことが知られる。

賢治が作品の童［インドラの網］において天空や宇宙をイメージし、あるいは新造語の「装景」などで表現しようとする造園設計の背景には、「文字マンダラ」が「図」であることをつよく認識していた証左を見ることができるのではないか。

（2）いったい、「文字マンダラ」には何が描かれているのか？

日蓮にとって「文字マンダラ」を創案した第一の目的は、天台大師の創唱による法華経の最重要の教え「十界互具・一念三千」（以下、一念三千）思想の可視化、図示化ということであった（前出）。「文字マンダラ」は、表現は文字であるが描かれているその図は「一念」と「三千」（すなわち「三千大千世界」）の縁起世界を総合的に表現したものであり、そこには当然日蓮在世の鎌倉時代の世界観という歴史的限界はあるにしても、「十界互具」の諸仏・諸尊をもって精神世界と現実世界、人間界だけでなく生きとし生けるものすべてを網羅し、天竺（インド）・中国（唐）・日本にわたる、さらに東・西・南・北の視野と配置をもって全世界、大宇宙の意味を表現している。

前掲のように、天台大師が『摩訶止観』に創説時の「一念三千」論は、当初は数字の語呂《ごろ》合わせのような観念論から説き起こされているが、現代のようなコンピューター時代になって、ついにIOT（インターネット・オブ・スィングス、あらゆるものがインターネットを通じてつながること）時代到来などと聞くと、もはや「一念三千」の縁起観は文字通りそのまま、現実世界以外の何ものでもなくなった感を深くする。

また「文字マンダラ」には、先行する真言密教マンダラでは表現されない自署・花押、讃文、経文・要文、制作年月日、被授与者名、その他の装飾（光明点など）が付加され、教えを伝える本尊としての普遍性の意義のほかに、時空にわたるマンダラの個別性という新しい意義をもたらしている。

賢治の鋭敏な感性は、上に見るような、一紙に表示される「文字マンダラ」の情報が実に多種、多彩、多量であること、そこに宗教的本尊としての「一念三千」思想の可視化、図示化ということの意義があり、日蓮の創案にいたる工夫の困難さも察知したにちがいない。現存する日蓮の真蹟本尊の様式がただ一種ではなく、すなわち国柱会では佐渡始顕本尊のみをもって正式本尊とし他の本尊形式を一括排除していることに対して、それでは日蓮が苦心して「十界互具・一念三千」の思想を可視化、図示化したことの真意を十分には認めないことになると見抜いたのではないか。ちなみに、賢治研究の研究者の間には日蓮の本尊の呼称として「十界マンダラ」が一般化しているように見受けるが、日蓮にも賢治にもこの表現の実例はない。もしあえてその二人が呼称を採用するとすれば「一念三千のマンダラ」となるのではないだろうか。

賢治が『手帳』において描いた「五つのマンダラ」は、日蓮の「文字マンダラ」としては簡略形であるが、その内容には、登場する諸仏・諸尊の範囲をもって（その範囲とは、修羅を自覚する賢治が信仰上に目標とする四聖の範囲である）、形式を多種、多彩に変化させて充分に「一念三千」の意図を表現している。賢治の文学的な感性において「心象スケッチ」として取得された一つの技法は、まず「文字マンダラ」に対して、とくに何が描かれているのかの問題に向かい趣旨を成功させているといえよう。

さらに賢治の文字マンダラの形象の把捉には、諸仏諸尊の文字表現だけでなく、後述する讃文や経文・要文、制作年月日、自署・花押に到るまで、賢治は「文字マンダラ」の形象および心象（理念）について、その全体を「心象スケッチ」の対象としていたことが明らかである。

（3）「題目」は、なぜ中央が定位置なのか？

文字マンダラの中心に置かれる題目は、日蓮の宗教における象徴であり、マンダラ全体を総代する意味もある。「一念三千」論を説く「文字マンダラ」の「一念」にも相当し、それは、一念すなわち一瞬の認識の中に実は宇宙、コスモスがふくまれ、永遠がふくまれているという意味である。

いったい日蓮は一二五三年（建長五）、比叡山の遊学から帰郷して直ちに清澄山で立教開宗を宣言したが、「南無妙法蓮華経」の題目は日蓮の法華信仰における象徴としてその時点で発表された。文字マンダラにおける重要な意義の一つは、題目と「一念三千」説との両者の総合を意味している点であろう。文字マンダラにおける「一念三千」の縁起観の具現のイメージは、「題目」と「一念」との邂逅によってはじめて成立したといえる。

題目は文字マンダラ上のすべての要素を総合し、かつ代表する。したがって、たとえ略形式のマンダラにあっても他の要素が省略されることはあっても題目のみは省略されることがない。題目だけの文字マンダラもあり「一遍首題」と表現される。

しかし、日蓮が文字マンダラにおいて門下・信徒に伝えんとした「一念三千」の教えは、けっして庶民万人にとって共通に理解しやすい内容であるとはいえないであろう。また、信仰とは日常的な行動に付随するものであり、その象徴は可能な限り簡便に日常と直結する必要がある。日蓮が遺文「観心本尊抄」において「一念三千を知らざるものには、仏大慈悲をおこして、末代幼稚の首に掛けしめたもう」と言って、題目の意義を強調したのにはそのような意味があったと言えるであろう。

賢治は、心友保阪嘉内への書簡や晩年の「手帳」などではしばしば本人の信仰を語る中で題目の名称を出しているが、彼が文学作品において、直接にその題目の名称を明らかにしているところはけっして多くはない。それは彼の意識的な自制によるものであろう。その例外的な場合を挙げれば、詩「オホーツク挽歌」、詩「樺太鉄道」（『春と修羅』所収）や童［手紙四］（『新校本』第十二巻）などの作品中には、題目を梵語の発音で「ナモ（ム）サダルマプフンダリカサスートラ」と表記して登場させている。

題目を、彼の文学作品の中でも最も印象深いシーンで登場させているのは、詩「青森挽歌」（『春と修羅』所収）において賢治の最愛の妹であり、宮沢家でただ一人の信仰の同士でもあったトシ子の臨終の場面である。一九二三年（大正十二）年八月一日の作品。

> わたくしがその耳もとで／遠いところから声をとつてきて／そらや愛やりんごや風、すべての勢力のたのしい根源／万象同帰のそのいみじい生物の名を／ちからいつぱいちからいつぱい叫んだとき／あいつは二へんうなづくやうに息をした

「万象同帰のそのいみじい生物の名」とは、文字マンダラにおける「南無妙法蓮華経」の題目の意味であり、賢治がトシの耳元で別れの題目を唱えたことをいう。ここで賢治は「万象同帰《ばんしょうどうき》」という語を用いているが、彼

が学んだその語の本来の出自は天台大師智顗（『法華玄義』十・上）また聖徳太子（『上宮法華疏』一）等に見える「万善同帰教《まんぜんどうききょう》」であり、智顗は法華経が諸経を総合して一に帰せしめるもの、すなわち万善同帰教として最高視したことを指している。

賢治が表現した「万象同帰」は「万善同帰」の転用であるが、彼は智顗が同じ趣旨で用いる「起是法性起、滅是法性滅」（「起は是れ法性の起、滅は是れ法性の滅」『摩訶止観』巻第五・上）の意味が好きで、「生もこれ妙法の生、死もこれ妙法の死」（詩〔疾中〕「一九二九年二月」）と用いたり、あるいはこれも同じ趣旨である「一天四海皆帰妙法」の語を、早く一九一八年（大正七）〔三月十日〕の父政次郎宛の手紙（簡48）で使ったりもしている。

なお、賢治が『手帳』において描いた「五つのマンダラ」の中には、題目が中央ではなく右端に置かれた一例がある。ちなみに、現存する日蓮真蹟のマンダラには題目が中央に置かれない例は存在しないが、この事実には、賢治が「五つのマンダラ」を描くにあたり、現存する日蓮本尊中の一点から模写したものではないことを証すると同時に、彼が疑いなく日蓮の本尊の形式の多様性が、「一念三千」の縁起観の可視化、図示化の手段であったことの意味を正しく看取していたことを証しているといえよう。

（4）文字マンダラには何か基本的な構図（下図）があるのだろうか？

文字マンダラには、いわゆる真言密教のマンダラにおける厳密な儀軌《ぎき》のような存在はないが、その基本的構図としては法華経中から周知の名場面が用いられている。それは、法華経中でも最も劇的なシーンといえる見宝塔品第十一の一場面である。

釈尊が法華経を説法されている霊鷲山《りょうじゅせん》上に、突如として地中から多宝如来の坐した宝塔が出現し空中に浮かぶ。釈尊は地上から空中の宝塔へと座を移され、塔中には釈迦牟尼仏と多宝如来が二仏併座《にぶつびょうざ》して説法が続けられるという場面である。その場には、あらゆる階層、あらゆる人種、人間だけでなく非人間、いきとしいけるものすべてが聴衆となって、釈尊の説法を傾聴している。多宝如来の出現は法華経の永遠性を証明する意味であり、その宝塔は多宝塔と呼ばれる。一般的には、二重の構造をもった宝塔の形式をいう。

多宝塔に二仏並座するこの場面は、中国の南北朝時代から法華経の名場面としてしばしば彫刻等に登場しているが、わが国の古い例では奈良長谷寺蔵の銅版の法華経説相図（白鳳時代）等に見られる。

ここまでは、真言密教における法華曼荼羅（別尊曼荼羅）にも前例があるが、しかし、日蓮の「文字マンダラ」にはさらに、従地涌出品第十五において釈尊から法華経の末法時代における弘通《ぐずう》（仏教や経典を世に弘めること）を委任されたとされる上行・無辺行・浄行・安立行の本化《ほんげ》の四菩薩（久遠の本仏により教化された上首の四菩薩をいう）もここに併せて登場する場面となっている。

いうまでもなく日蓮の文字マンダラにおいて、その宝塔とは題目の意味である。題目を中心にその両側には釈迦牟尼仏（左）と多宝如来（右）が配置され、本化の四菩薩はさらにその外側に配置される。

前述のとおり、賢治における「心象スケッチ」とは、彼が日蓮の文字マンダラを観察し感受した表現であるが、また、その日蓮の文字マンダラは、日蓮自身が法華経から得た心象風景を心象スケッチし図化したものと言えるのではないか。

賢治は、このような文字マンダラの場面からあるいはその全体像を、あるいは一部分を心象スケッチして、実に巧みに自身の童話作品に取り入れている。賢治の作品では、童話においても詩においても、「文字マンダラ」における多宝塔のイメージが象徴的に登場する場面が少なくないといえる。たとえば、童［銀河鉄道の夜］における「天気輪の柱」、詩［晴天恣意］における「白く巨きな仏頂体」などである。

また、賢治の『手帳』における「五つのマンダラ」では、いずれのマンダラにおいても本化の四菩薩が欠けることなく登場する。それは、賢治が法華信仰の目標とする菩薩信仰の証しでもあるが、その中に、とくに二点のマンダラにおいては「安立行菩薩」の名を重複して登場させている。そこには、晩年を迎えて自身の健康上に不安を感じていた賢治の切なる祈りが読み取れるといえるのではないか。

（5）諸仏・諸尊はなぜ、多種多様な表現で登場するのか？

この問題の回答は、前出（2）「文字マンダラ」には何が描かれているのかという問題とも関連して、日蓮が「十界互具・一念三千」の法門を文字マンダラに図示する上で最も苦心した点であろう。

同時に、賢治にとっては「心象スケッチ」を文学的技法として感受し、彼の想像力を最大限に発揮する上で具体的に参考になった点であるかもしれない。なお次項六「賢治マンダラ世界の開放」において詳述することにしたい。

（6）なぜ、ことさらに「不動・愛染」なのか？

日蓮の「文字マンダラ」を一見した際に、何方にも特異な形容として眼に映るのは、中央の題目を挟んで両側に縦に長くのびた梵字の存在ではあるまいか。国柱会本尊の例では右が不動明王、左が愛染明王の種子《しゅじ》（密教において仏・菩薩のそれぞれを一字で表示した梵字）と説明されているが、現存する日蓮の真蹟本尊としてはこの配置がもっとも多く、これを通例としている。

問題は、日蓮の「文字マンダラ」において、不動・愛染という真言密教で本尊とされる二明王がなぜ登場するのであろうか。とくに他の諸仏諸尊はすべてが法華経信仰に登場するのに対し、二明王だけは法華経には登場しない。日蓮が、真言宗の教義の誤りや祈禱の在り方を批判し、「真言亡国」の語を遺していることは一般にも知られているが、日蓮が法華経の文字マンダラに「不動・愛染」を梵字の種子で登場させたのは、いかなる意図か。単純な諸仏・諸尊の勧請（本尊上に神仏の来臨を請うこと）とは思えない。

その理由については、今日でも研究者の間で必ずしも意見が一致していないが、賢治には「文字マンダラ」における不動・愛染の存在について、かなり「心象スケッチ」の感性を刺激された様子がうかがえる。彼はこれを、「文字マンダラ」における相対する二面性の表示と解釈したようである。すなわち「文字マンダラ」は、「悪」も存在する現実社会と「仏」の世界である理想社会の両面を表示しており、二明王は現実社会の「悪」を代表する立場で「文字マンダラ」に勧請されたのではないかという解釈である。また賢治には尊崇する日蓮が当時体験した現実には、真言宗から与えられた受難が少なくなかったという認識が賢治の脳裏に存在したようだ。詩〔〔温く含んだ南の風が〕〕（『新校本』第三巻・詩Ⅱ）には、彼の「文字マンダラ」における二明王の存在について真言密教に対する批判的なイメージがつよく反映しているようだ。この点については、賢治の当作品に掛けた並々ならぬ準備とまた慎重な宗教的配慮があったことを知り得るので、その作品論（六「賢治マンダラ世界の開眼」）において後述することとしよう。

（7）なぜ、「讃文」が必要なのか？

佐渡始顕本尊（国柱会本尊）における「讃文」の内容については、前節において縷説したが（三—4「日蓮文字マンダラの成立」参照）、始顕本尊から二年後の「文永十二年（一二七五）卯月日本尊」以降の本尊からは、讃文は、つぎのように一定の文言に固定化された。

「仏滅後二千二百二十余年（本尊によっては「三十余年」）之間、一閻浮提之内未曾有之大漫荼羅也」

私はこの一文が、本質は「図」とする文字マンダラの編成の中で、すなわちその内容が諸仏諸尊名と法華経の経文釈文および日時・制作事項・自署花押に限定されている中に、唯一、日蓮自身の地の文章として登載された意義にこそ注意すべきだと思考している。しかも、この一文は日蓮の真蹟が現存する本尊においては、ごく特殊な例外をのぞき各本尊ともに欠けることなく必ず登載されている。その表現はごく簡潔であるが、文字マンダラにあえてこの一文を登載した、日蓮の強いメッセージ性を感じるではないか。

「文字マンダラ」における「讃文」の存在は、伝統宗門の歴史においてもその意義が必ずしも正しく理解されてきたとは言い難い。私は、宗教的にもかく難解な「讃文」への理解という点においても賢治が示した見識を高く評価したい。もちろん、賢治が「讃文」についてとくに具体的に論評しているわけではないが、彼の文学活動あるいは晩年の『手帳』に遺した文言を通して彼が「讃文」の意義に関心を寄せたその感性に注目するのである。以下には、説明が少々複雑になることをお許し願いたい。

賢治は、文字マンダラの讃文について日蓮から少なくとも五点のメッセージを読み取っていると思われる。

まず、前半の「仏滅後二千二百二十余（または三十余）年之間」について、賢治はつぎの二点の意味を読み取っている。

第一点は、文字通り「仏滅後」とはすなわち釈尊が入滅してから日蓮の「文字マンダラ」が成立するまでの時間の経過を意味するものであるが、同時に、日蓮自身の出生が仏滅後のすでに「末法《まっぽう》」の時代に入っている認識を表明している。末法とは、科学的な認識ではなくあくまでもわが国の日蓮在世当時の仏教史観における認識であるが、仏滅後の時間の経過を三つに時代区分して、正法《しょうぼう》（正しい教えが実践されている時期）千年、像法《ぞうぼう》（正法に似た教えが実践されている時期）千年、末法（正法の滅する時期）一万年としており、この区分方法は日蓮当時の一般常識であった。釈尊と日蓮という時間的、思想的関係の中から現実を直視し、自己の立ち位置を自覚する方法である。

第二点は、現存する日蓮の本尊をくわしく観察すると、本尊によっては「二千二百二十余年」または「三十余年」と表現に相違がみられる。これは前の本尊と後の本尊を執筆する間に十年が経過したという意味ではない。事実、日蓮は同日の内に書いた本尊でも、両者を書き分けている可能性がある。古来、この解釈には異論があるが、私はその「余年」の表示にこそ日蓮の含意があると思量したがどうだろうか。「余年」とは日蓮自身の在世を含むそれ以降の末法一万年という長い期間の範囲をいい、当時の賢治も、現代に生きる我々も含む末法一万年を意味する。しかして、日蓮には法華経は末法に流布し末法の人々を救済する経典であるという解釈に信念がある。私は、「文字マンダラ」の讃文において、「余年」にかけた日蓮の含意は、末法に生きる法華信仰の門下信徒へ与えるメッセージであると理解したい。（付録「文字マンダラを絵解きする」参照）

つぎに、後半の「一閻浮提之内未曾有之大漫荼羅也」について、賢治の見解において注目される点は、「一閻浮提之内未曾有」（マンダラの本質について、その存在が地上において、いままでに一度もなかったことをいう）について、つぎの二点の意味を読み取っていることである。

その第一点は、日蓮の始顕本尊は仏教史上においても初めて出現させたマンダラ、すなわち「未曽有《みぞう》」のマンダラであるが、日蓮自身は自らの執筆した本尊を宗教的にシンボライズする意図はなかったと思われる。日蓮はもちろん、本尊執筆の当年が仏滅後何年にあたるかは承知している。すなわち始顕本尊の執筆は具体的に「文永十年（一二七三）七月八日」であり、それは「仏滅後二千二百二十二年」に相当すると。しかし、日蓮はそれをもって讃文の表示とはしなかったのである。すなわち讃文は自己の文字マンダラの成立を自賛するものではなく、自己の文字マンダラを宗教的にシンボライズする意図がなかったことは明らかである。

その第二点は、それでは文字マンダラ（大漫荼羅）の本質とはなにかということ。マンダラとは、その執筆者が日蓮かあるいは別の修行者であるかの如何を問わず、他に比類のない唯一無二の存在であること、すなわち「一閻浮提之内未曾有」の存在であることがその本質であると見極めたと考えられる。すなわち、日蓮がその遺文にまた本尊の讃文において「己心《こしん》の一念三千」「身土《しんど》の一念三千」と表現しているのは、まさにその意味であろう。賢治は、「一閻浮提之内未曾有」の意味を彼自身の「己心の一念三千」「身土の一念三千」と感受し、自ら取得した「心象スケッチ」という文学的手法の実践に自信をもって一歩踏み出したと考えられる。

最後に、賢治が疑いなく文字マンダラの讃文の文章の意図を解読していた証しを提示することにしよう。それは、賢治がその文学活動においてしばしば好んで用いている「第四次元」の語とその思想の存在である。「第四次元」は、賢治の数多くの新造語中の一であり彼独自の言語世界を読者に提示しているが、彼が「第四次元」を指呼するとき読者はそのイメージを、時空にわたって広く、深く、かつ自由に展開しているのではあるまいか。おそらく賢治はそのこと自体は優しく容認するであろうが、しかし、賢治のこの語に関するもともとの発想は、日蓮の文字マンダラ、とくにその讃文にあったことを知るべきであろう。賢治の「第四次元」についての文学的意義は、さらに次節六「賢治マンダラ世界の開眼」において縷述することにしよう。

(8) なぜ、「経文・要文」が入るのか?

(9) なぜ、光明点など装飾的なのか?

(8)と(9)については、三「日蓮文字マンダラの成立」において概略を紹介したが、賢治の「心象スケッチ」においても両者には共通する要素を見ていたと感じられる。ここでは、いっしょに検証することにしたい。

くり返し述べてきたように、「文字マンダラ」は「一念三千」の法理を図上に有視化したことに最大の意義があるが、そこに表現される三千大千世界とは本質的にはけっして固定的なものではなく、流動性のある世界なのである。

いかにして、その文字マンダラの図上に三千大千世界の流動感を表現しうるかという問題は、文字マンダラの創案者日蓮にとっても大きな課題であったと思われる。日蓮は文字マンダラにおいて、視覚的に流動性を与える具体的な方法として、活動的な運筆をつよく意識したと考えられる。「文字マンダラ」に見られる勢いのあるその運筆は、「南無妙法蓮華経」の首題についてとくに顕著であり、それはしばしば「ひげ題目」(正しくは「光明点」という)とも呼称される。光明点は、実は首題についてだけでなく、他の諸仏・諸尊名においても用字の最終画を長く伸ばしている本尊が少なくない。文字マンダラの全面が、長く伸ばした光明点であたかも網の目を感じるほどの例もある。(付録、図36参照) おそらく、そのような場合は、文字マンダラとしては流動性よりも「三千大千世界」の縁起をイメージさせる関係線(マンダラ網)というべきであろうか。

賢治の文学作品には、文字マンダラの前記(8)(9)を「心象スケッチ」して、天空や星空、宇宙をイメージした作品が散見する。実はこの場合にも私は、賢治が日蓮の「文字マンダラ」の現存する種々の実例を(たとえ、それが写真によるものであったとしても)、どこかで実見する機会があったのではないかという推測を捨てきれない。いかに、賢治が想像力の豊かな才能に恵まれていたとしても、国柱会本尊の一例を対象として他の文字マンダラの多様性を実際に確認することなくして、その「心象スケッチ」が成立しえたことが信じ難いのである。賢治の「文字マンダラ」に対する観察眼は、明らかに当時の本尊研究の水準を超えている。

しかして、当時、賢治の傍にあって彼に日蓮の本尊の実例を唯一提供できた可能性のあった人物、それは当時の日蓮の本尊の研究者として第一線にあったと思われる国柱会の幹部山川智応（前掲）の存在である。しかし、山川はもちろん賢治にしても当時はおそらく、日蓮の本尊の実際について自由に発言できる立場ではなかったのではないか。すなわち国柱会独自の本尊観がそれを黙認することは考えられないからである。

また、「文字マンダラ」上の「経文・要文」については、その具体的な内容は法華経本文やその注釈書から抜粋した文言であり、日蓮から門下・信徒に対する信仰上のアドバイスとしての意味があると考えられる。しかし、図上におけるその視覚的効果としてはその運筆がきわめて流動的であり、光明点と同様に「文字マンダラ」全体に流動的なイメージを与えている。

なお、従前の伝統的日蓮宗における本尊研究では、「経文・要文」は「讃文」と一括しすべて「讃文」の名において理解されてきた。しかし私は現在、その両者の混同は本尊を理解する上では本質を見誤るもの、とくに讃文の意義を看過するものとして、両者を区別することの必要を主張していることも付言しておこう。（詳細については、付録を参照）

賢治は、「文字マンダラ」の「経文・要文」の存在にも注目し、その意義をよく理解していたことがうかがえる。あるいは私の一憶測の可能性を恐れずにいえば、賢治の童［銀河鉄道の夜］は、銀河系の夜の天空を銀河鉄道の列車がごとごと走るというモチーフであり、それは銀河鉄道のモデルを岩手軽便鉄道に採ったといわれている。しかし、さらに私が推測を加えるとすれば、それはおそらく賢治が岩手軽便鉄道のモデルとして「心象スケッチ」した原影《げんけい》とは、いつも彼の座右にあった国柱会の本尊だったのではないか。その図上の最上部にならぶ横一列の経文・要文の形象すなわち「若人有病得聞是経、病即消滅不老不死」（法華経薬王品出、もし人が病あってこの経を聞くことを得れば、病ただちに消滅し不老不死ならん）の一句こそがその原影ではなかっただろうか。文字マンダラが表示している「一念三千」の世界は、まさに大宇宙に通じ、横一列に並んだ経文はそこを疾駆する銀河鉄道の列車のイメージを賢治に連想させたのではないか。さらに、その経文の内容は、つねに自身の持病を気遣っていた賢治の心を癒すものであったろう。（次節「賢治マンダラ世界の開眼」にて再説）

また、童［土神ときつね］では、文字マンダラにおける一念三千の流動性の意義を話題にしているのも併せて注目されよう。（六―1「賢治マンダラ世界の開眼」）

(10) なぜ、文字マンダラは本尊なのか？

日蓮が「文字マンダラ」を創作し、それを「本尊」としたのは、晩年の約十年間のことである。ごく端的な言い方をすれば、その宗教上に新たに必要とされた目的としては、第一に法華経の最肝要の法門である「一念三千」義の有相化であり、その教えの意味を自らの門弟・信徒に示すことであったが（教門）、さらに目的の第二には「文字マンダラ」と対面する門弟・信徒の個々人がその意義を実修し、体得して（観門）、それを現実の生活、社会において実践するということにあったといえよう。すなわち本尊とは信仰の対象であり、ことに日蓮真筆の本尊は門下・信徒にとっては特別の存在であることはいうまでもないが、文字マンダラが趣意とするところは、けっして日蓮自らの本尊のシンボル化ではない。

しかし、いかに宗教的、歴史的には革新的な意義のある「文字マンダラ」ではあっても、宗祖日蓮からそれをはじめて本尊として与えられ、はじめて目にした門下信徒にとっては最初から正確な理解が得られた者ばかりではなかったと思われる。前には阿仏坊という信徒から本尊についての質問のあったことを紹介したが（本書二一二頁）、賢治の場合は、いかにして文字マンダラを理解したか。それがただちに文学作品に直結したとは考えにくい。賢治が作品として発表した詩・童話等の内容は、いずれも仏教や哲学の専門用語からは離れて、より自然に、より日常的に、さらにはより生き生きとした文学的、芸術的な表現となっているとはいえまいか。

私には伝統的日蓮宗の立場から見た場合、そこにもう一歩の隔絶感が存在するのである。そのもう一歩、賢治のマンダラ観に対し、日蓮の本尊すなわち文字マンダラを、いわば理念的、抽象的な哲学から、より現実的、実践的な世界観へと方向転換するのにヒントを与えた存在があったのではないか。それが国柱会の主宰者田中智学のマンダラ観であり、また国柱会の人々との交流であったと思われるのである。

賢治の文学活動については、彼が初めて国柱会館を訪れたとき高知尾智耀が彼を応接し、法華文学への示唆を与えたということが、後年、賢治の死後に発見された『雨ニモマケズ手帳』にメモが残されていて、賢治文学を語るには欠かせない逸話として今日ではすっかり有名になった。「高知尾師ノ奨メニヨリ法華文学ノ創作、名ヲアラハサズ、報ヲウケズ、貢高ノ心ヲ離レ」という一節である。

しかし、現実に賢治の詩や童話を読んで、直ちにそれが高知尾の示唆と結びついた結果であると誰が信じ得るであろうか。もちろん、そのときの高知尾との出会いが、賢治自身にとっては当時の記憶として後年まで深く心に残っていたことは事実であったろう。が、それだけでかの賢治文学の世界が生まれ出たとは到底思えない。

実際、当時の国柱会では田中智学の指導する日蓮主義運動の一環として国性文芸あるいは国性芸術と呼ばれる活動がさかんに行われていた。その内容は、聖史劇や思想劇、経典劇などの演劇を中心に舞楽、能楽、童謡など、広範な分野に及んでいる。それらの創作はいずれも智学自身の手によるものといわれる。高知尾自身が後に『賢治の思い出』（『真世界』一九六八年九月号）にこう書いている。「純正日蓮主義の信仰について語った時、私は平素、恩師田中智学先生から教えられている通り、今日における日蓮主義信仰の在り方は、ソロバンを取るものは、そのソロバンの上に、鋤鍬をとるものは、その鋤鍬の上に、ペンをとるものは、そのペンのさきに、信仰の活きた働きが現れてゆかなければならぬ云々とお話をしたと思う。賢治は詩歌文学の上に純粋の信仰がにじみ出るようでなければならぬとお話をした」と。たしかに、高知尾の談話はつぎの事実とも符合する。

もし賢治が、国柱会に正式入会する前に、その後、実際に国柱会館で高知尾と面会する以前に、田中智学の著作の相当数を読み込んでいたとすれば、事実としてその可能性は高いが、高知尾の一言はよりふかく賢治の印象に残ったといえるであろう。

田中智学の著『日蓮聖人の教義』（二八五―二九八頁）には、本尊とは何かということについて、「理論より実践を」とつよく会員を指導している。たとえば、このようにである。「遠く雲のあなたの空理空談でなくして、正しく実際の国家人生に実現するもの」と。また、「国土の本尊化」「個人の本尊化」を心がけよ、などとも会員を叱咤している。換言すれば、それは生きた本尊観、活かすマンダラ観ということであった。その表現はまだ抽象的ではあるが、この段階にあってもすでに国柱会への関心を強め情報収集にアンテナを高く立てていた賢治には何か感ずることがあったかもしれない。

しかし、智学や高知尾のいう本尊とは、いうまでもなく、国柱会がその修行規範である『妙行正軌』にもとづいて唯一、絶対と制定している本尊のことではないか。私は当時の賢治としてはやむを得ないことではあったが、彼にはまだ日蓮には国柱会の本尊以外に多種多様の形式の本尊が存在し、その多様性にこそ日蓮が示した本尊の重要さを解くカギがあるという事実については気づくチャンスが訪れてはいなかったのである。

記号論としての「文字マンダラ」

本項の最後に私は、日蓮の「文字マンダラ」と賢治との関係について、これまで縷々述べてきた情緒的、宗教的な解釈をひとまず措いて、「文字マンダラ」を客観的には一種の象徴的な図像とみる記号論の立場から考察する視点を提供しておきたい。これによりあるいは、科学者賢治のマンダラ観とその実践について、また別の角度からの理解が与えられるのではあるまいか。

チャールズ・サンダース・パース（一八三九―一九一四）の提唱した記号論とは、「記号もしくは表象項とは、誰かに対して、ある面ないしはある資格で何ものかの代わりをする何ものかである。記号は誰かに呼びかける、つまりその人の精神のうちにひとつの等価な記号か、おそらくはより展開した記号を創り出す」（パース著・篠原資明訳、ウンベルト・エーコ『物語における読者』青土社、一九九三）という視点である。

パースは、記号には、記号とその対象との関係において①イコン、②インデックス、③シンボルの三種類が考えられると提案する。①イコンとは、記号が何かを表示する類似性をもっているということ。②インデックスとは、記号が対象に結びつく因果性をもっているということ。③シンボルとは、②の因果性とは無関係に、記号が別の対象を引き出す約定性を示唆するというものである。

パースの記号論そのものにかかわる議論はいまは措くとして、実際に、賢治と日蓮「文字マンダラ」との関係を上の理論に当て嵌めて考えてみたい。

まず、記号としての「文字マンダラ」は、①イコン、②インデックス、③シンボルの三種の意義をすべて兼有した存在であることが確認できる。①イコンについては、「文字マンダラ」はその基本構図として法華経見宝塔品における釈尊の霊鷲山における法華経説法の場面を下図としている。日蓮は、その場面を法華経信仰の教えを代表する場面として選定した。②インデックスについては、この場合、記号の対象とは賢治当人に相当する。賢治は「文字マンダラ」との邂逅により、その本尊としての宗教的意義にふれ、彼の文学活動への手掛かりを得、同時に人生の指針を得た。③シンボルについては、「文字マンダラ」は本来、法華信仰の本尊としての意義をもって成立した。その宗教的意義は当代における記号の対象者だけでなく、時空を超えて記号として新規の対象者を開拓し存在意義を伝播する可能性をもつ。

賢治には、パースの記号論について感知していた痕跡はないが、「文字マンダラ」を一種の記号と見る観点からすれば（私は、あらためて日蓮が自身の創案した「文字マンダラ」の本尊を一種の記号「図」とみなした意図の適格な表現力に驚嘆するが）、賢治の「文字マンダラ」に対する理解とその活用は、まさに日蓮の意図を正確に読み取り、さらに将来に向けてその意図を継承、発展させようというところまでを含んでいると見做すことができよう。

六、賢治マンダラ世界の開放

1. 賢治マンダラ世界の開眼—創作の秘密—

賢治の弟である宮沢清六はその著『兄のトランク』に、賢治が爆発するような勢いで童話を書いた頃のことを、小学校の恩師八木栄三につぎのように話していたと書いている。「一ヵ月の間に、三千枚書きました。そしたら、おしまいのころになると、原稿のなかから一字一字とび出して来て、わたしにおじぎするのです。……」私にもようやくその頃の賢治のイメージが現実と結びついてきた。

つぎには、まず、賢治において心象スケッチした「文字マンダラ」が、彼の作品上にどのように具体的に展開しているかに注目してみたい。ここには、彼自身の「文字マンダラ」に対する理解の発展、深化の度合いと、また彼のけっして直接的とはいえない展示手段の一端を見ることができる。

しかし、ひとまず作品の成立年次は無視することにしたい。後にも述べるように、賢治作品では原初形態から最終原稿まで何度でも手の入ることが通例であり、それも、「文字マンダラ」から得た彼の哲学によっている。したがって、必ずしも最終原稿に見出せるマンダラの思想が、その作品の最初から備わっていたかどうか、断言できない場合もあり得ることである。

賢治が実際に日蓮の文字マンダラのどこに注目し、何を感じ取り、作品を通じて読者に何を訴えかけようとしているか。以下にはしばらく、賢治の作品において彼の心象スケッチとしてのマンダラが、どのように具体的に存在しているかに注目してみたい。

賢治の文字マンダラに対する心象スケッチには、すでにふれたように二つの面がある。一は文字マンダラの外観の形状が賢治のマンダラ世界にもイメージとして反映されている場合であり、二には文字マンダラの思想である「一念三千」説の表象をとらえ得た場合である。もちろん、その両者が同時に賢治の作品から発見されることもある。しかし、上のマンダラ観は結局、彼の文学活動のみならず人生のあらゆる場面に、その意思が及んでいることを確認する作業となる。そのすべてを取り上げることは、およそ不可能と言わざるを得ない。私にはその能力もない。ここでは現実的に、ほんの少数であるが賢治のマンダラ世界の特徴的事例を拾い上げることでお許しいただこう。

童［インドラの網］

童［インドラの網］（『新校本』第九巻・童話Ⅱ、本文二七三頁）には、マンダラの縁起の世界を可視的に形容して、つぎのように登場させる。

（天の子供らの）一人が空を指して叫びました。／「ごらん、そら、インドラの網を。」／私は空を見ました。いまはすっかり青ぞらに変ったその天頂から四方の青白い天末までいちめんはられたインドラのスペクトル製の網、その繊維は蜘蛛のより細く、その組織は菌糸より緻密に、透明清澄で黄金で又青く幾億互いに交錯し光って顫えて燃えました。

この用例は、空に太陽光線が交錯し、まぶしく輝く状景を形容したものであろうが、「インドラの網」とは、もとは華厳経に出典し「因陀羅網《いんだらもう》」あるいは「帝網」ともいう。それは帝釈天（インドラ）のすむ宮殿の装飾である宝網のことで、宝網は一つ一つの結び目に珠玉がついて光り輝いており、それらはお互いがお互いの輝きを映し、無限に連続して反映し合う関係を形容しており、この世にあるすべての事象は相即相入し、重々無尽に関係して存在している縁起の世界（華厳経に説く縁起観で、この世に存在する一切の現象は互いに対立せず、融通無限に、自在な関係をもって作用しあっている）ことを説明するものである。

しかし私は、賢治の場合「インドラの網」は、法華経の「一念三千」説を援用する説として採用したものと考える。全体のなかに一つの個体があり、また一つの個体の中に全体があると見る「一即一切、一切即一」あるいは「重々無尽」を視覚的に説くこの華厳経の思想は、法華経の「一念三千」説が成立する根拠ともなっていることを日蓮は「観心本尊抄」によって公表しており、日蓮の文字マンダラでは、題目を中心に諸仏諸尊の光明点が全紙面を網羅する情景をもってその縁起世界を視覚化しているが、賢治はその点にこそ「インドラの網」を感じたと見るべきだろう。また、今日でも日蓮宗寺院では須弥壇《しゅみだん》の装飾として因陀羅網が用いられることが多い。

童【土神ときつね】

一九二三年（大正十二）頃の作品と推定される童［土神ときつね］（『新校本』第九巻・童話Ⅱ、本文二五四頁）の中で、賢治は、野原の中で狐と樺の木の会話として、つぎのように語らせている。

もうすっかり夜でしたが、ぼんやり月のあかりに澱んだ霧の向ふから狐の声が聞えて来るのでした。／「え丶、もちろんさうなんです。器械的に対称《シィンメトリー》の法則にばかり叶ってゐるからってそれで美しいといふわけにはいかないんです。それは死んだ美です。」／「全くさうですわ。」しづかな樺の木の声がしました。／「ほんたうの美はそんな固定した化石した模型のやうなもんぢゃないんです。対称の法則に叶ふって云ったって実は対称の精神を有ってゐるといふぐらゐのことが望ましいのです。」「ほんたうにさうだと思ひますわ。」樺の木のやさしい声が又しました。

現存の草稿の童［土神ときつね］は、賢治自身の注記によれば（『新校本』第九巻［校異篇］）、寓話よりもむしろシナリオ風の物語であり、土神とは休職もしくは退職の大学教授、きつねは貧なる詩人、樺の木は村娘という場面設定である。傍線の箇所に注目しよう。狐と樺の木とが交わすこの会話は、物語のすじとはまったく無関係に、唐突に登場させている感があるが、その内容はこれが、二人の美学の話にことよせた、賢治の真言密教のマンダラに対する核心をついた批判の言であることは疑いない。（「真言密教マンダラと日蓮マンダラ様式比較表」参照）

すでにふれたところであるが、日蓮が新形式の文字マンダラを創出した背景には、当然その歴史的マンダラに対する批判と、それを超克する独創的工夫があった。いうまでもなく日蓮にとって、超克すべき伝統とは、真言密教のマンダラに他ならない。この場面において賢治が指摘している点は、まさに日蓮マンダラが真言密教のマンダラに対する革新的ポイントの一といえるのである。

童［銀河鉄道の夜］

賢治の代表作とされ、最長編の童話「銀河鉄道の夜」（以下、童話）は、一九二四年（大正十三）頃から執筆が開始されたが、四次の推敲を経て（最終稿は一九三一年頃）、なお彼の亡くなる直前まで手が加えられていた、いわば永遠の未定稿である。それだけ、彼の執念がこもった作品とはいえるであろう。

独断と偏見との批判を恐れずに言えば、私は、かの童話において、宇宙空間の大舞台となっている「銀河」、その銀河系をごとごとと走る小さな「鉄道」列車、章題にもなっていてこの物語の要の役割を果たしている「天気輪の柱」、天の川の中でたった一つのほんとうの「ジョバンニの切符」など、童話の中心的ステージや登場する小道具など物語を構成している要素はいずれも、日蓮の文字マンダラを下敷きとして心象スケッチしたものであろうと思量する。その文字マンダラである原本は、賢治の座右に本尊としてつねに掛けられていたものである。

以下には、若干の論証を試みよう。ぜひ、賢治が国柱会へ入会の時に授与された本尊の写真（本書一二四、一二七頁）をお手元にご準備いただきたい。また、文字マンダラについての詳細の説明は、付録「文字マンダラを絵解きする」をご参照いただきたい。

究極において、文字マンダラの描こうとする世界は、本書がくりかえし説くところの「一念三千」の世界である。その「一念」とは日常のわれわれにおいてフッと思う一瞬の時間的・空間的に極小《ごくしょう》・極微《ごくみ》の世界を意味するが、それに対して「三千」とは極大の世界、大宇宙を指す表現である。すなわち極微の一念に三千の大宇宙が包含され、三千の大宇宙に極微の一念が相即する（二つの対立するものが、実は相互に融合しあい一体となること）ことを主張するのが「一念三千」の哲学である。

賢治は「文字マンダラ」として文字ばかりで描かれた世界から、三千大千世界すなわち大宇宙（銀河系）を感じとったのであり、その銀河系に思い出の軽便鉄道を走らせたのである。

さて童話では、銀河系には軽便鉄道が通っていて銀河ステーションがあり、銀河系をごとごとと走る小さな列車が登場する。童話で中心の舞台となるこのシーンには、文字マンダラの上で（ただし、この場合は必ず賢治の本尊、すなわち国柱会の本尊でなくてはならない）、賢治がイメージを設計したであろう明確な証しを指摘することができる。

賢治が所有する本尊では、中央の題目もその他の諸仏諸尊の名もみな縦書きで並んでいる中に、その最上段の文字列だけが横並びで目立っているのがご確認いただけるだろうか。文字マンダラにおけるその文字列は、具体的には「若人有病得聞是経、病即消滅不老不死」（法華経薬王品出、前出）であるが、文字マンダラにおける役割としては「経文・釈文」であり、本尊の紙面全体の配置においては比較的自由な位置に置くことのできる存在である。病弱な賢治自身にとってはこの経文の内容それ自体が気にかかる存在であったといえるだろう。

私は、この横に並んだ一列の文字を、賢治は軽便鉄道の列車に見立てたのだと思う。実際賢治には、彼がたびたび利用し愛着もあった岩手軽便鉄道のイメージが、文字マンダラの心象スケッチと結びつき、童話に生かされたのだと思う。

また私は、賢治のこの童話を想うとき、いつも松本零士のアニメーション「銀河鉄道９９９」のシーンを連想する。側聞によれば、その原画はもともと賢治の童話から発想されていたそうである。

つぎに、童話に登場する「天気輪の柱」だが、原子朗『宮澤賢治語彙辞典』（東京書籍、一九八九）によれば、「天気輪」とは東北地方の風習の地蔵車、念仏車、菩提車、血縁車とも言う、とある。私見では、まったくの牽強付会の説としか思えない。賢治の童話「銀河鉄道の夜」における環境設定は、けっして東北地方の民俗的風習をただ無目的に寄せ集めて構成したものではない。賢治の文学作品には必ず具体的な、必然的な意図があって創作を進めていると感じられるが、とくに、彼がこだわりを示す部分には、ストーリーの上でもまた個別の表現にも修正がくりかえされる特徴がある。

「天気輪の柱」の存在は、童話の進行上でも重要なポイントになっている。「天気輪」の名乗りについては、あるいは仏教用語「転法輪」のもじり的表現かと思われるが（賢治には、このような仏教用語の「もじり」的表現が実に多い）、法華経における具体的なシーンとしては、おそらく法華経見宝塔品における「多宝塔」がモデルではあるまいか。見宝塔品における「多宝塔」は、品名もその塔の出現に由来しているが、多宝塔が登場するシーンは、その劇的かつ奇想天外な場面構想と、説かれている内容じたいの重要さにおいて、法華経全体からみても随一の名場面としてその存在感は圧倒的なのである。

その多宝塔は、釈尊（釈迦、シャカムニ）が法華経を説法中のインドの霊鷲山の頂上の、さらにその空中（経典では「虚空《こくう》」という）に突然現れる。その塔の中にはすでに多宝仏が座しておられ（ゆえに多宝塔の名がある）、その後の説法は釈迦仏と多宝仏の二仏が揃った、いわゆる二仏併座《にぶつびょうざ》と尊ばれる状態で、空中に浮かぶ多宝塔の中から行われる。すなわち、釈尊の法華経の説法は最初の序品第一から最後の勧発品第二十八まで行われたが、なかんずく、虚空会《こくうえ》と呼ばれる宝塔品第十一から嘱累品第二十二までが、とくに主要な教説が説かれたとして宗教的にも重視されている。（本書一〇二頁参照）

日蓮は、新企画の文字マンダラにおいてその基本的構図を法華経見宝塔品に選んだ。賢治は、法華経において多宝塔が出現する場面の重要さを十分に認識した上で、さらに、その法華経虚空会の場面が、日蓮の文字マンダラの基本の構図となっていることを承知して、童［銀河鉄道の夜］を構想したと考えられる。思えば、賢治は日蓮の文字マンダラから「心象スケッチ」の表現とその思想を感受したが、それはとりもなおさず日蓮が法華経見宝塔品から文字マンダラの基本的構図を得た手法そのものであったといえよう。

ちなみに、仏教史上に法華経の名場面として絵画にしばしば描かれている多宝塔も、童話の「天気輪の柱」が語るように「三角標形」と表現されるイメージと共通する。（最終稿、『新校本』第十一巻・童話Ⅳ）

なお、詩［晴天恣意］（『新校本』第三巻・詩Ⅱ）において「五輪峠の上のあたりに／白く巨きな仏頂体が立ちますと」と形容されているところも、多宝塔が想起されよう。

つぎに、童話において「ジョバンニの切符」は章題にもなっていて注目されるが、その切符が登場する場面もなかなか象徴的なシーンとして注目される。銀河鉄道の車中では「赤い帽子をかぶったせいの高い車掌」が切符の検札に来る。ジョバンニはすっかり慌ててしまうが、もしやと思いながら上着のポケットに手を入れて、何か畳んだ大きな紙切れを取り出す。童話の最終稿（『新校本』第十一巻・童話Ⅳ）では、つぎのような件になっている。

それは四つに折ったはがきぐらゐの大きさの緑いろの紙でした。（中略）それはいちめん黒い唐草のやうな模様の中に、おかしな十ばかりの字を印刷したものでだまって見てゐると何だかその中へ吸ひ込まれてしまふやうな気がするのでした。

傍線の部分に注目しよう。この叙述が、日蓮の文字マンダラの全体の姿を形容したものであることは、一目瞭然であろう。なお、ここに挙げたのは最終稿であるが、切符の大きさを「はがきぐらゐ」、色は「緑いろ」としているのに対して、先行する［初期形二］では、これが「はんけちぐらゐ」の大きさで、その色は「緑いろ」

（ジョバンニが車掌に手渡すとき）と「黄いろ」（車掌がジョバンニに戻すとき）にくい違っている。指摘した［初期形二］における切符の形容と色彩についての混乱は、つぎの［初期形三］にいたって最終稿の形に訂正されたが、「はがき」よりも「はんけち」の方が、「緑いろ」よりも「黄いろ」の方が、彼がつねに座右に掲げていたマンダラ本尊のイメージにより接近する。

またその車掌は、ジョバンニが渡した「紙切れ」を「これは三次空間の方からお持ちになったのですか」とたずね、ジョバンニは「何だかわかりません」と答えるが、それを横で見ていた鳥捕りがこのように言う。

「おや、こいつは大したもんですぜ。こいつはもう、ほんたうの天上へさへ行ける切符だ。天上どこぢゃない、どこでも勝手にあるける通行券です。こいつをお持ちになれぁ、なるほど、こんな不完全な幻想第四次の銀河鉄道なんか、どこまででも行ける筈でさあ、あなた方大したもんですね。」

ここでいう、「三次空間」とはジョバンニが文字マンダラとともに生きている現実世界をいい、「幻想第四次の銀河鉄道」とは当作品「銀河鉄道の夜」で描かれた空想世界のことを譬喩するものであろう。

また、『新校本』（第十巻・童話Ⅲ）所収の童［銀河鉄道の夜］初期形一によれば、賢治が晩年に（一九三一─三二年頃）初期形三に大幅な改変を加えた部分（『新校本』第十一巻・童話Ⅳ［校異篇］の解説）に、「あのセロのやうな声がしたと思ふ」としてジョバンニにかの切符について、つぎのように言い聞かせている。ここには、賢治の究極のこだわりがみえるといえよう。

「さあ、切符をしっかり持っておいで。お前はもう夢の鉄道の中でなしに本統の世界の火やはげしい波の中を大股にまっすぐに歩いて行かなければいけない。天の川のなかでたった一つのほんたうのその切符を決しておまへはなくしてはいけない。」

なお、念のために付言すれば、童〔銀河鉄道の夜〕には登場人物をはじめ物語全体が、あたかもキリスト教世界のごとくに描かれているが、賢治にとってそれはあくまで物語の背景となる場面を借用した彼の知識であって、信仰世界ではない。

ここに見る賢治の切符の形容へのこだわり。彼自身にとって代表作である『銀河鉄道の夜』において、文字マンダラの姿を「ジョバンニの切符」として象徴的に登場せしめんとする意図はそれほど理解に困難なことではない。

詩〔〔温く含んだ南の風が〕〕

賢治は、真言密教に対しどうやら強い拒否観を抱いていたようだ。作品そのものに、あるいは準備のメモの中からも真言密教に対する彼独特の意図的な発言が少なくない。日蓮には、「四箇格言《しかかくげん》」（「念仏無間・禅天魔・真言亡国・律国賊」の四句をいう）という諸宗を批判した発言があったことで一般にも知られるように、真言宗の教義の誤りや祈祷の在り方に厳しい批判の目を向けたが、賢治の場合は日蓮の「文字マンダラ」の図上から形象としての真言密教を捉え、彼自身の密教観を辛辣に吐露している感がある。従来の賢治研究では、詩〔〔温く含んだ南の風が〕〕から真言密教に対する賢治の感情を読み取りつつ、しかし、そのマンダラについては金剛界・胎蔵界の両界曼荼羅によって解説を試みている例が多い。しかし、それでは賢治の詩の発想の背景を失ってしまうのではないか。賢治におけるマンダラ観はあくまでも日蓮の文字マンダラを前提とすべきである。

賢治がこの詩の制作にあたり、実質的に心象スケッチした日蓮の「文字マンダラ」は、疑いなく彼が国柱会へ入信の時に授与された国柱会の本尊であったろう。まず、前掲の国柱会の本尊（以下、本尊。その説明は三―4「日蓮「文字マンダラ」の成立」）を観察していただきたい。

　詩において話題になっている根源は、本尊の中央の題目を挟んで、左右の両側に縦に細長く、異形の梵字（諸尊を象徴的に表す種子《しゅじ》）によって表現された、真言密教でも主尊として尊重される不動明王（右）と愛染明王（左）の存在である。二明王の種子は、見方によっては二匹の蛇が絡まっているように、見れば見えないこともない。実際、日蓮の直弟子であり日蓮没後では「文字マンダラ」を最も多く残している日像《にちぞう》（一二六九―一三四二）は、自身の本尊の二明王の種子を明らかに蛇形で表現している。この梵字表現については古来、はたして二明王の種子として正確な表示であるのかどうかの議論もあるが、いまは伝統的理解に従っておくことにしよう。

　問題は、日蓮の「文字マンダラ」において、不動・愛染という真言宗で本尊と尊崇される二明王がなぜ勧請されたのであろうかという点である。その理由については、今日でも研究者の間で必ずしも意見が一致していないが、賢治はこれを、「文字マンダラ」における二面性の表示と解釈したようである。すなわち文字マンダラが「娑婆《しゃば》即寂光《じゃっこう》」、換言すれば「悪」も存在する現実社会と「仏」の世界である理想社会の両面を表示しているとすれば、二明王は現実社会の「悪」を代表する立場で文字マンダラに勧請されたのではないかという解釈である。加えて、賢治が衷心から師事する日蓮が当時体験した現実には、真言宗から受けた圧力が少なくなかったという認識が、賢治の脳裏にまったく無かったとは言えない。

　詩［〔温く含んだ南の風が〕］（『新校本』第三巻・詩Ⅱ）には、その下書稿二種と定稿が残されており、それを見れば賢治の当作品に掛けた並々ならぬ準備へ、慎重な宗教的配慮があったことを知り得る。それは、文字マンダラの心象スケッチが、真言密教を批判するという確信的な信念をもって臨んだということである。詩［〔温く含んだ南の風が〕］の題名は彼が直接に付した題名ではなく、編者が詩の第一行をもって題名に代えているものであるが、ちなみに、賢治が下書稿（一）に残したメモによれば、その作品番号「一五五」と制作日付との間には「密教風の誘惑」と記し、また別の行間には、「題　密教風の誘惑→夏夜狂燥」とも記している。賢治はあるいは、こちらを題名と考えていたのであろうか、難解な詩ではあるが詩の全体の内容としては合致しており、読解の有力なヒントになっているといえよう。

詩［〔温く含んだ南の風が〕］の舞台は、「天の川」や「銀河」など賢治が好んで作品の舞台とする夏の星空として設定されている。その下書稿も含めて拾えば、「北の十字」（白鳥座）、「三目星」（カシオペア座）、「射手」（射手座）、「赤目の蠍」（さそり座）など多くの星座が登場する。その舞台全体が文字マンダラの全面の投影と考えられる。

詩の冒頭の「温く含んだ南の風が／かたまりになったり〔紐〕になったりして」とは、「文字マンダラ」における二明王の梵字表現を形容したものであろう。ちなみに「温く含んだ南の風」は詩の後半では、「あゝあた〔た〕かな憂陀那の群が　南から幡になったり幕になったりして」と表現を変えて再度登場するが、その下書稿（一）では「ああ　あたたかなガンダラ風の風が　南から塊になったり紐〔紐〕になったりして」と表現を検討した跡を遺している。この場合、「憂陀那（ウダーナ）の群」にしても、「ガンダラ（ガンダーラ）風の風」にしても、いずれも、それは詩の冒頭の「温く含んだ南の風」の言い換えであり、二明王の梵字表現を前提とした表現であることがわかる。

賢治が文字マンダラ上の二明王の梵字から受けたイメージは、必ずしもいい印象ではなかったようだ。詩では「北の十字のまはりから／三目星《カシオペア》の座のあたり／天はまるでいちめん／青じろい疱瘡にでもかかったやう」、また「天の川の見掛けの燃えを原因した／高みの風の一列は／射手のこっちで一つの邪気をそらにはく／それのみならず蠍座あたり／西蔵魔神の布呂に似た黒い思想があって／（南斗の）へんに吸ひついて／そこらの星をかくすのだ」と形容する。ここに「西蔵魔神の布呂」の「布呂」というのは、下書稿（一）によれば風呂敷の意味のようである。詩句の内容は南天の夜空をマンダラに喩え（西蔵はいわゆるチベットでマンダラの発展の地）、風に流され星々を隠す黒雲を悪魔や鬼、黒い思想等に表現しているのではないか。さらに、詩は「うしろではまた天の川の小さな爆発／たちまち百のちぎれた雲が／星のまばらな西寄りで／難陀竜家の家紋を織り」ともいう。「星のまばらな西寄り」は、「文字マンダラ」の上で左側（西側）に位置する愛染明王の位置を指している。「難陀竜家の家紋を織り」とは、下書稿（一）には「立派な蛇の紋→難陀竜家の紋」と見えている。愛染明王の梵字を「難陀」（龍の一種でナーガラか）様の家紋と見立てたものであろう。

詩には、さかんに「邪気」や「悪魔」「魔王」「魔神」「鬼」「鬼神」などが登場するが、賢治にはこれら「魔」の存在に対する警戒心が強い。彼が一生の信仰の目標として「菩薩」への修行を心掛けていたことはすでに述べたが、その修行を妨げるのが「魔」の存在であると強く意識していたことの反映である。下書稿（一）では「熟した藍や／糀のにほひ／多情／な夏／の夜／みだれて黒い／温い」、また「この夏の夜の密教風の誘惑に」「あやふく堕ちて行かうとする」「（菩薩威霊を仮したまへ）」と、「魔」の誘惑を警戒し、菩薩への救いを求める意図も感じられる。

その他に、詩にいう「奇怪な印を挙げながら／ほたるの二疋がもつれてのぼり」の「印」とは、真言密教で重視する印相、印契《いんげい》のことであろう。これは指の形で仏・菩薩の悟りを象徴的に表すもので、下書稿（一）には「奇怪な印を［ほどいたり→結んだり→描いたり］」とある。

さらに、詩の「天をよそほふ鬼の族は」の意味は、二明王はいずれも「文字マンダラ」の十界においては「天上界」に属しているが、結局は迷いの世界（六道＝地獄・餓鬼・畜生・修羅・人間・天上）を脱しておらず、六道輪廻して悟りの世界（四聖＝声聞・縁覚・菩薩・仏）へは進めないことをいうものであろう。

「第四次元」

日蓮の文字マンダラは末法の人々の救済を誓願としているが、賢治は疑いなくその意図を讃文の文章から感受していた証しを提示することにしよう。それは、賢治がその文学活動においてしばしば好んで用いている「第四次元」の語とその思想の存在を知ることにより明らかになる。

賢治は数多くの新造語を産み出し彼独自の言語世界を構築しているが、なかんずく、「第四次」の語はその作品群の中に、まず「第四次延長」（『春と修羅』序）と登場させ、「幻想第四次」（童［銀河鉄道の夜］）や「四次の芸術」（「農民芸術概論綱要」）などと重要な作品の重要な場面で登場させている。彼の思い入れの大きさを推すべきであろう。その「第四次元」の意味するところが、いったい賢治においてはいかなる意味をもって使用されているのかについては、今日もなお多くの議論を見、その決着を見ていないと言っていいであろう。

とくに、賢治の「第四次」を、かの「ミンコフスキー時空」説との関連において理解しようとする研究者が少なくない。「ミンコフスキー時空」説とは、ドイツの数学者のH・ミンコフスキー（一八六四―一九〇九）が三次元の空間のほかに時間を第四の座標軸とする第四次元の時空間を考え、アインシュタインの相対性理論に数学的基礎を与えたといわれるものである。賢治の「第四次」を、このミンコフスキー説を背景として理解するのは、もとより科学者としての道を歩んだ賢治に対しても推測可能な説といえるかもしれない。

しかし賢治の場合は、ミンコフスキー説からの影響を指摘するだけでは充分とはいえないのではないかと思われる。彼にとってはより身近に、より優先すべき「第四次」の世界が存在する。日蓮が革新的な図法をもって提示した「文字マンダラ」の世界である。

日蓮の文字マンダラが伝統の克服に成功した、「十界互具・一念三千」の宗教的世界観が要求する図表現には、ミンコフスキーのいう過去・現在・未来にわたる時系列的空間を表示する条件を満たすことは無論であるが、より一層厳しい条件が要求されていたといえよう。すなわち、日蓮の文字マンダラ発想には、一刹那一刹那に生滅し流動し変転する縁起の世界をどう表現するか、また、理想世界（仏のさとりの世界）と現実世界（我々の生活する世界）の二元的世界と、さらにこれが一元化された「娑婆即寂光」「唯仏与仏」の宗教的世界も、同時に一平面な紙空間に表現されなければならないとすれば、これらは、技術的には「ミンコフスキー時空」をこえた超空間的発想というべきではあるまいか。

換言すれば、つぎのような説明が可能なのではないか。日蓮のマンダラは、二次元、三次元、四次元に展開すると。現実に日蓮が一紙上に図顕した本尊（文字マンダラ）は平面であり二次元のマンダラ世界であるとすれば、そのマンダラ世界は本質的にはインドの霊鷲山上における釈尊の説法場面を描いており三次元のマンダラ世界を背景としている。さらにそのマンダラ世界は六五〇年という歴史的時間を経て賢治によって心象スケッチとして受信が実現すれば、それは四次元のマンダラ世界になるのではないか。

以下に拾い出した賢治の「第四次元」世界に関する説明は、日蓮の文字マンダラを通して、より具体的にはそこに登載された「讃文」の意義の真の読解があってはじめて、正しい理解に到達することができると私は思量するのである。

「すべてこれらの命題は／心象や時間それ自身の性質として／第四次延長のなかで主張されます」（「春と修羅」序、『新校本』第二巻・本文一〇頁）

「四次感覚は静芸術に流動を容る」（「農民芸術概論綱要」、『新校本』第十三巻、本文一二頁）

「巨きな人生劇場は時間の軸を移動して不滅の四次の芸術をなす」（右同・一五頁）

「装景」

「装景」もおそらく賢治の新造語であろうが、彼の愛用語の一つである。賢治にとってこの場合の風景や景観とは、ただ鑑賞する受容者としての側だけのものではなかったと思われる。さらに彼は「装景」を発展させて、「装景者」あるいは「装景家」という用い方もする（『新校本』第十三巻（上）覚書・手帳、「装景手記手帳」）。そんなときの彼は、風景や景観の設計者であり、演出者であり、主体者であった。校本「賢治全集」の編者によって「装景手記手帳」と仮称された手帳には（昭和二年六月以前に使用か）、彼の用いる「装景」の語意を理解するのに参考となるメモが多く記されている。

とくに「装景手記手帳」の八、九頁（『新校本』第十三巻（上）覚書・手帳、本文ならびに校異）に記されたつぎの記述は、賢治が「装景」の語を文字マンダラの形象とイメージをダブらせ、かつそれを現実的、実践的な意味において用いていることがうかがえる。文字マンダラの思想的な意味すなわち「一念三千」の理念を理解していなければこの表現は出てこない。

（すべてこれらの唯心論では風景がことごとく　諸仏と衆生の徳の配列であると見る）　それは感情移入によって　仮に生じた　情緒と外界との　最奇怪な混合であると　皮相に説明されるがごとき　さういふ種類のものではない。

このような賢治の「装景」の意識すなわちマンダラ観は、花巻農学校や花巻病院の庭で、あるいは花巻温泉の「南斜花壇」で、意欲的に取り組んだ造園の設計においてもより具体的に実現されたと見られる。賢治は短篇「花壇工作」（『新校本』第十二巻、童話Ⅴ・劇・その他、本文二八六頁）の中で、彼の造園設計の考え方をこのように披瀝する。

だめだだめだ。これではどこにも音楽がない。おれの考へてゐるのは対称はとりながらごく不規則なモザイクにして（後略）。

造園設計をきわめて創造的な仕事と考えていた賢治は、基本的には西欧風の造園を目指しながら、単純なシンメトリーの幾何学模様を嫌い、斬新さと独創性を表現しようとしたと思われる。賢治の花壇設計図や造園メモは、『新校本』第十三巻（下）「ノート・メモ」本文口絵、「ＭＥＭＯ　ＦＬＯＲＡ」ノート（『新校本』第十三巻

（下）、八頁）などに多数残っている。ここで彼が主張する美の意識は、童［土神ときつね］に見られる意識ともまったく共通するものであることが認められよう。疑いなくここには、賢治のマンダラ世界を垣間見ることができる。

「自由画検定委員会」と「風景観察官」

賢治による「心象スケッチ」という文学的手法の体得は、彼が文学マンダラと直接対面することによって、すなわち文字マンダラを対象化し、それを「心象スケッチ」することによって感受されたが、つぎには彼は、その「心象スケッチ」という視点じたいを対象化し作品化している。

詩［自由画検定委員］（『新校本』第二巻・詩Ⅰ）あるいは詩［風景観察官］（同）における「検定委員」「観察官」の視点である。もちろん二つとも賢治のユーモアから生まれた架空の役職名であるが、あらゆる風景はもちろんあらゆる心象も対象化されるという実証的作品として注目されよう。

ちなみに「自由画」とは大正時代に洋画家山本鼎（一八八二―一九四六）が提唱した「児童自由画教育」で、手本の模写が主流だった図画教育に異議を唱え、絵を描く技術、方法が重要ではなく、自分の目で見て感じとったものを描くことが、児童の発達に大切であると説いたものである。賢治もこの教育運動には少なからぬ関心をもっていたと思われる。

賢治が、「心象スケッチ」という文学的手法にかけたその圧倒的な執念と研究の奥深さ、また彼の得た自信のほどがうかがえるではないか。あえて積極的な表現をすれば、賢治の想像力は、単なる想像の域を超えて新たな生産をうながす発想の域に達しているといえよう。

2. 賢治マンダラ世界の開花

賢治マンダラ世界の把捉

マンダラ史上―インドに成立の起源をもち、中国ならびにチベットにおいて発達し、空海によってわが国に渡来し、さらに日蓮に至りまた革新的な展開を見せたマンダラの思想とその表現形態であるが、もしこのような表現が許されるなら、賢治におけるほどその実践面において、独自のマンダラ世界を構築し、かつ他に対して豊富な実例を提供した例がかつて存在したであろうか。

賢治は、自身のマンダラ世界の存在を心奥に秘し、あえてそれを外に喧伝することはなかったが、実は彼の文学作品およびその人生のあらゆる場面において、マンダラはつねに一体不離の存在として意識されていたと思われる。すでに前節では、賢治の文学作品とその人生の周辺に見え隠れする具体的なマンダラの形象と心象の若干を取り上げ、そこに〝賢治〟の全体像を解明する手掛かりの存在を指摘したが、本節では、それをさらに拡大して彼のマンダラ世界の実態を検証しようとするものである。

しかして、賢治の対マンダラ観には、少なくとも三段階の成長が認められる。まず当初第一段階における彼は、マンダラについて思想上、信仰上の認識はあっても、それはごく観念的理解に止まっている。つぎに第二段階では、賢治はマンダラに対して、その観察者もしくは解説者、あるいは演出者となる境地に到る。ここでの彼は、ある対象にマンダラを感受すると、それを冷徹に観察し、もしくは他に解説し、あるいは自身の演出を加えて楽しむなどの境地が見られるのである。新造語「心象スケッチ」を誕生させ、文学活動の手法として活用した段階である。

最終の第三段階で賢治は、自分自身をマンダラ世界の中に投入し、彼自身がマンダラを構成する一員になりきり、その主体的実践者、行動者たるべく努力するようになる。ひいては、その実践は彼一身が参画するのみにとどまらず、彼の外にも同志を集め、語らい、指導するなど、それはマンダラの社会化あるいはマンダラによる理想社会の実現とでもいうべき方向へと発展させることになる。自分の人生のすべてをマンダラの実践の場へと昇華させること、賢治にとってそれは、彼が最終的に到達した境地である彼自身の仏道修行、より具体的には法華信仰にもとづく菩薩行、すなわち化他行の実践に他ならなかった。

なお、賢治がマンダラを知識として観念的に理解していた第一段階の時期は別にして、彼が自らのマンダラ世界と出会い、その真の意義に目覚めた第二段階から、それを実践行動に移すに到る第三段階の時期までは、おそらくそれほどの月日を要しなかったと思われる。現実に賢治の中では、後の二段階の心象はその判別が困難なほど混在して見られるのである。とくにマンダラ史上、この第三段階については、おそらく賢治の独壇場といっても過言ではないように思う。

賢治のマンダラが成立する根底の思想が、法華経の縁起観である「十界互具」説を含む「一念三千」説に代表される哲学、世界観であることは前節までに縷々詳述した。賢治は、この本来無相であり、抽象的な概念で説明されるマンダラの世界を、視覚的な図として表現された日蓮のマンダラをモデルとして（それは建築における基本的設計図、あるいは航海における海図にもたとえられよう）、これをさらに現実感のある文学の世界、否それのみならず、賢治にとっては彼の講ずることのできるあらゆるメディアを駆使して、有相化しようとした。そこには、既存の宗教団体とはまったく無関係でありながら、法華経信仰にかけた彼の一人の宗教者としての気概さえも窺えるのではないか。

したがって、賢治のマンダラ世界に「一念三千」観の存在の表象を求めるとすれば、それは彼の文学と人生のあらゆる場面に及ぶ。その一一のすべてを取り上げることは、およそ不可能と言わざるを得ない。ここでは現実的に、賢治が描き出そうとする「一念三千」なる縁起の世界、すなわち「一念三千」説から導き出されるマンダラ世界の特徴的概念を提示する以外にないだろう。

密教マンダラの研究においてその権威として知られる頼富本宏《よりとみもとひろ》（一九四五—二〇一五）は、マンダラの概念をほぼ七つの特徴に整理しているが、私は、同氏が挙げるマンダラの特徴はいずれも、賢治のマンダラ世界を検証する場合にもきわめて妥当な基準として承認できる（頼富本宏「曼荼羅の美術」『京都東寺秘蔵・曼荼羅の美と仏』）。ただ、賢治のマンダラ世界を分析しようとするには、頼富の挙げた各特徴の概念規定ではやや範囲が限定的、固定的に過ぎるのではないか。もう少し意味の範囲を拡大して、融通的に解釈する必要があるように思う。これには、明らかな理由がある。頼富の挙げたマンダラの概念は、あくまで歴史的には日蓮に先行する真言密教のマンダラに止まっており、そこには新しく登場した日蓮の文字マンダラの概念までは含まれていない。

日蓮の「文字マンダラ」には、思想的には新たに天台智顗が法華経の思想として究極の哲学と見極めた「十界互具・一念三千」の世界観が導入され、図法上には理法の視覚化というその難題を克服した結果として、真言密教の多彩で絵画的な表現から墨一色の文字表現へと形態的な一大変化がみられた。これは、マンダラの歴史における思想と形式との両面に関わる一大革新であった。

賢治のマンダラ世界の理解には、旧来のマンダラと日蓮の「文字マンダラ」との相違を峻別し、さらにその理念としての「文字マンダラ」を一歩進めてこれを具体的、現実的に実践するところまでを視野に含むものと想定しておく必要があるのである。

つぎには、頼富が挙げたマンダラの特徴［イ］—［ト］に、私見として賢治のマンダラ世界にみられる概念を若干補足して示してみた。（　）内が私の補足した賢治のマンダラ世界である。

［イ］空間・領域・場（位置、ステージ、次元、際限、結界、境界、圏、宇宙、世界、紙面、図上など）
［ロ］複数性（多量、広範、無限）
［ハ］中心・焦点（求心性、同心性）

［ニ］調和性（一体、共存、バランス、混和）
［ホ］流動性（変化、動態）
［ヘ］交替性（相関性、個と全体、一と一切、中心と周辺、現在と未来、理想世界と現実世界、極大と極微の同時性）
［ト］全体性（総合性、普遍性、直観性）

基本的に、マンダラとは何ぞやといえば、上の［イ］―［ト］の特徴が、有機的関係のもとで、いきいきと共存している状態を感じたとき、われわれはそこにマンダラの存在を実感するといえるのではないか。さらに現実のマンダラとしては、それを感受する人間によって切り取られた、特定の対象における特定の一空間として存在する。賢治が「心象スケッチ」として切り取るのはかかる一空間のことであるが、おそらく賢治の場合、そのマンダラ世界は彼の鋭敏な感性によってほとんど直観的に、あらゆる存在を対象に、また到る処において感受され、場合によっては彼自身の期待、願望から仮想されたマンダラ世界さえも存在したかもしれない。賢治が戸外に出るときには、つねに首から提げていたというシャープペンシルと手帳の出番はきわめて多忙であったろう。

また現実に賢治のマンダラ世界は、多くの場合が賢治という個性の強い一人の人間の、いわばきわめて気まぐれな、ときには偶発的な、一刹那の「こころ（一念）」により生起するものであるから（「一念三千」の理）、上に挙げた一般的なマンダラの概念のすべての特徴が、つねにバランスよく存在しているとは限らない。個別のマンダラでは、とくに目立った特徴、またあまり表面には出ない特徴というのもあり得るのである。

賢治の文学作品においては、上の特徴の中でもとくに、［イ］空間・領域・場、［ロ］複数性、［ハ］中心・焦点の点には、文字マンダラの個別性や多様性、現実性に、すなわち「心象スケッチ」の対象がどこにあるかが比較的容易に発見できるのではないか。しかし、［ニ］調和性、［ホ］流動性、［ヘ］交替性、［ト］全体性などの点では、賢治自身も「一念三千」の理念の対象としてどこを把捉し、いかに表現するかに苦心があったのではないか。それを発見することは容易ではない。それは、日蓮が「文字マンダラ」の創案に当たって、とくに真言密教のマンダラに対してその超克を意識した特徴として注目した点でもあったのである。

つぎには、実際に賢治がマンダラ世界を意識して、文学作品に登場させた具体的な語彙や文章表現、あるいは彼の人生における顕著な行動を挙げてみた。いずれの語彙、文章、行動とも、彼の文学と人生とを不思議な魅力と難解さとで彩り、しかし賢治論を展開する研究者からは、しばしばキーワードあるいは不可解な行動の事例として話題に取り上げられることの多いものであることが承認されよう。私見ではこれらは、賢治のマンダラ世界との関連から解明される必要があると考えるのである。

賢治の文学活動、あるいはその人生において、いわゆる「心象スケッチ」したマンダラ世界はあまりにも多数で、範囲も広い。その成果はすべて彼の人に傑出した想像力ひいては発想力の然らしめる結果であるといわざるを得ない。私の力量では到底その全体を捉えることは不可能であるが、以下には、その若干例を紹介してみたい。［イ］―［ホ］には、前出の頼富が挙げたマンダラの基本的特徴を示し、それぞれの概念の下で認められる賢治の作品名あるいは用語を挙げてみた。なかんずく、a―fは、賢治においてさらに特徴的な対象について細区分を試みた。順不同。

［イ］空間・領域・場の表象

a. 郷土の山河―岩手山、五輪峠、北上川、種山ケ原、小岩井農場など。

b. 天空―星図、星空、天の川、太陽系、雲、天末線、天蓋、穹窿など。

c. 音楽―オーケストラ、新世界交響曲、第六交響曲など。

d. 民話、郷土芸能―剣舞、鹿踊り、遠野など。

e. 架空の土地―イーハトヴ、イギリス海岸、サガレン、ツェラ高原など。

f. 世界観・宇宙観―異空間、虚空、モナド、コロイド、エーテルなど。

［ロ］複数性・広範性の表象

a．動物―鼠、狐、熊、狸、雲雀、馬、蟹など。
b．植物―サイプレス（糸杉）、くるみ、どんぐり、稲、白樺、柏、栗など。
c．自然―風、雲、星、彗星など。
d．世界観・宇宙観―モナド、微塵など。
［ハ］中心性・求心性の表象―万象同帰、本統、五輪塔、童［双子の星］など。
［ニ］調和性の表象―第六交響曲、新世界交響曲、奏鳴など。
［ホ］流動性の表象―薄明穹、黎明、スペクトル、エーテル、光素、明滅など。
［ヘ］交替性の表象―春と修羅、一諸など。
［ト］全体性、普遍性の表象―第四次元、童［インドラの網］、童［銀河鉄道の夜］など。

演出としての「隠し」

多くの評者からもしばしば指摘されるように、賢治文学にはたしかに難解さが魅力となっている一面がある。つぎにはその背景に存在する、あるいは彼の思想全体に関わる要因を整理してみたい。

結局賢治は最後まで、自身の作品の中では、その背景に存在した日蓮の「文字マンダラ」、さらには彼自身の描いたマンダラ世界の存在を明かすことはなかったが、私はそこには賢治の意識的な「隠し」の演出があったのではなかったかと考えている。しかしなぜ賢治は、かかる婉曲な表現方法、もしくは伝達手段を選択しなければならなかったのだろうか。

私の見るところ、実際に賢治は多くの作品の中に溢れるほどの、仏教とくに法華信仰について深い認識を示しているが、しかし個々の場面では不思議なほど伝統的な専門語を用いることが少ないのである。私が、当初から彼の作品では何かを隠す意識、それは他でもない仏教の存在をできるだけ表面から隠そうとする意識のあることを疑った第一の理由である。実は、仏教に限らず他のどんな専門分野においても、それぞれに専門用語があり、それを用いることはそれなりに余計な説明を不要とする重宝さというものがあるものである。

しかし、彼の文学作品の中においてはほとんど仏教の専門語が登場しない。それは、彼が専門語の助けを必要としなかったというより、あえてそれを忌避したというべきであろう。賢治の眼に映じた伝統仏教を、彼にとってはすでに「宗教は疲れて近代科学に置換され」(「農民芸術概論綱要」)であり、もはや「まことのことばは無い」と見放している。彼には、すでに伝統の中で使い汚され、誤解や因習の染みついた専門語は、ただ難解さが残るだけの、もはや無用の長物でしかなかったのではないか。とはいうものの、ではほんとうに賢治は伝統仏教を見放していたのかといえば、私には必ずしもそうとも思えない。彼の伝統仏教批判には、批判は批判であるにしても、どこか厳しさのなかにも温かさが感じられるのではないか。実際に賢治自身は、伝統仏教の中に生まれ、伝統仏教の中で育ち、最終的には伝統仏教の中で自分自身の信仰を手に入れているではないか。

私はおそらく賢治は、伝統仏教が長い歴史を背負った因習の重さに打ちひしがれ、新しい時代の宗教としての熱いエネルギーを生み出せずにいる現状に、歯がゆい思いを感じていたのではないかと思う。あるいはもっとつよく無念さ、口惜しさに歯嚙みする思いであったかもしれない。

文学者であり、自然科学者である賢治の眼には、そのような当時の伝統仏教にとって非常な障害に映ったのが、難解な専門用語の存在であり、その専門用語に固定化された仏教の教義ではなかっただろうか。

賢治は、伝統の専門語に代わるべき新鮮な表現によって、仏の「まこと」の教えを伝えようと工夫したのではないか。それが、彼が作品において可能なかぎり平易な表現を心がけ、さかんに新造語を発した理由であったと考えられないだろうか。

その第二の理由は、賢治が懸命に伝道しようとした法華経の「まこと」とは、本質的に「ことば」にはなりにくい性質のものだったからであろう。仏教にかぎらず我々自身の経験においても、真実とはつねに言葉に置き換えた瞬間、却ってそれは真実とははるかに遠い存在となってしまうことが少なくない。多くの大乗仏教経典中にあって法華経は、真実を語る手段としてそれを直接的言語表現を避け、間接的比喩や隠喩、寓話を用いることによってより真実に迫ろうとした点が特徴であるといわれる。いわゆる「方便《ほうべん》」施設、あるいは善巧《ぜんぎょう》「方便」といわれるところである。おそらく、賢治の「隠し」の演出には、まさに法華経が真実を語る手法に擬する意識が存在したのではなかったか。

その第三の理由が、賢治自身とマンダラとの関係、すなわち信仰上に尊崇する日蓮の大曼荼羅と自分との関係をどのように説明するかの問題であったと考えられる。実際に賢治にとって、日蓮の文字マンダラとの邂逅こそ彼の文学活動ひいては信仰生活における真の開眼であったといえる。それ以後の彼は終生、マンダラを本尊として座右に掲げ、それはつねに彼の文学、人生にとっての設計図であり、海図となったと思われる。しかし、既述のように実際に賢治の座右に掲げられていた本尊は国柱会の本尊であり、それは同会としては「妙行正軌」により厳正に唯一の形式と規定された本尊であり、いわゆる賢治がその「文字マンダラ」の本来の意義を発見した本尊ではなかった。現存する多様な形式が見られる「文字マンダラ」から分かるように、日蓮はその事実を通して本尊の複雑な真義を伝えようと試みたことは確実であり、賢治はその意識を正しく感受したと推測される。しかし、彼にはそのことをあからさまには公表できない現実もあったと推測できるのである。

賢治は仏教を学び、みずからの性格の中に十界中の「修羅」（怒りっぽく、闘争を好む）の要素を自覚しているとする。本人にとって初出版となる詩集『春と修羅』にはそのタイトルじたいに主テーマが仏教であることを公言したが、童話集のタイトルにも、私は賢治の仏教への主張を感じている。

これには少し理由の説明が必要かもしれない。周知のように、賢治は当初は童話集のタイトルを「注文の多い料理店」ではなく「山男の四月」と考え、童「山男の四月」をその巻頭に置いていたようである。その予定に狂いを生じた結果、童話集のタイトルを変更せざるを得なくなり、収録の童話の順序も再編集される仕儀とはなった。

さて、その童［山男の四月］のタイトルについてであるが、私はこの「四月」の一語に賢治の仏教へのこだわりを感じる。童話の内容そのものはそれほど積極的に季節とかかわるはなしだとも思えず、本文では「かれ草《くさ》のところどころにやさしく咲いたむらさきいろのかたくりの花《はな》」という表現にわずかにその季節感がうかがう程度であるが、それにもかかわらず賢治はそのタイトルには「四月」と付し、童話集の広告ちらし（『新校本』第十二巻、童話V・劇・その他、グラビア）に見られる目次では、明確に「四月のかれ草の中にねころんだ山男の夢です」と書いている。

私はここに、言わず語らずのうちにあらわれた賢治の（というよりも、賢治は明らかに意識的であるが）、「四月八日」へのこだわりを見るのである。いうまでもなく「四月八日」は仏教の開祖釈迦牟尼が誕生した聖日（一般に、釈尊降誕会《ごうたんえ》という）である。釈迦牟尼の誕生日「四月八日」は、仏教徒にとっては今日ではいざしらず、賢治の当時にあってはおそらくどちらの寺にあっても、花御堂《はなみどう》を飾り、中に安置した誕生仏に甘茶をかける行事（灌仏会《かんぶつえ》）が行われていたであろう。

釈尊降誕会は、わが国だけの仏事ではなく、インド・中国から伝来した風習であり、東南アジアでも定着した世界的な仏教行事となっている。賢治がこれにこだわりがあったとしても不思議ではない。また、釈尊降誕会はわが国では「花まつり」という名でも普及したが、その由来にはつぎのような伝説もある。仏伝によると、白象が胎内に入る夢をみて受胎したマーヤー（摩耶）夫人がお産のため故郷のデーヴァダに帰る途中、ルンビニ園の沙羅の林で休んでいたとき、急に産気づいて釈尊は生まれた。このとき、天の竜は産湯のかわりに甘露の香水を空より降らせて釈尊の誕生を祝ったという。花まつりの行事は、このものがたりに因んでいるが、童［山男の四月］のものがたりが夢の中の話であるという結末も、あるいは釈尊誕生の伝説と無関係とはいえないかもしれない。

賢治の童話を読んだ多くの人が最初に率直にいだく印象は、童話の背景につよく仏教思想が影響しているという感想であろう。擬人化された動物や植物を登場人物として、平易に、わかりやすく説かれているストーリーには、仏教の専門用語はまったく使用されていない。というよりも、その設定される場面は自然に囲まれた日本の農村の生活か、あるいは遠くへ飛躍して西欧的、明らかにキリスト教の世界をすら想像させる。しかし、それにもかかわらずわが国の多くの読者にとって、それがまさしく仏教の世界から発せられた匂いや雰囲気であることを感じさせるのが、童話であれ詩であれ賢治の文学ではないだろうか。それは、まさに賢治の文学活動じたいが目的とする方針だったと私は推量する。

賢治の文学活動は、詩においても童話においても、その背景に彼が感受した、すなわち「心象スケッチ」した仏教の存在していることは疑い得ない。

じっさい人間は誰もが、自分ではどうすることもできない四苦（生・老・病・死）や八苦（四苦と愛別離苦《あいべつりく》・怨憎《おんぞう》会苦《えく》・求不得苦《ぐふとくく》・五陰盛苦《ごおんじょうく》）になやみ、人間の善性を覆いかくす貪《とん》（むさぼり）・瞋《じん》（いかり）・癡《ち》（おろかさ）の三毒、身《しん》（身体）・口《く》（言葉）・意《い》（心）の三業《さんごう》（行為）の不安定さや暴走への恐れなどに怯えつつ日々を生きている。

仏教は、これら人生についてまわる普遍的な苦悩をテーマとして、その研究にこれまであきれるほどの人的労力と時間とを費やしてきた。もちろん、苦しみ、悩み、不安だけでなく、喜びや、悲しみについてもとことん追求し分析してきた実績をもっている。

自然科学に対する分野においても、仏教はけっして無関心ではなかった。自然現象を支配する法則としての物理学的方面については、他の諸宗教に比してもよほどすぐれた研究実績を挙げることができる。たとえば「ものごとの存在のありよう」について、すなわち「縁起」論（仏教の最も基本的な教説。すべての現象は無数の原因や条件が相互に関係しあって成立しており、独立自尊のものではないことをいう）や「空」論（存在するものには、固定的な自体・実体・我などというものはないという考え）、あるいは「四聖諦」説（四つの聖なる真理。釈尊は正覚を得たのち最初の説法で、人生問題とその解決法を苦諦・集諦・滅諦・道諦を四つの真理として公表した）を中心とする研究は仏教の根本思想であり、代表的研究成果といえるであろう。

しかし仏教がもつ歴史的に蓄積されたそれらの成果に対して、賢治はどのように受け止めていただろうか。おそらく賢治は、それらがただしく世に伝えられていないこと、理解されていないことが大きな不満だったのではないだろうか。科学者であり、文学者であり、すぐれた多くの才能にも恵まれた賢治が、仏教の歴史とその智慧の奥深さを知れば知るほど、彼は今日の仏教の無気力の現状に、残念さ、無念さ、はがゆさを感じたのではなかったか。

賢治にとって人生のごく早い時期に最も卑近の存在としてふれた宗教は、父政次郎を介して浄土門という仏教であった。しかし島地大等を通じて彼がつぎに出会ったのは、浄土門とは対極にある聖道門の仏教であった。賢治の性格にとってはおそらく聖道門の方により親近さを感じたのでなかっただろうか。なかんずく彼は、『漢和対照妙法蓮華経』（一般に「法華経」と略称）の歴史と哲学に心酔し、〝赤い経巻〟と呼んで一生親しむことになった。

法華経は、主として大乗仏教を中心に宗派仏教として発展したわが国の仏教界においても、とくに宗派を超えて尊ばれた経典であり、歴史的にも哲学的にも奥が深いとされる。中国の天台智顗《ちぎ》はこれを「万善同帰教《まんぜんどうききょう》」（法華経は諸経を総合せしめるものという意味）として法華経を最高視したのである。賢治は、妹トシの死を悼んだかの絶唱、詩〈青森挽歌〉で「万象同帰のそのいみじい生物の名を、ちからいっぱいちからいっぱい叫んだとき、あいつは二へんうなづくやうに息をした」と表現している。ここでは、賢治が臨終を迎えるトシに「南無妙法蓮華経」の題目を聞かせたシーンではあるが、その「万象同帰」の一語は彼の法華経研究が日蓮の法華信仰から天台智顗にまで遡及していたことを顕示している。

天台智顗の法華信仰を敬慕しわが国の仏教史においてもとくに異彩をはなった存在が、鎌倉時代の宗教者日蓮の法華信仰である。賢治はとくに、その法華信仰を追慕し彼自身の一生をかける決断をしたものと思われるが、それには決断を決定づけた一つの出会いが推測される。周知のように、日蓮の人生は法華信仰一途であったがゆえに波乱の多い人生を送ったが、しかしその仏教に対する学識と情熱にはさすがに鎌倉新仏教の諸宗に伍して一宗を開き得た人物であったと認められることは疑いない。なかんずく賢治にとって日蓮の法華信仰との決定的な一つの出会いになったのは、日蓮の一生の中にも最も不遇の佐渡配流中に創案し法華史上に提供された、「文字マンダラ」との出会いであったと思われる。それは、賢治にとっておそらく人生最大一の感激であり、彼の一生の法華信仰を通じて最大一の宝物となったと思われる。

ずっこけた賢治の夢

賢治は、一九二四年（大正十三）四月に心象スケッチ『春と修羅』を、十二月にはイーハトヴ童話『注文の多い料理店』を自費出版した。賢治の当初の目算では詩集と童話集は同時発行されるはずであり、そのことに大きな目的を感じていたと思われる。

賢治にとっては想定外の事態であり、その事由は出版社の側にあったということであるが、その結果、当初の童話集の名は『山男の四月』から『注文の多い料理店』に変更となり、出版の時期は予定された四月から大幅に遅れて十二月発行となった。収録の九篇の作品の配列も改めてたびたび勘考された。（年譜篇）

しかし賢治にとって、童話集の出版が詩集に遅れたこと、すなわちその同時発刊が夢と消えたことは、その外面的な調整で補えるほど単純ではなかったと思われる。

賢治にとっては詩集も童話集も、ともに彼が初めて世に送り出す「心象スケッチ」の作品であり、それは両者をいっしょに出版することでこそ、彼独自の「心象スケッチ」という文学的技法が世間から承認されることが期待できるはずのものであった。とくに、賢治の作品の創作経過から見れば、詩集よりも童話集の方が先に着手されている。その点にも賢治の「心象スケッチ」を紹介する手順として一つの作戦を感じるが、現実には、それが逆転してしまったという彼の深い失意を思わざるを得ない。

賢治が当初、詩集と童話集の同時出版にかけた目算は、とくに『春と修羅』『注文の多い料理店』のそれぞれの序と、出版を予告した広告ちらしの時期と内容によって明らかにされるであろう。そこには、個々の作品からは容易に汲み取ることのできない「心象スケッチ」の端的に整理された説明が開示されている。いずれも、疑いなく賢治自身の文章である。

つぎは『注文の多い料理店』の序であるが、実際には童話集が刊行を見たほぼ一年前の日付で、執筆されている。賢治は「心象スケッチ」の意味を、つぎのように強調する。

これらのわたくしのおはなしは、みんな林《はやし》や野《の》はらや鉄道線路《てつだうせんろ》やらで、虹《にぢ》や月《つき》あかりからもらつてきたのです。ほんたうに、かしはばやしの青《あを》い夕方《ゆふがた》を、ひとりで通《とほ》りかかつたり、十一月《ぐわつ》の山《やま》の風《かぜ》のなかに、ふるえながら立《た》つたりしますと、もうどうしてもこんな気《き》がしてしかたないのです。ほんたうにもう、どうしてもこんなことがあるやうでしかたないといふことを、わたくしはそのとほり書《か》いたまでです〔○〕

（大正十二年十二月二十日）

（『新校本』第十二巻　童話Ⅴ・劇・その他）

さらに、つぎは『注文の多い料理店』の広告のちらしであるが、すなわち刊行の予定を間近に控え、童話集出版の趣旨に託けて、彼は自身の「心象スケッチ」の意義を語っているといえる。少々長文ではあるがお許しいただきたい。

「この童話集の一列は實に作者の心象スケツチの一部である。それは少年少女期の終り頃から、アドレッセンス中葉に對する一つの文學としての形式をとつてゐる。

この見地からその特色を數へるならば次の諸點に歸する。

㈠これは正しいもの、種子を有し、その美しい發芽を待つものである。而も決して旣成の疲れた宗教や、道德の殘澤〔滓?〕を色あせた假面によつて純眞な心意の所有者たちに欺き與へんとするものではない。

㈡これらは新しい、よりよい世界の構成材料を提供しやうとはする。けれどもそれは全く、作者に未知な絶えざる警〔驚?〕異に値する世界自身の発展であつて決して畸形に涅〔揑?〕ねあげられた煤色のユートピアではない。

㈢これらは決して僞でも假〔架?〕空でも窃盗でもない。

多少の再度の内省と分折〔析?〕とはあつても、たしかにこの通りその時心象の中に現はれたものである。故にそれは、どんなに馬鹿げてゐても、難解でも必ず心の深部に於て萬人の共通である。卑怯な成人たちに畢竟不可解な丈である。

㈣これは田園の新鮮な産物である。われらは田園の風と光との中からつやゝかな果實や、青い蔬菜を〔と?〕一緒にこれらの心象スケツチを世間に提供するものである。（以上、各冒頭の数字は赤刷り）

（『新校本』第十二巻　童話Ⅴ・劇・その他〔本文篇〕、口絵）


上の『注文の多い料理店』序ならびに同広告ちらしによって、われわれは賢治が取得した「心象スケッチ」という文学技法の意味が次第に明らかになってきたことを感じるのではないだろうか。とくに私は、作詩における「心象スケッチ」と童話創作における「心象スケッチ」とには、その文学技法としての表現法も、またその主張する内容も、賢治はこれを意識的に区別していたことを感じる。したがって、詩集と童話集の同時刊行にはよりいっそう、彼の意義ある目的としたところを感じるのである。

賢治がその文学活動として最初に着手したのは、詩ではなくて童話であった。『注文の多い料理店』の目次によればその収録の作品が成立した順序は、童［かしはばやしの夜］が最も早くて「一九二一・八・二五」、童［山男の四月］が最も遅くて「一九二二・四・七」とある。童［山男の四月］の執筆が遅れたのは（あるいはこの日付は、何か補修の手入れがあった可能性も否定できないが）、童話集刊行のスケジュールが狂い、そのために予定していた『山男の四月』の書名も変更となり、収録作品の配列も変更されていることと関係があるのだろう。（『新校本』第十二巻［校異篇］）

広告ちらしの内容によれば、賢治の童話はその対象として、年齢的には、「少年少女期の終り頃から、アドレッセンス（思春期）中葉」の人たちであり、彼が信ずる「純真な心意の所有者たち」に対し、「美しい発芽を待つ」ということが目的であったということである。

賢治が彼らに対し伝えたいとしたその具体的な内容とは、いったい何だったろうか。

それは私は、『注文の多い料理店』序にいうとおり「もうどうしてもこんな気がしてしかたないのです。ほんたうにもう、どうしてもこんなことがあるやうでしかたないといふことを、わたくしはそのとほり書いたまでです。」と表現するよりほかに、賢治自身も仕方がなかったのではないだろうか。

賢治の作品には「まこと」とか「ほんたう」ということばがよく登場する。もっとも彼の気持ちが率直に出ている使用例を、童［学者アラムハラドの見た着物］（『新校本』第九巻・童話Ⅱ）に見ることができる。

アラムハラドは言ひました。

「うん。さうだ。人はまことを求める。真理を求める。ほんたうの道を求めるのだ。人が道を求めないでゐられないことはちゃうど鳥の飛ばないでゐられないとおんなじだ。おまへたちはよくおぼえなければいけない。人は善を愛し道を求めないでゐられない。それが人の性質だ。（後略）」

まさに人間の性善説をどこまでも信じている賢治の主張であるが、たしかに彼自身の一生が「まこと」を追求した一生であった。しかし、「まこと」とは、「ほんたう」とはいったい何か、どのようなものか、どのように表現すれば「純真な心意の所有者たち」へそれを伝えることができるのか。数多くの童話という形式をもって賢治が伝えようとしたのはその一点につきるのではないか。

しかし、私があえていま、賢治と同じ仏教徒であり、同じ法華信仰者であるという立場で、彼に代わって発言するとすれば、じつは仏教の専門用語を用いるならば、おそらく賢治が童話において伝えたいと思ったであろうことがらを置き換えることばが存在しないことはないのである。いな、おそらくそれほど困難なくそれを伝える仏教用語は見つけることができるであろう。しかし賢治は、彼の童話においては旧来の仏教用語の使用をあえて拒否したのである。厳しく自身を律して、その使用を厳禁したのである。

思い出してみよう。賢治と心友保阪嘉内の間には、あれほど多くの書簡の往復があり、しかも、彼等の間にはきわめて多くの、より専門的な仏教用語が頻繁に往来したではないか。

仏教徒であり、法華信仰者としての賢治が、その立場をふまえて詩集と童話集の創作に挑戦していることを、より如実に吐露している一文がある。

つぎに挙げる資料は、『春と修羅』の刊行を間近に控えた出版予告であるが、短歌雑誌「自然」の一九二四年（大正十三）新年号（第三巻第一号）の表紙見返しに一頁大で広告された。広告主は発売元の関根書店出版部となっているが、注目されるのは、その宣伝文の執筆者がまぎれもなく賢治自身と推定されることである。この内容は、けっして余人には書けないだろう。

この詩集は著者の心象スケッチである。虔ましく、正しく、たゞ一路最高の焦点に驀進する著者の心の如何に貴いか、菩提を翹望する著者の信念の端的な表現、その素朴な宗教味の豊かさ、独自な感覚とその発想の手法、これらは現詩壇の異数であらねばならない。この隠れたる新人が、今その自作の詩篇数百篇の中より百余章を選出してこれを一書に編み世に初めて其価値を問はんとするのである。

（『新校本』第十六巻（上）補遺・資料）

なかんずく私には、「著者」として語っている本詩集の特色には、賢治自身がこれまでどこにも語っていない「心象スケッチ」の内実をかなり率直に吐露している点が興味深い。この広告がとくに短歌雑誌に掲載されたもので、その対象とする読者としては多くは詩人が予想されるからであろうか、賢治はあえて本書が「詩集」であることを否定もせず、かつ著者にとってはそれが「心象スケッチ」に他ならないことを紹介している。「菩提を翹望する著者」とは、著者が仏教徒であることを率直に告白しており、「その素朴な宗教味の豊かさ」とは、仏教の基本的な理念や人生観をごく平易でわかりやすく説いていることを示している（これはとくに童話集の作品に見られる特色であろう）。

ここではとくに「独自な感覚とその発想の手法」の一節に注目しよう。私はまさにこの一節から、賢治がこれまで心象スケッチについて語ってこなかった、その背景にまで言及していることを看取した。すなわち、賢治が心象スケッチと表現する内容は、「独自な感覚」であって、かつそれは同時に「発想の手法」として技術化されたものという意味であろう。とくに、賢治が「独自な感覚」とする点は、日蓮の文字マンダラに由来する「一念三千」の思想であり、賢治はそれを文学活動に「発想の手法」として確立させたと主張したいのである。また、「これらは現詩壇の異数であらねばならない」の一語には、他ならぬ賢治自身の自負と誇りを感じないであろうか。

賢治文学の魅力と難解

賢治は日蓮の「文字マンダラ」との出会いを自身の文学活動の、いな、それだけでなく彼の人生そのものにおける地図あるいは海図、羅針盤のような存在として活用した可能性がある。しかし賢治は、作品の背景にある「文字マンダラ」の存在を一切その表面に出すことはなかった。彼の書簡、手帳、広告のちらし、あるいは作品の序などでは、かなり種々のヒントやシグナルを送っているといえるが、その実際の姿を直接に開陳することはなかったのである。おそらく、賢治の作品が一般に難解と評される最大の原因の一つがその点にあることは疑いないであろう。

実はその賢治の行為自体にも、彼の尊崇する日蓮には先行する手本があったのである。日蓮は、『開目抄』に「一念三千の法門は但法華経の本門寿量品の文の底にしづめたり」というくだりが見えるが、法華経の究極の観心の法門とされる「一念三千」の教えは、寿量品の文章の上に示されたものではなく、文の心に秘められたものであるという意である。賢治はその「一念三千」観から生まれた日蓮の「文字マンダラ」によって彼自身の文学活動の扉を開くことができたのであるが、その文学活動上においてはついに「文字マンダラ」の存在そのものは、日蓮の例に倣って固く秘して一切その姿を明かさなかったのである。

日蓮の「文字マンダラ」にその基本的構図として法華経見宝塔品の虚空会の場面が採用され、賢治がそれを心象スケッチしていることは前述の童［銀河鉄道の夜］の例でも見た通りであるが、文字マンダラには構図の問題以前に、その一紙上に描かれた要素のすべてが「十界互具・一念三千」の理念の視覚化、具象化の対象となっていることを承知しておく必要がある。その最も顕著な例が文字マンダラ上の諸仏・諸尊名に見られる、その表現あるいは配置の多様性の問題であろう。その問題も一般には理解されがたく（国柱会の本尊が宗教的には一点のみに限定された理由もその点にあるのかもしれない）、逆に賢治はその意義を看破して「心象スケッチ」への卓見に到達したが、彼の文学活動の難解さの理由は奈辺にあるのかもしれない。賢治自身にとっては、それに気がついた人はそれもよし、気がつかなかった人は、それでもまたよしなのであろう。

日蓮の文字マンダラは、当時の世界観からみてもまさに国境、民族、言語、宗教を超えている。科学的には不変と思われる東・西・南・北の方向すら、立ち位置の変化によっては逆転する場合もあり得るとする。文字マンダラにはわが国の諸尊の代表として天照太神と八幡大菩薩の名も見られる。先の第二次世界大戦中のことであるが日蓮宗は、この二尊がなぜ、インドの釈迦牟尼仏やシナの諸尊の下位にあるのかと軍部からクレームが付けられ、マンダラの破棄を指示されたという笑えない事実もある。

賢治の作品が表現的にも、内容的にも、その多様さにおいて圧倒され難解と映るのは、文字マンダラそのものの本質に原因があり、賢治もあえてその存在を明かさなかったことにあるのではないか。しかし、これもいざ理由を知ってみれば、文字マンダラ上の多くの要素が、彼の作品上だけでなくあるいは作品外にあっても、たとえば彼が特異なほどのこだわりを見せる思想や人生観、習慣などにも、たとえば作品に付された日付の問題や、多くの新造語の問題、仏教術語を隠している問題などにも、その秘密が見えてくるのではないだろうか。

達意の名訳と妙訳

原子朗編著『宮澤賢治語彙辞典』（東京書籍）には私もよくお世話になっているが、その序には、冒頭で賢治について「詩人、作家としては、日本ではもちろん世界的にもおよそ類例がないと思われる多種多様の語彙の駆使者」と紹介しているが、とくにその用語については「読者の意表をつく軽快さとうらはらに、やはり意表をつくそれら名辞の難解さに、非常にしばしば眩惑されながら、この謎にみちた賢治世界」とも、その解説の困難さが容易でなかったことに言及している。

私には当辞典が挙げるそれらの理由として、賢治がその内心に抱えていた二つの事情に言及しておきたい。その二つの事情とはいずれも彼自身にとってはあまり表には出せない、あるいは出したくない事情であったと推測できる。まずその一は、本項ではくり返し述べていることであるが、賢治の活発な文学活動の原動力となり、さらに自身の人生においても掌中の珠として確保していた日蓮の「文字マンダラ」という存在である。

つぎにその二は、賢治には彼自身が得心することのできた仏教の教えとくに法華経の教えを、当時の社会の人々に、さらには後世の人々にまでも正しく伝えたいという願望があったが、しかし彼の願望とはうらはらに、自己の生まれ育った環境も含めて現実の既成仏教の環境は、彼の眼にはすでに「疲れた」存在として映っており（「農民芸術概論綱要」）、その専門の術語は到底そのままでは作品の上に出すことはできなかったという事情である。賢治は、彼の作品上にほとんど仏教の専門の術語は出すことを拒否している。その代わりに、彼はそれを別の表現で形容したり、まったくの新造語に言い換えたりするのである。ただ私の率直な短見を言えば、賢治は本来の仏教用語を言い換える際にもことさらに難解な表現や、新造語を持ち出しているとは思えない。もともと、性格的には実にユーモアに富み、茶目っ気の勝った賢治である。かえって、ごく単純な思い付きから命名し、言い換えをしている例が少なくないと思うのである。名訳か、妙訳かは、読者のご判断を俟つしかない。

ただし、賢治は日蓮の文字マンダラとの出会いにより、「心象スケッチ」という取材方法に文学活動への活路を見出したが、その後の彼自身の芸術活動や社会活動に見られる実績は、すでに過去のマンダラの歴史上にも前例を超えた展開と認めざるを得ないのではないか。

「虔十」と「賢治」

法華経の漢訳者である鳩摩羅什の訳経事業については、その偉大な功績を縷々既述したが（三―1「南無妙法蓮華経とは何か」）、じつは賢治と羅什との関係についてはもうすこし、付け加えておくべきことがあるような気がする。

鳩摩羅什の伝記には、訳経事業に関する部分の他に、どのように根拠のある事実かとも思われるが、涼州において暴君呂光に強いられ亀茲王女を妻としたり、長安においては姚興より妓女十人の提供を受けたりという女犯の逸話、また訳場の逍遥園から長安城へ通う際には姚興から特別に車馬が支給されていたというような、持戒堅固な当時の高僧の伝記にはみられない特異な経歴も伝えられている。

法華経の漢訳者であって、中国にあっては大乗仏教の一大文化圏をつくりその中心人物であった偉人としての羅什と、一方では数奇な運命に翻弄された伝説の人物である羅什に対して、賢治はどのように彼を受け止めたのであろうか。

羅什についての詳細の情報は、おそらく島地大等の講義などで入手したところが多大であったに違いない。既述のように島地が大谷探検隊の一員として直接体験した中国西域のタクラマカン砂漠の状況は、そのまま鳩摩羅什の体験と重なり合うものであったと思われる。すなわち、賢治には西域もの、シルクロードものと括られている一群の童話が存在する。かの童話で語られる自然環境は、羅什の生死を左右したであろう厳しい運命の環境でもあったのである。

賢治は、仏教史上に圧倒的な業績を示す羅什というその存在感を、どこかで自分自身にひきつけて感じていたのではあるまいか。かつそれは、一方では畏敬のまなざしであり、他方では同情のまなざしではなかっただろうか。

私は、賢治の創作における羅什へのまなざしを、とくに童［虔十公園林］（『新校本』第十巻・童話Ⅲ）につよく感じている。まず、賢治は「羅什」の名前に関心を示したのではないか。童［虔十公園林］の主人公「虔十」の名については、以前から「虔十」と「賢治」（ケンジュウとケンジ）の発音が近いことからその関係を推測する意見が少なくない。しかし私は、「虔十」命名の背景としてより近いのは「羅什」ではないかと考える。「ラジュウとケンジュウ」である。もちろん、それが賢治自身につながっていることも否定はしない。「兄妹手帳」（一九頁）に残されているサインの一つは「Kenju Miyazawa」と読める。「虔十」は自分の名前を意識して命名したことは疑いないと思われる。

つぎに私は、賢治が鳩摩羅什を尊敬していたこと、その存在感を自身の作品に何らかの形で採用したいと考えていたこととの証しは、「虔十」がかの詩［雨ニモマケズ］の「デクノボー」とどこか共通するイメージで表現されていることと通底するのではないかと想像している。詩［雨ニモマケズ］では、「ミンナニデクノボートヨバレ　ホメラレモセズクニモサレズ　サウイウモノニ　ワタシハナリタイ」というデクノボーが、かの鳩摩羅什とどこに結びつくのかといえば、私は、賢治が羅什の人生から悲劇的な匂いを感じとったのが理由ではないかと思う。彼は、羅什を悲劇の主人公として同情のまなざしをもってとらえ、自分の作品においては、かえってそれと反対解釈のイメージを「デクノボー」に求めたのではなかっただろうか。

たしかに仏教史上に記憶される偉大な仏典の翻訳者鳩摩羅什の人生は、結果的には多くの経論を翻訳し門下三千人といわれる多くの優秀な門下を輩出した華々しさに満ちているようには見えるが、しかし、『高僧伝』の記録者の厳しい視線の奥にはかならずしも彼に崇敬の評価をあたえていない。その出家者としての人生、とくに戒律に厳しい『高僧伝』の編者はそれを見逃さず、かつは賢治の眼にもそれを感じさせたのではあるまいか。

もちろん、いま、ここであらためて、「デクノボー」についての詳細の解説はしないが、デクノボーとは賢治にとって究極的には理想の人間像であったと思われる。デクノボーは、賢治の作品では他でもときどき出現するが、いずれも賢治のいだくデクノボー像の分身であったと思われる。

賢治は童［虔十公園林］では最後に、「昔のその村から出て今アメリカのある大学の教授になってゐる若い博士」につぎのように言わせている。

「その虔十といふ人は少し足りないと私らは思ってゐたのです。いつでもはあはあ笑ってゐる人でした。毎日丁度この辺に立って私らの遊ぶのを見てゐたのです。この杉もみんなその人が植えたのださうです。あゝ全くたれがかしこくたれが賢くないかはわかりません。たゞ［ゞ］どこまでも十力の作用は不思議です。」

十力とは、仏のもつ十種の力のことであるが、ここでは仏の功徳として大きく美しく成長した「林」の尊さとその永遠の価値を表象しているようである。

3．遥かなる求道の旅

永遠なる「菩薩」

賢治は、生来の性格なのかあるいは宗教的な環境にめぐまれたせいか、その感性は実にデリケートにして豊かであり、また鋭い。大いにユーモアや茶目っ気を持ち合わせているのは、そこから来る余裕であろうか。一方、新しいもの好きで、何にでも関心をもち、すぐよく飛び付く。だから、彼が興味をいだいた対象は限りなく広く、その限界の見極めがつかない。しかし、他方ではいったん関心をもったとなると、凝り性で、納得のゆくまで手放さない頑固さも、しつこさもある。これは、科学者としての道を歩いた後天的な性格ではないか。

彼の育った家庭環境は、精神的にも経済的にも、豊かに恵まれていたと判ぜざるを得ない。父政次郎との宗教的確執が厳しかったといわれるが、賢治を文学者として、あるいは宗教者としてみる一面においても、彼を大きく育てたのは実に父政次郎の存在であったと私は評したい。賢治の手紙が残っているだけという限定された範囲ではあるが、彼が父に対して示したわがままや甘えの度合いはとても並みであったとは言えないだろう。私はそれを許した父政次郎の人間的な大きさを想う。不思議な父子関係ではあった。

賢治の人生を基本的に規律化させたといえる宗教の存在ではあったが、彼の性格である凝り性、頑固さ、しつこさが、徹底的に発揮されたのが、彼の目標とした宗教的な生き方、求道的な人生ではなかったかと思われる。なかんずく、大乗仏教とくに法華経で説く「菩薩」について、賢治ははやくより自身の修行の目標として確立していた（一「浄土門か聖道門か」参照）。しかし、その文学活動における菩薩のとりあげ方からみると、目標それじたいにまったく変化はないが、その菩薩がもつ自利と利他という二面の性格に対する彼の対処にやや変化がみられるのではないかと感じられる。すなわち、以前はつよく感じられた賢治自身の修行への意識（自利）から、特定の菩薩を意識したその利他の功力を祈る方向がつよくなってきたのではないかと思われる。

これは、賢治自身の体調の変化とも関係があったと見るべきであろうか。作品の制作の時期に留意しながら、菩薩が登場する場面を点検してみよう。

つぎの文語詩「〔そのとき嫁いだ妹に云ふ〕」（一九二五、四、二、『春と修羅』第二集）（『新校本』第三巻・詩Ⅱ）の一節には、地蔵菩薩の名を挙げている。

「そこではしづかにこの国の／古い和讃の海が鳴り／地蔵菩薩はそのかみの／母の死による発心を、／眉やはらかに物がたり／孝子は誨へられたるやうに／無心に両手を合すであらう／（菩薩威霊を仮したまへ）」

なお、「菩薩威霊を仮したまへ」の一句には、賢治にとって若干のこだわりがあったらしく、詩「〔温く含んだ南の風が〕」（一九二四・七・五、『新校本』第三巻・詩Ⅱ）でも、

「あ、あたたかな憂陀那の群が／南から幡になったり幕になったりして／くるみの枝をざわだたせ／またわれわれの耳もとで／銅鑼や銅角になって砕ければ／古生銀河の南のはじは／こんどは白い湯気を噴く／（風ぐらを増す／風ぐらを増す）」

の段落で、「菩薩威霊を仮したまへ」の一句の使用を考えていたことが確認される。（同「校異篇」）

つぎに、童［二十六夜］（『新校本』第九巻・童話Ⅱ）では、賢治のイメージする菩薩像を架空の菩薩として登場させている。

「（前略）この菩薩を念ずるものは、捨身大菩薩、必らず飛び込んで、お救ひになり、その浄明の天上にお

連れなさる、その時火に入って身の毛一つも傷かず、水に潜って、羽、塵ほどもぬれぬといふ、そのお徳をば、大力とかう申しあげるのぢゃ。されば疾翔大力とは、捨身大菩薩を、鳥より申しあげる別号ぢゃ（後略）」

この童話のなかで活躍する捨身菩薩は、実際の経典には登場しない。ちなみに、捨身とは他の生き物のために、あるいは仏に供養するために、わが身を投げ出して布施することをいう。捨身という犠牲的行為は布施のなかでも最上のものとされ、経典には薬王菩薩の焼身供養（法華経）、薩埵太子の捨身飼虎（金光明経）、雪山童子の捨身羅刹（涅槃経）などが説かれている。

同「校異篇」によれば、童［二十六夜］の現存している草稿の表紙には、その中央にブルーブラックインクで題名が記され、右上方に赤インクの大きな字で、「どうも　くすぐったし」と記入されていたという。賢治の真意はよくわからないが、それがもし「捨身菩薩」を登場させたことに対する彼の感想であったとしたら、興味深いではないか。

詩集『春と修羅』における菩薩観については、そのタイトルじたいに賢治の想いが示されていたことについてはすでにふれたが、その後の賢治、すなわち晩年の彼の菩薩観について索《たず》ねてみよう。

賢治晩年のとくに病床での作品は、一群として「疾中」（『新校本』第五巻・詩Ⅳ）としてまとめられている。まず、詩［夜］（一九二九・四・二十八）の賢治を見舞ってみよう。

これで二時間／咽喉からの血はとまらない／おもてはもう人もあるかず／樹などしづかに息してめぐむ春の夜／こゝこそ春の道場で／菩薩は億の身をも棄て／諸仏はこゝに涅槃し住し給ふ故／こんやもうこゝで誰にも見られず／ひとり死んでもいゝのだと／いくたびさうも考をきめ／自分で自分に教へながら／またななまぬるく／あたらしい血が湧くたび／なほほのじろくわたくしはおびえる

彼はこの時期、自身の死を覚悟しながらも、その覚悟は迫りくる死への恐怖に対する覚悟ではなく、「春」すなわち「菩薩」としての覚悟なのである。

私は、賢治の脳裏にはこのとき、法華経の如来神力品が説く「當に知るべし是の處は、即ち是れ道場なり、諸仏此に於て阿耨多羅三藐三菩提を得、諸仏此に於て法輪を轉じ、諸仏此に於て般涅槃したもう」の聖句がくりかえし浮かんでいたことを確信する。賢治は、死の覚悟にふるえながらこれを口ずさんでいたと思われる。

つぎは、詩［熱またあり］（「疾中」）の冒頭の一節である。

「水銀は青くひかりて／今宵また熱は高めり／散乱の諸心をあつめ／そのかみの菩薩をおもひ／息しづにうちやすらはん」

ここで賢治は、「そのかみの菩薩をおもひ」と言っている。彼は死の近いことを感じてはいるが、けっして独りぼっちではない。そこには、すでに過去に逝った多くの諸仏諸菩薩たちとともにあるという安らぎを得ていることがわかる。

つぎの詩［〔そのうす青き玻璃の器に〕］（「疾中」）も、賢治は「菩薩」からの慈しみを感謝とともに受け止めている。

「そのうす青き玻璃の器に／しづにひかりて澱めるは／まことや菩薩わがために／血もてつぐなひあがなひし／水とよばるゝそれにこそ」

つぎは、同じく「疾中」に収める詩［名声］であるが、この詩からは「手帳」からつよく感じる賢治の自省、自戒の姿勢をうかがうことができる。

「なべてのまことといつはりを／たゞそのまゝにしろしめす／正徧知をぞ恐るべく／人に知らるゝことな求めそ／／また名を得んに十方の／諸仏のくにに充ちみてる／天と菩薩をおもふべく／黒き活字をうちねがはざれ」

賢治には死がまぢかに迫っても、まだ菩薩の自行の厳しさをみずからに課そうというのであろうか。ここでの彼は、諸仏諸菩薩をおそれよと、世間の評価を求めがちな自己を戒めるのである。

くり返すようであるが、賢治の晩年の宗教・思想の観念は「雨ニモマケズ手帳」(『新校本』第十三巻(上)覚書・手帳、以下、「手帳」)に問うにしくはない。ここでも、菩薩観は顕著である。検証してみたい。なお、手帳に書きつけてある賢治の筆跡はほとんどが鉛筆によるはしり書きで容易には判読できない。採用の本文は同「校異篇」の最終形態にしたがった。

手帳五頁から一一頁に走り書きの詩稿「病血熱すと雖も」がみえる。その末尾の数句に注目したい。

「(前略)唯是修羅の中を/さまよふに非ずや/さらばこれ格好の道場なり/三十八度九度の熱悩/肺炎流感結核の諸毒/汝が身中に充つるのとき/汝が五蘊の修羅/を仕《ママ》して或は天或は/菩薩或仏の国土たらしめよ/この事成らずば/如何ぞ汝能く/十界成仏を談じ得ん」

ここでいう「汝」とは、もとより賢治自身のことを指しているが、「汝が五蘊の修羅をつかえさせて」とでも読ませるのであろうか、修羅である汝が法華経で説く「娑婆即寂光」(この穢土をそのまま仏国土とするという意味)を実現しなければ、「十界成仏」(すなわち十界互具の思想)の教えは有名無実となるではないか、と自分自身を励ます意であろう。

次の手紙は、賢治の菩薩に対する想いがついに一生全うされたことの最終確認となるものである。一九三三年(昭和八)八月三十日(賢治三十七歳)の伊藤与蔵宛の手紙(簡484a)である。このとき彼は、すでに死の床に着いている。

私もお蔭で昨秋からは余程よく、尤も只今でも時々喀血もあり殊に咳が初まれば全身のたうつやうになって二時間半ぐらゐ続いたりしますが、その他の時は、弱く意気地ないながらも、どうやらあたり前らしく書きものをしたり石灰工場の事務をやったりして居ります。しかしもう只今ではどこへ顔を出す訳にもいかず殆んど社会からは葬られた形です、それでも何でも生きている間に昔の立願を一応段落つけやうと毎日やっきとなってゐる所で我ながら浅間しい姿です。

ここで賢治がいう「昔の立願」とは、いうまでもなく、かつて盛岡高等農林学校時代の心友保阪嘉内とともに誓った「菩薩」の「四つの願い」（四弘誓願）のことをいう。賢治の若くして誓った「菩薩」への思慕の念は、ついに彼の求道の一生そのものを決定づけたといえる。

詩「雨ニモマケズ」の生き方

詩「雨ニモマケズ」は、賢治の生前には未発表であったが、死後に発見された手帳によって世に登場し、その後は、またたく間に賢治の代表作として、世間に喧伝される存在となった。同詩は、今日ではあまりにも有名な存在となったが故にすでに論評も多く、あえて私が蛇足を加える必要は認められないかもしれないが、本書のテーマとなっている日蓮の「文字マンダラ」（ただし略式の文字マンダラ）が同詩の後ろにも付帯していることの意味についてては、多少果たすべき責任もあろうかと考える。

詩「雨ニモマケズ」は、「手帳」の五一頁から六〇頁を用いて書かれており、詩の冒頭の上の欄外に「11.3.」のメモがある。十一月三日の意味であろう。賢治が実際に「手帳」を使用していた時期は、小倉豊文の精緻な論証によれば、「昭和六年（一九三一）十月上旬から年末か翌年初めまでに使用された」ということであり、その時期を考えると、賢治が自分の病状も知り、その余命についてもすでに悟るところがあった頃であったろう。手帳に拾い出されている経典の文言や、詩「雨ニモマケズ」をはじめ書き留められたその他の言辞には、いわば彼の遺言的なメッセージであふれている。詩「雨ニモマケズ」からは賢治の何か、誰にという具体的な当てのあることではなく、しかし誰かには同感だ、わかると頷いて欲しい、彼のそんな情念のような遺志を感じないであろうか。

私は、同詩から賢治が自身の生き方、人生をかけて求め続けてきた、菩薩道への切なる願い、あるいは憧れといった想いを強く感じてならない。もちろん、賢治のその想いは同詩においても、彼の文学活動への開眼をみちびき、人生のコンパスともなった日蓮の「文字マンダラ」に仮託して披露されている。僭越ながら、私が賢治に代わって読者にお願いするとすれば、同詩を拡げてくださるときには後ろに付いているマンダラの心もぜひ一緒に読み取っていただきたい。

「雨ニモマケズ　風ニモマケズ　雪ニモ夏の暑サニモマケヌ　丈夫ナカラダヲモチ」。

この冒頭の四句は、賢治にとっては他の何物にも換えがたい切実な実感であったろう。自身が虚弱体質であるという自覚ははやくから持っていたようだが、盛岡高等農林学校を卒業後の四月に行われた徴兵検査では第二種乙種と判定され、徴兵免除となっている。一九三三年（昭和八）八月三十日付けの満州派遣歩兵として軍務についている伊藤与蔵宛の手紙（簡484a）には、つぎのような気持ちを明かしている。

何よりまづ激しいご勤務炎熱の気候にも係らず愈々御健勝で邦家の為にご精励の段至心に祝しあげます。（中略）実に病弱私のごときただ身顫ひ声を呑んで出征の各位に済まないと思ふばかりです。

壮丁《そうてい》の年齢に達した賢治としては、当時の時代的、社会的な風潮の中ではやはり肩身の狭い思いもあったのではないか。

「手帳」の使用時期にも近い賢治晩年の一群の、「疾中」とまとめられている詩の中に、「〔疾いま革まり来て〕」という一節がある。詩「雨ニモマケズ」の冒頭の一節と倶に思いの重なる一節である。

「疾いま革まり来て／わが額に死の気配あり／／いざさらばわが業のまゝ／いづくにもふたゝび生《あ》れん／／たゞひたにうちねがへるは／すこやけき身をこそ受けて／もろもろの恩をも報じ／もろびとの苦をも負ひ得ん」

（『新校本』第五巻・詩Ⅳ）

つぎに、

「東ニ病気ノコドモアレバ行ッテ看病シテヤリ　西ニツカレタ母アレバ　行ッテソノ稲ノ束ヲ負ヒ　南ニ死ニサウナ人アレバ　行ッテコハガラナクテモイヽトイヒ　北ニケンクヮヤソショウガアレバ　ツマラナイカラヤメロトイヒ」

の一節については、私は、「生・老・病・死」の四苦を詠み込んだと見る意識よりも、賢治としては、「文字マンダラ」における本化の四菩薩をイメージしたと見たい。

本化の四菩薩とは、詩の後ろに付された略式の文字マンダラの中にも名が見えているが、「上行」「無辺行」「浄行」「安立行」の四人の菩薩のことである。法華経では、後半の本門（従地涌出品第十五）において大地より涌出し、とくに釈尊から末法濁世に出現して法華経を流布すべき仏勅を受けた菩薩たちである。菩薩を信仰の目標とする賢治としては、当然に第一に目標となる菩薩たちであるが、その修行としては「自行」はもちろん、「化他」すなわち他人に対する思いやりの心が大切なものとされる。四菩薩すべてに「行」の字が付されている所以であり、詩で「行ッテ」という行為が強調される所以である。なかんずく、日蓮は自身が上行菩薩としての自覚をもたれていたことが知られているが、賢治はあるいは「安立行菩薩」に誓願するところがあったのであろうか、彼が「手帳」に書いた五つのマンダラ（前掲）ではその中の二点に、「安立行」が重複して書かれている。

しかも四菩薩が並ぶ中では、いつも他の菩薩たちの末尾に付されている。単なる書き損じとは思えない。

あるいは賢治は、当人が修羅界にあって菩薩の修行をつよく望んでいた境地、また疾病に苦しんでいた当時の環境から推すれば、「安立行菩薩」の名から法華経安楽行品に説く四安楽行を連想していたのかもしれない。四安楽行とは、初心の菩薩が後の悪世においていかに法華経を修行すればいいかを説いた四つの摂受的修行法のことで、身・口・意・誓願の四種がある。すなわち、心身を安定させ、誘惑をさけ、静寂なところで修行する身安楽行。他人を軽蔑せず、その過失をあばかず、おだやかな心で、求める人に仏の智慧を説く口安楽行。嫉妬や諍いの心をさけ、敬虔な心で修業する意安楽行。大慈大悲の心で一切衆生を救うという誓願を立てる誓願安楽行である。

「ミンナニデクノボートヨバレ　ホメラレモセズクニモサレズ　サウイフモノニ　ワタシハナリタイ」について、とくにその「デクノボー」とは、何を指しているのであろうか。この詩の評者がしばしば指摘するところではあるが、私も賢治が終生にわたり菩薩道を求めていた点から見て、ここでいう「デクノボー」とは法華経の常不軽品に登場する「常不軽《じょうふきょう》菩薩」がモデルであると見ることに賛同する。

賢治は、同詩が記されたと同じ「手帳」に、「土偶坊」（サブタイトルに「ワレワレカウイフモノニナリタイ」とある）をテーマとした劇化への志向もみえており、当然に詩との関連を想起させる。「土偶坊」はデクノボーと読ませるのであろうか。いうまでもなく、その出典は法華経の常不軽品にあり、「土偶坊」の「第三景　青年ラワラフ　土偶ノ坊　石ヲ投ゲラレテ遁ゲル」とは、常不軽品が記す具体的な情景そのままである。

したがって、この詩は、「手帳」の書かれた時期の賢治の環境と心境を思い、また彼の一生をかけた菩薩への誓願の重さから推察したとき、けっして他に発表する作品としてではなく、あくまでも彼自身の心情の吐露だったと見るべきではないだろうか。

賢治と「不軽菩薩」

賢治の「菩薩」に対する信仰は、十界の菩薩が一般に共通の要素すなわち、まだこれから仏に向うという立ち位置、とくに「四弘誓願」など自行・化他にわたる修行者として明確な目標を示していることに対する関心であったといえよう。したがって、彼がとくに個別の菩薩に対し信仰の姿勢をみせることはきわめて稀有であったが、「不軽《ふきょう》菩薩」については明らかに晩年の賢治がつよい関心を寄せた菩薩であった。

不軽菩薩とは、法華経の常不軽菩薩品第二十に説かれる菩薩で、正しくは「常不軽菩薩」といい、一般には「常」の字を略して「不軽菩薩」とよぶことが多い。同品は、不軽菩薩というひとりの菩薩の故事を通して、法華経の信仰を誇るものの罪報と護持するものの功徳を語る章である。

はなしの概略はこうである。不軽菩薩はあらゆる人の成仏を信じてこれを軽んぜず、あう人ごとに礼拝した。そのとき、不軽菩薩が人を礼拝して説いたことばを漢字で表現すれば、「我深敬汝等、不敢軽慢。所以者何。汝等皆行菩薩道、当得作仏（我れ深く汝等《なんだち》を敬う、敢えて軽慢《きょうまん》せず。所以はいかん。汝等は皆菩薩の道を行じて、まさに作《さ》仏《ぶつ》することを得べければなり）」という二十四文字であった。これは、人にはかならず仏性《ぶっしょう》のあることを示す経文の典拠として尊ばれる。しかし、礼拝された人は逆に不軽菩薩の行為が理解できず、揶揄されたといかり、悪口雑言し、はなはだしきは杖木をもって打ち、瓦石を投ずる者さえあった。それでも菩薩は礼拝讃嘆を止めようとはしなかった。この不軽菩薩とは誰あろう、いまの釈迦牟尼仏である。

賢治の作品はこう語る。文語詩未定稿「不軽菩薩」（『新校本』第七巻・詩Ⅵ）は、つぎのようである。

あらめの衣身にまとひ／城より城をへめぐりつ／上慢四衆の人ごとに／菩薩は礼をなしたまふ／／（われは不軽ぞかれは慢／こは無明なりしかもあれ／いましも展く法性と／菩薩は礼をなし給ふ）／／われ汝等を尊敬す／敢て軽賤なさざるは／汝等作仏せん故と／菩薩は礼をなし給ふ／／（こ、にわれなくかれもなし／

たゞ一乗の法界ぞ／法界をこそ拝すれと／菩薩は礼をなし給ふ）／／この無智の比丘いづちより／来りてわれを軽しむや／／もとよりわれは作仏せん／凡愚の輩をおしなべて／われに授記する非礼さよ／あるは怒りてむちうちぬ

賢治はこの詩に、おそらくは不軽菩薩にかなり思い入れがあったにちがいない。「雨ニモマケズ手帳」（一二一―一二四頁）には、その下書稿と思しき書きつけが見いだせる。私は賢治が不軽菩薩のどこにこだわったかに関心があり、手帳の記述に注目する。

あるひは瓦石さてはまた／刀杖もって追《ママ》れども／見よその四衆に具はれる／仏性なべて拝をなす／不軽菩薩（一頁に「不軽菩薩」の名のみ）／菩薩四の衆を礼すれば／衆はいかりて罵るや／この無智の比丘いづちより／来りてわれを礼するや／／我にもあらず衆ならず／法界にこそ立ちまして／たゞ法界ぞ法界を／礼すと拝をなし給ふ

法華経における常不軽菩薩品は、その宗教的、信仰的理解において歴史的にも解釈が分かれる難所のひとつである。本書がここでその教義的な問題にまで分け入る必要も感じないが、しかし賢治は、うたがいなく不軽菩薩にかかわる宗教的議論の一歩手前にまで確実に到達しているのである。

私は、けっして賢治の不軽菩薩への想いを正確に代弁できるとは思えないが、上に挙げた未定稿の詩と手帳におけるその下書稿を比較する範囲において、気づいた点を指摘してみたいと思う。

二つの詩稿に共通している賢治の意図した形式は、詩を前半部と中央部と後半部に三分し、その前半部と後半部には増上慢の四衆（比丘・比丘尼・優婆塞・優婆夷）がいかに不軽菩薩をいじめ、乱暴するなどの非礼を尽くしているかを表現し、それを挟んで中央部では不軽菩薩がそれら凡愚の四衆に対して、一向にめげずくり返し尊敬と礼拝を返すことの真意を明かすのである。とくに、手帳では一頁を使ってただ「不軽菩薩」の名のみを挙げているが、正稿では（ ）に入れた部分、すなわち「こゝにわれなくかれもなし／たゞ一乗の法界ぞ／法界をこそ拝すれと／菩薩は礼をなし給ふ」としているのが、それにあたる。

なお、未定稿の詩とその下書稿には、他にもう一点注目すべきところがある。それは教義にかかわる問題ともいえるが、おそらく賢治にとっては法華信仰上における不軽菩薩に関する問題としてとくに主張しておきたいと考えたのではなかっただろうか。

それは、下書稿では「その四衆に具はれる／仏性なべて拝をなす」とある点を、未定稿の詩では「こゝにわれなくかれもなし／たゞ一乗の法界《ほうかい》ぞ／法界をこそ拝すれ」と書き換えている。ここにおいて「四衆に具はれる仏性」とするのは、法華経常不軽菩薩品における歴史的な解釈として理解できるが、これを「一乗の法界」とするのは、賢治の新見解ではないか。私の理解が賢治に及んでいるとは保証の限りではないが、「一乗の法界」とは「法界一如」（すなわち、彼とか此とかの区別なく本体が同一であることをいう。「十界互具・一念三千」の理に通じる）の思想と同じ意味であるとすれば、不軽菩薩の行動は従来指摘されてきたよりもさらに大きな思想に支えられているといえるのではあるまいか。

七、賢治マンダラ世界の社会展開

1．賢治マンダラ世界を回顧する

賢治の人生における日蓮の文字マンダラとの出会いは、彼にただ思想・信仰上の知識としての充実感を与えたにとどまらず、その天性にもめぐまれた文学者・科学者としての資質を呼び覚まし、彼の文学活動における発想力・想像力を刺激して作品の質量にも反映することになったと思われる。

さらに、賢治の場合はその文学活動の一面だけでなく、一生を通じた信仰的人生における文字マンダラの存在意義も看過するわけにはいかない。というよりも、文字マンダラの本質が宗教的本尊であることを思えば、賢治にとってはかえってその方が本来の意味であったというべきかもしれない。文字マンダラと出会って以来の賢治の言動は（それは主として彼の遺した書簡類によって認められる）、それをあたかも建築における基本的設計図、あるいは航海における海図の役割としているがごとくに、彼の人生と不即不離の関係が確認できるのである。

かかる賢治の対マンダラ観には、少なくとも三段階の成長と発展が認められるように思う。まず当初第一段階における彼は、日蓮の文字マンダラについて、その外形についでは、信仰上、思想上の認識はあっても、それはごく観念的理解に止まっている。つぎに第二段階では、賢治は自身の感じたマンダラ世界に対して、その観察者もしくは演出者となる境地に到る。この段階での彼は、ある対象にマンダラ世界を感受すると、それを冷徹に観察し、あるいはそれを他に解説し、もしくはそれに彼自身の演出を加えて楽しむなどの境地が見られるのである。すなわち賢治が文学作品として発想しあるいは表現した上で、彼らしい自在のマンダラ世界を描いて見せたのは、この段階であったと感じられる。最終の第三段階で賢治は、自分自身をマンダラ世界の中に投入し、彼自身がマンダラを構成する一員になりきり、その主体的実践者、行動者たるべく努力するようになる。ひいては、その実践は彼一身が参画するのみにとどまらず、彼の外にも同志を集め、語らい、指導するなど、マンダラ世界の社会化あるいは社会的実現とでもいうべき方向へと発展させることになる。

なお、賢治がマンダラを知識として観念的に理解していた第一段階の時期は別にして、彼が自らのマンダラ世界と出会い、その真の意義に目覚めた第二段階から、それを実践行動に移すに到る第三段階の時期までは、おそらくそれほどの月日を要しなかったと思われる。

とくにその第三段階については、おそらくマンダラ世界史上にも、賢治の独壇場といって過言ではないのではないか。結論としていえば、その一例が、理念高尚にして規模壮大な実験計画書としての「農民芸術概論綱要（以下、「綱要」と略す）の策定であり、その実践としての「羅須地人協会《らすちじんきょうかい》（同、「地人協会」）」の設立である。

賢治における地人協会設立への強い意欲は、かなり早い時期から認められる。しかし、それは彼の意識の中でのみ密かに育まれ、あからさまに他へ口外されることはなかった。従前より述べるごとく、賢治の意識下には日蓮の文字マンダラの形象（賢治は形象の語を表に出すことはなかった）と心象とが深く記憶されており、その具体化、実践化としての地人協会の設立がイメージされていたことは疑いない。

したがって私はあえて、賢治の思いがまだ彼自身の密かな意識にのみ存在した段階から、具体的に地人協会の発足が実現するまで、賢治の中のマンダラに対する確固たる意識を捉える必要を感ずる。それは、彼のわずかな心象スケッチの中にもその痕跡を見逃さず、それを一連の行動として把捉してのみ可能なことではないかと思う。

一九二六年（大正十五）三月三十一日をもって、賢治は花巻農学校を依願退職した。彼の二十五歳から二十九歳にあたるこの実質四年の間、農学校教諭として勤務した時代こそ、振り返ってみればその人生において生活、心身ともに最も充実感のあった時期ではあるまいか。最愛の妹トシを失った深い悲しみはあったが、彼の創作活動もきわめて順調に進行していたのではなかったか。

つぎの手紙は、一九二五年（大正十四）六月二十五日付で、心友保阪嘉内宛のもの（簡２０７）である。

いろいろな辛酸の中から青い蔬菜の毬やドロの木の閃きや何かを予期します　わたくしも盛岡の頃とはずゐぶん変ってゐます　あのころはすきとほる冷たい水精のやうな水の流ればかり考へてゐましたのにいまは苗代や草の生えた堰のうすら濁ったあたたかなたくさんの微生物のたのしく流れるそんな水に足をひたしたり腕をひたして水口を繕ったりすることをねがひます／お目にもかゝりたいのですがお互ひもう容易のことでなくなりました

この手紙で賢治は、保阪との関係において重要なことを伝えている。一つは「来春はわたくしも教師をやめて本統の百姓になって働らきます」と言い、「お目にもかゝりたいのですがお互ひもう容易のことでなくなりました」とも言っている。その言葉通りに彼は学校の退職を実行しているのであるから、もちろん、その当時から何か具体的な目算があってのことにちがいない。また、文学活動にもいよいよ拍車のかかった頃である。

二つには、賢治と保阪が「心友」として最も濃密に交流したのは、「盛岡の頃」であったが、その頃の自分と現在の自分とは「ずゐぶん変って」と表現している。どのように変わったのかも賢治流の表現で伝えているが、彼も彼なりに苦労をしたのである。保阪にはそれで十分に彼の意が伝わったと思われる。私が代弁するのもおこがましいが、かつては純粋に頭でっかちの理論と直情径行の感情が先走って、それを保阪にぶつけて彼を困らせていた賢治が、いまは現実の自然と生活を見つめ、多少は汚れがあってもその中にある温かさを味わえる自分になったことを告白しているようだ。

それにしても、賢治はなぜこの時期、充実していたはずの職場をあえて放棄したのだろうか。彼の行動はけっして唐突な、一時の思いつきなどではなかったと思われる。彼は退職後直ちに、新しい行動を起こしている。

しかし賢治には、これよりもさらに以前に一つ気がかりな発言がある。より正確にはその一年余も以前から、すなわち、一九二四年（大正十三）の四月に詩集『春と修羅』を、十二月に童話集『注文の多い料理店』をそれぞれ初出版したが、その頃から（心象スケッチ『春と修羅』序には、「大正十三年一月廿日」の日付となっている）彼はすでに新しい行動への決意を固めていたらしい様子がうかがえる。

その第一の事実としては、実は賢治の意図としては、詩『春と修羅』と童話『注文の多い料理店』を同じ時期に発行すべく準備していたようであるが、その時期がずれてしまったことに彼は失望を隠さない。その理由は、単に時期がずれたことではなく、彼としてはそれによって詩と童話をともに、彼のいう「心象スケッチ」の意図のもとで発表したいというこだわりが無視されてしまったからであろう。その、彼のこだわりが気にかかる。

2.「或る心理学的な仕事」の謎

第二の事実としては、一九二五年（大正十四）の二月九日付の森佐一宛の書簡（簡200）で、賢治ははなはだ興味深い内容を伝え、なかなか意味深な表現をしている。この手紙は、森氏が編集発行の雑誌『貌』に賢治が前年に刊行した『春と修羅』を取り上げてくれたことへの礼状かと思われるが、いわば初見の相手に対し賢治にとっては最も重要な彼の真実を、しかも謎めいた表現で伝えていたことになる。はたして、これを森はどのように受け止めたのだろうか。大切な内容なので少し長文を引くことをお許しいただきたい。

私などまで問題にして下すったのは、寔に辱けなく存じますが、前に私の自費で出した「春と修羅」も、亦それからあと只今まで書き付けてあるものも、これらはみんな到底詩ではありません。私がこれから、何とかして完成したいと思って居ります、或る心理学的な仕事の仕度に、正統な勉強の許されない間、境遇の許す限り、機会のある度毎に、いろいろな条件の下で書き取って置く、ほんの粗硬な心象のスケッチでしかありません。私はあの無謀な「春と修羅」に於て、序文の考を主張し、歴史や宗教の位置を全く変換しやうと企画し、それを基骨としたさまざまの生活を発表して、誰かに見て貰ひたいと、愚かにも考へたのです。あの篇々がいゝも悪いもあったものでないのです。私はあれを宗教家やいろいろの人たちに贈りました。その人たちはどこも見てくれませんでした。（中略）私はとても文芸だなんといふことはできません。そして決して私はこんなことを皮肉で云ってゐるのでないことは、お会ひ下されば、またよく調べて下されば判ります。（『新校本』第十五巻・本文二二二頁）

手紙の内容について、彼の表現を少しくわしく吟味したい。賢治は、「前に私の自費で出した「春と修羅」も、亦それからあと只今まで書き付けてあるものも、これらはみんな到底詩ではありません」という。詩形で表現されているから一般には詩だと理解してしまうが、では、詩でなければ、あれはいったい何だというのか。賢治は答える。「私がこれから、何とかして完成したいと思って居ります、或る心理学的な仕事の支度」であり、「機会のある度毎に、いろいろな条件の下で書き取って置く、ほんの粗硬な心象のスケッチ」なのだという。賢治の「心象スケッチ」については、すでに縷説した。

また賢治は『春と修羅』の出版自体を「あの無謀な」と告白している。何が無謀だったのかといえば、「序文の考を主張し、歴史や宗教の位置を全く変換しやうと企画し、それを基骨としたさまざまの生活を発表して、誰かに見て貰ひたいと、愚かにも考へたのです」（序は、一九二三年一月二十日記）という。おそらく賢治としては、「あの無謀な」という理由の中には、まず「序文の考を主張」したことが無謀であり、「歴史や宗教の位置を全く変換しやうと企画」したことが無謀であり、「それを基骨としたさまざまの生活を発表して、誰かに見て貰ひたい」と考えたことなど、すべてが無謀だったということらしい。したがって、賢治にとっては「あの篇々がいゝ、も悪いもあったものでない」のであって、だからこそ『春と修羅』にかけた彼の真意を汲んでほしいという願いから「宗教家やいろいろの人たちに贈」ったその反応がまったく当て外れであったことを、深く嘆くのである。

問題は、「私がこれから、何とかして完成したいと思って居ります、或る心理学的な仕事の仕度」とは具体的にはそれが何のことを指しているのか、詩形で表現されている字句は、詩ではなく「ほんの粗硬な心象のスケッチ」でということとの真意である。「心象のスケッチ」という表現については、われわれは童話集『注文の多い料理店』においてもすでに、彼の強いこだわりを見た。いったい、表現の何にこだわっているのか。

ここには、従来の賢治研究者にとって驚天動地の恐ろしい言辞が並んでいるといえまいか。私は、この書簡の正当な解読なくして、賢治の文学にも人生に対しても評論などあり得るはずがないと考えている。では、ここに彼がいう「或る心理学的な仕事」とはいったい何のことだろうか。

賢治が、「農民芸術」と名づける運動の理念の策定（すなわち「農民芸術概論綱要」）から地人協会の設立計画を真剣に考えていたこの時期、賢治自身が「或る心理学的な仕事」としか表現してはいないが、しかし彼の口調はかなり逼迫してあたかも人生をもかけているような、何か大きな一仕事の実現をめざして苦闘していた事実があったことは確かである。

私は、賢治が企画する「或る心理学的な仕事」とは、彼の心象および形象としてイメージしているマンダラ世界、いうまでもなく、それはより正確には日蓮の文字マンダラ（大曼荼羅）が指し示している理想世界の具体化、実現化を目指すことに他ならなかったと思う。それこそ、まさに彼のいう「歴史や宗教の位置を全く変換しやうと企画」するに足る、「心理学的な仕事」といえないだろうか。それこそ、かねて賢治の脳裏から離れることのなかった、宗教と科学と芸術とが一元的に調和すること（農民芸術概論綱要）を立証する実験としてもふさわしいといえないだろうか。

もう何方にもおわかりのことだろう。賢治のいう「或る心理学的な仕事」とは、すなわち、仏教を科学において証明することであり、いわば、それによって仏教の復活を願うことであった。この点については賢治が晩年に用いたかの「雨ニモマケズ手帳」（二二八頁）には、「難信難解、科学ヲ習ヘル／青年ノ／／（中略）法華経入門ニ際シ／高等数学ニヨル解釈／ノ可否」というメモが見えている。

ここにいう「難信難解《なんしんなんげ》」とは、法華経法師品が「この法華経は最もこれ信じ難く、解《さと》り難し」と説き、また方便品には「難解難入《なんげなんにゅう》」と説いて、法華経が他の諸経に対して最勝の真実性を語るがゆえに難解であることを前提にしている。賢治はつねに自分自身を「科学ヲ習ヘル青年」（手帳）という立場において、仏教復活への熱意を注ぎ続けたのだと思われる。

その実践的な現場としては具体的に地人協会の設立があり、その理念として「農民芸術概論綱要」（以下、「綱要」）の完成があったと考えられるのである。いな、もしかしたら「綱要」の内容からいえば、賢治が内心に抱いた「或る心理学的な仕事」とは、もっとずっと大きく広い視野すなわち世界、人類、地球、さらに宇宙の規模までを対象として彼は考えていたかもしれない。

それにしても、森佐一への書簡の日付が「大正十四年（一九二五）二月九日」ということであれば、その内容にしたがえば「或る心理学的な仕事」への賢治の思いは、さらにそれ以前の『春と修羅』序（一九二四年一月二十日記）より前から存在したということになる。もはや彼のマンダラ世界への思いは、文学活動としての創作の全作品に、ひいては彼の人生の生き方の問題の全体にも及ぶと言えそうである。

3.「農民芸術概論綱要」

かくして賢治は、予定通り一九二六年（大正十五）三月三十一日をもって花巻農学校を退職したが、彼は思いがけずその退職の直前に、どうやら彼の考えていた「或る心理学的な仕事」とも無関係とはいえない一仕事と関わることになった。

その一仕事とは、同年の一月から三月末まで岩手県が主催で開設した岩手国民高等学校において、賢治は「農民芸術論」をテーマに都合十一回の講義を担当したことである。賢治にとっては、そのことが結果的に彼の目指していた地人協会の設立を具体的に一歩前進させることにもなったと思われる。

岩手国民高等学校というのは、当時の地方農村の疲弊、荒廃に対する国策的事業であり、成人教育の一環として有為の人材を養成することを目的として企画されたいわば成人学級であった。岩手県では、賢治が勤務した花巻農学校においてその最初の講座が開講されたものであった。したがって賢治にとって、国民高等学校において出会うことになったその講義のチャンスは、まさにそのテーマといい、場所といい、受講の学生たちとの関係といい、その後の彼の行動を思えば渡りに船のタイミングではなかっただろうか。

国民高等学校はひと月に三回程度の間隔で開催され、その一日の時間割は朝六時の起床、点呼、掃除に始まり、七時朝食。午前中は九時から十二時まで講義。昼食をはさんで、午後一時から講義、研究、見学など。六時に夕食。その後七時から九時までは、課外講演、意見発表会、音楽会、夜の集いなど。九時の消灯までかなりのハードスケジュールで、完全合宿制だった。

開設された講座の内容は、具体的にはつぎのように広範にわたっていた。

「修身、農村問題」「農村経営法」「産業組合法」「公民科」「世界之大勢」「近世文明史」「古代史」「国史の精

神」「最近科学の進歩」「生理衛生」「文学概論」「農民芸術」「農民美術」「音楽概論」。なかんずく、「農民芸術」が賢治の担当した講座であったが、このプログラムによって見ても当時の時代的な要請を背景とした、「農民」「農村」に対する問題意識の啓発、啓蒙こそが、岩手国民学校開催の主たるテーマであったことがわかる。

賢治は一九二六年（大正十五）一月三十日を第一回として、「農民芸術」をテーマに三月末までに、都合十一回にわたり講義を担当している。その時の受講生三十五名の代表になった伊藤清一（一九〇三―八四）の、当時のノート「講演筆記帖」（以下、伊藤ノート。『新校本』第十六巻（上）補遺・資料、所収）が現存している。

周知のように賢治の「農民芸術概論綱要」は、生前には未発表のもので、しかもその草稿は一九四五年（昭和二十）八月の花巻市の空襲で焼失し現存してはいない。したがって、いまや伊藤ノートは賢治研究の資料として第一級の情報を提供してくれる存在である。その時、賢治の講じた「農民芸術論」の具体的な内容とはどのようなものであったのか、それは、彼がその後に整備したとみられる「綱要」とどのように繋がるのか、さらには「綱要」を計画書としてそれを実地に移したと見られる地人協会とはどのように関係するのかなど、『春と修羅』以後の「或る心理学的な仕事」としか明かさない賢治の一連の行動を解明する有力な手掛かりを提供してくれるのである。

伊藤ノートによれば、賢治が担当した「農民芸術」の講座十一回分の日程と、彼が行った講義の内容はつぎのようになっている。その範囲は、かなり広範である。一月三十日・トルストイの芸術批評、二月九日・われらの詩歌、二月十八日・水稲作に関する詩歌、二月十九日・稲の露、二月二十四日・宅地設計、二月二十七日・農民（地人）芸術概論、三月一日・〃、三月五日・農民芸術の興隆・農民芸術の本質、三月二十日・農民芸術の分野、三月二十二日・農民芸術の主義・農民芸術の制作、三月二十三日・農民芸術の批評。

賢治には、「農民芸術」をテーマとして、「農民芸術概論」「農民芸術概論綱要」「農民芸術の興隆」の三部の遺稿が今日に残っている（以上、『新校本』における掲載順で、第十三巻（上）覚書・手帳、所収）。

その文章表現はいずれも短文で賢治独特の含意に富んだアフォリズム形式としてまとめられたもので、内容は三部のあいだで重複している部分が多い。「綱要」が全体の構成および文章表現ともに最も整備されており、いま、その構成を仮に大項目・中項目・細目とすれば、大項目が序論から結論まで十項あり、各項にそれぞれに各一行乃至二行の中項目と、十~十三行程度の細目が付されている。

いま、その全体像を把握する意味で、以下に、「綱要」から大項目および中項目と、その序論と結論については細目を抜粋してみた。

農民芸術概論綱要

序論

……われらはいっしょにこれから何を論ずるか……

おれたちはみな農民である　ずゐぶん忙がしく仕事もつらい
もっと明るく生き生きと生活をする道を見付けたい
われらの古い師父たちの中にはさういふ人も応々あった
近代科学の実証と求道者たちの実験とわれらの直観の一致に於て論じたい
世界がぜんたい幸福にならないうちは個人の幸福はあり得ない
自我の意識は個人から集団社会宇宙と次第に進化する
この方向は古い聖者の踏みまた教へた道ではないか
新たな時代は世界が一の意識になり生物となる方向にある
正しく強く生きるとは銀河系を自らの中に意識してこれに応じて行くことである

われらは世界のまことの幸福を索ねよう　求道すでに道である

農民芸術の興隆

……何故われらの芸術がいま起らねばならないか……

農民芸術の本質

……何がわれらの芸術の心臓をなすものであるか……

農民芸術の分野

……どんな工合にそれが分類され得るか……

農民芸術の（諸）主義

……それらのなかにどんな主張が可能であるか……

農民芸術の製作

……いかに着手しいかに進んで行ったらいいか……

農民芸術の産者

……われらのなかで芸術家とはどういふことを意味するか……

農民芸術の批評

……正しい評価や鑑賞はまづいかにしてなされるか……

農民芸術の綜合

……おお朋だちよ　いっしょに正しい力を併せ　われらのすべての田園とわれらのすべての生活を一つの巨きな第四次元の芸術に創りあげようでないか……

結論

……われらに要るものは銀河を包む透明な意志　巨きな力と熱である……

われらの前途は輝きながら嶮峻である
嶮峻のその度ごとに四次芸術は巨大と深さとを加へる
詩人は苦痛をも享楽する
永久の未完成これ完成である

理解を了へばわれらは斯る論をも棄つる
畢竟ここには宮沢賢治一九二六年のその考があるのみである

この「綱要」の内容からすでにわれわれは、賢治には明らかに「文字マンダラ」の存在が背景にあり、すなわちその形象と心象（この場合は、その思想といえようか）を主たるモチーフとしてその全体像をまとめあげたものであることが推測できるのではあるまいか。

その序論の冒頭はたしかに「おれたちはみな農民である」の一句から起筆されているが、彼が岩手国民高等学校の「農民芸術」の講座を対象として本稿を準備したことは事実として、けっしてその内容じたいは対象を農民に限定しているものではない。もはやテーマに対する賢治の視界は、「農民芸術」を超えて時空間に広くひろがっている。哲学的、科学的、芸術的にもより深く論理が展開している。

はからずも原子朗編著『宮澤賢治語彙辞典』（「農民芸術」項）には、賢治が「綱要」ならびに「農民芸術概論」「農民芸術の興隆」の三部を制作した理由を挙げているのが目についた。「賢治には作品や書簡、断片的なメモ以外に、彼の認識や思想をまとめた述作がないため」、さらに「彼自身、彼なりの理論と認識の体系をあたえようと努力した結果」だと解説するが、私の見解はまったく不同意である。

とともに私の見解としては、論理の順序が逆さまのように感じる。すなわち賢治は、これまでの文学活動じたいをこの「綱要」の精神で作品化したものであり（「心象スケッチ」など）、「綱要」によってはじめて、これまで自身の心奥に秘してきた「文字マンダラ」の存在を公開する意図でこれをまとめたものではなかっただろうか。私は、「綱要」ならびに「農民芸術概論」「農民芸術の興隆」の三部は、賢治が岩手国民高等学校の講師をひきうけたのをチャンスとして一時にまとめあげた、やはり彼の「心象スケッチ」の作品といえるものではないかと考える。なかんずく、「農民芸術概論」は「綱要」中の大項目および中項目とほぼ同文で、あるいは国民高等学校における講義で受講生に配布した資料かとも推測され、また「農民芸術の興隆」の方は「綱要」中の一項目として賢治が講義のために準備したメモと推測される。伊藤ノートは、そのとき一受講者として彼の講義内容を筆録していたものであることがわかる。

しばらく、賢治が国民高等学校における「農民芸術」の講義で語った内容を具体的に点検してみよう。伊藤ノートによれば、賢治は講義の第六回すなわち一九二六年（大正十五）二月二十七日に、はじめて「農民芸術概論」を登場させているが、その時すでに「綱要」における「序論」から「結論」に至る大項目と中項目は受講者に紹介していたことが知られる。実際の講義は、三月二十三日の第十一回が最終で、「綱要」としては「農民芸術の批評」まで進行したところで中断となっているが、賢治はこの時点で「綱要」の全体像をすでに手中にしていたことは疑いない。

つぎには、賢治の「綱要」および「農民芸術の興隆」とその受講記録である伊藤ノートから、とくに賢治の宗教観に関説する顕著な部分を拾い出してみた。講義では賢治がかなり本音を出して語っている点のあったことに注目したい。また両者には、講義する立場と受講者という立場の違いも見られて興味深い。

（一）「農民芸術概論」のタイトルについて。この点については賢治にはかなりのこだわりがあり、伊藤ノートによって推測すれば、賢治はそのとき「原論」（「そもそも」の意味か）として語り始めたようである。「農民芸術」というテーマそのものは国民高等学校から与えられた講座名のようで、賢治は必ずしもその表現に納得していなかった様子が窺える。彼はとりあえず「農民（地人）芸術概論」と板書して講義に入ったが、その冒頭でつぎのように受講者に筆記させている。「農民と云はず地人と称し、芸術と云はず創造と云ひ度いのである」と。

彼の「地人」に対するこだわりは、この時期、他の場においても見られるのである。一九二六年（昭和元年、すなわち大正十五年十二月二十五日改元）二月の地人協会の集会で、賢治は「地人芸術概論」として講義したことが伊藤忠一（一九一〇—六四）によって記録されている。ただし、その時には、まだその内容が確定的ではないので、受講者に筆記しないように注意がなされたという（『新校本』第十六巻（上）補遺・資料、伊藤忠一「労農詩論三講」）。

ここに見られる、賢治の「地人」に対する認識へのこだわりは、「綱要」の最終形において明らかとなっているが、その内容はけっして眼前の農民の生活だけが対象ではなく、より深く人間全体を対象としてとらえ、時代や社会を広く視野に入れた、その文化全体を意味しているという見方がより適切であろう。

（二）伊藤ノートによれば、賢治は講義の第一回（二月二十七日）と第二回（三月一日）を、「綱要」の目次全体と「序論」の説明に当てている。なかんずく注目したいのは、「序論／……われらはいっしょにこれから何を論ずるか……」「世界がぜんたい幸福にならないうちは個人の幸福はあり得ない」「われらは世界のまことの幸福を索ねよう　求道すでに道である」（綱要）について、賢治のきびしい「求道《ぐどう》」（仏の教えを求めて修行すること）観が注目されるところである。

「仏教では法界成仏と云ひ自分独りで仏になると云ふ事が無いのである」「道を求める其の事に我等は既に正しい道を見出した。仏教で云ふ菩薩行より外に仕方があるまい。然らば菩薩と（は）何か？　大心の衆生なり。衆生無辺誓願度／煩悩無辺（無数）誓願断／法門無尽誓願智／無上菩提誓願証（仏道無上誓願成）。（中略）今日は宗教は宗教家は宗教を出しにして生きんとしてるのである、／今此三界皆是我有／吾（其）中衆生悉是吾子」（伊藤ノート）

とくに注目されるのは、賢治が「仏教では法界成仏と云ひ自分ひとりで仏になると云ふ事が無いのである」と表現していることである。賢治は、おそらく「法界成仏《ほっかいじょうぶつ》」の専門語を彼自身の解説を付けて使用したと思われるが、私は賢治が法華信仰に入った早期よりこの思想に深い関心を寄せていたことを想起したい。「法界成仏」とは専門語としても難解であるが、賢治は、人間を含めたあらゆる生きとし生きるもの、全世界、全宇宙の成仏（すなわち自由と平等の平和の世界を迎えること）の意味で用いたのではないだろうか。それは、賢治が法華信仰において取得した「一念三千」の哲学であるが、彼はそれを彼自身の感性で深く広く展開させ、文学活動に、また現実の生活の中で実践しようとした。いわば賢治が到達したさとりの境地であったといえるかもしれない。賢治なればこそ語り得た、講義の中に登場した彼独自の一語として注目しておきたい。

さらに、賢治は講義の中で「われらは世界のまことの幸福を索ねよう　求道すでに道である」（綱要）について、「道を求める其の事に我等は既に正しい道を見出した、／仏教で云ふ菩薩行より外に仕方があるまい」（伊藤ノート）と再び「菩薩行」を持ち出して、それが「求める道」の唯一の解答であることを示し、講義では菩薩の「四弘誓願」を板書した様子が窺える。但し、「四弘誓願」の二句目と四句目に誤写（筆者注）があるのは、伊藤ノートの側における責任であろう。菩薩行は、賢治がはやく十代後半の頃から、すなわち浄土門信仰から聖道門信仰に進路を変えた時点で、菩薩の四弘誓願に自ら誓いを立てたことを想起させる。賢治の菩薩行にかけた信念は、そのとき以来の一生をかけた信仰である。

また、「今此三界皆是我有、／吾（其）中衆生悉是吾子」（今此の三界は皆是れ我が有なり、其の中の衆生は悉く是れ吾子なり）とは、法華経譬喩品に出る句で、我々生きとし生けるものすべてが皆大いなる仏の慈悲に包まれていることを説く。

賢治の「菩薩行」信仰は、講義においてまた別の場所でも登場する。「農民芸術の興隆……何故われらの芸術がいま起らねばならないか……」「いまわれらにはただ労働が　生存があるばかりである」（綱要）について、「農民は食ふために働く、働くが故に食ふて生きてるのである、唯グル〳〵繰返してるに過ぎない／然し之れが無意味であるが菩薩行であって人生を送ってる　之れ聖者である、が今日其んな人はあるまい、今日の芸術家宗教家なんと云ふ者は食ふ為めに行ってる様なものである」(伊藤ノート)。

賢治のことばはどこまでも厳しい。当時の農民の生活の苦しさは言うまでもないが、芸術家や宗教家も食うためにその道を行っているのだという。「菩薩行」で人生を送っている人があれば聖者だが、「今日其んな人はあるまい」ともいう。

賢治の国民学校における講義は、その人間教育の背景としてふかく仏教の法華経信仰とくに菩薩思想に大きく踏み込んでいたことが分かる。

(三)「農民芸術の興隆」(『新校本』第十三巻(上)覚書・手帳)については、賢治の詳細な講義メモが残されており、その講義者としての意識もわれわれに理解しやすい。( )内は、筆者の補注。

「宗教は疲れて近代科学によって置換され　然も科学は冷く暗い」(綱要)にはつぎのようなメモがある。「宗教中の天地創造論(キリスト教)須弥山説(仏教)〔神〕道は拝天の余俗である歴史的誤謬(神道)見えざる影に嚇された宗教家　真宗(浄土真宗)/科学は如何　短かき過去の記録によって悠久の未来を外部から証明し得ぬ/科学の証拠もわれらがただ両く感ずるばかりである/そして明日に関して何等の希望を与へぬ　いま宗教は気休めと宣伝(国柱会)　地獄(仏教)」

4. 賢治の「立正安国論」

賢治の「綱要」を論ずる末尾に付して、あるいは私の我田引水との謗りをいただく覚悟で一妄言をお許しいただきたいと思う。賢治が熱心な法華信仰者であり、また日蓮の信奉者でもあった賢治として、なぜか、かの「立正安国論」(以下、「安国論」)については、一切ふれるところがないのである。私は、これを実に不思議なこと、あるいは奇異なことと感じてきた。

いうまでもなく、日蓮にとって「安国論」は、まぎれもなくその主著の位置にある。日蓮はこの著作によって、その後の十五年に及ぶ苦難への道を招いたが、また、それが日蓮を天下に知らしめる一代の登竜門となったことも疑いない。日蓮自身が一生の間に何度も「安国論」を筆写し、また弟子たちに講義したという事実も、それが当人にとって人生をかけた重要な主張であったことの証しであろう。

しかし、賢治はこの「安国論」については、文学作品中にはもとより、他に多く残る彼の書簡類にもまったく話題にしている形跡がない。彼が意識的にあえて「安国論」への言及を避けたとすれば、それはいったい如何なる理由があったのであろうか。あるいは、賢治は「安国論」に一度も目を通すことがなかったのか。それはあり得ないことだろう。賢治が二十四歳の正月、一大決心のもと家人にも無断で上京したときにも、国柱会から授与された本尊と日蓮の遺文集だけはしっかり抱えて汽車に乗った彼である。何事も徹底しなければ済まない彼の性格から推量すれば、それこそぼろぼろになるまで遺文集は読みこなしていたと思われる。

私は、賢治の場合はこうではないかと思う。徹底的に日蓮の「安国論」を熟読し、咀嚼し、千思万考の結果、しかし、その元の形式をそのままに言及することはせず、いわゆる賢治流の新見地から新しい「安国論」を提議したのではないか、私は、それがすなわち、彼の「農民芸術概論綱要」の開陳ではなかったかと推量しているのである。

ここでもう一度、われわれも先入見を排して、素直に「安国論」を読み直して見ようではないか。

「安国論」は、一二六〇年(文応元)日蓮三十九歳の時に鎌倉幕府の前執権最明寺入道北条時頼に呈出した私的な勘文で、書名も自らが題したものである。一二五七年(正嘉元)から文応元年にかけて、鎌倉を中心として東国には大地震、暴風雨、洪水が続出し、飢饉、疫病が発生して、死者や罹災者が市中にあふれる状態であった。

同書の巻頭にはその惨状を「牛馬巷に斃《たお》れ、骸骨路に充《み》てり。死を招くの輩、既に大半を超ゆ」と描写している。日蓮は、そのような社会の危機に対し仏教者としての立場から諸経にその原因を求め、悪法を止め正法に帰することがなければ、さらに他国侵逼（外国からの侵略）・自界叛逆（内乱）の二難も将来するであろうことを警告した。

「安国論」は、主人と客との全部で十番の問答から構成されているが、そのうち八番問答までは破邪《はじゃ》、すなわち法然浄土教を批判する議論で埋められ、わずかに第九問答の中で、標題となっている「立正」（正法を立てて）「安国」（国家を安んずる）の趣意が述べられているに過ぎない。したがって議論における肝心の日蓮の主張とは、「安国論」の大部分を占める内容よりも「立正安国」というテーマそのものにあったと見ることができるのではないか。

確かに「立正安国」こそ、日蓮畢生《ひっせい》の一大テーマであったことは疑いない。また、「立正安国」というテーマは、日蓮六十年の生涯だけに終わるものではなく、もちろん法華経至上主義の一宗一派の繁栄だけを願うものでもない。その根底にあるのは、当時のわが国がおかれた時代的、社会的、また自然的、さらには国際的な状況に対する強烈な危機感であり、日蓮の展望するその視界の先には、法華経の説くわが国が困難な現状を克服し、未来に向けてつねに〝いのち〟を第一に考える平和で安穏な社会、世界が実現すると見る（娑婆即寂光）期待があった。この思想は、当時においてはもちろん、時代をこえてわが国の現代の国民にとっても願望する考え方であろう。

しかし今日でも、日蓮の「安国論」に対する一般の理解は必ずしも正当な評価とは言えないのではないか。狭義の解釈、偏狭な歴史観に付き纏われている感がいつまでも残っている。はたして、「安国論」を執筆して当時の鎌倉幕府に厳しく迫った、日蓮の真意はどこにあったのか。

想像すれば当時の賢治の環境とは、国柱会が主導していた日蓮主義の影響が最も激しく興隆している時代であった。大谷栄一『日蓮主義とはなんだったのか』（講談社、二〇一九）によれば、「智学の日蓮主義は非常に政治性・社会性の強いナショナリスティック（国家主義的）な近代仏教思想であり、仏教的な政教一致（法国冥合）にもとづく日本統合、天皇による世界統一、『仏教と日本国体』の結びつき（日本国体学）による政教相関論などの特徴をもつ」という環境であった。

それに対して、賢治は必ずしも従順であったわけではない。しかし、賢治の心友である保阪嘉内に国柱会への入信を勧誘している中では、逆に友人から国柱会に対する厳しい反論を受けそれに対して、賢治が言い訳に窮している場面も見られた。「別冊『世界統一の天業』（国柱会の機関紙）何卒充分の御用意を以て御覧を願ひます。天孫人種の原地に就てはあなたにも私同様色々な学説が混乱してゐるでせう。（中略）日蓮主義者。この語をあなたは好むまい。私も曾っては勿体なくも烈しく嫌ひました。但しそれは本当の日蓮主義者を見なかった為です」（保阪嘉内宛、簡178）。

結局、賢治は国柱会に入会はしたものの、真には、その環境には馴染めなかったようである。賢治の文学活動がようやく軌道に乗ったとみられる頃から（しかしそれは、あくまでも今日から見た創作の点数の多さにおいて言えることであるが）、国柱会の影は次第に彼から遠のいた感があるのである。同時に気が付くのは、あれほど入会前から入会直後までは、絶対服従を宣言するなど帰依を鮮明にしていた（保阪嘉内宛、簡177）田中智学の名が、賢治の文学活動開始後には、作品にも書簡にも一切現れなくなったことである。

私が憶測するには、おそらく賢治の文学活動においては、拠るべきその思想があくまで法華信仰の「マンダラなる世界観」すなわち、「一念三千」思想にもとづく、すべての対象に対して「開かれた世界観」であることに気がついた時点で、それ以後は賢治の具体的な言動にも必然に、国柱会会員としての意思の拘束感や折伏的態度が消え、その対象に向って寛容な、摂受的な態度へと変化が生じたのではないか。

したがって、賢治の「安国論」観についても当時の国柱会に見られる「安国論」観、それは今日よりもさらに歴史と伝統に強くしばられた日蓮主義的な「安国論」観であったが、それを賢治は、そのままに容認することができなかったのではないか。賢治が入信の当初は深く心酔し指導を仰いだ国柱会およびその指導者田中智学であったが、彼がいつ頃まで同じ心情を維持し得ていたかについて、「安国論」への疑問が生じてくる背景とは恐らく無関係ではないであろう。

では、賢治は「安国論」をいったいどのように読んだのだろうか。そこで思い当たるのは、彼が創作の上でつねに強く意識した基本姿勢があったことである。それは、彼が作品上ではストレートに仏教用語を用いることを極力避ける意識である。

当時の賢治の眼に映じた伝統仏教は、彼の表現を借りれば、すでに「疲れた既成宗教」であり、もはや「まことのことばは無い」と見放される存在だったようである。彼にとっては、伝統の中で使い汚され、誤解や因習の染みついた専門語は、もはや無用の長物でしかなかったのであろうか。しかし、私の脳裏には過去の賢治に、そんな彼とはまったく違った別の賢治のイメージが残っている。かの心友保阪嘉内に対して激しく彼を国柱会への入信を勧誘した際の、毎回の手紙に見られた専門用語の列挙は、いったいあれは何だったのか。残念ながら今日には、保阪の手紙は残っていない。残っているのは、賢治の手紙だけである。しかし当時、二人の間でどれだけ激しい議論の応酬があったかは、残っている賢治の手紙だけでも十分想像ができる。あの賢治は、いったい何だったのか。「農民芸術概論綱要」に見られる賢治は、あの時はいったい、どこに行っていたのか。

しかし、ここで再確認しておこう。賢治が入会した当時の国柱会の現実は、たしかに同会が伝統の日蓮宗から分離し独立した新興宗教団体としての立場ではあったものの、寛容な摂受的布教姿勢をとる日蓮宗に対して国柱会の布教姿勢は、反対に折伏的で厳格な教義を会員に指導しており、仏教の専門用語も日常的に使用されていた。かつて心友保阪嘉内を必死に国柱会へ勧誘したときの賢治の手紙攻勢にみる、かの高ぶった専門用語の頻発こそが、当時の国柱会の日常的信仰生活だったといえるだろう。

おそらく、その後の賢治にとっては、彼自身をふくめて当時の国柱会については自省する思いも少なくなかったのではないか。彼の文学活動すなわち詩であれ、童話であれ、その中からは一切の折伏的態度と仏教の専門用語が排除されていることに注目したい。

「農民芸術概論綱要」における賢治は、伝統の専門語に代わるべき新しい表現を工夫することによって、仏の「まこと」の教えを伝えようとしたのではなかったか。それが、彼の文学活動が盛んになった作品において、さかんに新造語を発した最大の理由だったのではないか。賢治は、自分が体得した法華信仰の実りを、その精神を、彼の工夫した文学的表現と実践の行動によって、それをまず彼自身が生活の基盤を置く周辺へ、さらには広く社会へ伝達しようと努力したといえるのではないか。

いま私は、賢治の「農民芸術概論綱要」こそ、日蓮が「安国論」を執筆した精神を時代と環境を超えて彼流に翻訳した、現代の「安国論」として読むことができるのではないかと思っている。すなわち「農民芸術概論綱要」とは、賢治による「安国論」の現代語訳といえるのではないだろうか。

5. 羅須地人協会

岩手国民高等学校での体験は、その時期の賢治にとっては、間近に迫っていた羅須地人協会（以下、「地人協会」）の活動開始に直接の刺激となり、また具体的な行動の参考になったところが多かったにちがいない。

賢治が農学校を退職してまでも実現しようと夢見た、地人協会の設立（一九二六年八月頃か？）とは、農業の実践と文化活動とを兼ねた、それはいわば一種の「美しき村」づくりといえるものだったようだ。そのときの彼の思いは、昭和初期の、当時の疲弊する農村、農民たちの上にあったことは疑いない。知識人の役割として、農村にとどまり農村の改良に尽くすべき、という当時の青年たちの主張を賢治も共有していたにちがいない。

地人協会の活動が始まった場所は、花巻市郊外の下根子《しもねこ》桜（現在の花巻市桜町）にあった宮沢家の別宅で、彼は農学校退職後にここで独居生活を始め、その後そのまま地人協会の会場に転用させたものである。彼はここに農学校での教え子二十数名を集め、彼らとともに北上川沖積地の開墾事業や、同時に講演会、演劇会、レコードコンサート、楽器の練習会などの文化活動を行ったのである。その建物は、その後花巻市葛の花巻農業高校の構内に移築され、現在も保存されている。

ところで、「羅須地人協会」とはまたなかなかひねった名称ではないか。この命名についての解釈にも諸説があって議論はつきない。賢治に関する文学や行動には、彼独自の言語表現や新造語に出合って意味の解読にしばしば迷うことがある。そんな場合私は、やはり仏教とくに法華経信仰に基づくマンダラ世界の形象と心象とをヒントにするのが、最も素直な理解の仕方ではないかと考えている。したがって私は、「羅須地人協会」についても彼の第一詩集『春と修羅』とまったく同工の趣向で命名されたと考えている。すなわち自分自身を「十界」中の「阿修羅界」（略して修羅界。修羅は須羅とも用いる）の地位と自覚していた賢治が、いつかは菩薩界や仏界を目指そうとする祈りを、そのまま逆転させて「羅須《らす》」として用いたと理解するのが、茶目っけの多い彼の心境に最も添った理解ではないかと思う。なお、「地人協会」の「地人」については前項においてすでにふれた。

前出の「綱要」は、賢治にとっては地人協会の成立、発足を前提とした、いわばその基本理念を示した「設立趣意書」といえる存在ではなかったか。「綱要」において、宗教、科学、芸術三者を評する賢治の言葉にはきわめて厳しいものがある。「宗教は疲れて近代科学に置換され然も科学は冷く暗い、／芸術はいまわれらを離れ然もわびしく堕落した」（「農民芸術の興隆」）という。しかし、それは賢治自身がその三者と深く関わってきたゆえの認識に他ならない。けっして賢治はこの三者を見放しているわけではない。あくまで未来を見据えた三者のかつての栄光ある歴史的な存在への復権と、三者相互の調和、一体化を願う立場こそ彼の真意であり、「綱要」の趣意なのである。

地人協会の創立日は必ずしも明確ではない。「年譜篇」によれば、「一九二六年（大正十五）の八月二十三日（旧暦七月十六日）」と、賢治は六月末ごろに菊池信一に語ったという話が伝わっているが、当日には実際に何か催されたという記録はないという。

しかして、この時期に至っても賢治はまだ、自らのマンダラ世界の存在を深く心奥に秘め、けっして外に明かそうとはしていない。しかし、彼が「或る心理学的な仕事」と表現した、いままさに挑戦しようとするマンダラの実践が、宗教と科学、あるいは宗教と科学と芸術など、複数の座標軸をもつ壮大な実験であることの認識は、ぜひ他の誰かに察知してもらいたいという願望であったように思われる。いうまでもなく、そこには少なからず矛盾がある。そして、そんな矛盾に対する彼自身の内なる葛藤が、『春と修羅』も、亦それからあと只今まで書き付けてあるものも、これらはみんな到底詩ではありません」と言わせ、「決して私はこんなことを皮肉で云ってゐるのでない」（前出の森佐一宛の書簡）といった物言いとなったものではないかと推測できるのである。

賢治が目指した「農民芸術」は単なる農民を限定的に対象とした文学、芸術ではなく、ひろく生活全般ひいては人生そのものを芸術化しようという、きわめて高邁な精神に立っていた。その活動の基本理念の宣言が「綱要」であり、「協会」設立の趣意としての「綱要」であった。そして同時に、私見では、「綱要」には賢治の捉えた文字マンダラの心象（それは、すなわち法華経の一念三千の思想であり、菩薩行を勧奨する思想である）と形象（それは、すなわち日蓮の大曼荼羅（文字マンダラ）の存在とその形態を前提としている）が満ち満ちている。私は、「綱要」は必ずマンダラの心象と形象とを念頭に置いて読むべきものであることを主張したい。

賢治の精魂を傾けた「地人協会」の運営ではあったが、それは疑いなく賢治の私塾としての趣以上のものではなかったようだ。経済的にも苦しかったようだ。

『岩手日報』の一九二七年（昭和二）一月三十一日号夕刊の三面に、「地人協会」について賢治の写真付きで、つぎの紹介記事が掲載された。当時の部外者からみた「地人協会」の景色である。（以下、句読点は筆者）

「農村文化の創造に努む／花巻の青年有志が／地人協会を組織し／自然生活に立ち返る
花巻川口町の町会議員であり、且つ同町の素封家の宮沢政次郎氏長男賢治氏は今度花巻在住の青年三十余名と共に羅須地人会を組織しあらたなる農村文化の創造に努力することになつた〔。〕地人協会の趣旨は現代の悪弊と見るべき都会文化に対抗し農民の一大復興運動を起こすのは主眼で、同志をして田園生活の愉快を一層味はしめ原始人の自然生活にたち返らうといふのである〔。〕これがため毎年収穫時には彼等同志が場所と日時を定め耕作に依つて得た収穫物を互ひに持ち寄り有無相通ずる所謂物々交換の制度を取り更に農民劇農民音楽を創設して協会員は家族団らんの生活を続け行くにあるといふのである、目下農民劇第一回の試演として今秋『ポランの広場』六幕物を上演すべく夫々準備を進めてゐるが、これと同時に協会員全部でオーケストラを組織し、毎月二三回づゝ慰安デーを催す計画で羅須地人協会の創設は確に我が農村文化の発達上大なる期待がかけられ、識者間の注目を惹いてゐる。」

なお、協会員の伊藤克己によると、この新聞記事によって地人協会は社会主義教育が疑われ、一時オーケストラを解散し、集会も不定期になったことがあったという。（年譜篇）

6．父政次郎へ最後の願い

賢治が「綱要」を仕上げ、「協会」も一応の発足をみた後のことであるが、一九二六年（大正十五・昭和元）の十二月二日、彼は突然上京し二十日間の滞在期間をきわめて精力的に行動する。しかし、その行動たるや賢治本人がそう言うように、けっして尋常とは思えない、何か深い理由を秘めた行動であった。

そのときの父政次郎へ宛てた書簡が二通残っているが、その内容は一見この異常とも思える不可解な行動について、賢治はそれを確たる目標と信念のもとに行っていること、かつ自分の行動を理解して欲しいことをくり返し懇願している。

手紙は、先が十二月十二日（政次郎宛、簡221）、後が十二月十五日（同、簡222）。内容は一貫しているので、続けて読んでみたい。

いままで申しあげませんでしたが私は詩作の必要上桜で一人でオルガンを毎日少しづつ練習して居りました。（中略）もうこれで詩作は、著作は、全部わたくしの手のものです。どうか遊び仕事だと思はないでください。遊び仕事に終るかどうかはこれからの正しい動機の固執と、あらゆる慾情の転向と、倦まない努力とが伴ふかどうかによって決まります。生意気だと思はないでどうかこの向いた方へ向かせて進ませてください。実にこの十日はそちらで一ヶ年の努力に相当した効果を与へました。エスペラントとタイプライターとオルガンと図書館と言語の記録と築地小劇場も二度見ましたし歌舞技〔伎〕座の立見もしました。これらから得た材料を私は決して無効にはいたしません、みんな新しく構造し建築して小さいながらみんなといっしょに無上菩提に至る橋梁を架し、みなさまの御恩に報ひやうと思ひます。どうかご了解をねがひます。

（簡221）

図書館の調べものもあちこちの個人授業も訪問もみなその積りで日程を組み間代授業料回数券などみなさうなって居りましていま帰ってはみんな半端で大へんな損でありますから今年だけはどうか最初の予定の通りお許しををねがひます。それでもずゐぶん焦って習ってゐるのであります。毎日図書館に午後二時頃まで居てそれから神田へ帰ってタイピスト学校　数寄屋橋側の交響楽協会とまはって教はり、午後五時に丸ビルの中の旭光社といふラヂオの事務所で工学士の先生からエスペラントを教はり夜は帰って来てつぎの日の分をさらひます。一時間も無効にしては居りません。音楽まで余計な苦労をするとお考へでありませうがこれが文学殊に詩や童話劇の詞の根底になるものでありまして、どうしても要るのであります。もうお叱りを受けなくてもどうしてこんなに一生けん命やらなければならないのかとじつに情なくさへ思ひます。（簡222）

私は、このときの賢治に、父政次郎に対して自分の〝作詩や著作の創作の秘密〟が奈辺にあったかを初めて明かしている緊張感を感じる。賢治は「どうか遊び仕事だと思はないでください」「生意気だと思はないでどうかこの向いた方へ向かせて進ませてください」と言う。賢治の言葉は父へ懇願しているようでもあるが、その内容そのものには彼は十分の確信を持っているようではないか。

この時期、すでに地人協会の実際の活動は開始され、その中には、音楽や演劇のプログラムも組まれている。もちろん賢治の脳裏には、そのような地人協会の活動も含めてのことではあるが、彼が上京し二十日間を実に目まぐるしく行動した内容から推察すれば、その目的は、かれがすでに文学活動としての実績に自信をふかめ、より具体的には「春と修羅」の第二集、第三集の準備に向けて、その「心象スケッチ」の必要のために行動したのではなかっただろうか。賢治にとってそれは、自分自身の「マンダラ世界」をより充実させる行動に他ならない。

賢治自身の「マンダラ世界」の存在と、それを前提にした「心象スケッチ」という文学的技法。それは、これまで誰にも明かしたことのない、賢治の作詩、著作の創作の秘密である。私は、それを賢治はこのとき、父政次郎に対してはじめて伝えている感動を覚える。しかし、実際には父政次郎はこの時、こんにち我々が周知しているような膨大な作品が、賢治の手元に産まれていたとはおそらくまだ承知していなかったにちがいない。

しかして、父に対する手紙の主題はといえば、賢治が上京以来消費した多額にのぼる滞在費の言い訳と、さらに不足する費用の送金依頼である。私は、このとき賢治が明かしている作詩、著作の創作の秘密とは、より具体的には彼自身の〝マンダラ世界の創造〟ということだったと結論したい。しかし、〝マンダラ世界の創造〟という表現は、あくまで私の表現であり賢治自身のものではない。これまで、賢治はイメージとしては〝心象スケッチ〟あるいは〝四次元〟〝万象同帰〟等と独自の表現でその〝マンダラ世界〟の存在を暗示してきた。が、それはついに、「農民芸術概論綱要」の構想、執筆、さらに羅須地人協会の発足をみるに至って、いよいよ具体的に白日の下に姿を見せた感がある。しかし、それらの情報ははたして父には達していたかどうか。

父への手紙にもどって、あらためて、賢治の二十日間の不審な行動の意味を検証してみよう。

タイプやオルガン、エスペラント語、セロを習い、観劇をし、図書館に通うなど、一見無秩序のように見える賢治の行動であるが、すでに「綱要」の内容を知るわれわれには、その行動が「農民芸術の興隆」を意識し、「農民芸術の本質」を前提にしたものであることが十分推察できるであろう。しかもその認識は、賢治においては単に作詩、著作など文学活動における創作上の知識としての素材になるだけでなく、彼がいう「音楽まで余計な苦労をするとお考へでありませうが、これが文学殊に詩や童話劇の詞の根底になる」という範囲には、地人協会における「綱要」の実践までを彼は視野に入れていることを理解することができる。

私は、賢治がはたして「一ヵ月に三千枚も書いた」（宮沢清六『兄のトランク』）という時期（一九二一年、賢治二十五歳）から、彼の〝マンダラ世界の創造〟の意識の中に、地人協会の設立というような社会的な実践までがその視野にあったかと聞かれれば、おそらくそれは無かったと否定したい。しかし賢治が、一九二五年（大正十四）の六月に心友の保阪に花巻農学校の退職を宣言して「来春はわたくしも教師をやめて本統の百姓になって働きます」（簡207）と告げていた時には、地人協会の設立までが確実に脳裏にあったのではないか。そして、賢治にとっては予定外のことではあったが、農学校退職の直前に岩手国民高等学校で「農民芸術」を講ずる機会と、そのテーマに出会い、「綱要」の完成（私は、これを完成とみる。「綱要」の末尾に「畢竟ここには宮沢賢治一九二六年のその考があるのみである」と記す通りである）によって、彼の年来の悲願でもあった〝マンダラ世界の創造〟の実現に一歩近づいたと思考される。

地人協会の終息は、結局、賢治が体調を崩すとともに訪れたようだ。一九二八年（昭和三）の七月は干ばつのため稲熱病が発生し、賢治は専門家として病原菌の駆除、予防に活躍したが（年譜篇）、その影響もあってか八月中旬に発熱、四十日間実家で療養している。その後も、十二月に風邪から急性肺炎となり自宅で病臥生活が続き、翌年には「疾中」詩編中の詩「一九二九年二月」を表すことになる。

つぎは、一九三〇年（昭和五）三月十日の伊藤忠一宛の手紙（簡258）である。

根子ではいろいろお世話になりました。／たびたび失礼なことも言ひましたが、殆んどあすこではじめからおしまひまで病気（こころもからだも）みたいなもので何とも済みませんでした。／どうかあれらの中から捨てるべきは、はっきり捨て再三お考になってとるべきはとって、あなたご自身で明るい生活の目標をおつくりになるやうねがひます。

伊藤忠一は、地人協会の会員であり、下根子桜の住人であった。文中の「あすこ」というのは地人協会を指しており、手紙の内容は、すでにその事実上の終焉がみられたことを意味しているものと思われる。

私は賢治の人生について、とくに後半生に属する地人協会の設立については、これを挫折として批判する人のいることを承知している。しかし、私はその批判にけっして納得しない。

賢治は日蓮の文字マンダラと出会い、その教示を感受することによって（すなわち「心象スケッチ」として）彼自身の文学活動を開花させたが、加えて文字マンダラのもつ宗教的理念すなわち世界平和の設計図としての意義を、社会的に実践すべくその第一歩を踏み出したことは（すなわち理念としての「農民芸術概論綱要」ひいては実践としての「羅須地人協会」）、賢治独壇場の快挙であったと私は信じる。たとえ、それが賢治自身の健康上の理由から撤退のやむなきに至ったとしても、いったい、誰がこれを批判できるというのであろうか。

八、われやがて死なん

1. 生と死を見つめて

賢治の命を奪った直接の病名は、結局は肺結核ということになるのであろうか。二十歳を過ぎて一時肋膜炎を発症したり、徴兵検査でも担当の軍医から虚弱体質を指摘されたりしているが、当時の結核に対する差別や偏見もあったせいか、医師による明確な診断は示されなかったようだ。彼の病床生活は、一九二八年（昭和三）八月に発熱で約一カ月間寝込んだことがその後の闘病生活のきっかけとなったようだ。つぎは、同年九月二十三日の沢里（高橋）武治あての手紙（簡２４３）である。

八月十日から丁度四十日の間熱と汗に苦しみましたが、やっと昨日起きて湯にも入り、すっかりすが〳〵しくなりました。六月中東京へ出て毎夜三四時間しか睡らず疲れたまゝで、七月畑へ出たり村を歩いたり、だんだん無理が重なってこんなことになったのです。

続いて同年十二月に風邪から急性肺炎となってから翌一九二九年（昭和四）の春まで病床生活が続いた。「疾中」（『校本』第五巻・詩Ⅳ）という名でまとめられた一連の詩は、賢治自身の病床中の環境を心象スケッチしたもので、詳細な本人の病状、病気に対する感情、死と向き合う覚悟、など切々たる彼の心情が連なり、読む者の胸を締め付ける。

おそらく、そのときの賢治の病臥の状況が直接の原因になったのであろう、彼が「いちばんやり甲斐のある時期でした」（簡２６０）と述懐する花巻農学校を退職してまで取り組んだ羅須地人協会も、その間に閉鎖を余儀なくされた。

一九三〇年（昭和五）になって病状が少し回復すると、賢治は、東北砕石工場から合成肥料の相談を受けるようになり、翌年二月からは正規の同工場技師として勤務することになった。仕事の内容は、広告文の起草・発送や石灰の宣伝・販売だったという。

つぎの手紙は、一九三二年（昭和七）十月五日付の森佐一宛（簡431）であるが、当時の賢治自身の病状に対する自覚のほどがよくわかる。

私の病気もお蔭でよほどよくなりました。いつでもよほどよくなってゐるやつだと思ふでせうが、それほど恢復緩漫たるものです。病質はよく知りませんが、肺尖、全胸の気管支炎、肋膜の古傷、昨秋は肺炎、結核も当然あるのでせう。たゞ昨今次第に呼吸も楽になり、熱なく、目方ふえ、（十一貫位）一町ぐらゐは歩き、一時間ぐらゐづつは座るやうになった所を見れば、この十月十一月さへ、ぶり返さなければ生きるのでせうと思はれます。お医者にも昨冬からかゝりません。かかっても同じです。薬も広告にあるビール酵母だけ、あとは竹を煎じてのんでゐます。何でも結核性のものは持久戦さへやる覚悟でゐればどうにかなるといふよりは他に仕方ないやうです。

晩年になって賢治は、詩作においても書簡などでも、かなり自分自身を顧みる言辞が目立つようになっている。それも単に過去を回顧するのではなく、自身の過去の言動を深く反省する心情を吐露する。

しかし、つぎの手紙は賢治らしくて面白い。一九三二年（昭和七）十月、草野心平宛の下書き（簡433）であるが、賢治生来の「修羅」なる性格は、少々の反省ではなかなか消えるものではなかったようである。

あなたへも数回手紙を書きかけましたが、主義のちがひですか、何を書いても結局空虚なやうな気がして、みんな途中でやめました。ちがった考は許すならやっぱりにせものです。何としても闘はなければならないといふと、それはおれの方だとあなたは笑ふかもしれません。さうでもないです。あたくしの今迠はたゞもう闘ふための仕度です。

2.「一九二九年二月（仮称）」

つぎに挙げる例は、「一九二九年二月（仮称）」（詩［疾中］より、『新校本』第五巻・詩Ⅳ、本文一七六頁）という作品であるが、おそらく賢治の死生観がこれほど直截に語られた例を他に見ることはあるまい。疑いなく、彼がここに表白する境地は、日蓮の「文字マンダラ」（大曼荼羅）の存在を前提にし、その宗教的本質を的確に解説するものとなっている。

私は、賢治という法華経を深く信仰した一人の科学者であり文学者が、その感得した哲学を心象スケッチした詩作品として、彼の遺した最高傑作の一としてこれを推したい。

われやがて死なん
　今日又は明日
あたらしくまたわれとは何かを考へる
われとは畢竟法則（自然的規約）の外の何でもない
　からだは骨や血や肉や

それらは結局さまざまの分子で
　幾十種かの原子の結合
　原子は結局真空の一体
　　外界もまたしかり
われわが身と外界とをしかく感じ
これらの物質諸種に働く
その法則をわれと云ふ
われ死して真空に帰するや
ふたゝびわれと感ずるや
ともにそこにあるは一の法則（因縁）のみ
その本原の法の名を妙法蓮華経と名づくといへり
そのこと人に菩提の心あるを以て菩薩を信ず
菩薩を信ずる事を以て仏を信ず
諸仏無数億而も仏もまた法なり
諸仏の本原の法これ妙法蓮華経なり
　帰命妙法蓮華経
　生もこれ妙法の生
　死もこれ妙法の死
　今身より仏身に至るまでよく持ち奉る

すでにふれたように、一九二九年（昭和四）のこの時期、賢治は前年の八月に発熱し、風邪から急性肺炎となり、自宅で療養中であった。では彼は、自身の「死」についての不安や恐怖から、急にこのような作品を書いたのだろうか。私は、そうは思わない。

「われやがて死なん」という語りだしはたしかに苦しく重いが、彼は少しも取り乱してはいない。実に、その内容は冷静で、宗教的な意味で論理的である。かえって、これは彼が普段から到達し、自身が納得していた境地を率直に披瀝したものというべきであろう。

ここには、純真な一人の法華信仰者としての賢治がいる。賢治は、あたかも彼の尊崇した日蓮のマンダラ本尊と対話しているようである。彼は、マンダラ本尊に対しけっして傍観者ではない。主体的にマンダラ本尊と向き合い、マンダラ本尊に問いかけ、マンダラ本尊から答えを引き出す形で、マンダラとは何かをわれわれに紹介しようと努めている。

賢治には、かねて盛岡高等農林学校を卒業し、稗貫農学校教諭として農業科学を教えた自然科学者としての自負がある。法華信仰におけるマンダラの理念すなわち一念三千の心象と形象を、いかに心理学的に、科学的合理性のもとで語ることができるか、それが彼の挑戦したこの詩の課題であったのではないか。私には、賢治自身としての答えがここに示されているように思える。

つぎは、一九三三年（昭和八）九月十一日、柳原昌悦に宛てた手紙（簡488）である。この手紙を書いた十日後に賢治は逝った。現存する彼の手紙としては、生前の最後のものになろうか。

あなたはいよいよご元気なやうで実に何よりです。私もお蔭で大分癒っては居りますが、どうも今度は前とちがってラッセル音容易に除こらず、咳がはじまると仕事も何も手につかずまる二時間も続いたり或は夜中胸がびうびう鳴って眠られなかったり、仲々もう全い健康は得られさうもありません。けれども咳のないときはとにかく人並に机に座って切れ切れながら七八時間は何かしてゐられるやうになりました。あなたがいろいろ想ひ出して書かれたやうなことは最早二度と出来さうもありませんがそれに代ることはきっとやる積りで毎日やっきとなって居ります。しかも心持ばかり焦ってつまづいてばかりゐるのやうな訳です。私のかういふ惨めな失敗はたゞもう今日の時代一般の巨きな病、「慢」といふものの一支流に過って身を加へたことに原因します。僅かばかりの才能とか、器量とか、身分とか財産とかいふものが何かじぶんのからだについたものででもあるかと思ひ、じぶんの仕事を卑しみ、同輩を嘲けり、いまにどこからかじぶんを所謂社会の高みへ引き上げに来るものがあるやうに思ひ、空想をのみ生活して却って完全な現在の生活をば味ふこともせず、幾年かゞ空しく過ぎて漸くじぶんの築いてゐた蜃気楼の消えるのを見ては、たゞもう人を怒り世間を憤り従って師友を失ひ憂悶病を得るといったやうな順序です。あなたは賢いしかういふ過りはなさらないでせうが、しかし何といっても時代が時代ですから充分にご戒心下さい。風のなかを自由にあるけるとか、はっきりした声で何時間も話ができるとか、じぶんの兄弟のために何円かを手伝へるとかいふやうなことはできないものから見れば神の業にも均しいものです。そんなことはもう人間の当然の権利だなどといふやうな考では、本気に観察した世界の実際と余り遠いものです。どうか今のご生活を大切にお護り下さい。上のそらでなしに、しっかり落ちついて、一時の感激や興奮を避け、楽しめるものは楽しみ、苦しまなければならないものは苦しんで生きて行きませう。いろいろ生意気なことを書きました。病苦に免じて赦して下さい。

賢治没後約九十年の今日であるが、彼がここに指摘する時代の過ち（傍線）はそのまま現代にも当て嵌まると感ずるのは私だけであろうか。

3.「雨ニモマケズ手帳」短見

賢治が残した膨大な量の作品群の背景として、彼には日常つねに首から取材用の小さな手帳をさげている習慣があったという情報は気にかかる。その習慣じたいは、彼のかなり早い時期からみられたようだが、とくに文字マンダラの心象と形象から学んだ「心象スケッチ」を自身固有の取材技法として確立してからは、より手帳をもつ意味は高まったことであろう。

しかし、こんにち賢治が遺している手帳の数はけっして多くはない。おそらく、圧倒的な数量になったであろうと推測される手帳のほとんどはすでに彼本人によって処分されたか、あるいはその後の戦時の空襲によって焼失したかと推測され、現在、われわれが実際目にできる手帳はわずかに十四冊とその断紙片の十数葉のみである。が、遺されている手帳からわれわれが知り得る情報は、けっして少なくはない。各手帳は、それぞれに用途が異なっているように見えるが、それほど厳密な使い分けがあったのではなく（ただし、後述する特定の一冊を除いて）、とくに文学や仏教に関する思索については随時の発想を手近にある手帳に書き留めていたように思われる。十四冊の手帳には、これまでに賢治全集の編集者によってそれぞれ便宜的な名称が付されているが、ほぼその名称は定着していると見られるので、以下でもそれに従うことにしよう。

ちなみに、賢治が仏教への思いを記している手帳にはつぎのようなものがある。「装景手記手帳」「兄妹像手帳」については既述したが、手帳断片の「D表・裏」（『新校本』第十三巻（上）覚書・手帳）は、あるいは日蓮聖人伝の和讃などの作品を考えていたのであろうか、「法華堂建立勧進文」（『新校本』第十四巻・雑纂）の字句とも重複するところが見られる。（同「勧進文」については次項で詳説）

なかんずく、賢治の没後に発見された「雨ニモマケズ手帳」の存在は彼の一生とくにその晩年を考察するうえで不可欠の第一級の資料といえるであろう。その発見の経緯については、すでに小倉氏の精緻な研究があり、私に付言する余地はない。あらためて、小倉豊文著『宮沢賢治の手帳研究』（昭和二十七年、創元社刊）、ならびに同氏著『「雨ニモマケズ手帳」新考』（昭和五十三年、東京創元社刊）の研究、とくに本手帳の正確なテキスト化とその解説に傾注されたご労苦には深甚の敬意を表したい。

同氏は直接、「雨ニモマケズ手帳」（以下、本手帳）の原初本を直接手にして調査され、筆記用具の種別や文字の色別、筆圧の強弱、筆跡の配置や大小、抹消の状態までを確認され、それによって賢治が手帳を手にした時の、健康状態、心理状態までを分析されている。また生前の宮沢政次郎氏からも直の証言を得て当時の状況を補充されている。氏の本書における報告は、今後においても余人の追随を許さない貴重な実証的データとして尊重されるであろうことは疑いない。

しかし、小倉氏自身もしばしば述懐しているように、氏は仏教学の専門家ではなく修行の体験者でもない。一方、研究対象の賢治は相当に仏教学の知識に通暁しており、かつ修行の実践的体験者でもある。氏の本手帳研究が結果的に仏教の字引的な解説で、どこまで賢治の真実に迫り得たかについては疑問がないではない。

とくに、本書が「はじめに」の冒頭で問題提起していることであるが、本手帳において賢治が描き遺した「五つのマンダラ」については、小倉氏の解説はデータとして誤っているだけでなく、それをあえて手帳に遺した賢治の意思を読み違えたといわざるを得ない。すなわち、それは賢治の宗教思想、信仰の根本、ひいては賢治の生き方そのものにも決定的に関わる問題である。

私はとくに、本手帳が「病床にあった賢治の信仰上の悲願・反省などの思索生活を示す」（『新校本』の編者評）ことを承認すると同時に、賢治にあってはこの手帳が、自分の没後に誰かの目に触れることの可能性を前提にして、一種の遺言的な感覚で自己の思索を総括する意識があったのではないかと思考する。おそらく、それをより具体的に推測すれば彼の弟清六に対する深い信頼感ではなかっただろうか。賢治の気持ちは、その遺言「国訳妙法蓮華経」の出版が清六によって実行されたことによっても推察される。

しかし「手帳」は、賢治では通例のように整理された無修正の頁はなく、ほとんどが思索途中、思索未了の状態の頁である。すなわち彼が得意の「心象スケッチ」であり、「畢竟ここには宮沢賢治一九二六年のその考があるのみである」（「綱要」）とする意識が手帳にも生きているとしか言いようがない。なかんずく「雨ニモマケズ」詩などは、彼自身としては法華信仰の完結に近い意識の吐露ではなかっただろうか。もはや、作品としていいもわるいもないのである。

なお、もし賢治研究に関する一私見として領掌いただけるなら、私はつぎのように提案したい。賢治の思想・信仰については、彼の一生を通観するとき、それへのこだわりが変化もしくは放棄される要素と、こだわりが永く継続する要素とが顕著にしかも複雑に混在したといえるのではないか。しかして本手帳には、賢治がその最期までこだわりを継続させた思想・信仰（それは一宗教、一宗派としてまとまるものでなく、あるいはその部分的要素に過ぎないかもしれない）が集約されているといえるのではないか。したがって、賢治研究の方法論としては、本手帳から時空を遡って、その出発あるいは発端へと淵源をたずねる方がより正解を得られる近道かもしれないと思考する。

なかんずく本書ではすでに、賢治が思想・信仰への思いを記している手帳として「装景手記手帳」「兄妹像手帳」と「雨ニモマケズ手帳」の存在を紹介したが、とくに「雨ニモマケズ手帳」（以下、手帳。『新校本』第十三巻（上）覚書・手帳）は、私が最初に彼のマンダラ観（本書「はじめに」）に関心をもつきっかけとなった「五つのマンダラ」の発見も、同手帳からであった。

私は、本手帳にみられる賢治の思想・信仰のテーマを「覚りと祈り」という視点で総括してみた。覚りとは、賢治が一生を通じて法華信仰の「まこと」「ほんたう」「真実」を追い身に着けた確信の言であり、あるいはまだ目標に到達することのできなかった自身に対する（おそらく賢治はいまだ挑戦中であるというであろうが）自制、反省の言である。

本手帳が賢治の手元に置かれた（おそらく枕元であったろうか）その時期は、小倉豊文により一九三二年（昭和六）十月上旬から年末かその翌年初めまでに使用されたものと推定されている。手帳の記述をみるかぎり彼の病状は、日夜が病苦との闘いであったろう。それは、すでに自身の死期をも意識せざるを得ない状態であったかと思われる。私は、この手帳に賢治の病苦との闘いの中における、彼の必死の「祈り」を見るのである。

賢治は、法華信仰の自覚としては一生を通じて十界中の修羅を演じた。彼の目標とするところはあくまで菩薩であったが、人間としての修羅は、彼自身がよく自覚する現実の姿勢であり、菩薩を目標となし得る立場としての誇りでもあったろう。しかし私は手帳においては、もはや彼の必死の「祈り」を感じている。その「祈り」は、仏に対して、あるいは菩薩に対して、彼を現実の病状から救ってほしいという「祈り」のように見える。

私は、すでに詩［疾中］の中の「一九二九年二月（仮称）」（『新校本』第五巻・詩Ⅳ、本文一七六頁）を紹介したが、かの詩における賢治にはまだ科学者としての高い誇りをもった、強い人間哲学者としての彼を感じた。しかし、手帳における賢治の「祈り」には、科学者としての面影をのこしつつも、ひとりの弱い人間賢治を感じる。文字通りのＳＯＳ信号もみえている。しかし、私にはその点にもかえって、人間賢治らしさを感じて好感をもってしまう。

しばらく、手帳における賢治の「覚り」と「祈り」を拾い上げてみることにしよう。

手帳には随所に、彼の国柱会時代の残影を感じさせる記述が少なくない。

まず、手帳の第一頁と三頁には国柱会の「妙行正軌」の第一条である「道場観」が謹厳な文字で書かれている。手帳ではこれが再三にわたり登場するが、おそらく賢治の生活では、これが日常的によく馴染んだ存在になっていたのであろう。賢治は、「道場観」を音読み（真読《しんどく》）も訓読み（訓読《くんどく》）も自在にこなしていたと思われる。

その本文（原文は本字、ふりがなは「妙行正軌」による）は、次のようである。

「当知是処《とうちーぜーしょー》　即是道場《そくぜーどうじょう》　諸仏於此《しょぶつーおーしー》　得三菩提《とくさんぼだい》　諸仏於此《しょぶつーおーしー》　転於法輪《てんのーほうりん》　諸仏於此《しょぶつーおーしー》　而般涅槃《にはつねはん》（まさに知《し》るべし、

この処《ところ》は、すなわちこれ道場《どうじょう》なり。諸仏《しょぶつ》ここにおいて、三菩提《さんぼだい》を得《え》、諸仏《しょぶつ》ここにおいて、法輪《ほうりん》を転《てん》じ、諸仏《しょぶつ》ここにおいて、般《はつ》涅槃《ねはん》したもう）」（法華経如来神力品出）。

賢治はまた、手帳八一頁・八二頁に、「道場観」と「奉請《ぶしょう》」を、「調息秘術」として病床でも用いていたことを載せている。「調息秘術」とは、「咳喘　左の法にて直ちに之を治す」と注があり、おそらくそれは彼が病中にあって咳喘《がいぜん》に襲われたとき、その苦しさから脱するために独自の呼吸法を考えたものであろう。「道場観」の三十二字の発声に、「当（呼）知（吸）是（呼）処（吸）即（呼）是（吸）道（呼）場（吸）」などと、呼吸を合わせていたものと推測される。手帳の「調息秘術」には「奉請」（見宝塔品出）の文も「悪しき幻想妄想尽く去る」として同様に用いられたと思われる。

手帳の一四〇頁には、これらについて改めて「筆ヲトルヤマヅ道場観／奉請ヲ行ヒ所縁／仏意ニ契フヲ念ジ／然ル後ニ全力之／ニ従フベシ／／断ジテ／教化ノ考タルベカラズ！／タゞ純真ニ／法楽スベシ。／タノム所オノレガ小才ニ／非レ。タゞ諸仏菩薩／ノ冥助ニヨレ。」と書いており、道場観と奉請が確実に日常化していたことがわかる。

しかし、実は法華経如来神力品に出るこの「道場観」の一句は、賢治にとっては国柱会に入会する以前から出会っており、一九一八年（大正七）四月に、遠く南方のポナペ島に赴任した友人の成瀬に、法華経の信仰は何処にいてもけっして仏の慈悲から見放されることがないという、すなわち成瀬を励ます趣旨でこの「道場観」の文を書き送っている（簡55、本書五〇頁）。賢治は、国柱会においてはじめてこの一句と出会ったわけではないことも承知しておきたい。

また賢治は、「道場」という表現も、その語意もひじょうに好んだが、その淵源をたずねれば、彼が父親の浄土門信仰に対し聖道門の菩薩信仰に目覚めたときまで遡るかもしれない。一九一八年（大正七）六月の父への手紙（簡72）や心友保阪への手紙（簡74）では、道場を「（菩薩の）忍辱の道場」（修行の場、忍耐の場）と受け止めていることが知られる。

ここにおいて、われわれは賢治の仏教を学ぶ際の一つの特徴的な姿勢を推知することができる。賢治は、法華信仰の原典すなわち法華経において、彼の場合は「赤い経巻」という方がしっくりと行くかもしれないが、その原文の字面だけを読み、理解し、記憶するだけではなく（一般には、ほとんどここで止まるのが通例ではないか）、その経文の意味を自身でも実際の場面で自由自在に活用できるところまで咀嚼してはじめて得心しているように感じる。

この点は、賢治の文学活動とその背景に存在する仏教思想との関係において、じゅうぶんに留意しておくべきことといえよう。

「手帳」の第二七・二八頁を広げて、その第一行に「是人命終為千仏授手令不恐怖不堕悪趣」（是の人、命終れば千仏手を授けて、恐怖せしめず、悪趣に堕ちざらしめんことを為さん）」（普賢菩薩勧発品第二十八、出）の意味を知った人はやはり驚くにちがいない。「是人命終」とは、ただいま病床にある賢治その人が、すでに「命終」を意識していることと推測してしまうだろう。

しかし実は、「是人命終」以下の条々は、「妙行正軌」の中に経典の「読誦」に付随して「品品別伝《ほんぽんべつでん》」として挙げているもので、国柱会が、法華信仰における日常の心構えとして、法華経二十八品の各品から主要な功徳を説く一条を選び出したものなのである。すべてが揃えば二十八条となるが、賢治はあえて手帳では、その中から随意に次の八条をとり出しており、各条が説くその趣意と各品の配列の順位には、その時の賢治本人の願意がうかがえるとは言えないのではないか。

「是人命終」以下、賢治が挙げているのは次の条々である。「手帳」では、各条とも「妙行正軌」にしたがって漢文で記しているが、以下には内容を確認する意味で私の訓読みで示したことをご諒承ねがいたい。

「（是の如き諸子等は）昼夜に常精進す、仏道を求むるを以ての故に。」（従地涌出品第十五）

「我れ身命を愛せず、但だ、無上道を惜む。」（勧持品第十三）

「まさに知るべし、是の如きの人は生ぜんと欲する処に自在なり。」（法師品第十）
「忽然の間に変じて男子と成る。」（提婆達多品第十二）
「（諸子ら）此の宝乗に乗じて直ちに道場に至る。」（譬喩品第三）
「是の法は法位に住して世間相に常住なり。」（方便品第二）
「（この菩薩は）無漏の実相に於て心に已に通達するを得ん。」（序品第一）

いうまでもなく、賢治は各条とも自身の信仰を主体として選んでいるが、なかんずく提婆達多品については、女人成仏を願う条であり、おそらく先に逝った妹トシを想った一条だったのではないか。

「手帳」においてわれわれは、従来の賢治のイメージとは明らかに異なる賢治を見出すのではあるまいか。それはたとえば、父政次郎に対して、また心友保阪に対して示したような態度、すなわち生来の彼に顕著な性格であって、それゆえに彼自身が阿修羅を自認していた、いわゆる攻撃的、戦闘的な性格はどこへいってしまったのか。

国柱会がとくに強調した布教方針の表現でいえば、すなわち折伏的な姿勢の賢治が手帳からは見出せないことである。手帳における賢治は、かえって国柱会の否定する摂受的な賢治に変っている。晩年の賢治が到達した法華信仰の意義は、その点にあるような気がする。上に見てきたように、賢治が国柱会時代に身に着けた宗教作法は確かにその後の彼の生活の中に残しながら、しかし賢治の法華信仰が疑いなく実際の国柱会の信仰からもはや離れたことの証しがここにある、と言えるのである。

もうすこし手帳における賢治晩年の「覚り」と「祈り」の思念を拾い上げてみたい。

手帳五頁から一五頁に書く「病血熱すと雖も／斯の如きの悪念を／仮にも再びなすこと勿れ」以下の一文は、人間の「修羅」の立場を自認する賢治が、いま熱悩や咳喘に苦しむ自分をいかに納得すべきかに、苦悩している。

「（中略）見よ四大僅に和／を得ざれば忽ちに／諸の秘心斯の如きの／悪相を現じ来って／汝が脳中を馳駆し／或は一刻／或は二刻或は終に／唯是修羅の中を／さまよふに／非ずや／さらばこれ格好の／道場なり／三十八度

九度の熱悩／肺炎流感結核の諸毒／汝が身中に充つるのとき／汝が五蘊の修羅／を仕して或は天或は／菩薩或仏の国土たらしめよ／この事成らずば／如何ぞ汝能く／十界成仏を／談じ得ん」

法華経は、「十界互具」説（既述）を根拠として悉皆成仏（いきとしいけるものすべての成仏）を説く。賢治は、「三十八度九度の熱悩肺炎流感結核の諸毒」という苦しみの病床を「これ格好の道場なり」と覚悟し、「汝が五蘊の修羅を化して、或は天、或は菩薩、或仏の国土たらしめよ」（十界中では修羅より上位にある天、菩薩、仏に対して）と、いまこそ、その説の真実性を実現すべきは自分本人ではないかと、自らを厳しく責問するのである。

手帳三七頁から四〇頁は、賢治は病苦の中で父母に対する報恩の思いを、「必死のねがひ」として法華経に捧げる。

「快楽も／ほしからず／名もほしからず／いまはたゞ／下賤の瘵廃躯を／法華経に／捧げ奉りて／一塵をも点じ／許されては／父母の下僕と／なりて／その億千の／恩にも酬へ得ん／病苦必死のねがひ／この外に／なし」

手帳四一頁から四六頁までは、黒い鉛筆の珍しく力強い大文字で、ほとんど訂正がみられない。「疾すでに治するに近し」からはじまるこの文章は、おそらく一進一退をくりかえしていたと思われる賢治の病状の中でも、もっとも明るい希望に満ちた一節である。

「疾すでに／治するに近し／警むらくは／再び貴重の／健康を得ん日／苟も之を／不徳の思想／目前の快楽／つまらぬ見掛け／先づ――を求めて／以て――せん／といふ風の／自欺的なる／行動／に寸毫も／委するなく／厳に／日課を定め／法を先とし／父母を次とし／近縁を三とし／農村を最后の目標として／只猛進せよ／利による友、快楽／を同じくする友尽く／之を遠離せよ」

「法を先とし」というのは、いうまでもなく法華信仰のことであろう。

手帳八三頁〜八六頁で、賢治は「賢聖軍」というメモを残している。単語ばかりを並べたメモで、まさに、賢治が「心象スケッチ」で得意ないわゆる「点メモ」であり、このようにある。

「賢聖軍／破煩悩魔／破五蘊魔／破死魔／凡愚者／常転展／在諸魔手中／／病／去恐怖時／半癒／離憂愁時／全治／／貪痴／恐怖／憂愁／対治／無我／大信／如来神力」

あくまで私の推理でお許しいただくが、賢治はこのとき、おそらく病苦との闘いにおける自身の「恐怖」や「憂愁」の心を「魔」と意識していたのであろう。仏教では、仏典に出てくるサンスクリット語のマーラ（パーリ語でも同じ）をそのまま音写した「魔羅」を略して「魔」とした。つまり悪魔のことであるが、やがて人格的なものでなくとも、ともかく仏道修行の妨げとなりそうなものであれば、何でも魔であるということになり、一般にも「睡魔」という言い方が登場してくるようになった。

病床にあっても必ずや賢治の枕頭には在ったであろう「赤い経巻」（漢和対照妙法蓮華経）によれば、安楽行品第十四にはつぎの件りがみられる。彼のメモは、この一節に依っているにちがいない。

「賢聖《げんじょう》の軍《いくさ》の、五陰魔《ごおんま》、煩悩魔《ぼんのうま》、死魔《しま》と共《とも》に戦《たたか》ふに、大功勲《だいくくん》有《あ》りて、三毒《さんどく》を滅《めっ》し、三界《さんがい》を出《い》でて、魔網《まもう》を破《は》するを見《み》ては、爾《そ》の時如来《ときにょらい》、亦大《またおお》いに歓喜《かんぎ》して、此《こ》の法華経《ほけきょう》の、能《よ》く衆生《しゅじょう》をして、一切智《いっさいち》に至《いた》らしめ、一切世間《いっさいせけん》に怨多《あだおお》くして信《しん》じ難《がた》く、先《さき》に未《いま》だ説《と》かざる所《ところ》なるを、而《しか》も今之《いまこれ》を説《と》く。」

いま、岩波文庫『法華経』（坂本幸男訳）では、「賢聖軍」を「賢聖の軍《つわもの》の」と読んでいるが、この方が意味をとりやすいかもしれない。「賢聖《げんじょう》」は賢と聖を区別すれば、凡夫の位にあるものを賢、すでにさとったものを聖という分け方もできるが、ここでは、まとめてすぐれた人、賢明な人と理解しておこう。

賢聖の軍が戦う相手は、五陰魔、煩悩魔、死魔などの魔（魔羅《まら》の略、仏道修行や人の善行を妨害するもの）である。とくに五陰魔とは、色・受・相・行・識の和合からなる人間の肉体や精神にまつわる魔、煩悩魔は精神的な意味で一切の煩悩・疑惑・懈怠などをいい、死魔はまさに死の到来を意味する。

僭越ながら私は試みに賢治の「点メモ」にしたがって、経文の趣旨にもとづきつつ彼の思考の跡を辿ってみたが、つぎのように読み取れるのではないか。

経文によれば賢聖のつわものは、三毒（貪・瞋・痴）を克服し、三界（欲界・色界・無色界）を出離して覚りの境地に入って、煩悩魔・五蘊魔・死魔などの諸魔にも煩わされることはない。如来はそれを大いに喜ばれている。一方、凡愚の自分は、つねに諸の魔の虜となって苦しんでいる。三毒の内の貪と痴によって恐怖や憂愁が生まれるが、それを対治して無我を得、大いなる信心を得たい。如来よ神力をもって我を救い給え。如何であろうか。自分の病は恐怖が去れば半癒と感じ、憂愁から離れれば全治と安堵する。

なお、「賢聖軍」に関する同文のメモは、手帳一一五・一一六頁にも見られる。あるいは賢治は、「賢聖」と自分の名前との近似からその意義を連想し、その救いを期待していたのかもしれない。

賢治晩年の関心事として、手帳においてはじめて注目されるようになったのが、手帳一三六頁、一四三頁〜一四六頁、ならびに一五一頁・一五二頁等に散らばって書かれた、法華経を埋納する一件である。法華経を写経し、これを土中に埋納するという風習を埋納経《まいのうきょう》といい、歴史上の遺跡としては経塚として発見される。埋納経は必ずしも法華経に限定されるものではないが、その歴史的な実績としては圧倒的に法華経の事例が多いことが知られている。埋納経のさらに前提条件となるのが、写経の思想とその作法である。

われわれはまだ覚えているが、賢治が盛岡高等農林学校を卒業した頃（二十一歳）のことだった。彼が法華経の写経の功徳について関心をもち、心友保阪嘉内の母が死去の際には自身の写経を贈って保阪を慰め、保阪にも写経をして母の霊前に供えることを勧めたことがあった（簡74、75、76）。

埋納経については、それじたいに仏教としての思想と実績の歴史がありけっして単なる賢治の思いつきとは思えない。われわれも簡単に過去の研究を概観しておく必要があろう。

石田茂作（一八九四―一九七七）、兜木正亨（一九一〇―七九）らの研究によれば、経塚とは書写した仏教経典を土中に埋納した遺跡のことであるが、それは弥勒仏《みろくぶつ》信仰の存在が背景となって成立している。すなわち弥勒菩薩は、釈尊の次に仏陀となるべき菩薩であるが、釈尊の没後五十六億七千万年たったとき、兜率天《とそつてん》からこの世に下《げ》生《しょう》して仏陀になるといわれる未来仏である。仏教はその歴史意識として、現在われわれの住む地上の世界にも破滅のときがくることを予想しているが、そのとき衆生を救うのが未来仏としての弥勒仏であるとする信仰である。しかし、次代の新仏も衆生を救う教法がなければならない。その経こそ法華経であり、弥勒仏の世に清浄如法に書写された法華経を出現させるべく、またそれは水火の難に耐えて地下から出現するために金石で保護して地下に埋納する信仰が、埋納経の信仰であり経塚という作法である。経塚は、わが国の中世の仏教徒が、当時流行の末法思想におびやかされ、仏教が今にもこの世から滅尽するのを案じ経典を地下に埋納し、末法万年後の弥勒仏の世にまで残そうと考えたもので、わが国独自のものである。

歴史的に埋納経の始祖とされているのが、慈覚大師円仁《じかくだいしえんにん》（七九四—八六四）である。「慈覚大師伝」に伝えるところは、円仁が四十歳に近いころ病におかされて身体はやせ衰え、目はかすんで、命旦夕に迫ったことを自覚して、臨終の場所を比叡山の横川《よかわ》の草庵に定め、昼夜に法華経を読み、死期を待つこと三年、夢の中に不思議の霊感を得て病は回復したという。そこで円仁は石墨草筆をもって法華経を書写し、これを小塔に納めて安置したが、その堂を号して如法堂という、というのである。大師が法華経を書写した作法は、一字三礼《いちじさんらい》（写経一文字ごとに三礼する作法）をもって書写し、これに十種供養（法師品に説かれる十種のものを三宝に供養すること。後世の写経供養や大法会では必ずこの儀式が用いられる）をしたのが如法経で、円仁によって行われたこのように厳格な書写供養が、如法経の起源であるとされる。（ただし今日の研究では、円仁以前の「正倉院文書」から「如法経」の表現が見いだされ、円仁起源説は否定されている）。

わが国の各時代にわたって広く普及し尊重され読誦された法華経は、その書写供養の様式においても種々の形で行われている。一定の厳格な儀式作法のもとで行われる法華書写経を如法経《にょほうぎょう》と呼ぶが（『日本霊異記《にほんりょういき》』は「如法に法華経を写し奉るに火に焼けざるの縁」という霊験譚を載せている）、とくに埋納経においては「如法」であることが尊重され、古来「如法経」といえば法華写経の埋納経を指していることが多い。

経塚造立の場所は、歴史的には社寺の境内、または眺望のよい山嶺などが多い。経典埋納の手順としては、土を掘って石室を作り経巻を銅製などの経筒に納め（その形は一般家庭でも茶入れにつかう茶筒に似て、蓋にはつまみがついている場合もある）、埋納にあたっては、土中でさらに経筒に直に土が付かないように丸石や切石などで壁を組み、さらに陶製の外筒にいれて石室の中央に置き、四周に副納品などを納めて、木炭または土で埋め蓋石で覆っている。経塚の分布は北海道と青森県をのぞく全国に見られるが、とくに山伏修験との関係が密であったと考えられている。

ここであらためて、手帳に書かれた賢治の埋納経に関するメモを確かめてみよう。

手帳では、上記の通りメモが三か所に分かれて認められ、賢治の執心がよほど深かったことは確認できるが、実際にどの頁が先に書かれたかメモの前後はわからない。私は以下に、賢治に代わって埋納経への彼の思いを推理しながら説明させていただくが、その説明は私の便宜の順序をお許しいただきたい。

手帳一三六頁には、賢治によって経筒の絵が描かれており、経筒の表面には「奉安／妙法蓮華経全品／立正大師滅后七百七拾年」としている。経筒に関する知識は、賢治の当時は一般的にはまだあまり普及されていなかったと思われるが、彼の手帳のメモからは知識の深さと正確さを感じさせる。賢治はおそらく博物館かどこかで経筒の遺品の実物を見たことがあったのではないかと想像する。

埋納の対象となる経典（如法経）は前述のように歴史的にも法華経が圧倒的に多く、賢治がその信仰から法華経を選んでいることには疑問がない。しかし、それが「全品《ぜんぽん》」（法華経二十八品）であるか、法華経中の一品であるか、または寿量品第十六中の「自我偈」であるかは、経塚の遺品によって相違があり、その点は考古学においても信仰者の意志をうかがう重要な注目点であり、賢治はそれを「全品」と表示しているのである。

また「立正大師滅后七百七拾年」と、埋納経の趣旨が経筒の表面に記されることも彼の意志は遺例の記述を参考にしていることがわかる。なかんずく「立正大師」とは日蓮に対し一九二二年（大正十一）に大正天皇から宣下された諡号であるが、さて「滅后七百七拾年」については、日蓮の入滅が一二八二年（弘安五、六十一歳）であることから算出すれば、該当する西暦二〇五二年は賢治の思い違いであるとしか考えようがない。

つぎに賢治は、一五二頁に経筒の絵を描き、（絵には「経筒／妙法蓮華経」の文字がある）、一五一頁・一五二頁には二頁にわたって経筒が土中に安置される願文を考えて、次のように書いている。

「妙法蓮華経／／此ノ筒法滅ノ后至心／求法ノ人ノ手ニ開カレン／コトヲ／翼（冀）《こいねが》フ／／此ノ経尚世間ニ／マシマサバ人コノ筒／ヲトルコトナク再ビ／コノ地中ニ安置／セラレタシ」。願文の意味は、内容をくりかえすことになるがその状況は、もし後世になってこの経筒を土中から取り出す人がいたらという前提で、その人に対して願望している。「この経筒には法華経が納められています。もし不幸にして仏教が末法法滅を迎えているときには、至心求法の人によって開かれることを願っています。ただし、もし幸いにして法華経が滅びることなくこの世に流布しているなら、この経筒は開けないで再び土中に戻して元通りに安置してください。」という趣旨であろう。

おそらく、賢治はこの願文を経筒の表面に直接刻するか、あるいは別の銅板に刻して写経本紙とともに経筒のなかに納めることを想定していたのではないかと思われる。

手帳一四五頁・一四六頁は、二頁ともにそれぞれ山中にある小さな建物の絵が描かれており、一四五頁には「玄」「玄」の二字、一四六頁には「玄氏之傳」「玄氏棲」の七文字がある。遺憾ながら私には「玄氏」《げんてい》の意味する歴史上の人物（あるいは中国人か）に心当たりがないが、あるいは経塚の遺跡に関わる人物かもしれない。一四五頁の絵は、おそらく賢治のイメージする埋納経の想像図という可能性はないだろうか。小さな建物（あるいは如法経をまつる如法堂のイメージか）の下の土中には、経筒がさらに保護のための石函様のいれものに入って並んでいるように見える。

手帳一四三頁・一四四頁には、「経埋ムベキ山」と題して、賢治が法華経を埋納したいとする候補地三十二か所の山々を具体的に挙げている。おそらくこれらの山々は、賢治が授業の花巻農学校生徒たちと標本の岩石を集め、あるいは文学の取材に「心象スケッチ」のノートを首にかけて歩き回った思い出の場所なのであろう。地図上で確認すれば、それらは賢治が親しく命名したイーハトヴの岩手県を南北に縦断する北上川の本流と支流の広がりそのままに点在している。

旧天山、胡四王、観音山、飯豊森、物見崎／早池峯山、鶏頭山、権現堂山、種山／岩手山、駒ヶ岳、姫神山、六角牛山／仙人峠、束稲山、駒形山／江釣子森山、堂ヶ沢山／大森山、八方山、松倉山／黒森山、上ン平、東根山、南昌山／毒ヶ森、鬼越山／岩山、愛宕山、蝶ヶ森／篠木峠／沼森

私は、賢治と埋納経との関係については、一九二一年（大正十）四月、賢治は父政次郎とともに関西を旅行し、天台宗の総本山である比叡山延暦寺にも参詣したことを想起する。『新校本』第一巻、短歌・短唱に収録された歌稿〔B〕の「大正十年四月」項の十二首（775番から786番）が賢治の比叡山で詠んだ短歌である。その時には、おそらく横川《よかわ》も訪れ、賢治は円仁の如法経にかかわる遺跡にも詣でたことであろう。私は、賢治が比叡山で詠んだ短歌のうち、「われもまた大講堂に鐘つくなりその像法の日は去りしぞと」の一首（782番）に、天台宗の最澄（七六七―八二二）に対する彼の歴史意識を感じた。

賢治には、彼自身が法華信仰の一生を通してつよく意識していた一つの歴史意識がある。すなわち「末法」という歴史意識である。仏教にはその根本思想として「諸行無常」があるように、仏教も永遠不滅のものではなく、釈尊入滅後の仏教が流布する期間を正法時《しょうぼう》（教・行・証ともにある）・像法時《ぞうぼう》（教・行がある）・末法時《まっぽう》（教のみがある）と三時に区分した。三時が過ぎれば、仏法はいよいよ滅尽するという。この末法思想が起こった中国では正法・像法の期間には諸説が生じたが末法のみは同じく一万年とした。仏教が遅れて伝来したわが国では、正

法千年・像法千年・末法万年の三時説が当初から通説とされた。

おそらく賢治が、「末法」の言葉を彼がはじめて耳にしたのは、島地大等の講話の中であったろう。以来、彼の法華信仰はずっと「末法」の語とともにあったと思われる。われわれも賢治のこれまでの思索と行動の中で、あるいは文学作品の中でも、「末法」あるいは「二千年」（正法と像法を過ぎてという意味）という表現には、いくども出会ってきたことを記憶していよう。

賢治が父政次郎といっしょに比叡山を訪れ、その鐘の音に「像法の日は去りしぞ」と感じたのは、比叡山開山の最澄の時代（それは、わが国がまだ像法の時代であった）を過ぎて、いまは疑いなく「末法」時代の渦中にあることの意識である。

私には手帳によって、彼が現実には日夜の病悩に苦しみながらも、埋納経についてはかなり明確な意思をもって具体的な目標をたて、その実現を計画していたことを確認できたような気がする。それが自身の体調が回復した暁の夢と知りながら、彼は、その夢の実現を生きる支えとしていたのかもしれない。賢治の生涯において、その「末法」思想との最後のめぐり逢いが埋納経の思い出ということになるのかもしれない。

なお賢治と埋納経には、さらに彼の死後の後日談がある。「以上の諸山の中の若干には、賢治の父政次郎氏と令弟清六氏の手によって、彼の遺言によって印刷された国訳法華経が、この手帳の一五二頁に図示されたような経筒に納めて一九三五（昭和十）年頃から次々に埋納されたとのことである」（小倉豊文『「雨ニモマケズ手帳」新考』）。

本手帳に関連することがらとして、その表紙の端に付いている鉛筆さしに丸め込んであった小紙片から、一首の短歌が発見された。明らかに賢治の筆跡と判定されたが、制作された時期は明確ではない。

「塵点の劫をし過ぎていましこの妙のみ法にあひまつりしを」という一首である。

「妙のみ法《のり》」はもとより法華経のことを指しており、普通には賢治自身の法華信仰との邂逅の感激を詠んだと解釈されるであろう。

しかし「塵点《じんでん》の劫《こう》」は、法華経では「三千塵点劫」（化城諭品）や「五百塵点劫」（如来寿量品）として説かれ、はかりきれない長い時間のことをいう。私は手帳における賢治の納経の想いから推し量れば、この一首は、賢治による納経の善行がはるかにとおく弥勒仏の世まで保たれ、「妙法蓮華経。此ノ筒法滅ノ后、至心求法ノ人ノ手ニ開カレンコトヲ翼〔冀《こいねが》〕フ」（前出）という彼の祈願がかなった感激を詠んだものと解釈してみては如何かと思う。

4. 法華信仰貫徹

一九一四年（大正三）賢治が「赤い経巻」と出会って以来、その法華信仰には揺らぎがなかったといえようか。いな、まったく揺らぎがなかったといえばうそになる。すこしの道草や遠回りがなかったとはいえない。しかし、彼の求道はひたすら真剣であり、愚直であった。どこまでも法華経に直参し、日蓮の真精神にちかづく努力を惜しまなかったといえる。賢治は、ついに自身の法華信仰を貫徹したのである。

賢治の性格は、何か思いつくと表面的には直情径行であるが、その本質にはお茶目であり、照れ屋であったと思う。だから、彼の行動はそれが発覚したその時よりも、だいぶ時間がたった後にようやく真意の判明することが少なくない。彼に労わりや、優しさの心があったことも、後になってからその大きさが分かってくる。われわれに伝わってくる彼の法華信仰に対する求道の態度にも、そのような彼の本質的な性格がよく表れているとはいえまいか。

ちなみに、賢治の最晩年に近い一九三〇年（昭和五）一月二十六日の菊池信一への手紙（簡２５４）に、彼はつぎのように言う。私には、科学者賢治の進言としてその重みが感じられる。

南無妙法蓮華経と唱へることはいかにも古くさく迷信らしく見えますがいくら考へても調べてもさうではありません。／どうにも行き道がなくなったら一心に念じ或はお唱ひなさい。

既述のように賢治は、父政次郎と南無阿弥陀仏の念仏か、南無妙法蓮華経の題目かで信仰を対立させ、両親にもつよく浄土信仰から転向するように迫っていたが、ついにその生前には実現をみなかった。しかし、賢治の亡くなった後その遺志を受けて宮沢家は一九五一年（昭二十六）に法華信仰に転宗するのであるが、あるいはその契機になったと考えられるのが、彼が起草した「法華堂建立勧進文」（『新校本』第十四巻・雑纂〔応請原稿等〕）である。勧進文にいう法華堂とは、現在の花巻市の日蓮宗身照寺で、一九二八年（昭三）に説教所「日蓮宗花巻教会所」として出発した。現在、賢治の墓所も同寺にある。

勧進文の原文は、七五調の一句を一行とした、全一四三句で構成されれかなりの長文であるが、さすがに文語詩にも熟達した賢治の作品とおもわせる洗練された辞句が連なって、読む者にはその流れるようなリズム感が心地よい。内容は、仏滅後二〇〇〇年を過ぎて末法に誕生した日蓮が、色身に法華経を読んで四箇格言の判を示し諸難を受けたが、ひたすら国の安寧を祈って身延山に法礎を定めたこと。いま奇しき縁により花巻の諸人が計らって新たに一宇を建立し、法を未来に伝えるべく浄願を結んだこと。などであるが、私には、とくに「法華堂建立勧進文」の末文がつぎの一節で結ばれていることが目に留まった。

世《よ》の仏弟子《ぶつでし》と云《い》はんひと／この法滅《はうめつ》の相《さう》を見《み》ば／仏恩報謝《ぶつおんはうしや》このときと／共《とも》に力《ちから》を仮《か》したまへ／木石《ぼくせき》一を積《つ》まんとも／必《かなら》ず仏果《ぶつくわ》に至《いた》るべく／若《も》し清浄《しやうじやう》の信《しん》あらば／永《なが》く三途《づ》を離《はな》るべし

この一節は、説教所開設にあたり、この後花巻の法華信仰者によって大きく発展することを祈っての単なる作者の社交辞令であろうか。私にはそうは思えない。ここには、賢治が詩や童話ではあからさまには表現できなかった彼自身の法華信仰の立場が率直に述べられていると思う。すなわち彼自身には、その文学活動の目的じたいに勧進文と同じ意図があったと思われるのである。

なお、同勧進文には賢治の「虔みて需文の諸士に曰ふ　小輩」としてつぎの小文が付言されている。全文を出そう。「外学薫習既に久しく　心口尽く相応せず　所作冥誤多く蕪辞推敲に耐えず　殊に史伝之を審にせず怱卒の間之を作る　必ず仏罰を蒙らん。／諸賢希くは憚ることなく　諸過を正し名分を明にし辞句を洗錬して　小輩　の罪を治し給へ　若し幸に聖業に資せば　作者は　七面講同人　或は　東都文業某◎　となして　小輩　の名を　出すなからんことを。必嘱！」である。

実に謙虚にして丁重な文面ではないか。私はこの勧進文以外には賢治の伝統宗門日蓮宗と結縁する文章を見ていないが、日蓮および東北地方の宗門史に関する詳しい情報まで正確に押さえられていて、文辞には余人が修正すべき箇所など見当たらないのではないか。しかも、「怱卒の間之を作る」とするところによれば、それはごく短時日の制作であったろう。とくに、一九二八年（昭和三）制作と目されるこの時期、賢治は八月十日に発熱しその後長く結核の病床に伏すことになる。この勧進文からうかがえる彼の気力は、その後の体調を考えるとその直前に成った可能性が高い。

なお、末尾には作者は匿名にしてくれろという厳命である。その内表紙には宮沢政次郎の墨筆で「法華堂建立勧進文／是ハ大正年間の末頃宮沢賢治の製作せるものを適々昭和弐拾壱年の春に至り宮沢恒治氏の宅より発見せられたるものなり」と記入があるという。しかし「大正年間の末頃」とあるのは、あるいは政次郎氏の錯誤か。

（『新校本』第十四巻・雑纂［校異篇］）

また、『新校本』（第十三巻（上）覚書・手帳）の手帳断片には、手帳断片一枚の表裏二頁にわたる「法華堂建立勧進文」下書稿の写真が掲載されている。同勧進文の冒頭部分が見えている。

私は当勧進文が、実際に一九二八年（昭和三）の説教所の開設の式典でどのように提供されたかは確認できていないが、賢治自筆の原文が宮沢家には現存しており、また身照寺には「昭和三年八月十三日」に同寺の本山身延山久遠寺から第八十一世杉田日布染筆「日蓮宗花巻教会所常什」とした御本尊が下賜されて、同寺に現存する。この資料には信頼がおける。

永眠

一九三三年（昭和八）九月二十一日、午後一時三十分、賢治は永い眠りに就いた。行年三十七歳。臨終の経緯は、「年譜篇」に詳しい。二十三日午後二時より、宮沢家の菩提寺である安浄寺（浄土真宗大谷派）で葬儀が行われた。後年、宮沢家は日蓮宗に改宗し、一九五一年（昭和二十六）賢治の遺骨は身照寺（花巻市石神町）に改葬された。法名は「真金院三不日賢善男子」。

父母あての遺書と、弟妹あての告別のことば

賢治が生前に、父母宛の遺書を書いていたこと、弟妹あての告別のことばを遺していたことは、今では周知のことである。その発見の経緯は、前出の小倉豊文著『「雨ニモマケズ手帳」新考』に詳しいが、遺書と告別のことばが実際に書かれたのは賢治が逝去した年ではなく、その二年前の一九三一年（昭和六）の秋で、彼はそのとき東京にあって上京してすぐに発熱したらしく、自身いよいよ最後かと覚悟したなかで認めたと推測されている。

つぎは、賢治から両親への遺書と、弟妹あての告別のことばである。（簡３９３、簡３９４）遺書には「九月廿一日」の日付があり、まさに賢治はその二年後に没したことになる。

この一生の間どこのどんな子供も受けないやうな厚いご恩をいたゞきながら、いつも我慢でお心に背きたうたうこんなことになりました。今生で万分一もついにお返しできませんでしたご恩はきっと次の生又その次の生でご報じいたしたいとそれのみを念願いたします。／どうかご信仰といふのではなくてもお題目で私をお呼びだしください。そのお題目で絶えずおわび申しあげお答へいたします。

九月廿一日　　賢治

父上様／母上様

たうたう一生何ひとつお役に立たずご心配ご迷惑ばかり掛けてしまひました。／どうかこの我儘者をお赦しください。

賢治

清六様／しげ様／主計様／くに様

「絶筆」二首

「年譜篇」によれば、一九三三年（昭和八）九月二十日、賢治は苦しい息の下で短歌二首を墨書したという。絶筆になった。（『新校本』第一巻　短歌・短唱、グラビア写真）。第一首の「稗貫《ひえぬき》」は、花巻市の旧の郡名であるが、音読みでは彼岸《ひがん》に通じる。第二首の「みのり」は、「実り」と「み法」（すなわち法華経）の掛詞であろう。

方十里稗貫のみかも／稲熟れてみ祭三日／そらはれわたる
病《いたつき》のゆゑにもくちん／いのちなり／みのりに棄てば／うれしからまし

また、実際には賢治没後の発見になるが、「雨ニモマケズ手帳」の鉛筆さしからは、つぎの短歌の小紙片がまるめられて挟まっていた。（『新校本』第一巻　短歌・短唱、グラビア写真）

いずれも、彼が晩年にあたりとくに法華信仰との邂逅を一生の感激としていたことが納得させられる。

塵点の／劫をし／過ぎて／いましこの／妙のみ法に／あひまつ／りしを

（しかし私は、賢治晩年の埋納経への想いから、もう一つ別の解釈もある可能性を提示した）

遺言

賢治の遺言は、父政次郎が筆をとって書き取ったという。「国訳の妙法蓮華経を一〇〇〇部つくってくださいと。『国訳妙法蓮華経』は遺言通り翌一九三四年（昭和九）六月五日発行された。以下は、その刊記である。

合掌／私の全生涯の仕事は此経をあ／なたの御手許に届けそして其／中にある仏意に触れてあなた／が無上道に入られん事を御願／ひするの外ありません／昭和八年九月二十一日／臨終の日に於て／宮沢賢治

以上は兄の全生涯中最大の希望／であり又私共に依托せられた最／重要の任務でもありますので今／刊行に当りて／謹んで兄の意志によりて尊下に／呈上致します／宮沢清六

付録　文字マンダラを絵解きする

一、はじめに

日蓮宗において宗祖日蓮聖人（以下、宗祖）が指定された大曼荼羅本尊（以下、本尊）の重要性はいうまでもないが、宗祖がその在世中に本尊を執筆された期間は晩年の約十年間、今日に格護されてきた真蹟本尊はおおよそ百三十幅が数えられる。なかんずく、文永十年（一二七三）七月八日に宗祖の佐渡配流中に顕現された本尊は、佐渡始顕本尊（以下、始顕本尊）としてその歴史的意義が尊重されている。二〇二〇年（令和二）は、佐渡配流の七五〇年記念の年にあたる。

私はとくに宗祖ご自身がご本尊制作のごく早い時期から、これは「図」であると明示されていることから、大曼荼羅における図法という問題に注目してきた。しかし、宗祖が本尊の制作について具体的に見解を述べたり解説したりされた遺文というのは、ほとんど存在しないわけである。したがって大曼荼羅の図法については、根本的に大曼荼羅そのものに直接問う以外にないということになろうかと思う。

佐渡始顕本尊執筆の霊場・市野沢・妙照寺・始顕御本尊角塔

私自身の「図」との関わりについては、少し告白しておくべきことがある。私には大学院入学時から専門とする中国仏教の調査研究（テーマ「中国仏教における石刻経の研究」で学位取得）の上で大きな影響を受けた一つの方法論がある。それは、京都大学と東京工業大学で文化人類学を教えた川喜田二郎先生（一九二〇―二〇〇九）が開発し普及されたＫＪ法（発想法）である。とくにＫＪ法は一般に技術面においてのみ有用性が語られることが多いが、私はとくにＫＪ法と仏教との基本的な思想や普遍的な方法論において共通性のあることに関心をもった。ＫＪ法は固定化された研究領域を超えた学際的な研究にはきわめて有効な方法論であると感じている。そのKJ法における技術的な特徴として、「図」（KJ法では一般に「図解」と表現する）の有効性を活用するという点がある。特定のテーマを中心として広くデータを蒐集し、その整理に図解を用い、さらに図解で思索し、図解で他へ伝えるというものである。

仏教の専門家にはすでにお気づきのことかと思うが、それは基本的にマンダラの思想であり、その実践的活用である。私は川喜田先生から直接KJ法の指導を受け、以来今日までほとんど日常的にこれを活用して五十年以上が経過した。KJ法図解は、基本的に言語表現によるデータを用いて図解を作成するので、本書のテーマに則して表現すれば、すなわち「文字マンダラ」ということになる。

ちなみに現在、日蓮宗において一般に使用されている「本尊」の呼称とその意味を挙げておこう。

大曼荼羅・大漫荼羅・大曼陀羅（宗祖ご自題）

御本尊・ご本尊・おまんだら（信仰上の尊称、通称、愛称）

文字マンダラ（図としての性質、意味において。高木豊『日蓮—その行動と思想』より）

なお、本稿では出典として次の略称を用いる。

「正蔵」（大正大蔵経）

「定遺」（昭和定本日蓮聖人遺文）

「本尊集」（山中喜八編『日蓮聖人真蹟集成・本尊集』（法蔵館））

本稿の元データは、二〇一八年の五月に佐渡で開催された全日本日蓮宗青年僧の北陸結集における講演録（テーマ「佐渡始顕本尊の歴史的意義について」）、ならびに二〇一七年五月の日蓮宗全国布教師会連合会代表者会議の講演録（テーマ「宮沢賢治の法華経観に学ぶ—ご本尊とは何か？—」）であるが、あまり公開されていない内容であり、若干の編集を加えて転載させていただくことにした。内容の概要は、テーマに則して、一、宗祖の佐渡における本尊の誕生とその環境、二、始顕本尊の成立およびその「前」と「後」の問題、三、日蓮における「文字マンダラ」発想の動機について、四、「佐中」から新たな問題提起、五、日蓮「文字マンダラ」の特色とその意義であるが、その趣旨をご理解のうえご照覧いただければ幸甚である。添付の図版は、講演時のパワーポイント（PPT）をそのまま転用した。以下の説明は図版№を対照しつつご照覧いただきたい。本稿における文

図１　本尊集53、弘安元年８月制作、村松海長寺蔵

大持国天王　（不動明王）
有供養者　福過十号
南無無辺行菩薩　大日天王　阿修羅王
南無上行菩薩　第六天魔王　転輪聖王
大梵天王
南無舎利弗尊者　南無天親菩薩
南無薬王菩薩　南無龍樹菩薩
南無多宝如来　南無文殊師利菩薩　鬼子母神
南無妙法蓮華経　日蓮
南無釈迦牟尼仏　南無普賢菩薩　十羅刹女
南無浄行菩薩　南無弥勒菩薩　南無天台智者大師
南無大迦葉尊者　南無章安大師
南無安立行菩薩　釈提桓因王　南無妙楽大師
大月天王　阿闍世大王　南無伝教大師
明星天王　大龍王
若悩乱者　頭破七分
大毘沙門天王　（愛染明王）
謗者開罪於無間
讃者積福於安明
天照太神
八幡大菩薩
（花押）
仏滅度後二千二百三十余年之間一閻浮提之内未曾有大漫荼羅也
日頂上人授与之
大毘楼勒叉天王
大毘楼博叉天王
弘安元年太歳戊寅八月　日

図２　大曼荼羅の釈文
（弘安元年８月、清水海長寺御本尊）

字マンダラの基準モデルとして弘安元年（一二七八）八月制作、村松海長寺蔵の本尊（本尊集53・［図1］）を用いた。

なお、発表の基礎になっている本尊の蒐集、保存、整理に関しては、永く本尊を格護してきた本宗の各本山あるいは研究機関、また多くの諸先師とくに山中喜八先生、中尾堯先生はじめ諸先生のご業績に負うところ多大であり、改めて感謝の意を表したい。また、大曼荼羅の真蹟図版は、山中喜八編『日蓮聖人真蹟集成・本尊集』（法蔵館）より転載させていただいた。（本書における「本尊集」ナンバーと共通）

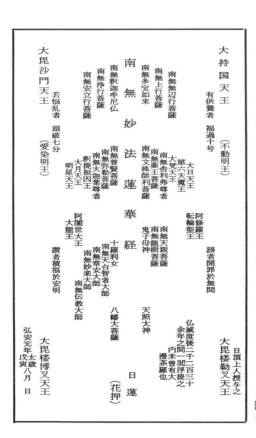

二、始顕本尊の成立とその「前」「後」の問題

1. 佐渡在島中の日蓮聖人

・佐渡在島中の日蓮聖人（略年表）

文永8年9月12日（1271年）	日蓮聖人竜口法難、佐渡流罪と決定。
文永8年10月9日	佐渡への途次、相州本間依智にて本尊制作（本尊集1、京都立本寺蔵）
文永8年10月28日	佐渡に到着。
文永9年2月（1272年）	塚原にて「開目抄」述作
文永9年6月16日	本尊制作（本尊集2、京都妙蓮寺蔵）
紀年ナシ	本尊制作（本尊集3、京都本能寺蔵）佐渡 百幅御本尊
	本尊制作（本尊集4、富士宮久遠寺蔵）
	本尊制作（本尊集5、三條本成寺蔵）
	本尊制作（本尊集6、東京本妙寺蔵）
	本尊制作（本尊集7、京都頂妙寺蔵）佐渡 百幅御本尊
	本尊制作（本尊集25、身延本遠寺蔵）佐渡 百幅御本尊
文永10年4月25日（1273年）	一谷《いちのさわ》にて「観心本尊抄」述作
文永10年4月26日	「観心本尊抄」（副状共）を富木常忍に送る
文永10年7月8日	「始顕本尊」制作（仏滅後二千二百二十二年）
文永11年3月26日（1274年）	日蓮聖人許されて、鎌倉に帰る。

2. 「始顕本尊」の内容とその特徴

始顕本尊は身延山久遠寺に格護されていたが、一八七五年（明治八）の火災により焼失した。

現在は、その遺光すなわち始顕本尊の臨写本が二点現存し、始顕本尊の内容について知ることができる。

「始顕本尊」の遺光

（1）本満寺日乾上人（一五六〇―一六三五）臨写本。（立正大学日蓮教学研究所編『本満寺宝物目録』本山本満寺、二〇一〇）［図3］

（2）遠沾院日亨上人（一六四六―一七二一）臨写本。（藤井教雄編『御本尊鑑』身延山久遠寺、本尊鑑3）［図4］

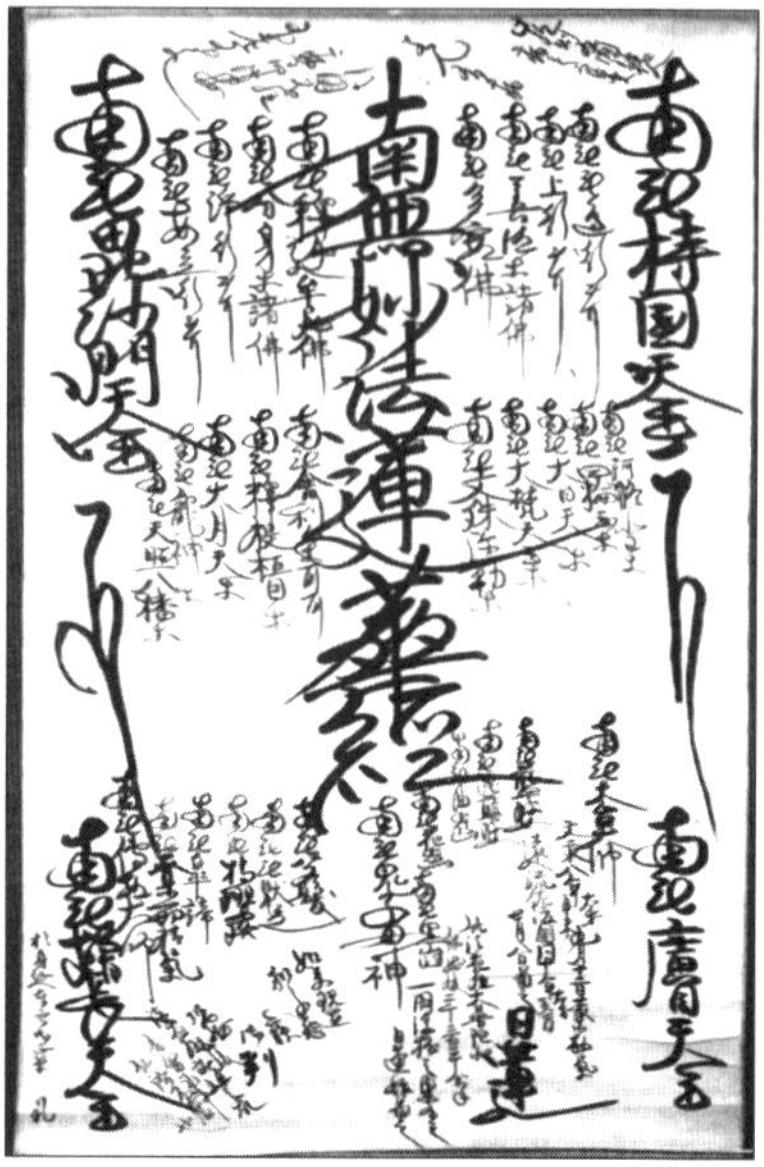

図3　始顕本尊・本満寺日乾上人臨写本

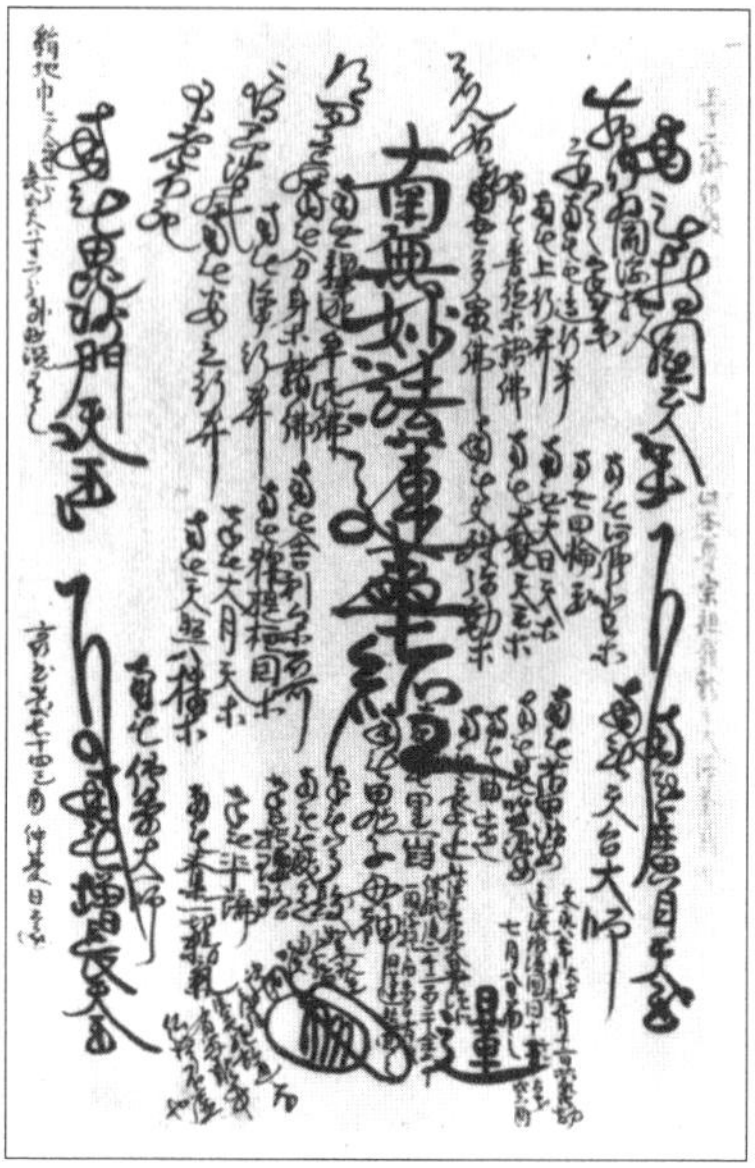

図4　始顕本尊・遠沾院日亨上人臨写本

「始顕本尊」の内容

始顕本尊の内容は、本書一二五頁に縷説した。下にはその讃文と経文・要文を別出しておく。

讃文「文永八年太才辛未九月十二日蒙御勘遠流佐渡国、同十年太才癸酉七月八日図之。此法華経大曼陀羅、仏滅後二千二百二十余年、一閻浮提之内未曽有之、日蓮始図之。如来現在猶多怨疾況滅度後、法華経弘通之故有留難事、仏語不虚也」

経文・要文「此経即為、閻浮提人、病之良薬、若人有病、得聞是経、病即消滅、不老不死」（法華経薬王品出）

「如来現在猶多怨疾況滅度後」（法師品出、讃文中に含む）

3.「始顕本尊」以前の本尊

「始顕本尊」以前の本尊とその特徴

（1）文永八年十月九日本尊（本尊集1・［図5］）、文永九年六月十六日本尊（本尊集2・［図6］）、佐渡百幅の本尊（本尊集3・［図7］）

（2）「佐渡百幅」等の簡略な形式の本尊。首題、釈迦・多宝の二尊、不動愛染（種子による表示）、自署、

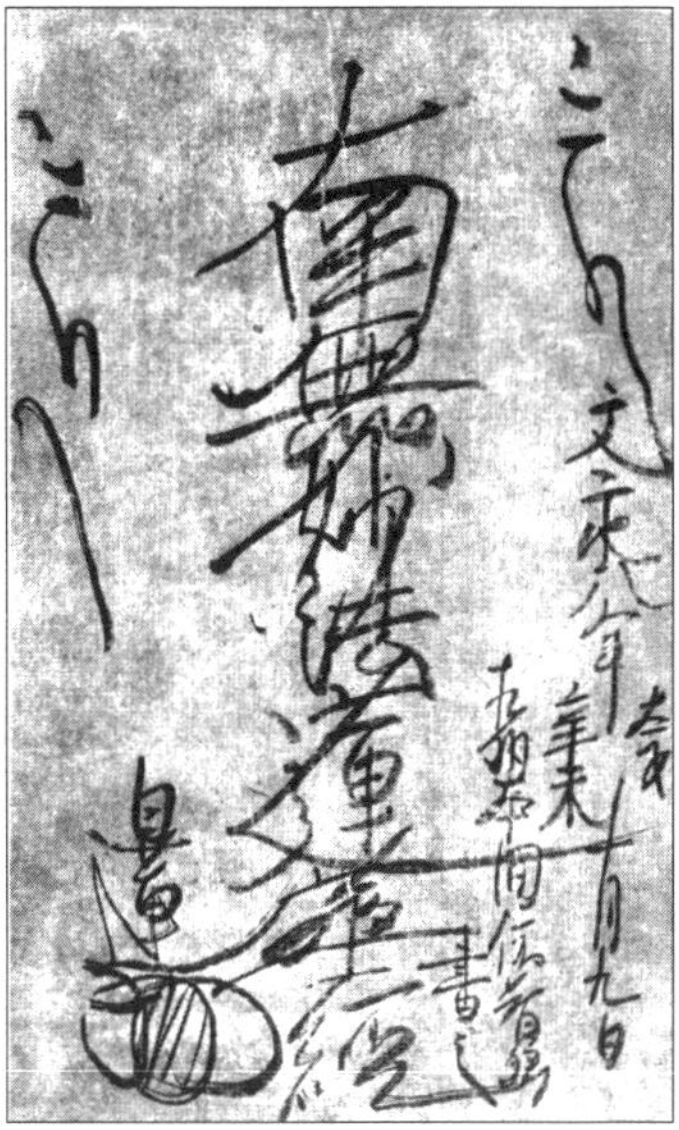

図5　本尊集1（文永8年10月9日、京都立本寺）

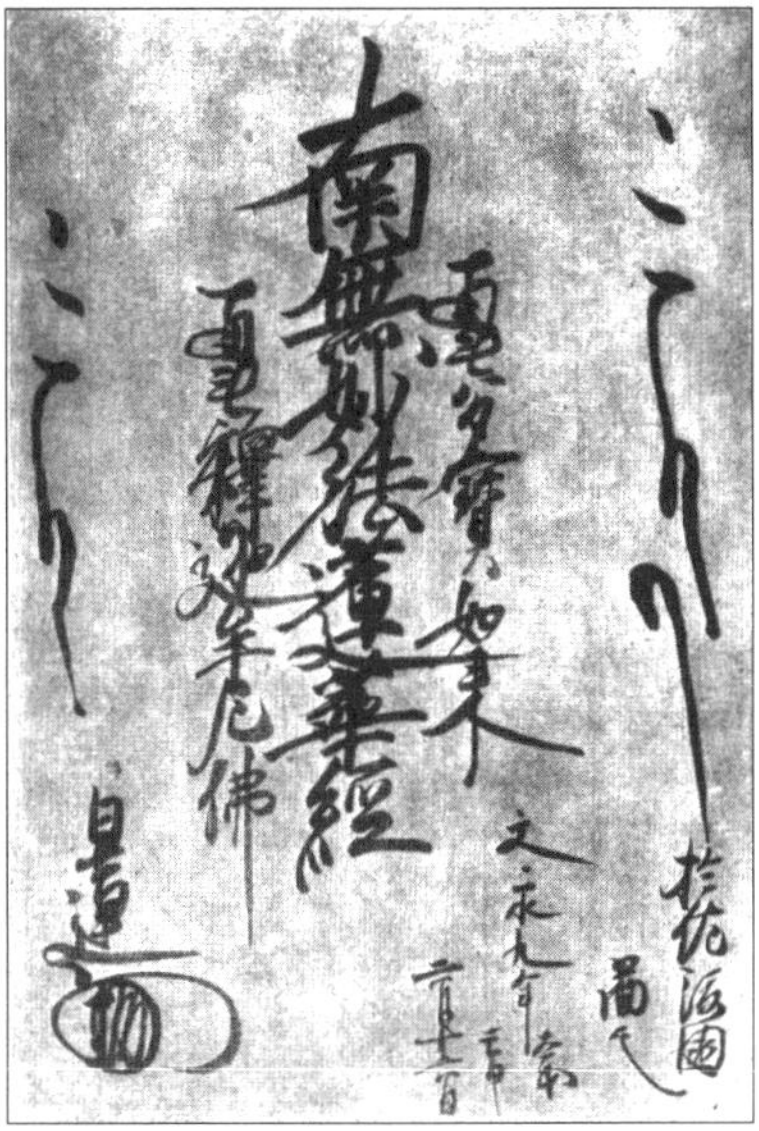

図6　本尊集2（文永9年6月16日、京都妙蓮寺）

花押《かおう》あり。制作年月日、制作地なし。［図8、図9］

（3）平賀本土寺蔵本尊（本尊集8・［図10］）。制作年次の表示はないが、始顕本尊の前に成立かと思われる。経文・要文「当知。身土一念三千。故成道時、称此本理、一身一念遍於法界」（妙楽大師「摩訶止観輔行伝弘決五」）を登載。

（問題の所在）

①宗祖においてご本尊が「文字マンダラ」として認識されたのは、「之を図す」と明記された文永九年六月十六日制作のご本尊（本尊集2）が最初と見られる。

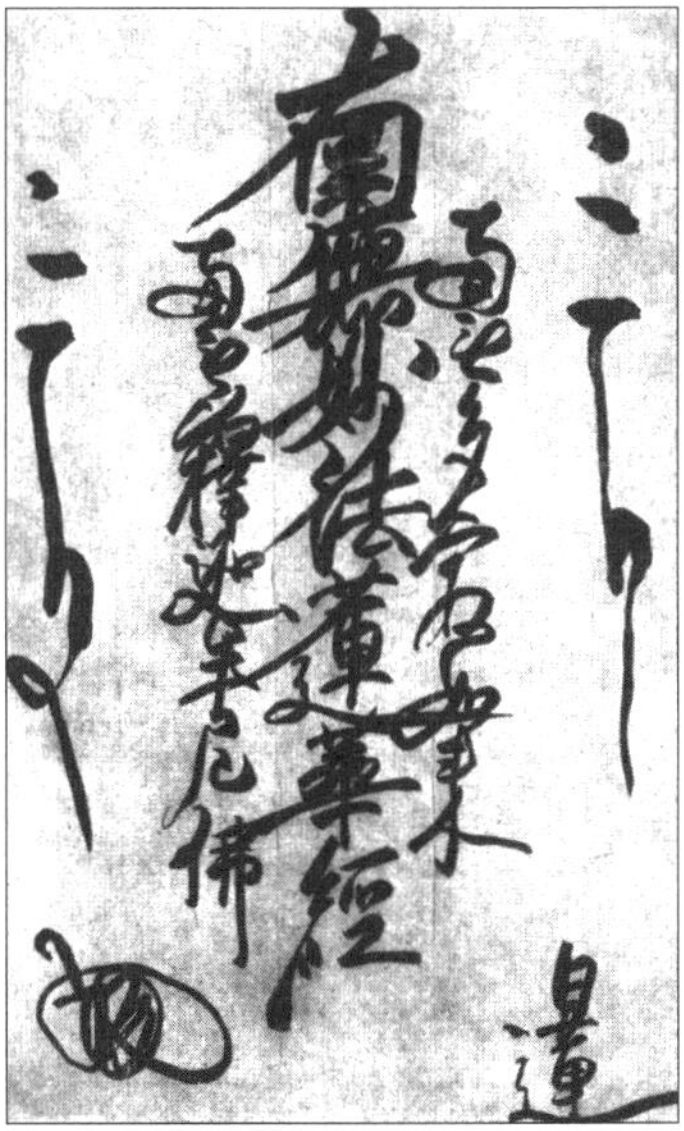

図7　本尊集3（本能寺、同形式に佐渡百幅の御本尊）

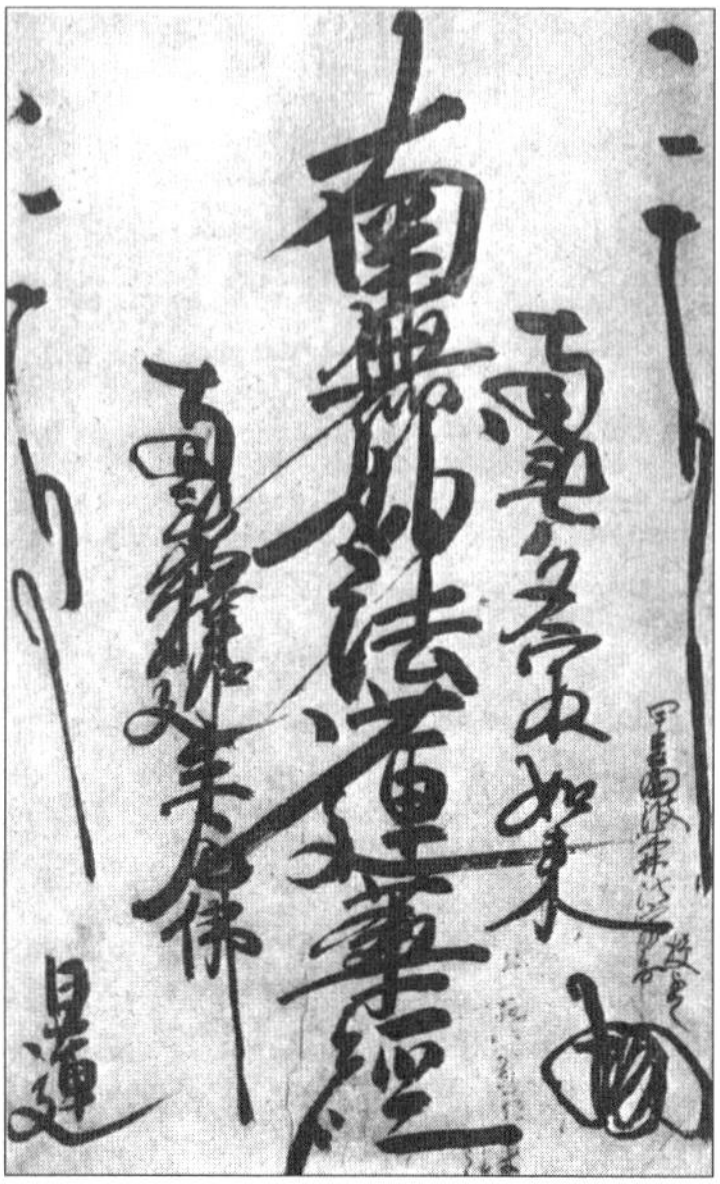

図8　本尊集4（小泉久遠寺蔵）

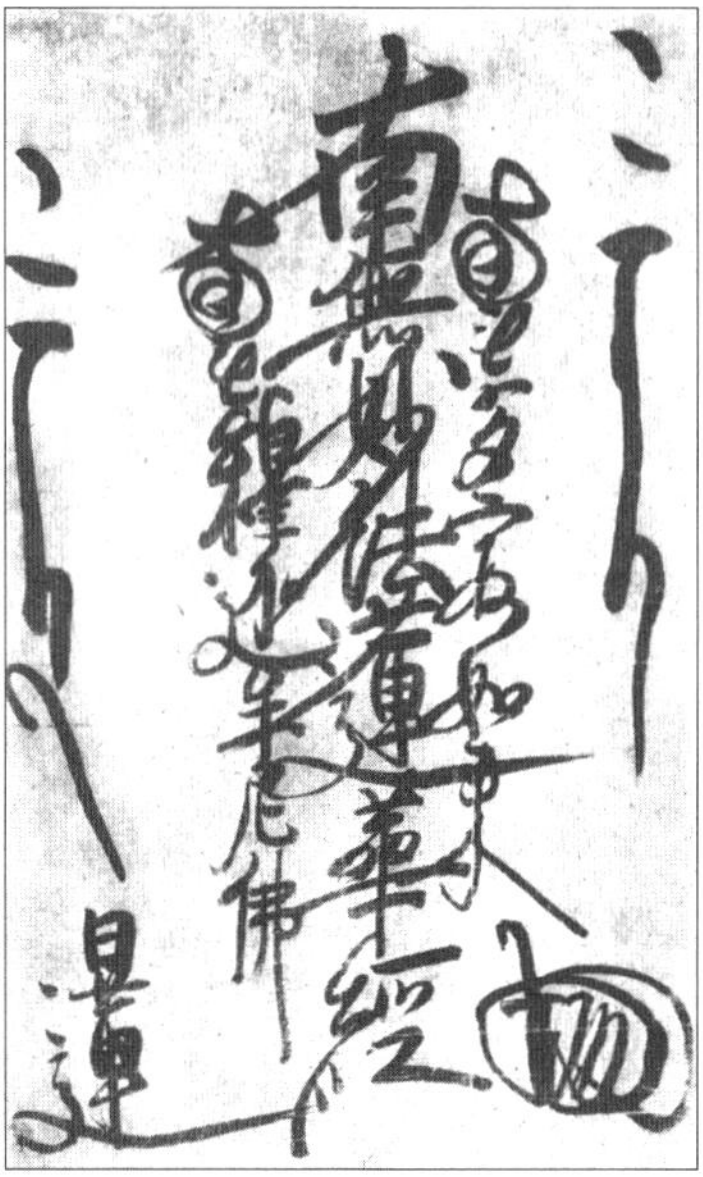

図9　本尊集5（三條本成寺蔵）

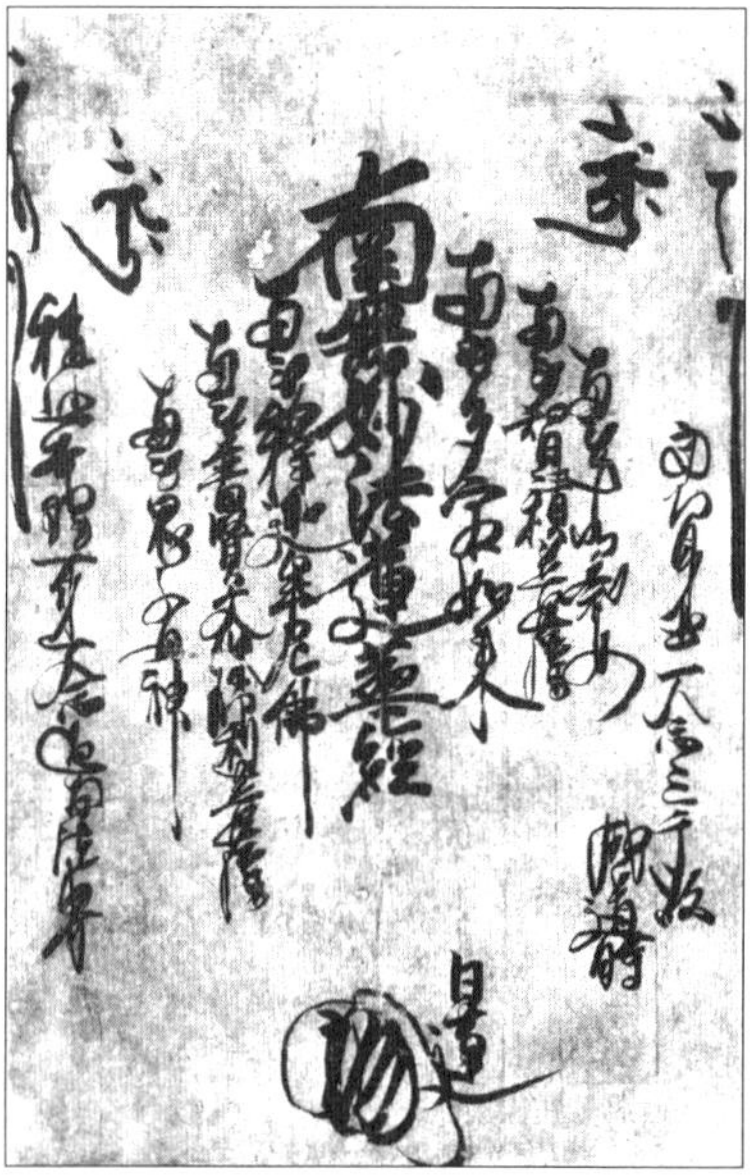

図10　本尊集8（平賀本土寺蔵）

その前に、文永八年十月九日制作のご本尊（本尊集1）があるが、それには「之を書す」とある。「之を書す」から「之を図す」へ、この間における宗祖の認識の変化を重視したい。その後、「佐渡百幅」と呼ばれる簡略な形式のご本尊が続く。内容は、首題、二尊、不動愛染（種子《しゅじ》）、自署、花押のみであり、制作年月日、制作地はない。

②宗祖における本尊の形式は、「始顕本尊」（文永十年七月八日制作）と呼ばれる本尊において突然出現したものではなく、それ以前に工夫、研究の期間が存在す

る。始顕本尊は、宗祖の意図された「文字マンダラ」の形式として、一定の目標に到達したものと判断されたと考えられる。なお、本尊の形式は「始顕」以後も一部の修正が続いている。

③始顕本尊にはインド・中国・日本にわたる「十界互具」および「一念三千」の表象とされる諸仏諸尊名が登載された。本尊としての形態の多様性はここから始まる。

④始顕本尊から「讃文」の登載が始まる。但し当初の讃文の内容・形式ともに不統一、本尊上の位置も不確定である。(1)「文永十年七月八日」制作の始顕本尊〔図3、図4〕、(2)「文永十一年七月二十五日」制作の茂原藻原寺本尊（本尊集13・〔図11〕）、(3)「文永十一年十二月日」制作の保田妙本寺本尊（本尊集16・〔図12〕）、以上現存する初期の三本尊により、讃文の原形とその当初の趣旨が判明する。また、始顕本尊以前の本尊（本尊集8、平賀本土寺蔵、制作年次なし）の「経文・要文」の登載は、あるいは讃文の原形の一として見るべきか。因みに、讃文の内容がほぼ一定した定型文の形式となり、その位置も首題右下に定位置となるのは、文永十二年（一二七五）卯月日の本尊（本尊集20）以降である。

⑤制作された本尊は、「文永八年十月九日、相州本間依智」（本尊集1・〔図5〕）本尊以降、随時、門下や檀越に付与されたと見られる。

4.「始顕本尊」以後の本尊

（1）讃文の内容が未確定の本尊。文永十一年七月二十五日本尊（本尊集13、茂原藻原寺蔵・〔図11〕）。讃文「大覚世尊入滅後二千二百二十余年之間、雖有経文、一閻浮提之内未有大曼陀羅也。得意之人察之。」

（2）同。文永十一年十二月日本尊（本尊集16、保田妙本寺蔵・〔図12〕）。讃文「大覚世尊御入滅後、経歴二千二百二十余年、雖尓月漢日三ケ国之間、未有此大本尊。或知不弘之、或不知之。我慈父以仏智隠留之、為末代残之。後五百歳之時、上行菩薩出現於世、始弘宣之。」

（3）讃文の位置が未確定の本尊。〔図13、図14〕

●「始顕本尊」以後の本尊

図 11　本尊集 13（文永 11 年 7 月 25 日本尊、茂原藻原寺蔵）

讃文

「大覚世尊入滅後二千二百二十余年之間、雖有経文、一閻浮提之内未有大曼陀羅也。得意之人察之。」

図 12　本尊集 16（文永 11 年 12 月日本尊、保田妙本寺蔵）

讃文

「大覚世尊御入滅後、経歴二千二百二十余年、雖尓月漢日三ケ国之間、未有此大本 尊。或知不弘之、或不知之。我慈父以仏智隠留之、為末代残之。後五百歳之時、上行菩薩出現於世、始弘宣之。」

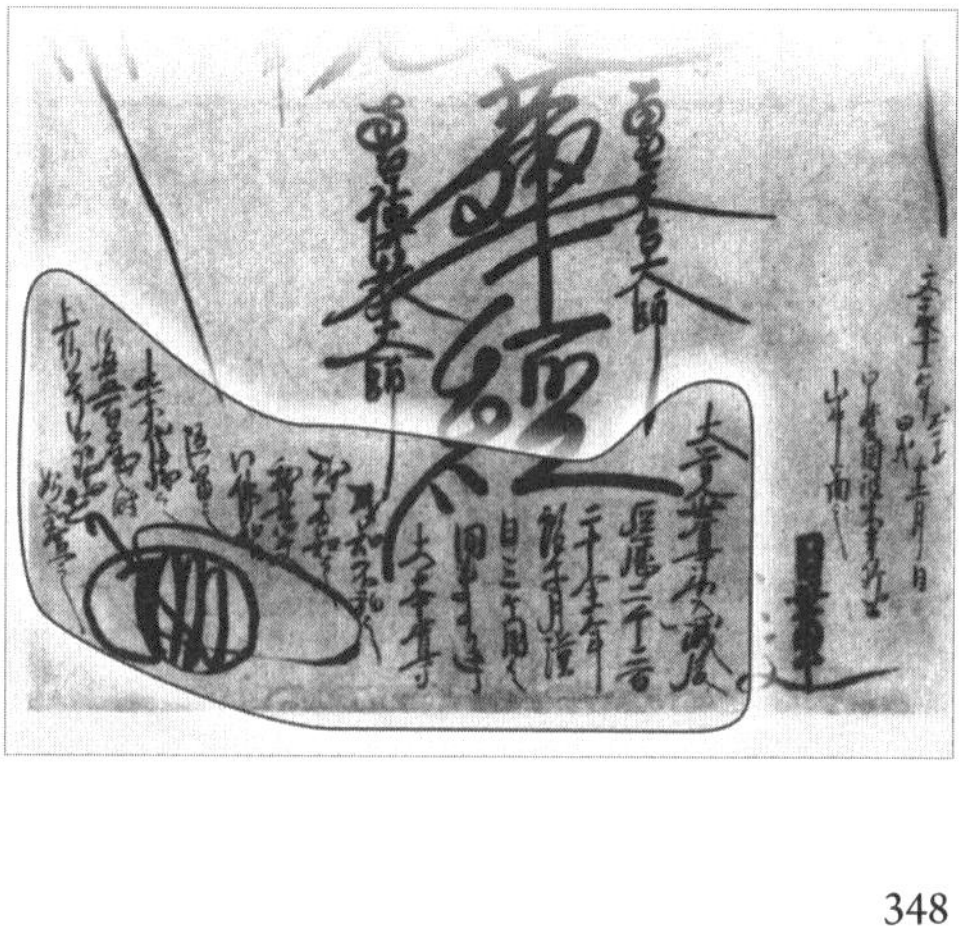

図13　本尊集21（文永12年卯月鎌倉妙本寺蔵）

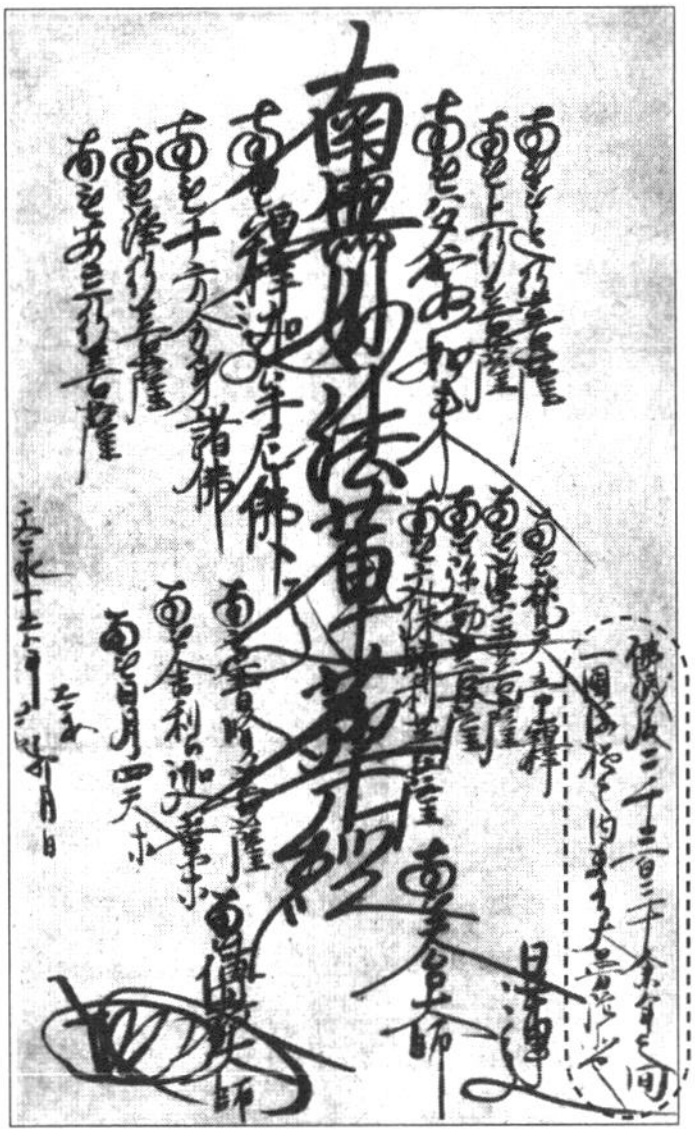

図14　本尊集23（文永12年卯月佐渡妙宣寺蔵）

三、日蓮における「文字マンダラ」発想の動機について

1．発想の動機について

（問題の所在）

①「それまでの仏像のように仏師・絵仏師等専門技術者の手を介することなく、それは一管の筆、一枚の紙により図顕が可能な本尊であり、仏像製作者や経済的負担を顧慮する必要のないものであって、日蓮の仏教の庶民的性格を明示している」（高木豊「日蓮の生涯」『講座・日蓮』2、春秋社）。大曼荼羅本尊に対し「文字マンダラ」という適切な呼称を与えた高木先生であるが、上の説明では外形的な呼称に止まり、その意味の解明には到らなかった。宗祖の「文字マンダラ」発想の動機は、上の説明ほど単純な理由ではなかったのではないか。

②「日蓮聖人は、三二歳立教開宗のころより、その生涯を通じて立像の釈尊像を持仏（随身仏）として礼拝されていた」（宮崎英修編『日蓮辞典』東京堂出版、より）。しかし宗祖は、なぜ、ことさらに、竜口法難から佐渡配流に至ったこの環境の不遇な時期を選んで、新たな

ご本尊として「大曼荼羅」を必要とされたのであろうか、それが問題である。

③宗祖は「文字マンダラ」というマンダラ史上にも前例のない、革新的な図法を創案して、これを〈本尊〉と指定された。宗祖には当時、それへの具体的な目的として二つの理由があったと考えられる。それは「本尊抄」の内容により推測されるが、技術的にはきわめて難題であった。

一は天台大師智顗《ちぎ》の究極の教義とされる「一念三千」の法門の可視化であり、二には法華経の末法救済という宗祖ご自身の理念の可視化である。

上の二つの目的は、いずれも本質的には無相の教義であるが、これを同時に一紙上に一図のマンダラとして視覚化すべく挑戦したのが、宗祖の「文字マンダラ」であったと考えられる。（『摩訶止観』第五で説かれる「一念三千」の法数の根拠については、本書一一四頁参照）。

ちなみに宗祖には、一念について「一人一日の中に八億四千念あり。念念の中に作す所皆三途の業なり」（「女人成仏鈔」）という認識がある。人の一日の業は一念一念の総合であり、その一念一念に付随してそれぞれ三千世界が展開するという。このように、壮大かつ流動的でもある一念三千の縁起観を、いかにすれば有相のマンダラとして表現できるかが問題であった。

また、始顕本尊の制作された年代は、宗祖の当時の通念として、「仏滅後二二二〇年」に相当する。讃文に表示される「仏滅後二千二百二十（三十）余年」とは、宗祖の在世がすなわち、当時の正・像・末の三時観でいえば、「末法の初め」に相当するという意味である。その末法とは、宗祖当時を意味すると同時に、その未来にわたる一万年を意味している。本尊の末法救済の意味は、二十一世紀の現代をも包含しているのである。

④当時、宗祖は自身に対して「或人云く、唯教門計りなり」（「寺泊御書」）という疑義のあることは承知しており、それに対する具体的な回答として「観門」（「一念三千」法門）の実践対象である〈本尊〉を創案された可能性はないだろうか。〈本尊〉とは本来信仰の対象であり、宗祖の真筆の本尊は門下・信徒にとっては超脱的存在であるが、「文字マンダラ」が本来の趣意とするところは、けっして宗祖みずからの本尊の象徴化ではない。本尊と対面する修行者自身の、「身土の一念三千」（本尊集8、平賀本土寺蔵本尊の讃文出、および「本尊抄」出）ならびに「己心の一念三千」（「本尊抄」）

を観ずる修行の対象であることこそが、本尊の目的だったと考えられる。

⑤真言密教マンダラの超克。具体的に、「文字マンダラ」の技法からみたとき、真言密教の図画マンダラに対する宗祖のこれを超克せんとする意思を強く感じる。弘法大師はマンダラを図画化することについて「請来目録」に発言あり。「法は本より言なけれども、言にあらざれば顕われず。真如は色を絶すれども、色を待っ

・日蓮の文字マンダラと真言密教のマンダラ比較図

	日蓮の文字マンダラ（大曼荼羅）	真言密教のマンダラ
表現法	諸仏諸尊の名号を文字（特徴的なひげ文字）で表現、「文字マンダラ」の称あり	諸仏諸尊の姿を、絵画あるいは造像で表す
内容	法華経所説の「十界互具・一念三千」の教義を具象化	大日経（胎蔵界）および金剛頂経（金剛界）所説の教義
仕様	一幅の掛け軸	絵画では金剛界と胎蔵界の二幅の掛け軸、造像では壇上に配置
用材	紙あるいは絹布と筆墨	紙・絹布と画材、または造像の用材と工具
彩色	墨一色	極彩色（青黄赤白黒の五色）
構図	左右と上中下三段あるいは四段に緩やかなバランス（基本的には、法華経が説かれる霊鷲山上の虚空会の場面に準ずる）	シンメトリーの幾何学的構図
中心	題目「南無妙法蓮華経」	本尊仏（大日如来）
儀軌	特定の儀軌がなく、固定化されない（基本的な様式はあるが、内容は個性的）	儀軌があり、固定化
讃文	大曼荼羅の名称を宣明、大曼荼羅の歴史的意義を表明、法華経の末法救済の保証	なし
経文・要文	内容は日蓮聖人から門下・檀越に対する法華信仰のメッセージ、独特の筆法は文字マンダラの流動性を表現	なし
制作事項	制作者名・花押・制作年月日・制作地・被授与者など、大曼荼羅の個別性の明示	なし

てすなわち悟る。密蔵は深玄にして翰墨《かんぼく》に載せがたし。さらに図画を仮りて悟らざるを開示す。」（原漢文、正蔵五十五巻、一〇六四頁、中）。宗祖はその理念を尊重しつつ、真言密教の図画マンダラでは天台大師智顗の究極の法門とされる「一念三千」法門の表現は不可能だと見極めたのではないか。

宗祖において「文字マンダラ」採用の意義は、真言マンダラの様式美よりも法華信仰の教義（身土の「一念三千」、己心の「一念三千」）の伝達の方がより大切だと考えられたのではないか。「文字マンダラ」は、真言密教の絵図のマンダラに比較し伝達の情報量が圧倒的に大であることは疑いない。

「文字マンダラ」においては、配列されたインド・中国・日本三国にわたる十界の諸仏諸尊の個別的かつ多様的表現、あるいは自署・花押、制作年月日、制作場所等の制作事項、また讃文に表示の「仏滅後二千二百二十余年一閻浮提未曾有」等によって、マンダラ自体の本質が個別性、特定性にあることが表明される。本尊としては修行者に対し教義の普遍性を有することは当然であるが、普遍性だけでなく個別性、特定性をもつ本尊は宗祖の文字マンダラにおける特色といえるであろう。それは、本尊と対面する信仰者自身の「身土の一念三千」「己心の一念三千」の本質であるが故と考えられる。本尊におけるこのような個別性、特定性は、真言密教の図画マンダラにおいては、全く想定外のことである。（「日蓮の文字マンダラと真言密教のマンダラ対照図」参照）

2.「文字マンダラ」における図法の意味

（問題の所在）

① 「文字マンダラ」の発想について、宗祖の心境の変化を窺う貴重な二幅の本尊が現存する。文永八年十月九日、相州本間依智にて制作の本尊（本尊集1）と文永九年六月十六日、佐渡にて制作の本尊（本尊集2）である。宗祖は、その制作の態度について前者には「之を書す」とあり、後者には「之を図す」とある。私は、現存する本尊中の最も早期に見られるこの二点の本尊における制作態度の相違に注目するものであり、宗祖の「文字マンダラ」の図法開眼を証するものと理解している。なお、前記二者の間には、文永九年二月、塚原にて『開目抄』の撰述があった。宗祖は、

図15 「文字マンダラ」は第四次元　（宮沢賢治）

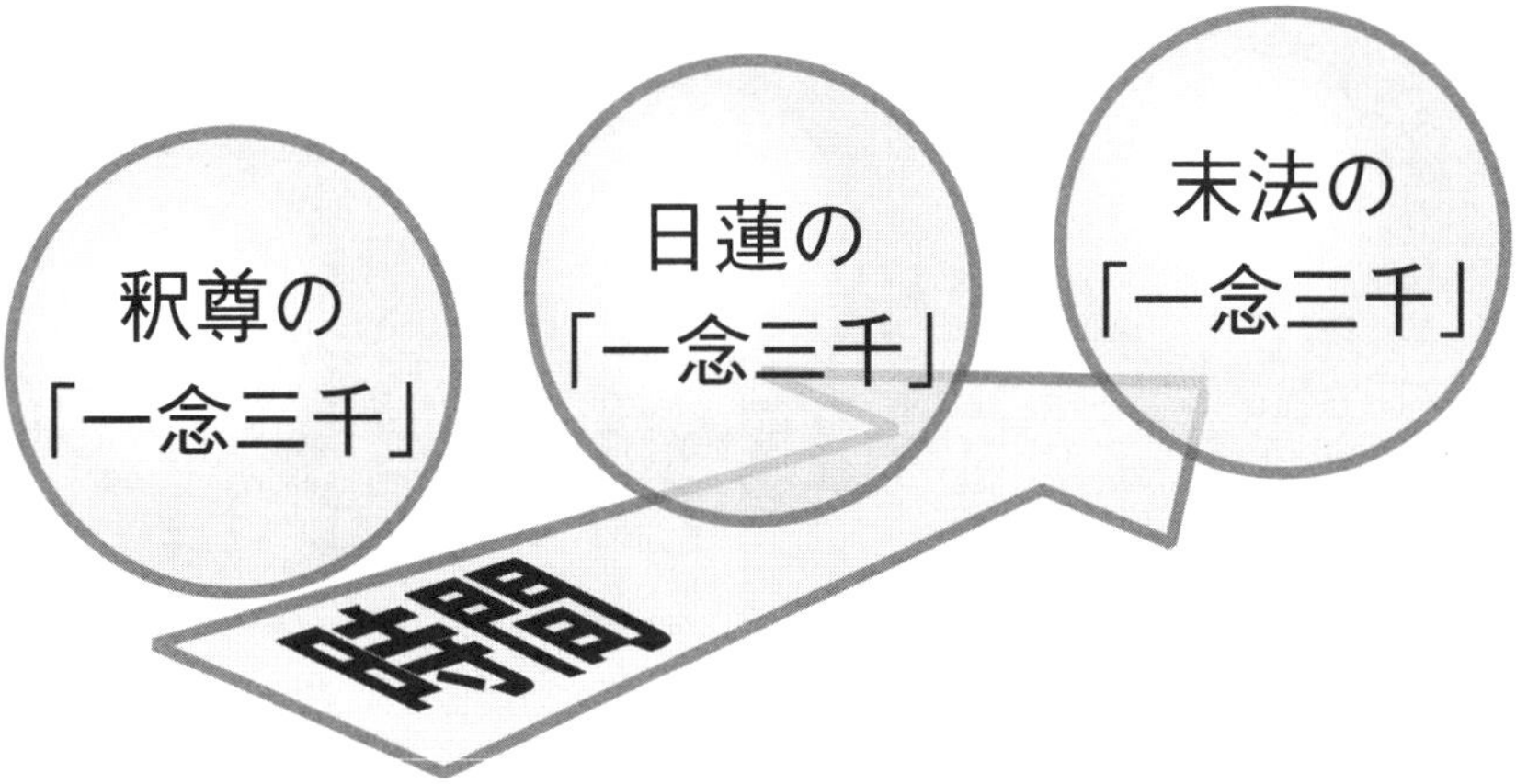

「『開目抄』撰述によって自身こそまさに法華経の行者であることを明らかにし、日蓮こそ上行菩薩であるとの自覚を開顕した」（宮崎英修編『日蓮辞典』大曼荼羅項）。この事実も、本尊への意識を「文字マンダラ」発想へと、一挙に飛躍的に進展させた契機となった可能性がある。始顕本尊以降の初期の本尊において制作地が明記される場合は、いずれも「〇〇に於て之を図す」となることは周知の通りである。

②私は、前述したＫＪ法図解の実践を通して、「図」なるものの本質を、次のように認識している。「図」とは「以心伝心」の善巧方便の手段であり、全体的、構造的、直感的把握に効果があり、内面的、精神的世界、あるいは体験的共感の表現手段として有効であると実感する。また、実際の「図」作成に当たっては、すなわち「図」の成立には二種、二段階の図表現があることを経験している。その一は、データや考えをまとめる段階で用いる図（インプット型図、下書き）であり、その二は、意志を他へ伝えるために制作する図（アウトプット型図、清書）である。宗祖の本尊制作についても、この「図」制作の体験から感ずる点が少なくない。

とくに本宗においては、本尊抄の成立後三カ月を経てから始顕本尊が表わされたと理解されているが、両者の成立の順序は前後が逆ではあるまいか。

③日蓮には、法華経は仏が滅後末法の人々の救済を目的として説いたとする独自の法華経観がある。「逆読法華」説（流通分の心をもって法華経を読む）、あるいは「末法為正」説である。「末法為正」説とは、「法華経は釈迦が現在に立って説いたものであるが、その現在は永遠の未来を含む現在」の意である。（坂本説）

④「文字マンダラ」は一見、一紙上に平面（二次元）に図現化されているが、諸仏諸尊の配列の多様性、とくに東西南北あるいは左右の不統一や順逆不同の配列は、平面の二次元では理解不可能である。すなわち、これは三次元の立体図法および四次元（三次元にさらに時間軸が加わる）が想定されていた結果ではないか。因みに、「第四次元」とは「文字マンダラ」に対し文学者・科学者としての鋭い感性でその図法としての意義を看破した宮沢賢治（一八九六―一九三三）の表現であるが（本書二四一頁）、「文字マンダラ」には法華経の末法救済の趣意を表す図法的表現として、第四次元までその可能性を認め得るであろう。［図15］

3.「文字マンダラ」の基本構図

（問題の所在）

「文字マンダラ」には、真言密教のマンダラのように様式を厳格に規定した儀軌の類は存在しない。しかし、始顕本尊以後の文字マンダラにおいては、一様にその基本構図として法華経中から周知の名場面が用いられていることが明らかである。（略形式の本尊も、基本構図を前提とする）釈尊が法華経を説法される霊鷲山上の空中に、突然多宝塔が出現し、その塔中に釈迦・多宝が二仏併座して説法を続ける。その場面は、法華経の永遠性を証明する見宝塔品第十一のシーンである。ここまでは、真言密教における法華曼荼羅（別尊マンダラ）の前例がある。しかし、日蓮の「文字マンダラ」にはさらに、従地涌出品第十五で、釈尊から法華経の末法弘通を委任された上行等の本化の四菩薩も併せて登場する場面となっている。［図16］

ちなみに、「文字マンダラ」（大曼荼羅）に関する法華経および日蓮遺文の文証を下に挙げておく。

『妙法蓮華經』見寶塔品第十一（正蔵九巻・三二頁・中）

図16 「文字マンダラ」の基本構図・見宝塔品第十一の多宝塔中二仏併坐シーン（丸茂湛祥『法華経二十八品図絵』生活の友社、2018年　より）

爾時佛前有七寶塔。／從地涌出住在空中。／爾時寶塔中出大音聲歎言、善哉善哉、釋迦牟尼世尊、能以平等大慧・教菩薩法・佛所護念妙法華經為大衆說。如是、如是。釋迦牟尼世尊如所說者，皆是真實。／爾時多寶佛、於寶塔中、分半座與釋迦牟尼佛、而作是言、釋迦牟尼佛可就此座。即時釋迦牟尼佛入其塔中、坐其半座結跏趺坐。爾時大衆、見二如來在七寶塔中師子座上結跏趺坐、各作是念、佛座高遠。唯願如來、以神通力令我等輩俱處虛空。即時釋迦牟尼佛、以神通力接諸大衆皆在虛空。以大音聲普告四衆、誰能於此娑婆國土廣說妙法華經。今正是時。如來不久當入涅槃。佛、欲以此妙法華經付囑有在。（／印は中略）

『妙法蓮華經』從地涌出品第十五（正蔵九巻・四〇頁・上）

爾時四衆、亦以佛神力故、見諸菩薩遍滿無量百千萬億國土虛空。是菩薩衆中有四導師。一名上行、二名無邊行、三名淨行、四名安立行。是四菩薩於其衆中最為上首唱導之師。在大衆前各共合掌、觀釋迦牟尼佛。

『観心本尊抄』（『定遺』七一二頁）

其本尊為体、本師娑婆上、宝塔居空、塔中妙法蓮華経左右、釈迦牟尼仏・多宝仏。釈尊脇士上行等四菩薩。文殊・弥勒等四菩薩、眷属居末座、迹化・他方大小諸菩薩、万民処大地如見雲閣・月卿。十方諸仏、処大地上。表迹仏・迹土故也。如是本尊、在世五十余年無之。八年之間、但限八品。正像二千年之間、小乗釈尊迦葉・阿難為脇士、権大乗並涅槃、法華経迹門等釈尊以文殊・普賢等為脇士。此等仏造画正像、未有寿量仏、来入末法、始此仏像可令出現歟。

四、「佐中」から新たな問題提起

1.「文字マンダラ」（大曼荼羅本尊）と「観心本尊抄」との関係について

イ、「如来滅後五五百歳始観心本尊抄」（以下、本尊抄）は、宗祖の御自題である。その題名も内容（天台大師智顗の究極の教説とする「一念三千」の法門の重視を説く）も、まさに本尊の成立の趣意を説いた、その解説書として読むべきではないか？

ロ、本尊と本尊抄の成立の後先について。従来、「本尊抄」撰述が先にあり（文永十年四月二十五日述作）、その約三か月後に「本尊抄」を下敷きとして大曼荼羅（始顕本尊）の図示があったと推測する意見が多い。実際に、始顕本尊の図顕は「文永十年七月八日」制作と明記されている。しかし、私は〈本尊〉すなわち「文字マンダラ」の図法の技術的な観点から「本尊抄」との関係を再考したい。

「本尊抄」は、本尊の相貌について、「その本尊の為体《ていたらく》、本師の娑婆の上に、宝塔空に居し、塔中の妙法蓮華経の左右に、釈迦牟尼仏・多宝仏。釈尊の脇士は上行等の四菩薩なり。文殊・弥勒等四菩薩は、眷属として末座に居し、迹化《しゃっけ》・他方の大小の諸菩薩は、万民の大地に処して雲閣・月卿を見るがごとし。十方の諸仏は、大地の上に処したもう。迹仏《しゃくぶつ》・迹土《しゃくど》を表するが故なり」（定遺七一二頁、原漢文）と記す。

上の表現は、始顕本尊の基本的なイメージとたしかに符合している。しかし、私のKJ法の図法体験によれば、「本尊抄」が先行して撰述され、その記述に合わせてその後に始顕の本尊が図顕されたとすることには合理的な説明として不合理を感じる。換言すれば、始顕本尊の具体的なイメージ無くして、「本尊抄」のみが先行して成立することは考えにくいのではないか。現実的な可能性としては、〈本尊〉のイメージが確立した後に、「本尊抄」が完成したと見るべきではないだろうか。

また確証があることではないが、本尊抄の送り先である富木常忍《ときじょうにん》の元には「本尊抄」と同時に、始顕本尊と同型の本尊が届けられた可能性はないのだろうか。

2.「日女御前御返事」は偽撰か？

「日女御前御返事」（定遺一三七四頁、写本）にいわく、「ここに日蓮いかなる不思議にてや候らん。竜樹・天親等、天台・妙楽等だにも顕し給はざる大曼荼羅を、末法二百余年のころ、はじめて法華弘通のはたじるしとして顕し奉るなり。是れ全く日蓮が自作にあらず。多宝塔中の大牟尼世尊・分身の諸仏すりかたぎ（摺形木）たる本尊なり。されば首題の五字は中央にかかり、四大天王は宝塔の四方に坐し、釈迦・多宝・本化の四菩薩肩を並べ、普賢・文殊等、舎利弗《しゃりほつ》・目連《もくれん》等坐を屈し、日天・月天・第六天の魔王・龍王・阿修羅、其外不動・愛染は南北の二方に陣を取り、悪逆の達多《だった》・愚癡《ぐち》の龍女一座をはり、三千世界の人の寿命を奪ふ悪鬼たる鬼子母神・十羅《ら》刹女《せつにょ》等、加之《しかのみならず》、日本国の守護神たる天照太神・八幡大菩薩・天神七代・地神五代の神神、総じて大小の神祇等体の神つらなる、其の余の用の神豈《あ》にもるべきや。宝塔品ニ云ク、諸ノ大衆ヲ接シテ、皆虚空ニ在リ云云。これ等の仏・菩薩・大聖等、総じて序品列坐の二界八番の雑衆等、一人もれず。この御本尊の中に住し給ひ、妙法五字の光明にてらされて本有の尊形となる。是を本尊とは申す也。」（以下、略）

同遺文については従前より、研究者から偽書ではないかとの指摘が少なくない。私は文字マンダラの図法表現を研究してきた立場から、同書を宗祖の表現とすることに疑問を感じる。とくに上記のアンダーラインの部分が、現存する日蓮の「文字マンダラ」の形態の多様性および宗祖の図法の趣旨に合致しないと感じる。

「文字マンダラ」を用いる渡辺喜勝著『文字マンダラの世界』（岩田書院、一九九九）について。同書は日蓮の「文字マンダラ」を論じて労作であるが、多種多様に展開する日蓮の文字マンダラの形態の解釈には牽強付会の説が多く、私は同意できない。とくに、「日女御前御返事」を日蓮の真説と信じて本尊についての基本的議論に多用することにも不同意である。同書の引用には注意を要する。

3．国柱会「ご本尊」の原本の問題

本書の図版［図a］（一二四頁）は、国柱会より宮沢賢治に授与された同会の「ご本尊」であるが、同本尊は国柱会の主宰者田中智学《ちがく》師（一八六一―一九三九）が「明治四十一年（一九〇八）」に始顕本尊を臨写したと伝承される。しかし、始顕本尊じたいは明治八年（一八七五）に身延山にて焼失しており、また同本尊の内容は始顕本尊の遺光（二種の臨写本）と一致しない。その始顕本尊の臨写とする根拠は不詳である。

4．「宗定本尊」の呼称について

本宗においても、ときに「宗定本尊」との呼称を使用する向きもあるが、宗祖の〈本尊〉に対する意志を尊重すれば、特定の本尊をもって「宗定」とすることは如何なものか？

五、日蓮「文字マンダラ」の特色とその意義

日蓮聖人は大曼荼羅本尊を「図」と明示された。私はかねて「文字マンダラ（本尊）」を観察するポイントとして十の視点があると考えてきた。以下では、その十のポイントにしたがって、文字マンダラの「図」としての基本的な問題を解説してみたい。

文字マンダラ（本尊）を知る十のポイント（桐谷説）

1．そもそも、マンダラ（mandala）とは何か？
2．文字マンダラが、なぜ図なのか？
3．文字マンダラには、何が描かれているのか？
4．なぜ、「お題目」は、つねに中央が定位置なのか？
5．文字マンダラには「板曼荼羅」がない
　　―形態の多様性の問題―
6．なぜ、ことさらに「不動・愛染」なのか？
7．「讃文」の意義とは何か？
8．「経文・要文」の役割とは何か？
9．なぜ、文字マンダラは装飾的なのか？
10．だから、「文字マンダラ」は〈本尊〉

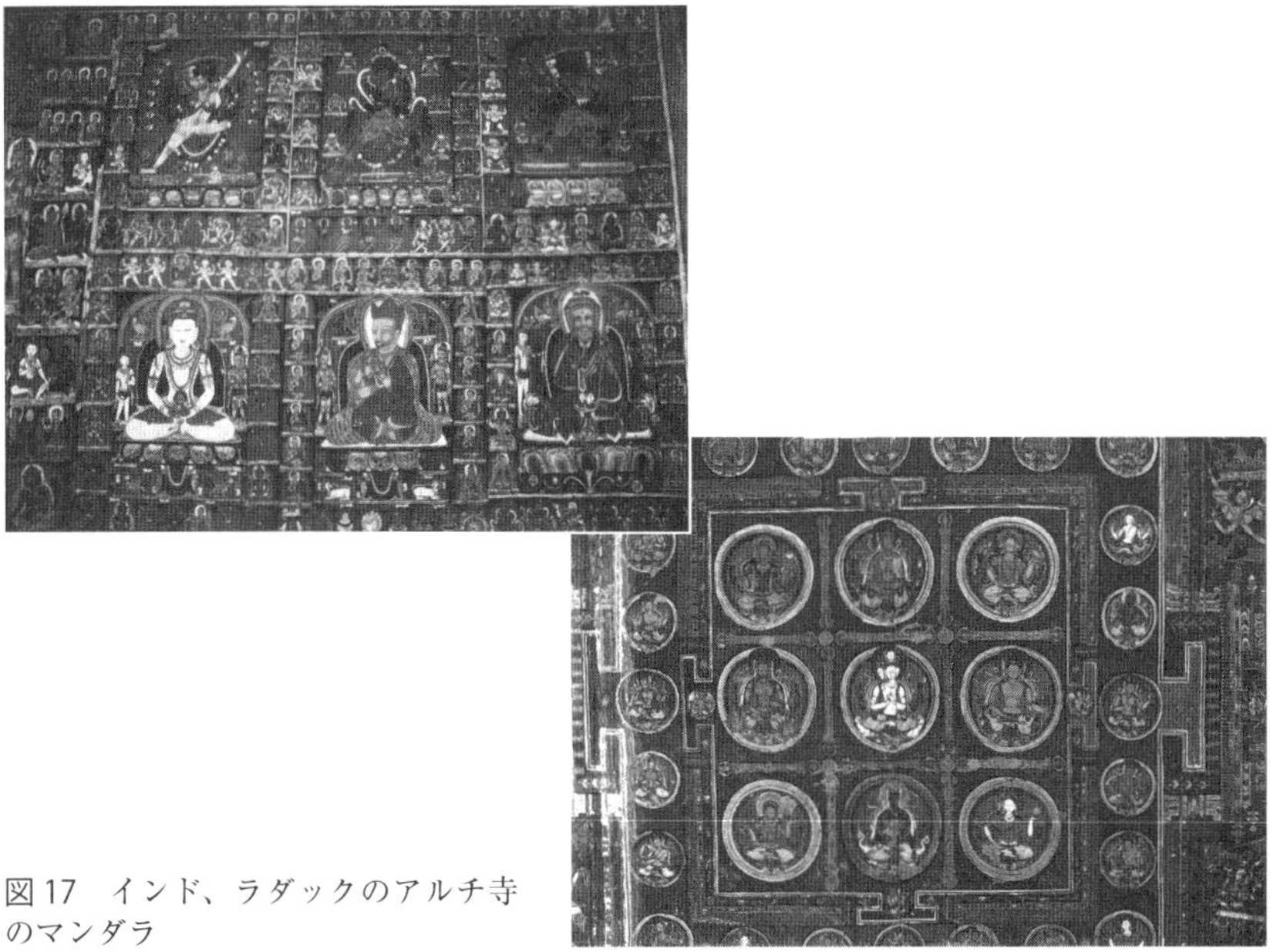

図17　インド、ラダックのアルチ寺のマンダラ

1．そもそも、マンダラ（mandala、曼荼羅、曼陀羅）とは何か？

（解説）

マンダラ（mandala）は、古代インドのサンスクリット語を漢字で音写して「曼荼羅」、「曼陀羅」等に表記する。その原意は本質・精髄という意味で、姚秦《ようしん》の鳩摩羅《くまら》什《じゅう》（三四四―四一三）などの旧訳では「壇《だん》」（聖なる空間、聖なるものの集まる場所）に、唐の玄奘（六〇二―六六四）などの新訳では、「輪円具足《りんねんぐそく》」（欠けたところのない円輪）と訳している。わが国の真言密教では、両界曼荼羅として金剛界曼荼羅と胎蔵界曼荼羅に用いる。

　日蓮の文字マンダラに先行するあるいは類例としては次のような存在がある。

・インド、ラダックのアルチ寺のマンダラ（世界文化遺産、十世紀頃成立か）［図17］
・真言密教の両界マンダラ「金剛界曼荼羅・胎蔵界曼荼羅」［図18］
・真言密教の別尊マンダラ「法華曼荼羅」［図19］
・文字マンダラの先行する例として高山寺明恵上人（高弁、一一七三―一二三二）「三時三礼釈曼荼羅」がある。［図20］

図18　真言密教の両界マンダラ　「金剛界曼荼羅・胎蔵界曼荼羅」

両界曼荼羅・金剛界　南北朝時代　岡山宝光寺

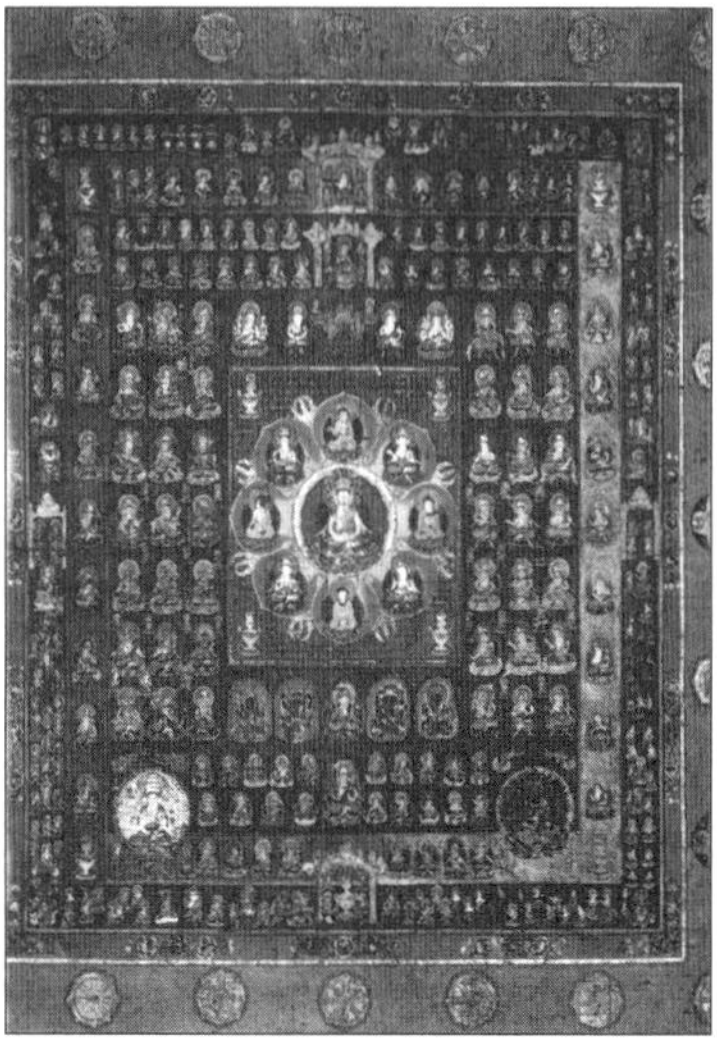

両界曼荼羅・胎蔵界　南北朝時代　岡山宝光寺

図19　真言密教の別尊マンダラ　「法華曼荼羅」

板彫法華曼荼羅　平安時代　岐阜横蔵寺

恵什・法華曼荼羅（『図像抄』より）

萬相荘厳金剛界心
大勇猛幢智慧蔵心
南無同相別相住持佛法僧三寶
如那羅延堅固幢心
如衆生海不可盡心

図20　高山寺明恵上人（高弁、1173-1232）・三時三礼釈曼荼羅

・浄土真宗「光明本尊」は、日蓮「文字マンダラ」より後出か。［図21］

2.〈文字マンダラ〉が、なぜ図なのか？

私は、宗祖の文字マンダラの遺例として、その当初期の二例［図5、図6］が現存していることに歴史的な僥倖を感ずる。文字マンダラが「図」であることは、開発者である日蓮の大前提である。

3.〈文字マンダラ〉には、何が描かれているのか？

本書においては、すでにその内容と構成についてふれた（本書一一九頁）が、以下は、私の文字マンダラを解説する際の参考資料として利用するものとしてご覧いただきたい。

イ、文字マンダラ（本尊）の内容と構成［図1］
ロ、〈文字マンダラ〉の絵像図（東京東部青年会）［図22］
ハ、〈文字マンダラ〉の図面構成、概念図（桐谷）［図23］
ニ、〈文字マンダラ〉の基本構図・見宝塔品第十一の二仏併坐シーン［図16］

図21　浄土真宗「光明本尊」

福島県・光照寺蔵

大阪府・報恩寺蔵

石川県・本誓寺蔵

岩手県・本誓寺蔵

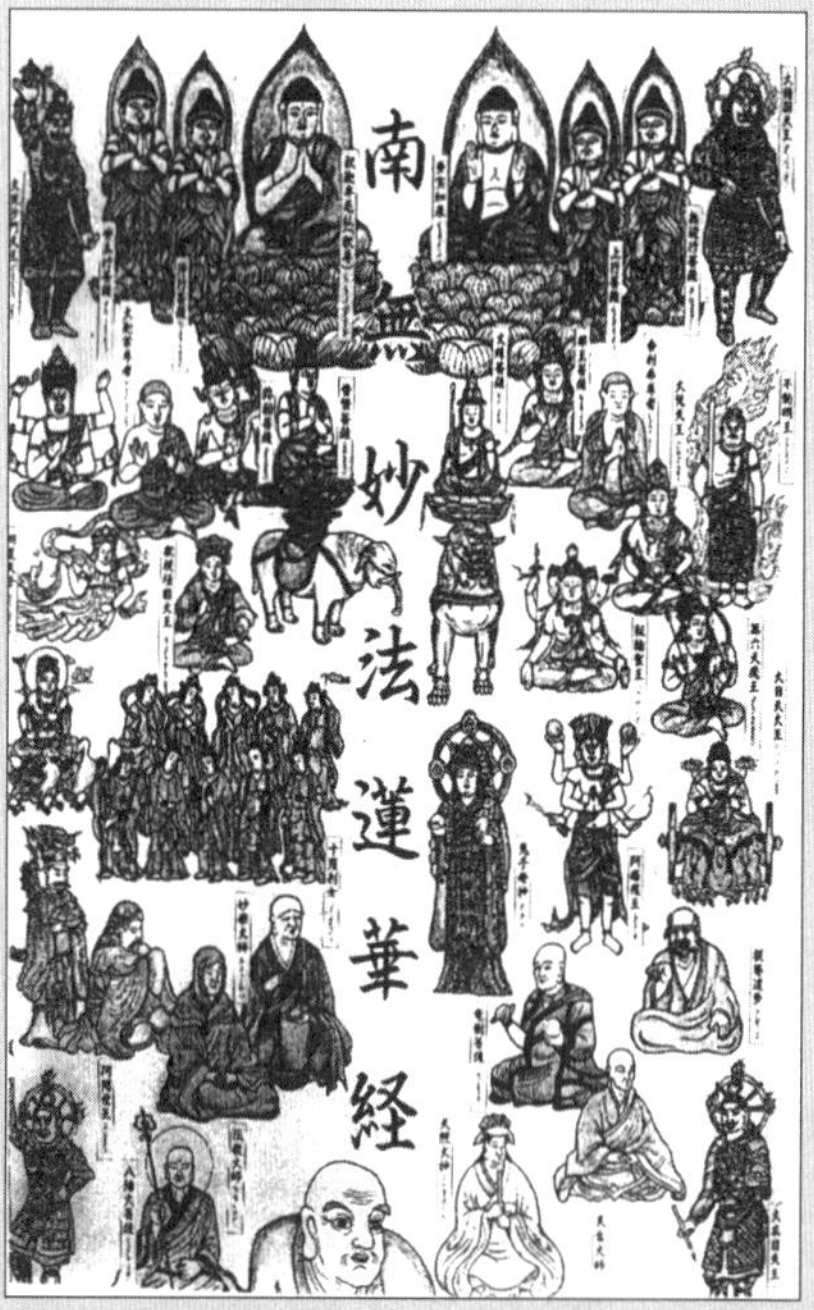

図22　〈おまんだら〉絵像図（東京東部青年会）

図 23-a 〈文字マンダラ〉の図面構成　（桐谷）

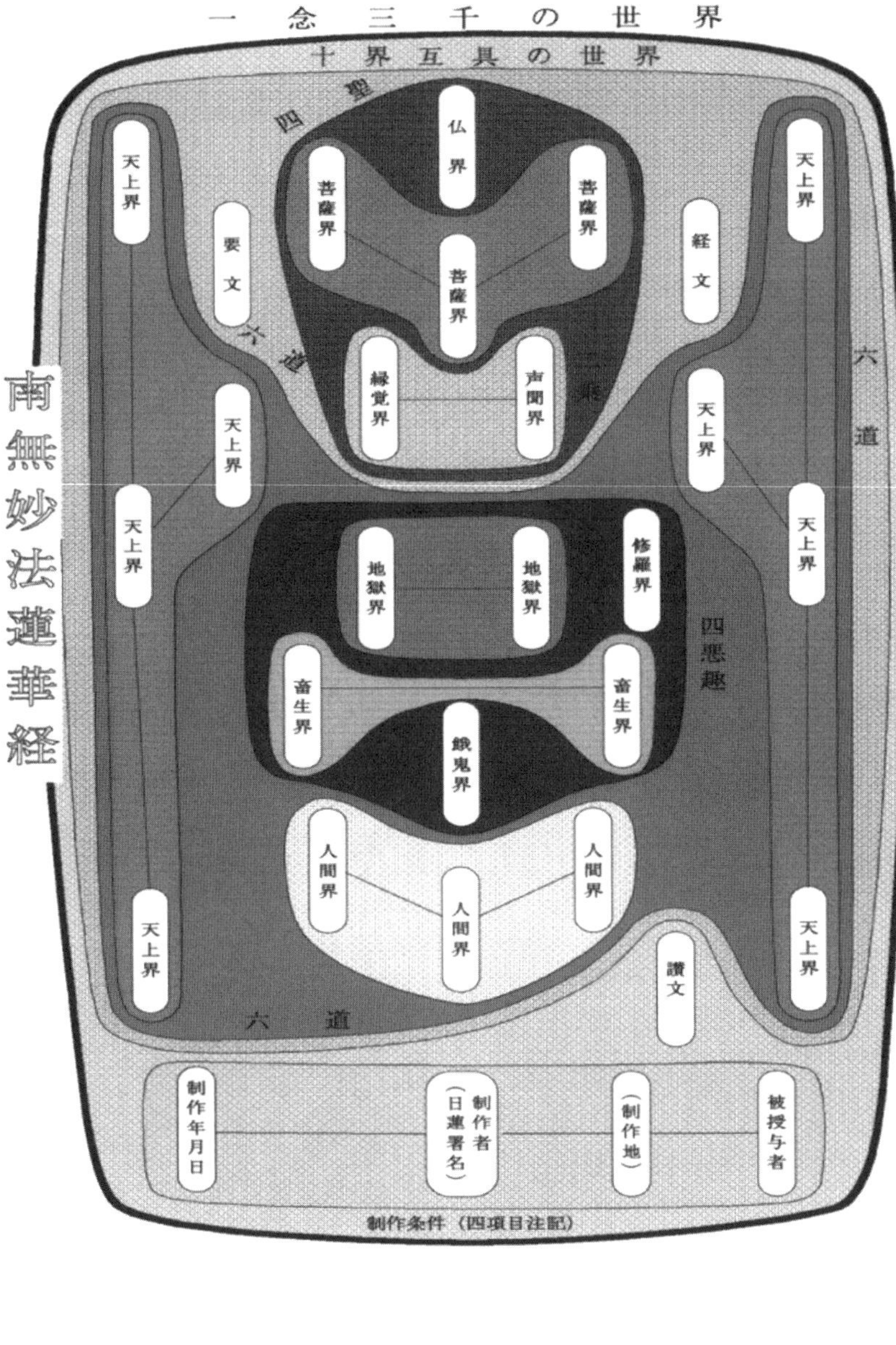

図 23-b 〈文字マンダラ〉の概念図 （桐谷）

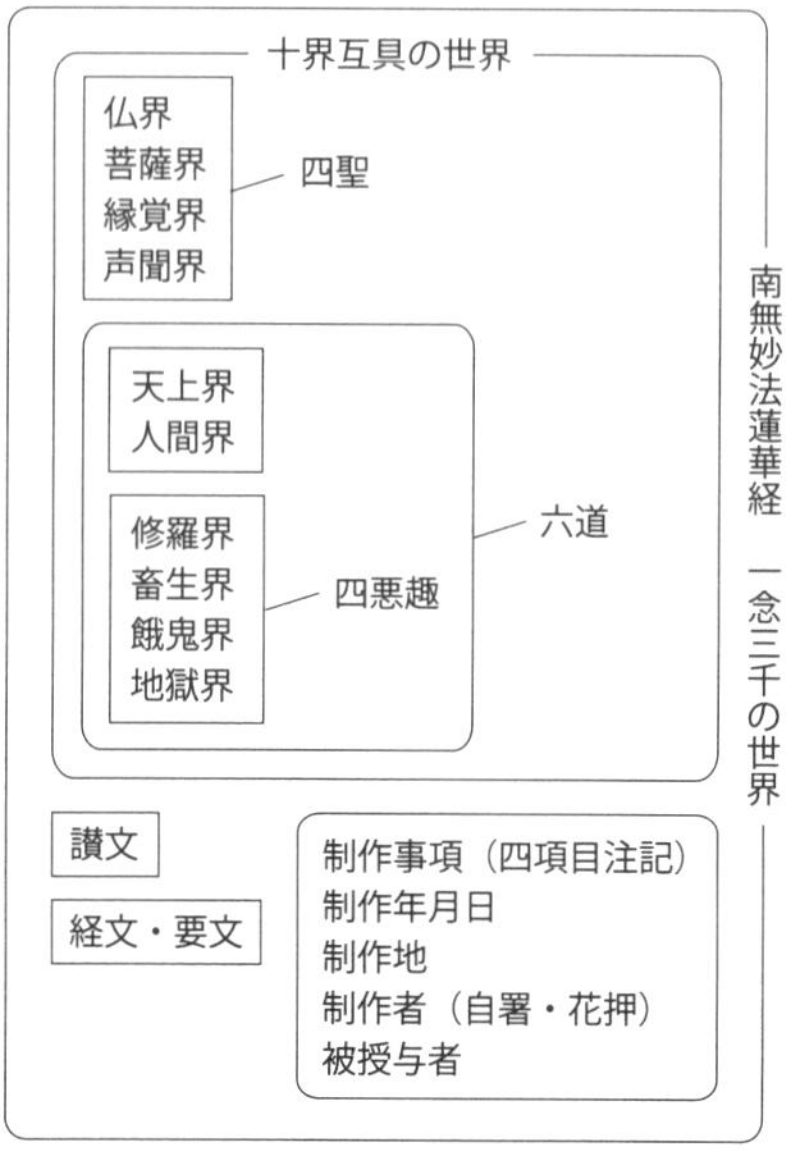

図24 本尊集81（弘安3年3月、鎌倉妙本寺、臨滅度時御本尊）

4.「題目」は、つねに中央が定位置

五字七字の題目（妙法蓮華経・南無妙法蓮華経）は、日蓮の法華信仰において最小にして最大の法門であり、そのシンボルマークといえよう。題目は、「一念三千」法門における「一念」の意であり、図法としては「一即一切」の義における「三千大千世界」の総合・統一・全体の意味を表す。参考図版の本尊［図24］は池上において宗祖入滅の際に、その枕頭に掲げられた本尊と伝えられ、臨滅度時の本尊と尊ばれている。最近、同本尊の修理にあたり裏面から「日朗」の自署が発見されている。

図 25　総帰命と四聖帰命の本尊例

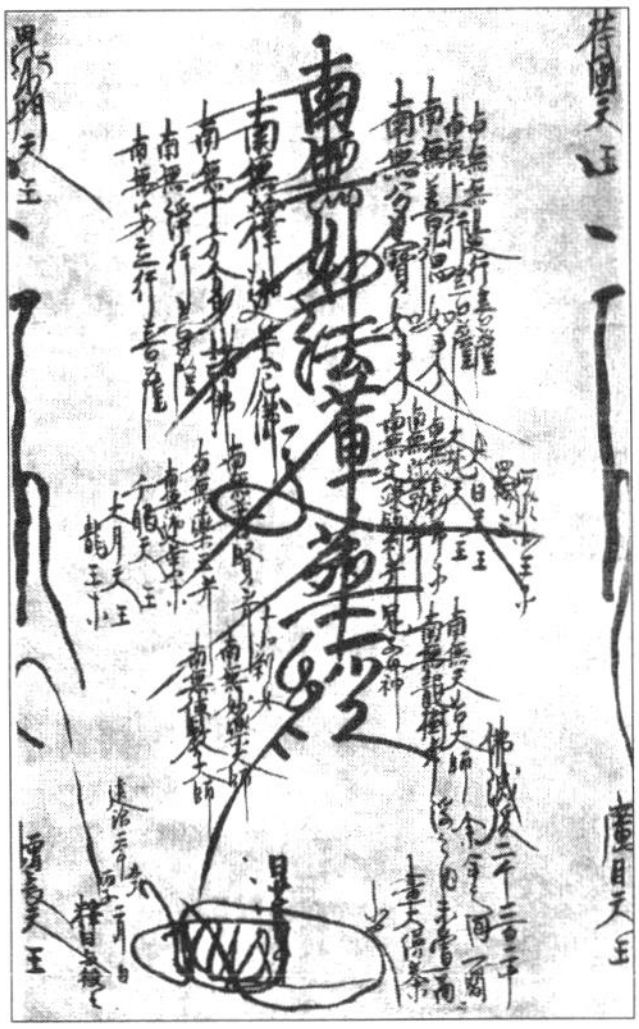

＊四聖帰命　本尊集 31（建治 2 年 2 月、尼ケ崎本興寺）

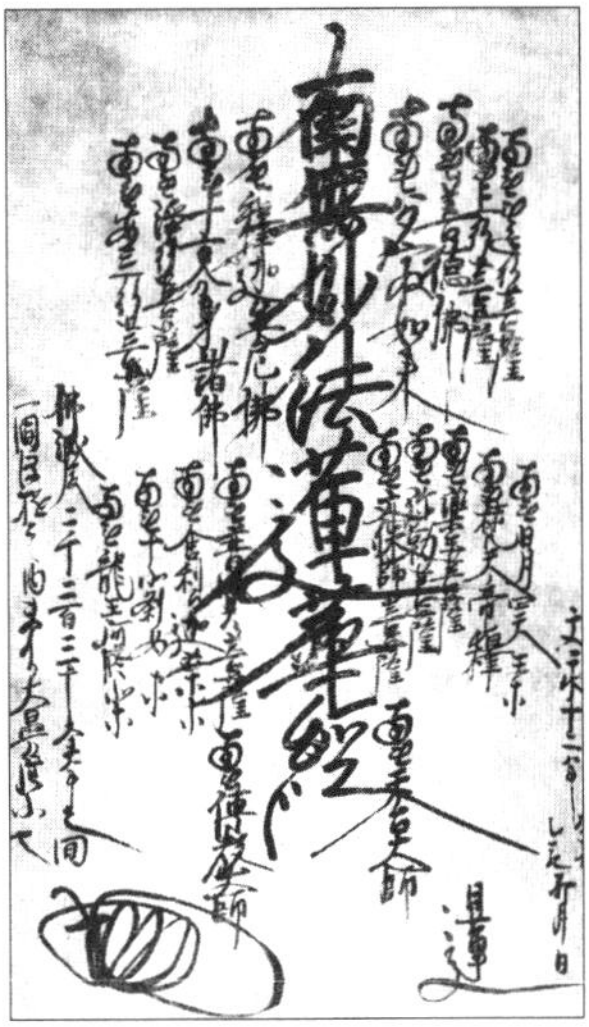

＊総帰命　本尊集 21（文永 12 年卯月、鎌倉妙本寺）

5．文字マンダラには「板曼荼羅」がない！
――形態の多様性の問題――

①本尊の形態における多様性の実態は、「十界互具・一念三千」法門における「三千」すなわち「三千大千世界」を意味する寓意として展開される。現存の真蹟本尊に見られる諸仏諸尊の出没、名称における種々の表現、および位置・配置の多様性等の実態を整理して示せば次の通りである。

イ、総帰命（すべての諸仏諸尊に南無を冠する）の本尊と四聖帰命（四聖にのみ南無を冠する）の本尊。〔図25〕
ロ、本化の四菩薩（上行・無辺行・浄行・安立行）の配列が不定。〔図26〕
ハ、二明王（不動明王・愛染明王）の左と右が不定。〔図27〕
ニ、二明王の消えた本尊。〔図28〕
ホ、四天王（東：持国・西：広目・南：増長・北：毘沙門）の東西南北が不定（とくに現存の本尊では西と南の逆転が多い）。〔図29〕
ヘ、四王天の漢名の表示（持国・広目・増長・多聞）、梵名の表示が不定。〔図30〕〔図31〕

図 26　本化四菩薩の配列不定の例　＊○印が本化四菩薩

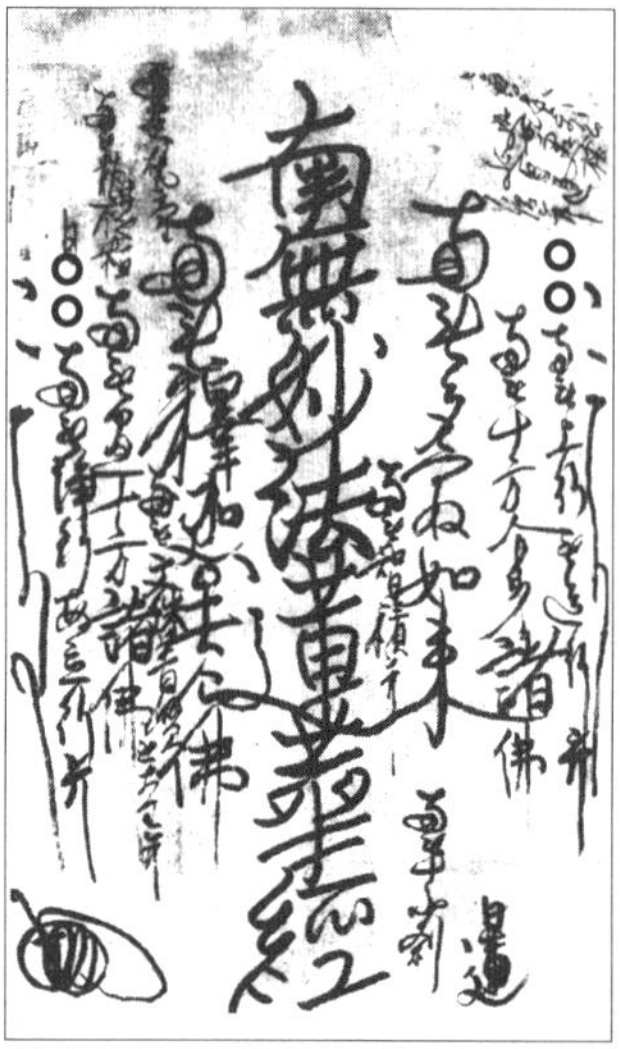

本尊集 9（佐渡妙宣寺、女人成仏御本尊）

本尊集 26（建治元年 10 月、戸田妙顕寺）

本尊集 34（建治 2 年卯月、京都本圀寺）

本尊集 34（建治 2 年卯月、京都本圀寺）

図 27　二明王の左右不定の例

北　東

愛染明王　不動明王

南　西

本尊集 101（弘安 3 年 11 月、玉沢妙法華寺）

北　東

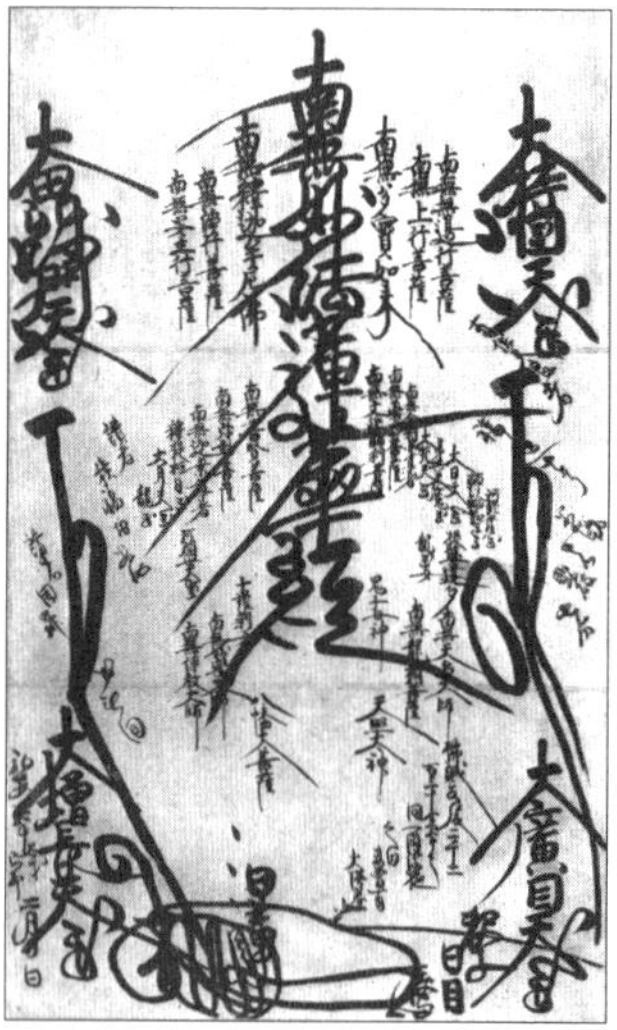

不動明王　愛染明王

南　西

本尊集 60（弘安 2 年 2 月、桑名寿量寺）

図 28　二明王の消えたご本尊

本尊集 28（建治元年 12 月、京都妙顕寺、玄旨伝法御本尊）

図 29　四天王の東西南北不定（とくに西と南）の例

〈通例〉

北　東

南　西

本尊集 101（弘安 3 年 11 月、玉沢妙法華寺）

北　東

西　南

本尊集 13（文永 11 年 7 月 25 日、茂原藻原寺）

図30　四王天の漢名・梵名不定の例

〈通例〉

本尊集101（弘安3年11月、玉沢妙法華寺）

本尊集57（弘安元年10月19日、岡宮光長寺）

ト、四王天の梵名漢字表記：提頭頼吒天王（持国天）・毘楼勒叉天王（増長天）・毘楼博叉天王（廣目天）・毘沙門天王（多聞天）が不定。［図30］［図31］

②先師による大曼荼羅整理法について―その功績と限界―

先師は古来、本尊の多様性の意味を解明するために、下記のように年代順、形態別に整理を進める例が多かった。しかし本尊の形式による分類整理では、宗祖が本尊に託して教示しようとした真の意味（「一念三千」義）が解明されたとは言えず、かえってその真意が別のところにあることを浮き彫りにしたのではないか？　過去における主な本尊整理法は次の通り。

イ、行学日朝（一四二二―一五〇〇）：未再治と再治（讃文中の「二十余年」と「三十余年」に分ける）に区分。

ロ、正行日源（生没年未祥、京都妙覚寺第三世）：随他意、随自意（「建治」年中の本尊と「弘安」年中の本尊に分ける）。

ハ、塩田義遜（一八八九―一九四四）：総帰命、四聖帰命（文永時代「練磨期」と建治・弘安「整備期」に分ける）。

ニ、塩田義遜：文永、建治前期、同後期、弘安前期、同後期の五期に分ける。

ホ、山川智應（一八七九―一九五六）：教門、観門（総帰

図31　四王天の梵名を漢字表記の例

（東）提頭頼吒天王
Dhrtarastra　ドゥリタラーシュトラ
持国天

（南）毘楼勒叉天王
Virudhaka　ヴィルーダカ
増長天

（西）毘楼博叉天王
Virupaksa　ヴィルパークシャ
廣目天

（北）毘沙門天王
Vaisravana　ヴァイシュラバナ
多聞天

北　東

西　南

本尊集34（建治2年卯月、京都本圀寺蔵）

命と四聖帰命に同じ）に分ける。

へ、山川智應：広（題目を中心に十界の諸仏諸尊を円具した本尊）、略（題目を中心に十界に存略ある本尊）、要（題目と二尊、本化四菩薩のみの本尊）、要要（ただ題目のみの本尊）の四種に分ける。

ト、山中喜八（一九〇二―一九九五）：四系列、九部門に細分し、全一〇七種類に分ける。（「日蓮聖人真蹟集成」本尊集）

本尊における相貌の多様性については、宗祖の真意が「一念三千」思想の可視化にこそあることを推察すべきではないか。先師にみられる相貌の年代順、内容、形態の分類による本尊の本質追究には限界がある。本尊の保存と検索を目的とした整理法としては有効であるが、その本質追究にとっては、新発見の真蹟本尊が登場するほどその混迷は深まるといえるのではないか。

6．なぜ、ことさらに「不動・愛染」なのか？

不動明王・愛染明王は真言密教における主尊。文字マンダラにおける他の諸仏諸尊がことごとく法華経に登場し、あるいは歴史的に法華信仰を讃仰する諸尊である中

図32 「讃文」とは何か？

・大曼荼羅における「讃文」と「経文・要文」とは役割が異なる。従来のように「讃文」に「経文・要文」を一括する呼称は不適切。
・右のモデル（海長寺御本尊）における讃文は、「仏滅度後二千二百三十余年之間一閻浮提之内未曽有大漫荼羅也」＝○印
・経文、要文は、「有供養者　福過十号、若悩乱者　頭破七分」（『法華文句記』四）＝□印
「謗者開罪於無間、讃者積福於安明」（『依憑集』二）＝□印

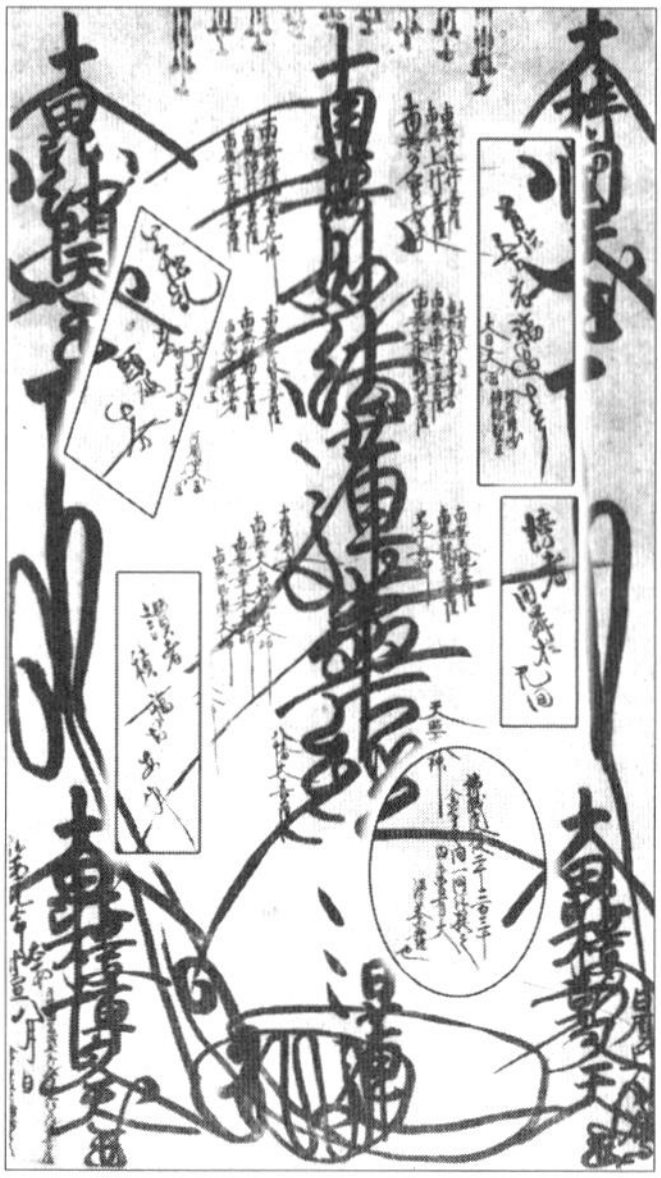

村松海長寺御本尊

に、二明王の存在は異例であると言わざるをえない。また、文字マンダラ上に二明王が梵字の種子《しゅじ》（密教で、諸仏諸尊などを象徴的に表す梵字）をもって表現されるのはその意匠的にも目立って特異である。なぜ、文字マンダラに二明王が勧請（神仏に来臨を請う意）されるのか、古来日蓮の真意を求めて議論が少なくないが、私はその理由を、法華思想における「開会《かいえ》」（開会帰入の意。止揚、統合すること。異質の統合の意味。その原意は声聞・縁覚・菩薩の三乗が実は一乗の仏であることをいう）の思想の隠喩の例かと思考する。

7.「讃文」の意義とは何か？

イ、文字マンダラにおける「讃文」と「経文・要文」とは役割が異なる。従来は、一括して「讃文」と呼称してきたが、私は「讃文」と「経文・要文」に別個の意義を主張している。［図32］

ロ、讃文は、「文永十二年（一二七五）卯月日」本尊以降は、定型文「仏滅度後二千二百三十余年（あるいは二十余年）之間一閻浮提之内未曽有大漫荼羅也」として、若干の例外をのぞきほとんどの本尊に掲載されて

図33 「讃文」の意味を読み解く

1.「未曽有大曼荼羅」とは、「己心の一念三千」の意味か？
2. 定型の讃文に「二十余年」と「三十余年」とあり。「余年」に含意あり。

本尊集60（部分）（弘安2年2月、桑名寿量寺蔵）

本尊集84（部分）（弘安3年4月、京都妙覚寺蔵）

いる。文字マンダラにおけるその意義の重大なることを推量する。[図33]

ハ、宗祖は、讃文において新開発の文字マンダラの正式名称を明確に「大曼（漫）荼羅」であると表明している。

ニ、讃文中の「未曽有大曼荼羅」とは、けっして宗祖自身の本尊のシンボリズム化の意図ではない。もし「始顕本尊」としての歴史的意義を誇る意図ならば、その年が「仏滅度後二千二百二十二年」であることを明示すればよい。日蓮の文字マンダラは修行者個々人のマンダラが、その本質として歴史的かつ独創的意義のあることを表明するものであり、すなわち「己心の一念三千」「身土の一念三千」（前出）であることを意味しているといえよう。

ホ、本尊によっては、定型の讃文中に「二十余年」と「三十余年」の二種の表現がみられる（上表参照）。これは、「二十余年」と「三十余年」を表示する本尊のあいだに、十年の時間的経過があったという意味ではない。私は、その「余年」に「末法万年」の含意がありと考える。とくに宗祖の「末法為正」説（「逆読法華」説も同じ）の隠喩と考える。[図34]「末法為正」説とは、「法華経は釈迦が現在に立って説いたもので

図34 「讃文」の意味と役割

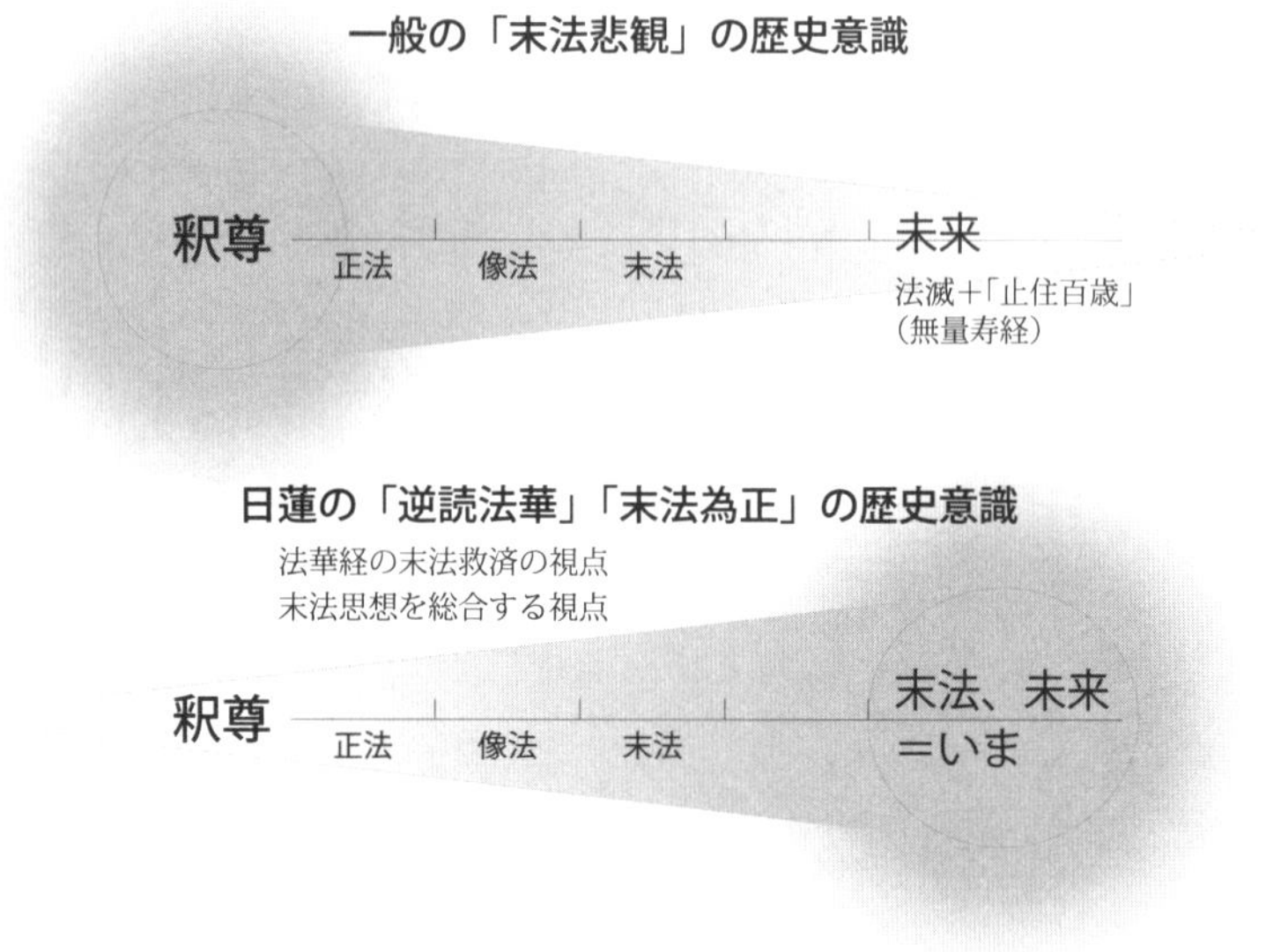

・「讃文」における「二十余年」と「三十余年」の表示一覧

（表記の年代）	「二十余年」	「三十余年」
文永十一年（1274、仏滅後2223）	現存2幅	ナシ
建治元年（1275、仏滅後2224）	ナシ	現存4幅
建治二年（1276、仏滅後2225）〜建治三年	現存15幅	ナシ
弘安元年（1278、仏滅後2227）	現存1幅	現存9幅
弘安二年（1279、仏滅後2228）	現存5幅	現存11幅
弘安三年（1280、仏滅後2229）	現存21幅	現存12幅
弘安四年（1281、仏滅後2230）	ナシ	現存15幅
弘安五年（1282、仏滅後2231）	ナシ	現存7幅

〔注〕弘安三年五月十八日本尊（御本尊鑑29、身延曾存）以降は、すべての本尊が「三十余年」に統一される。

あるが、その現在は永遠の未来を含む現在である。そしてその永遠の未来とは今日のわれわれが持つ現在であると理解すべきである。」（坂本幸男「日蓮の思想的背景」『講座日蓮』1、春秋社）

8.「経文・要文」の役割とは何か？

イ、本尊上の経文・要文（法華経あるいは同註釈書類からの抜粋、引用）は全十九種が数えられる。［図35］

ロ、宗祖には「文字即仏」「一々文々是真仏」の思想がある。本尊上の経文・要文も「一念三千」法門を寓意する諸仏諸尊の多様性の表示に一環するものか。

ハ、修行者に対し法華信仰に資するメッセージ。

ニ、経文・要文は、諸仏諸尊の配置されている間隙にあって、その筆勢は、とくに流麗で、動的である。図法として「一念三千」の縁起世界の表現に流動性の意味を強調するものか。

9.なぜ、文字マンダラは装飾的なのか？

イ、文字マンダラにおける空間配置、首題の光明点（ひげ文字）、経文・釈文の動的な筆法、絵画的な天蓋《てんがい》・瓔珞《ようらく》・蓮台などの付加（「本尊鑑」による）などが本尊における装飾的要素として指摘される。［図36、図37、図38、図39］

ロ、宗祖直門の日像（一二六九―一三四二）には執筆された本尊の現存する遺例も多く、とくに宗祖の身延時代における本尊制作時にもっとも近侍した人物の遺作として注目される。その文字マンダラには

図35　本尊集57（弘安元年10月19日、岡宮光長寺）

図 36　光明点（ひげ文字）の例　―諸仏諸尊のすべてに光明点―

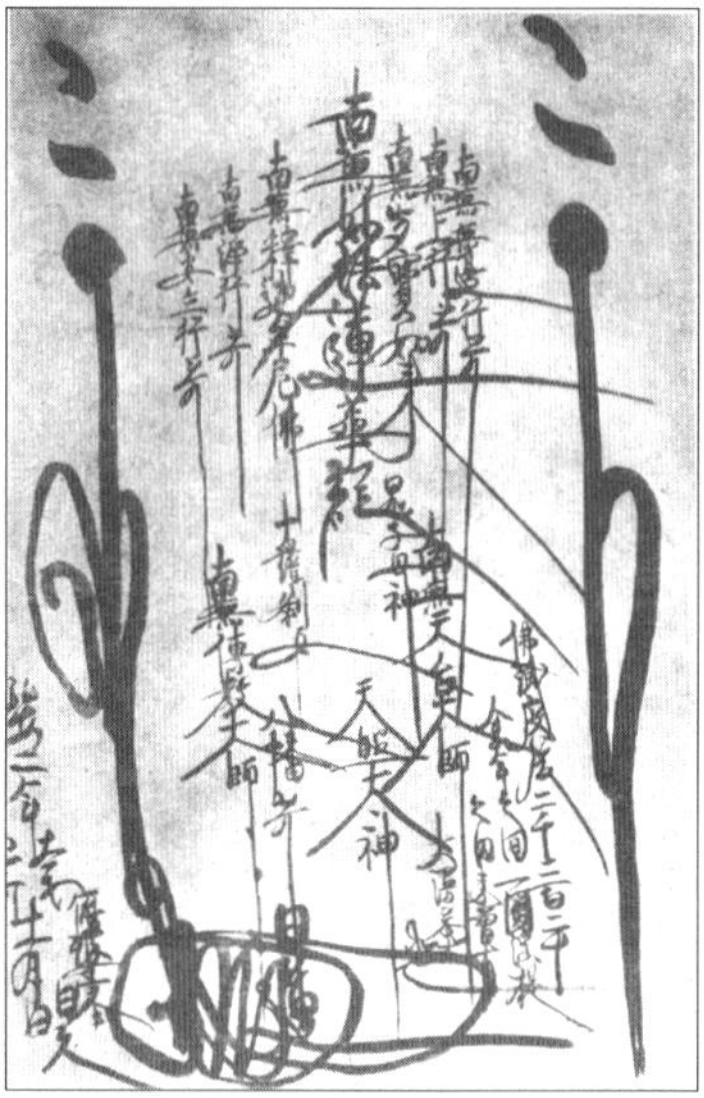

本尊集 70（弘安 2 年 11 月、千葉随喜文庫）

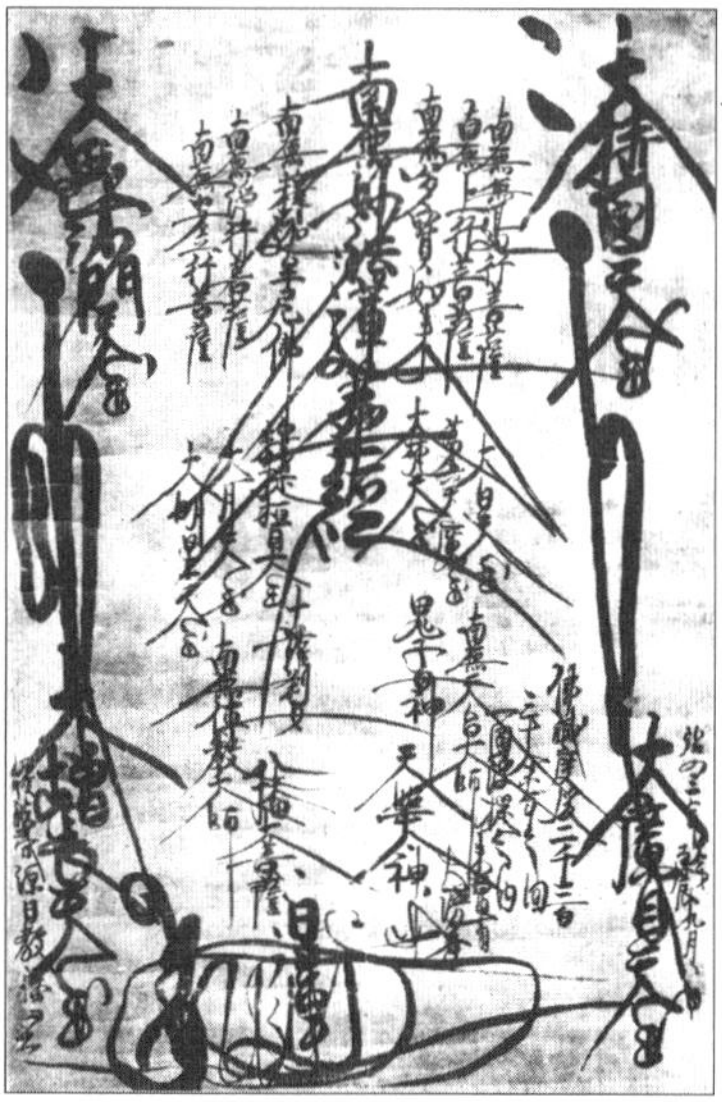

本尊集 99（弘安 3 年 9 月 8 日、横浜某氏）

●天蓋・瓔珞・蓮台の例

図 37　三光瓔珞御本尊（本尊集 38、京都本満寺）

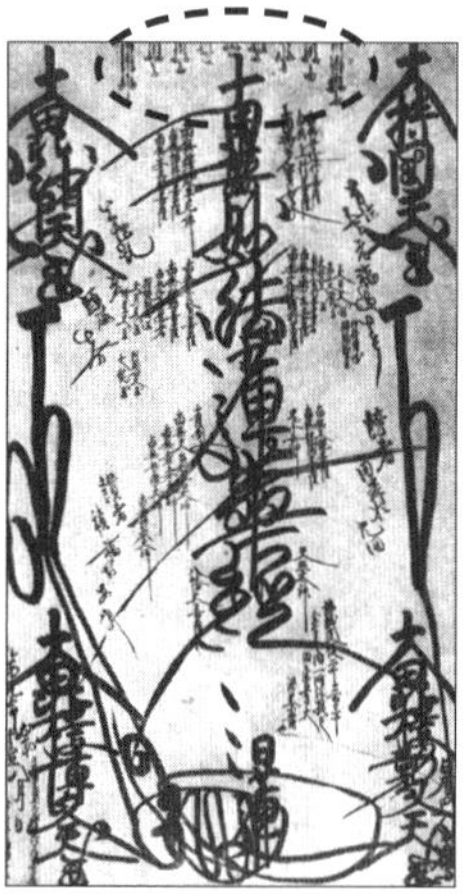

図 38　本尊集 53（弘安元年 8 月、清水海長寺）

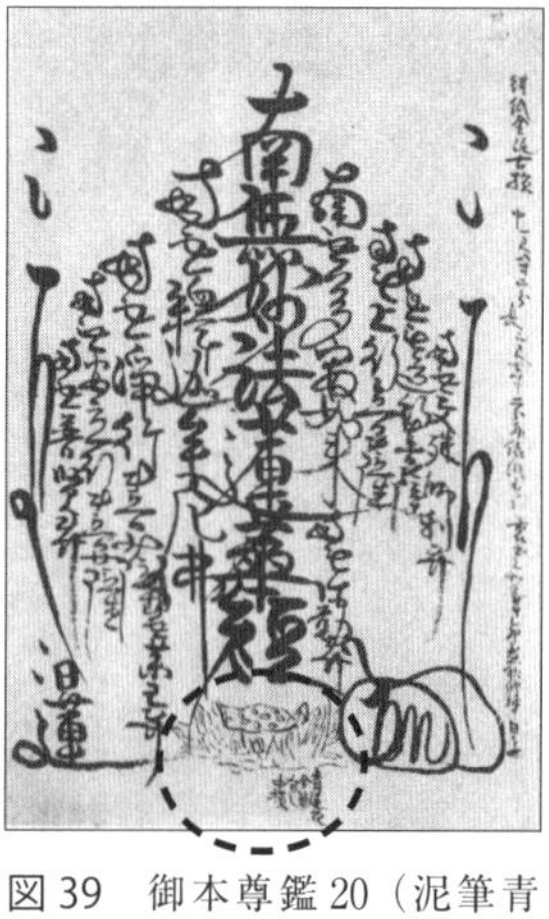

図 39　御本尊鑑 20（泥筆青蓮華御本尊、身延曾存）

図40 「お護り」としての〈おまんだら〉

本尊集38（部分）（建治2年8月13日、京都本満寺）

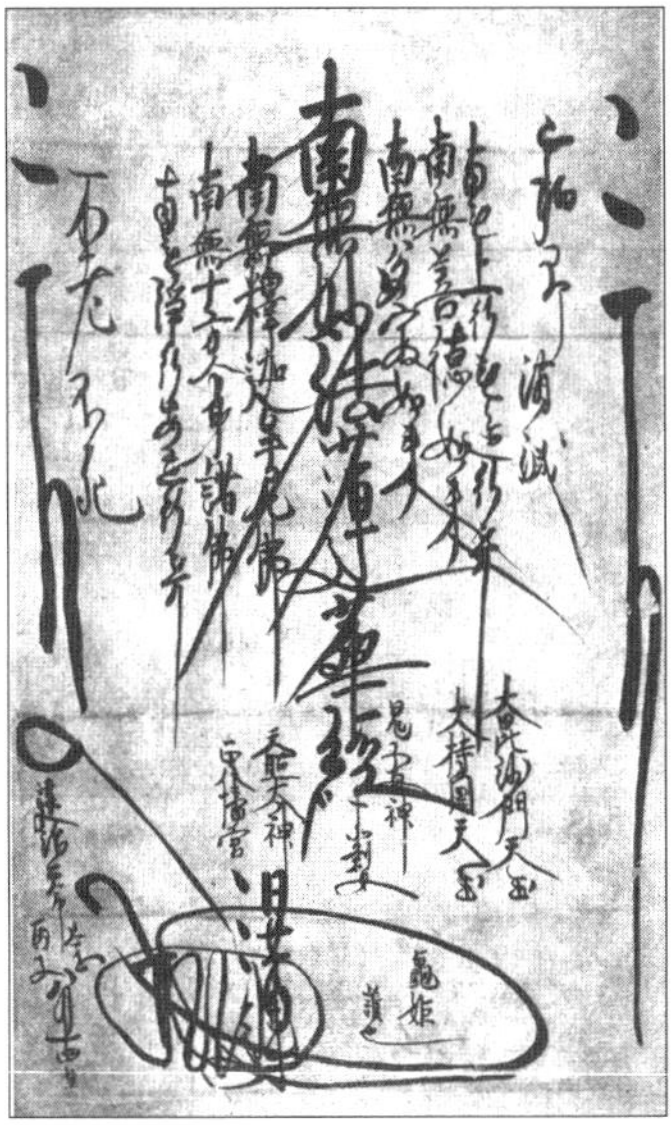

本尊集40（建治2年8月14日、京都立本寺）

装飾の多い点が注目される。

10．だから、文字マンダラは「ご本尊」

イ、宗祖の本尊の遺例には、最小一紙（縦約五〇センチ、横三〇センチ）から最大二十八紙（縦約二四四センチ、横一二五センチ）の各種各様の文字マンダラが現存する。それぞれの布教上の用途が推測される。

ロ、宗祖の本尊には、その授与者に対し執筆の意図が表示される例もある。災厄を避けるための護符として「お護り」であることが明記された本尊がある。〔図40〕

ハ、本尊の活用について宗祖の直言。本尊の活用について宗祖自身の言及が見られる例。

「得意之人察之」（文永十一年七月、茂原藻原寺本尊の讃文）〔図11〕

「身に帯し、心に存せよ」（新尼御前御返事）

ニ、日蓮の直弟による本尊の執筆（日興上人系と日像上人系の例）

日興上人（一二四五―一三三二）と門下の日代の本尊〔図41〕

日朗上人（一二四五―一三二〇）・日像上人（一二六九

図41　日興上人と門下の御本尊

日興上人御本尊（「日興上人御本尊集」より）

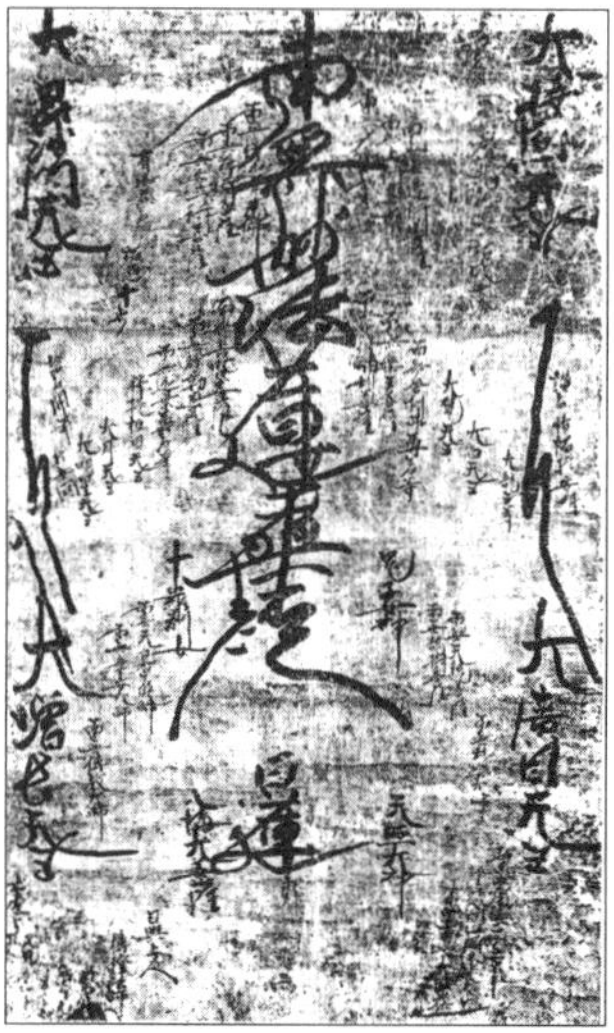

日代上人御本尊（日興弟子、静岡西山本門寺）

一三四二）と門下の大覚上人（一二九七―一三六四）の本尊［図42］

ホ、近現代における文字マンダラの活用例。

宮沢賢治の文字マンダラ信仰の実践（本書参照）

図42　日朗・日像上人と門下の御本尊

日朗上人御本尊（京都立本寺、日蓮聖人門下本尊集成）

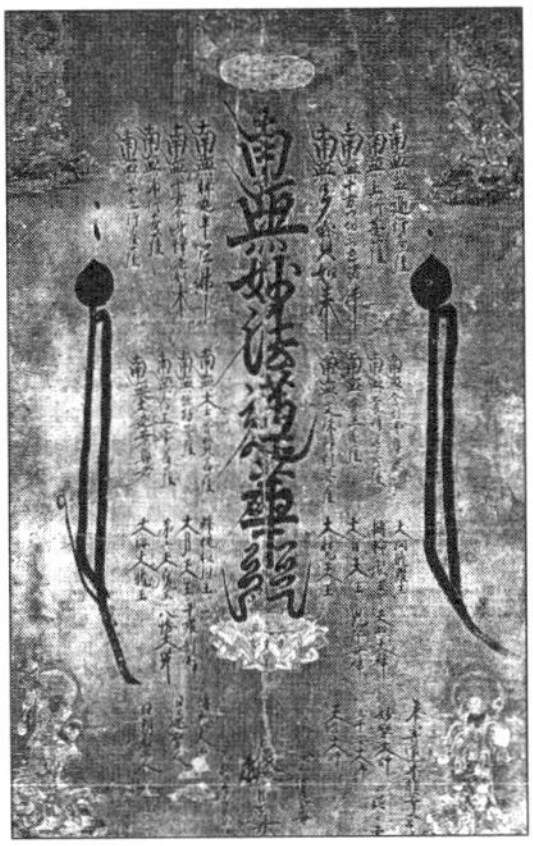

日像上人御本尊（京都本能寺、同左）

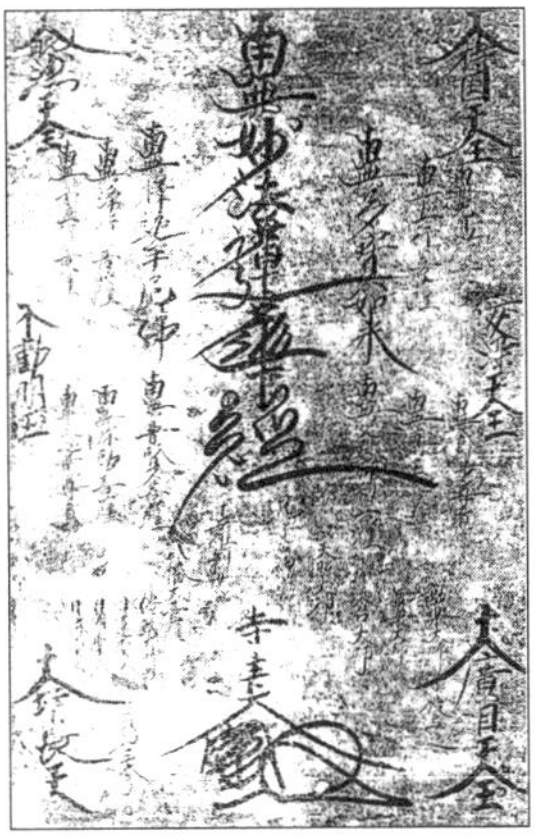

大覚上人御本尊（妙実、日像弟子）

（文字マンダラに関する桐谷の関連論文）

・拙稿「日蓮のマンダラ本尊における図解的意義」（『ＫＪ法研究』16、一九九三）
・拙稿「日蓮聖人における大曼荼羅の図法とその意義」（『日蓮教学研究所紀要』21号、一九九四）
・拙稿「宮沢賢治のマンダラ世界―その文学と人生における表象―」（『高木豊先生古希記念論文集・日蓮とその教団』所収、吉川弘文館、一九九九）
・拙稿「いま、大曼荼羅の世界を考える」（『季刊　教化情報』12号、日蓮宗東京西部教化センター、二〇〇二）
・共著『融然の探検―フィールドサイエンスの思潮と可能性―』（清水弘文堂書房、二〇一二）
・拙稿「日蓮聖人大曼荼羅における経文・釈文の意義について」（『松村壽巌先生古稀記念論文集』同刊行会編、山喜房仏書林、二〇一四）
・拙稿「日蓮聖人大曼荼羅における『讃文』の意義について」（『大崎学報』１７０、立正大学仏教学会、二〇一四）
・拙稿「宮沢賢治の法華経観に学ぶ―大曼荼羅の意義とは何か?―」（『全布連』29、二〇一七）

宮沢賢治　宗教思想と文学略年譜

年号	満年齢	事項
1896（明治29）年	0歳	8月27日、岩手県稗貫郡里川口村川口町（現在花巻市豊沢町4丁目11番地）に、父宮沢政次郎、母イチの長男として出生（戸籍では8月1日）。妹2人（トシ、シゲ）、弟1人（清六）。家業は質・古着商。家の宗教は代々、浄土真宗大谷派。
1899（明治32）年	3歳	（3歳頃）伯母ヤギが子守唄のように、親鸞「正信偈」や蓮如「白骨の御文章」を聞かせ、賢治は聞き覚え諳んじていたという。この年より、政次郎らの世話により大沢温泉において夏期仏教講習会（一般人向け）始まる。同講習会（1889―1916開催）当初は、学生向けだった。
1903（明治36）年	6歳	花巻川口町立花巻川口尋常高等小学校（明治38年より花巻尋常高等小学校と改称）に入学。
1906（明治39）年	9歳	8月、第8回夏期仏教講習会（大沢温泉）に父と共に参加、賢治は講師暁烏敏の侍童をつとめたという。仏教講習会には明治39年から暁烏敏・多田鼎・斎藤唯信・村上専精ら、清沢満之が指導した浄土真宗大谷派、浩々洞系の学者の名々が毎年連続して登場している。
1907（明治40）年	10歳	政次郎、町会議員に当選、以後4期務める。
1909（明治42）年	12歳	3月、花巻尋常高等小学校卒業。 4月、県立盛岡中学校入学。寄宿生となる。
1911（明治44）年	15歳	8月、（賢治盛岡中学3年）夏期仏教講習会で島地大等の講話「大乗起信論」を聞く。以後度々大等の講話を聞き、島地大等との交流から天台宗の法華教学を学ぶ。島地大等は（1875―1927）新潟県出身、浄土真宗本願寺派の願教寺住職島地黙雷の法嗣となり、のち、後継住職となる。東洋大学、東京大学講師も勤める天台法華教学の碩学。
1912（明治45・大正1）年	16歳	［11月3日］、父政次郎への手紙（簡6）で「小生はすでに道を得候。歎異鈔の第一頁を以て小生の全信仰と致し候」と書く。同じ手紙で、佐々木電眼の「静座法」にも関心を示す。

1913（大正2）年	17歳	9月、曹洞宗法恩寺の尾崎文英について座禅を修行。以後も、たびたび尾崎に教えを乞う。（年譜篇）
1914（大正3）年	17歳	3月、盛岡中学校卒業。上級学校への進学を許されず、悶々とした日々を過ごす。
1915（大正4）年	18歳 19歳	4月、盛岡高等農林学校農学科第2部（現岩手大学農学部農芸化学科）に主席で入学。寄宿舎に入る。 9月頃、島地大等編著『漢和対照妙法蓮華経』（同年8月28日、明治書院発行）を読んで深く感動し、生涯の信仰の指針とする。賢治はこの後、表紙の色によりこれを「赤い経巻」と呼び親しむ。
1916（大正5）年	19歳	4月、新入生の保阪嘉内と寄宿舎で同室になる。心友保阪嘉内との交換が始まる。 7月5日、7月14日と、保阪と岩手山に登り2人だけの誓願をする。後々までこの誓願を大切にする。賢治は、菩薩の「四弘誓願」を意識か。
1917（大正6）年	20歳	7月1日、保阪らと同人誌「アザリア」を創刊。賢治は、短歌「みふゆのひのき」12首を発表。「菩薩」への関心がうかがえる。
1918（大正7）年	21歳	1月、卒業後の進路に悩み、父と話す。 2月2日、父宛の手紙（簡44）で、浄土門信仰か聖道門信仰かの迷いについて告白する。 2月23日、父宛の手紙（簡46）で「私一人は妙法蓮華経の前に御供養願上候」と、法華信仰へ転向の許可を求める。 3月〔10日〕、父宛の手紙（簡48）で「私一人だけでも」と、再度の法華信仰へ転向の許可を懇願する。また同じ手紙（簡48）で賢治は「既に母上は然く御決心下され、父上も昨日は就れかと御考へなされ候程に御座候へば、何卒何卒御聞き届け下され度候」と、父母もともに自分といっしょに法華信仰へと勧誘を進めている様子がうかがえる。しかしその後、賢治の生前に両親が法華信仰に転向した事実は確認されない。 3月、心友の保阪が「アザリア」へ掲載の「社会と自分」の筆禍を咎められ、学籍除名、退学処分を受ける。 3月13日、保阪への手紙（簡49）は心友への退学処分を慰めるが、文中に「摂受と折伏」を論ずる賢治の背景に、すでに国柱会の存在の影が見てとれる。 3月14日、南洋のポナペ島に赴任する友人へ法華経の教えを示して激励の短歌を贈る（簡55）。

22歳

3月20日前後、保阪への手紙（簡50）で心友の退学を慰めるが、手紙で用いる賢治の論法には島地大等の指導か天台教学の観念・観法の影響が推測される。また、賢治はこの手紙（簡50）において、はじめて保阪に「南無妙法蓮華経」の唱題を勧める。

3月、賢治は盛岡高等農林学校を卒業。同時に、地質土壌・肥料研究のため研究生として同校に在学を許可される。4月から関豊太郎教授指導のもとで稗貫郡土性調査。

4月、徴兵検査。第二乙種で兵役免除。

5月、盛岡高等農林学校実験指導補助を委嘱される。

5月19日、保阪への手紙（簡63）で「私は春から生物のからだを食ふのをやめました」という。菜食主義を開始する。法華経の「草木成仏」思想の影響か。また「十界互具」「一念三千」思想にも言及あり。

6月16日、保阪嘉内が母を亡くす。賢治は、28遍のお題目を書いて保阪を慰む（簡74）。

6月22日、父への手紙（簡72）で「随処みな忍辱の道場」と心がけることをいう。忍辱（耐え忍ぶこと）とは、菩薩が修行する六波羅蜜の一つ。

6月26日、保阪への手紙（簡75）。再び慰めとともに、亡き母への法華経写経を勧める。

6月27日、保阪宛に3度目の慰め、励ましの手紙（簡76）。「私は前の手紙に楷書で南無妙法蓮華経と書き列ねてあなたに御送り致しました。あの字の一一の中には私の三千大千世界が過去現在未来に亘って生きているのです」という。明らかに「一念三千」思想（文字マンダラの思想）が意識されている。

6月30日、岩手病院で診察を受け、肋膜炎の診断を受ける。後年賢治の生命をうばった結核の始まりである。（年譜篇）

［7月17日］、保阪への手紙（簡78）で「我々は折伏を行ずるにはとてもとても小さいのです」という。賢治は慰めのつもりで（簡74）（簡75）（簡76）の3通を送るが、保阪が信仰へ誘う「折伏」と読んだことへの言い訳か？

8月、願いにより盛岡高等農林学校実験指導補助を辞任、退職。

12月10日（簡94）と16日（簡95）の保阪への2度の手紙に「私は求めることにしばらく労れ」と

		くりかえす。たしかに賢治は8月以来、体調的にも精神的にも不調だったようだ。日付不明となっている保阪嘉内宛の手紙（簡102a）を、桐谷はこの時期に入れる。賢治と保阪はこの手紙の前に宗教についてかなり激しい口論をし、その後一時期は絶交状態となっている。 12月25日、妹トシ（日本女子大学家政学部3年）入院のため母と上京し、翌年3月まで滞在して看病する。彼女は、宮沢家中に賢治の最大の理解者。
1919（大正8）年	22歳	この東京滞在中に初めて田中智学の講演を聴く。前年4月落成の国柱会館（上野桜木町1丁目）を訪れ、田中智学の講演を25分聞いたという。（保阪嘉内宛、簡177） 3月、トシ退院。一緒に帰花。
	23歳	〔8月以降?〕、「大曼荼羅」の短歌を3首詠む。ただし後日、賢治は自身でこれを削除する。
1920（大正9）年	23歳	3月、森岡高等農林学校研究生を修了。 7月22日、保阪宛の手紙（簡166）で日蓮信仰への確信を告白。「ソノ間私ハ自分ノ建テタ願デ苦シンデヰマシタ。今日私ハ改メテコノ願ヲ九識心王大菩薩即チ世界唯一ノ大導師日蓮大上人ノ御前ニ捧ゲ奉リ、新ニ大上人ノ御命ニ従ッテ起居決シテ御違背申シアゲナイコトヲ祈リマス。サテコノ悦ビコノ心ノ安ラカサハ申シヨヤウモアリマセン」と書く。 この夏、田中智学著『本化摂折論』と『日蓮聖人御遺文』から抜書きし、「摂折御文僧俗御判」を編む。 8月14日、東京在住の保阪への手紙（簡168）「来春は間違いなくそちらへ出ます」と予告。
	24歳	9月12日、国柱会は日刊新聞『天業民報』を発刊。（桐谷は、賢治の国柱会入会を当日と推定） 10月23日夜、日蓮の竜口法難（旧暦の文永8年9月12日）から650年に当たるこの夜（新暦）、賢治は独りで唱題行を修行し、「正信」を得たという。「竜ノ口御法難六百五十年の夜（旧暦）、私は恐ろしさや恥づかしさに顫えながら燃える計りの悦びの息をしながら、（その夜月の沈む迄座って唱題しやうとした田圃から立って）花巻町を叫んで歩いたのです」（大正10年1月頃、保阪嘉内への手紙、簡181）と書く。 12月2日、保阪宛ての手紙（簡177）で「今度私は国柱会信行部に入会致しました」と告げ、保阪にも入会を勧める。 12月、国柱会からご本尊のお曼荼羅を授与。信仰いよいよ篤く、賢治は町内を歩き唱題で寒修行

する。（関登久也『隋聞』の証言）
この年、花巻町御田屋町長久寺（臨済宗妙心寺派）の佐藤祖林につき参禅。（年譜篇）

1921（大正10）年　24歳　25歳

1月23日夕刻、花巻駅発午後5時12分の列車で、家人に告げず上京。24日、国柱会へ赴き高知尾智耀と会い、「高知尾師ノ奨メニヨリ法華文学ノ創作」（雨ニモマケズ手帳）と記憶する。本郷に間借し、赤門前の文信社で校正係をしながら国柱会で奉仕活動をする（1月28日保阪宛手紙、簡184）。

1月（下旬?）、保阪への手紙（簡181）は自身の経験を語り、入信を熟考せよと迫る。「この時あなたの為すべき様は、まづは心は兎にもあれ説にもあれ、甲斐の国駒井村のある路に立ち、数人或は数十人の群の中に、正しく掌を合せ十度高声に、南無妙法蓮華経、と唱へる事です。決して決して私はあなたばかりには申しあげません。実にこの様にして私は正信にはいりました」と書く。

1月30日、保阪嘉内宛ての手紙（簡186）は、「それでは、心はとにかく形だけでそうして下さい。国柱会に入るのはまあ後にして形丈けでい、のですから、仕方ないのですから大聖人門下といふ事になって下さい」という。賢治の繰返しの説得により心友保阪もついに法華信仰への転向を承諾したと推測される。その後の保阪への手紙（1月30日　簡186）・（2月上旬　簡187）・（2月18日　簡188）からは、強い折伏の姿勢が消えている。

1月、斎藤宗次郎を訪ね、田中智学の人物と現状について問う。斎藤（1877―1968）は、クリスチャンであるが、宮沢家では父政次郎も賢治もその人物を尊敬していた。彼は内村鑑三に私淑し内村の詳細な伝記を完成した。その「日蓮上人を論ず」を読んで日蓮も尊敬していた。（年譜篇）

3月10日、（宮本友一宛の手紙、簡191―1）「今は午前丈或る印刷所に通ひ午后から夜十時迄は国柱会で会員事務をお手伝しペンを握みつゞけです」

6月、短篇「電車」「床屋」を書く。この頃「文字マンダラ」「心象スケッチ」に開眼か。

7月3日、（保阪宛の手紙、簡194）「私は夜は大低八時頃帰ります」

〔7月13日〕、関徳弥への手紙（簡195）に「私は書いたものを売らうと折角してゐます。／これからの宗教は芸術です。これからの芸術は宗教です」と書く。マンダラ（宗教）と賢治文学（芸術）との接合を確信か？（桐谷）

7月の初めから菜食主義をやめ、肉食に戻る。（関徳弥への手紙、簡197）

		8月、トシ病気の報を受け、帰花。中学生の弟清六が花巻駅に出迎え、書きためた原稿をぎっしり詰め込んだ大トランクに驚く。（宮沢清六『兄のトランク』） 12月3日、稗貫郡立稗貫農業学校教諭となる。代数・化学・英語・土壌・肥料・気象・水田稲作の実習等を担当。（年譜篇） 〔12月〕、保阪嘉内宛ての手紙（簡１９９）に「しきりに書いて居ります。書いて居りまする」と書く。また教員生活を楽しそうに報告。 〔12月下旬〕短唱「冬のスケッチ」は、「心象スケッチ」を意識した一連の習作か？（桐谷）
1922～1924（大正11～13）年	25～27歳	（この間、賢治の現存する手紙なし）
1922（大正11）年	25歳 26歳	1月6日、心象スケッチ「屈折率」「くらかけの雪」創作。この2作は、出版された『春と修羅』（大正13年4月刊）の巻頭を飾った。 11月27日、トシ永眠。臨終のときトシの耳もとでお題目を叫ぶ。トシは2度うなずくようにして逝く。享年24。賢治は押し入れに首をつっこんで慟哭した（年譜篇）。この日の衝撃が賢治に詩〔永訣の朝〕・詩〔松の針〕・詩〔無声慟哭〕（いずれも『春と修羅』所収）を書かせた。
1923（大正12）年	26歳	1月4日、弟清六に東京の諸出版社へ書きためた原稿を持ち込ませるが、不成功。（年譜篇） 1月20日、『春と修羅』刊行の目的をもち「序」を書く。序にいう「私といふ現象」とは、日蓮の「文字マンダラ」（大曼荼羅本尊）のこと。（桐谷）
1924（大正13）年	27歳 28歳	4月20日、心象スケッチ『春と修羅』を自費出版。 12月1日、イーハトヴ童話『注文の多い料理店』を自費出版。
1925（大正14）年	28歳	2月9日、森佐一宛の手紙（簡２００）で「私はあの無謀な『春と修羅』に於て、序文の考を主張し、歴史や宗教の位置を全く変換しやうと企画」という。その企画とは、賢治の「マンダラ世界」の創造か。 4月13日、杉山芳松への手紙（簡２０４）「わたくしもいつまでも中ぶらりんの教師など生温いことをしてゐるわけに行きませんから、多分は来春はやめてもう本統の百姓になります。そして

		小さな農民劇団を利害なしに創ったりしたいと思ふのです」。 6月25日、保阪嘉内への手紙（簡207）で「来春はわたくしも教師をやめて本統の百姓になって働きます」と書く。
1926（大正15・昭和1）年	29歳	1月、花巻農学校に岩手国民高等学校開設され、3月まで「農民芸術論」を講義する。 3月31日、花巻農学校を依願退職する。 4月、農耕自炊の新生活に入る。 6月、このころ「農民芸術概論綱要」を書く。岩手国民高等学校の「農民芸術論」の講義原稿をもとにして文辞を練り上げ草稿としたもの。
	30歳	8月、この頃、羅須地人協会創立か。 11月、羅須地人協会の定期集会始まる。 12月2日、セロをもち上京。20日間の滞在中に上野図書館で勉強し、タイプ・オルガン・エスペラント語・セロを習い、築地小劇場や歌舞伎座で観劇する。 12月12日（簡221）と15日（簡222）の父への2通の手紙では「音楽まで余計な苦労をするとお考へでありませうがこれが文学殊に詩や童話劇の詞の根底になるものでありまして、どうしても要るのであります」とひたすら許しを請う。
1927（昭和2）年	30・31歳	1月1日、草野心平が「詩壇消息」新年創刊号に「もっと正面に立って活躍をして欲しい人々」として賢治の名を挙げる。（年譜）
1928（昭和3）年	32歳	3月、「法華堂建立勧進文」を作る。（法華堂は今日の花巻身照寺。現在は宮沢家の菩提寺で賢治の墓所もここにある） 8月10日、発熱。40日間実家で病臥。 12月、風邪から急性肺炎となり自宅療養を続ける。
1929（昭和4）年	32歳	2月、病床生活が続く。詩〔疾中〕「一九二九年二月」（仮称）は「われやがて死なん、生もこれ妙法の生、死もこれ妙法の死、今身より仏身に至るまでよく持ち奉る」と書く。 4月28日、詩［夜］は「これで二時間／咽喉からの血はとまらない／おもてはもう人もあるかず／

		樹などしづかに息してめぐむ春の夜／こゝこそ春の道場で／菩薩は億の身をも棄て／諸仏はこゝに涅槃し住し給ふ故／こんやもうこゝで誰にも見られず／ひとり死んでもいゝのだと／いくたびさうも考をきめ／自分で自分に教へながら／またなまぬるく／あたらしい血が湧くたび／なほほのじろくわたくしはおびえる」と書く。
1930（昭和5）年	33歳	1月26日、菊池信一への手紙（簡254）は「南無妙法蓮華経と唱へることはいかにも古くさく迷信らしく見えますがいくら考へても調べてもさうではありません。どうにも行き道がなくなったら一心に念じ或いはお唱ひなさい」と書く。
1931（昭和6）年	34歳 35歳	2月、東北砕石工場技師となる。広告文の起草・発送や石灰の宣伝販売などを担当。 11月3日、手帳に詩「雨ニモマケズ」を記す。手帳は後に「雨ニモマケズ手帳」と名づけられた。昭和6年10月上旬から年末か翌年初めまでに使用されたものと推測されている（小倉豊文）。手帳には賢治晩年の思想信仰に関する記述が多い。なお、本手帳には4頁、60頁、149―150頁、153―154頁、155―156頁の5か所にわたって、賢治独自の「文字マンダラ」が記されている。5つの「文字マンダラ」は、宗教的には国柱会本尊への異議の表明か。
1932（昭和7）年	35・ 36歳	5月10日、母木光宛手紙（簡415）にて「心象スケッチ屋」と自称する。
1933（昭和8）年	36歳 37歳	1月1日、国柱会本部高知尾智耀宛に年賀状を書く。 8月15日、「文語詩稿　五十篇」の推敲を終り、「現在は現在の推敲を以て定稿とす」と書く。 8月22日、「文語詩稿　一百篇」の推敲を終り、「現状を以てその時々の定稿となす」と書く。 9月20日、病状悪化、短歌二首（絶詠）を半紙に墨書する。 9月21日、容態急変。「国訳の妙法蓮華経を1000部つくってください」と遺言し、午後1時30分永眠。 9月23日、浄土真宗安浄寺（宮沢家の菩提寺）で葬儀。昭和26年、日蓮宗身照寺に改葬。法名は真金院三不日賢善男子。

＊『新校本　宮澤賢治全集』第十五巻・書簡、第十六巻（下）補遺・資料［年譜篇］を参考に作成。

解説　「文字マンダラ」を通した根源的で多様性に満ちた宮沢賢治論

桐谷征一『宮沢賢治と文字マンダラの世界――心象スケッチを絵解きする』に寄せて

鈴木　比佐雄

1

桐谷征一氏は、長年にわたり雑司ヶ谷で日蓮宗本納寺住職を務め、中国石刻経の研究や中国仏教史の分野で世界的にも知られる仏教学者である。そんな桐谷氏は若い頃から半世紀近くもの間、宮沢賢治の「雨ニモマケズ」の最後に記された「文字マンダラ」と日蓮の「マンダラ本尊」からの影響について研究を重ねてきた。私の詩友で法華経精神での詩論や石橋湛山論を執筆した石村柳三氏から、賢治文学に貫かれている法華経思想を研究されている方だと紹介を頂き、私が事務局長をしていた鳴海英吉研究会で二〇〇八年に賢治について講演をして頂いた。その講演の賢治の「文字マンダラ」の解釈を拝聴し、賢治文学の理解において根源的で画期的な宮沢賢治論になる構想を抱かれていると思われた。そのようなご縁で私はこの内容をぜひ深めて出版させて欲しいと十年以上前に提案したのだった。その後に研究を書籍にすることを促す石村氏と一緒に本納寺を訪ねて執筆状況をお聞きしたこともあり、二人の友情の強さに感じ入ったこともあった。石村氏は二〇一八年に評論集『石橋湛山の慈悲精神と世界平和』を刊行した後に他界されてしまった。きっと誰よりも本書の刊行を石村氏は天上から喜んでおられることと思われる。

今年の二〇二一年三月十一日で東日本大震災から十年を経たことになる。当時日本の人びとを励ますために宮沢賢治の「雨ニモマケズ」英語版が米国などの海外で朗読されたというニュースが想起された。また地震・津波・原発事故などの被災の大きかった浜通りの人びとにもこの「雨ニモマケズ」という詩は朗読されて、最もつらい時にこの詩は潜在意識の中から日本人の心に湧き上がってくるように感じられた。十年後の新型コロナが収束しない今日でも、某保険会社のテレビCMでこの詩を女優が朗読していて、私たちは賢治の言葉に宿る精神性に励まされている。賢治は生前に唯一刊行した詩集『春と修羅』の作品を詩ではなく「心象スケッチ」だと語っていた。その言葉を賢治の謙虚さだと多くの人は思っていた。しかし賢治は本当に「心象スケッチ」だと考えていたのであり、その「心象スケッチ」はある種の謎として理解の及ばないことと考えられてきた。

これほど日本人に愛されている「雨ニモマケズ」は、手帳に記されていた言葉であり、その最後には七行の「文字マンダラ」が記されてあった。賢治研究の草分け的な存在で戦争中でも花巻まで広島から通い、その手帳を写し研究を続けた小倉豊文の『「雨ニモマケズ手帳」新考』では、「「雨ニモマケズ」とこのページを同時に書いたとは私には考えられない。しかし形の上で並んでいるので注目され易い」と語り、賢治研究の第一人者だった小倉豊文でさえこの詩と「文字マンダラ」七行の関係は、重要なことだと認識してこなかった。しかし私には「雨ニモマケズ」を記した後に「文字マンダラ」七行を賢治が書き上げて完成させたようにも感じられた。そのことは究明されるべき謎として残されていた。

二十世紀の日本の文学者においてこれほどの影響を与え続けている人物は宮沢賢治以外には存在しない。そんな汲めども尽きぬ豊穣な文学を生み出した宮沢賢治を最も代表する「雨ニモマケズ」を生み出した内面の奥底に肉薄する論考は、実はいまだに存在していないように思われた。そのような賢治研究の前に立ちふさがる目に見えない壁に異次元のアプローチをされて、桐谷氏は賢治の広大な「心象スケッチ」の領域に、一貫した宗教哲学である「一念三千」が貫かれていることを明示してくれている。

2

宮沢賢治の文学の源泉には法華経があることは本人が語っていた。しかしながら法華経と賢治文学の本質的な関係を明らかにする本格的な研究書は出現してこなかった。そのことは当時の法華経研究の最先端の島地大等たちから若くして学んでいた賢治を理解することは、その教学を理解していなければ至難の業であったからだろう。ところが桐谷氏は賢治の「雨ニモマケズ」手帳に記されてあった五種の「文字マンダラ」の基になった日蓮の「マンダラ本尊」の研究者であることから、賢治が日蓮の「マンダラ本尊」の本質をいかに理解してそれを自らの文学に応用していったかに若い頃に気付き、その観点から賢治文学を検証すべきだと読解を続けていた。その重要な手掛かりとして、賢治の「心友」で盛岡高等農林を退学し山梨県に戻った保阪嘉内へ送った数多くの手紙などに注目した。この私信の中に賢治が「心象スケッチ」を生み出す謎が解明できると考えて、その私信類を深く読み取っていく。

本書は、序文（渡邊寶陽氏執筆）、はじめに（「雨ニモマケズ」自筆原稿含む）、八章と付録「文字マンダラを絵解きする」からなっている。「はじめに」には手帳の五九、六〇頁の見開きにある「雨ニモマケズ」最後の五行と「文字マンダラ」七行、また他の四つの「文字マンダラ」も収録されている。桐谷氏は「はじめに」で賢治の「文字マンダラ」について次のようにその特徴を記している。

《㈠　賢治がマンダラの内容を意図的に描き分けた問題には、日蓮が自身のマンダラ本尊を同じく多様に描き分けている歴史的事実があるのである。しかも、その根本的意義については、賢治が所属した新興教団国柱会はもちろん、その源流としての伝統教団日蓮宗においても、当時は未解決の問題であった可能性がある。賢治は、その問題に一歩踏み込んで独自の新説を提示したことになるのではないか。これは宗教学史的にも注目されることであるが、当時の賢治が日蓮のマンダラを理解することにおいて、専門家すら思考の及んでいない議論にまで達していたことを窺わせる。》

《㈢　手帳六〇頁のマンダラ二は、その手帳において描かれた位置がとくに注目される。それは、かの詩「雨ニモマケズ」のすぐ後ろに置かれているからである。すなわち、詩とマンダラは一体不二のものとして受け止めるべき賢治の暗示なのではあるまいか。賢治はそのとき、マンダラの心に彼自身の心境をオーバーラップさせていたのではないか。あえて直言すれば、かの詩「雨ニモマケズ」はマンダラの姿（様式）と心（世界観・人生観）とを詩形によって表現したものではないのか。一般では往々見られるように、詩とマンダラとを分離して鑑賞することは、賢治の心情としては遺憾に思うことと言えるのではないか。》

以上のように本書の重要テーマはこの「はじめに」に記されている。従来はマンダラと言えば真言密教の絵画的マンダラであったが、日蓮が考案して生み出された「文字マンダラ」である「マンダラ本尊」は、唯一絶対なものではなく日蓮が多様に書き記していたこともあり、賢治は日蓮と対話しながら独自の解釈をして賢治の「文字マンダラ」を作り出していた。そのことに桐谷氏は驚き、賢治の生み出した「文字マンダラ」と日蓮の「マンダラ本尊」との関係を研究することになったとその動機を語っている。また「詩とマンダラは「一体不二」のものとして受け止めるべき」であり、そのことが賢治の意志に添うものであり、本書がそのための実証的な研究の成果であることを明示している。

一章「浄土門か聖道門か」は「1．父政次郎の浄土信仰」「2．島地大等と天台宗の法華教学」「3．「赤い経巻」との邂逅」「4．浄土門と聖道門とのはざまで」「5．法華信仰の道へ」「6．「菩薩」へのあこがれ」「7．惨憺たる「戦《いくさ》」」に分かれている。その中でも「2．島地大等と天台宗の法華教学」「3．「赤い経巻」との邂逅」などで紹介されている島地大等との出会いは、賢治にとって「浄土門」から「聖道門」に転換して法華経に目覚めていく大きな選択を促したことになった。桐谷氏は次のようにその出会いの意味を記している。

《私はここで、おそらく島地大等は彼と賢治との交流のごく早い時期に、「赤い経巻」を通して法華経の教えの中で最も重要な、一つの思想を賢治に伝えたであろうことを指摘しておきたい。それは、前述の『漢和対照妙法蓮華経』中でも「法華大意」の目次に見られる「一念三千《いちねんさんぜん》」の思想である。／「一念三千」の思想は、仏の教えという意味で「一念三千の法門」とも呼ばれるが、前出の中国天台宗の開祖である隋の天台智者大師智顗《ちぎ》（五三八―五九七）の『摩訶止観《まかしかん》』に創説された法華経究極の観心《かんじん》の教えであり、これによって一切衆生の成仏の原理とその実現が説かれた、とされるものである。ごく端的に説明すれば、「一念」とは、凡夫であるわれわれの一人一人が刹那《せつな》刹那に起動する心であり、「三千」とはその心にさまざまな世界を具えているということである。》

後に桐谷氏は賢治が「心象スケッチ」によってひと月に三千枚を書いたと言われた童話やその後の詩篇を爆発的に執筆していく際に、その原動力になったものが『一念三千』の思想』であり、それを応用したものであることを手紙類から明らかにしていく。

「6「菩薩」へのあこがれ」では、なぜ「浄土門」から「聖道門」に転換していったか、賢治の内面に寄り添うように、保阪嘉内への手紙を引用し、そこに込められた賢治の熱烈な「菩薩」信仰を辿っていく。

《あなたはむかし、私の持ってゐた、人に対してのかなしい、やるせない心を知つて居られ、またじっと見つめて居られました。今また、私の高い声に覚び出され、力ない身にはとてもと思はれるやうな、四つの願を起こした事をもあなた一人のみ知つて居られます。／／まことにむかしのあなたがふるさとを出づるの歌の心持、また夏に岩手山に行く途中誓はれた心が今荒び給ふならば、私は一人の友もなく自らと人とにかよわな戦を続けなければなりません。／今あなたはどの道を進むとも人のあわれさを見つめ、この人たちと共にかならずかの山の頂に至らんと誓ひ給ふならば、何とて私とあなたとは行く道を異にして居りませうや。／仮令しばらく互に言ひ事が解らない様な事があつてもやがて誠の輝きの日が来るでせう。／／どうか一所に参らして下さい。

この手紙で賢治は、過去に心友保阪にのみ明かしたとする自分の誓願のことを持ち出している。その誓願とは、保阪としてはともかく賢治にとっては自身の一生をかけた、きわめて重大な意義を秘めた決意であった。ここで賢治は、「四つの願」と表現しているが、私はこれは、菩薩が初発心のときにかならず大願をもつといわれる「四《し》弘《ぐ》誓願《せいがん》」のことであると推断したい。あらためて「四弘誓願」とは、経典や宗派によって語句に若干の異同はあるが、一般には「衆生《しゅじょう》無《む》辺《へん》誓願《せいがん》度《ど》（生死の苦海に沈む一切の衆生を悟りの彼岸に渡すという願）、煩悩《ぼんのう》無《む》数《しゅ》誓願断（衆生のあらゆる煩悩を断じ尽くし、涅槃にみちびくという願）、法門《ほうもん》無《む》尽《じん》誓願知（仏の諸々の法を知り、迷いをはなれ真の知恵を得んとする願）、仏道《ぶつどう》無《む》上《じょう》誓願成（無上の仏道を行じ完成せんという願）」の四句の誓願をいう。》

桐谷氏は賢治が保阪嘉内に向かって「四つの願」を共に共有して生きていこうと誘っていく時に、それが「四弘誓願」であることを発見して、二十歳そこそこの若者たちが大いなる迷いのただ中で「菩薩」を目指していこうとする高貴な志を読み取っていく。

その他、二章「心友保阪嘉内との交換」、三章「法華信仰の理念と実践」、四章「国柱会入信」、五章「賢治マンダラ世界の発見」、六章「賢治マンダラ世界の開放」、七章「賢治マンダラ世界の社会展開」、八章「われやがて死なん」、「付録　文字マンダラを絵解きする」を読み継ぐごとに賢治の息遣いが伝わってきて、作品を通して抱いていた賢治像がさらに豊かさを増し、新たな重層的で多様性に満ちた宮沢賢治が立ち現れてくるように思われる。そんな「文字マンダラ」を通した根源的な宮沢賢治論を多くの人たちに読んで欲しいと願っている。

増補改訂版解説　一念三千の観心世界

日蓮宗勧学院長　立正大学名誉教授
身延山大学特任教授　博士（文学）
庵谷《おおたに》　行亨《ぎょうこう》

一　著者の心象風景

本書の著者桐谷征一氏は金沢市で生まれ育った。日本海に面した北陸地方の風土と加賀藩（金沢藩）の伝統文化が織り成す風光が著者の心象の原点にあると、渡邊寶陽氏が本書の序文に書かれている。同じ日本海に沿った丹後半島の片隅に生まれ育った私も、桐谷征一氏に接するなかで同じような感想を持っていた。私の故郷には伝統文化と称するものはないが、晩秋から冬にかけての心のひだに染《し》み渡る寒々とした風景は、どこか共通するような肌触りがある。

二　宮沢賢治の心象風景

宮沢賢治は岩手県に生まれ東北の風土に心身を浸して生きた。暮らしに喘《あえ》ぐ農民の日常を自らの魂魄と身体に同化して生活したのである。それは事物に対する純心性と人々の息づかいに共感する素直な思いがなければなしえない。清冽な視点と直視する力。その直感的心情の吐露が宮沢賢治の世界を形成している。

著者が宮沢賢治に傾倒したのは、そのような「同苦」「懊悩」と「表白」「行動」の純心性に、言葉を超えて共鳴するものがあったからではないだろうか。

三　日蓮聖人の法華信仰と宮沢賢治

著者の関心は、「日蓮聖人の法華信仰」と「宮沢賢治の法華信仰」との宗教的関連性にある。

法華経の教えは古来大きく二門において理解されている。前半は迹門《しゃくもん》で方便品《ほうべんぼん》を中心に「諸法実相《しょほうじっそう》」「一仏《いちぶつ》乗《じょう》」、後半は本門《ほんもん》で如来寿量品を中心に「久遠実成《くおんじつじょう》」「娑婆浄土《しゃばじょうど》」の教えが説かれている。「諸法実相」は如是《にょぜ》なる存在の真実、「一仏乗」は生きとし生ける者の尊厳と平等、「久遠実成」は仏の顕本《けんぽん》に開示される永遠の生命と救い、「娑婆浄土」は五濁《ごじょく》の現世に仏身常住の本土《ほんど》を説くものである。総じて法華経は、あらゆる存在とその生命を肯定し慈しみ育み救いとる教えである。

日蓮聖人の法華信仰は、法華経の本門に立脚した「観心《かんじん》の宗教」である。この場合の本門とは単に迹門に相対した本門ではなく、本門の本質に参入した「本門の本門」（「観心本門」）とも言うべき本門である。これを日蓮聖人は、「一期《いちご》の大事」を記した『開目抄《かいもくしょう》』に「本門寿量品の文《もん》の底《そこ》」「真《まこと》の一念三千」、「当身《とうしん》の大事」を著した『観心本尊抄《かんじんほんぞんしょう》』に「観心の法門」「内証《ないしょう》の寿量品」等と表現している。

「観心本門」は、「久遠実成の仏」（本門の教主釈尊）に、「法華経の信心」（「法華経の釈尊」が要請する信心）において直参《じきさん》し、題目受持《じゅじ》の信行《しんぎょう》をとおして、仏と感応道交《かんのうどうきょう》した境界《きょうがい》に顕現する宗教的体験的世界である。

このような論理体系を、日蓮聖人は、法華経とその教えを解説した天台大師智顗《ちぎ》の『摩訶止観《まかしかん》』から受領した。これが一念三千の法門である。天台大師は法華経迹門方便品の「諸法実相」に基づいて一念三千の教理を説いたが、日蓮聖人は法華経本門寿量品の「文底《もんてい》」に沈潜して一念三千の大法《だいほう》を感得《かんとく》した。「文底の一念三千」は日蓮聖人の宗教の綱骨《こうこつ》であり、その原理から「題目信仰」「立正安国」「一切衆生の成仏」も導出される。著者が課題とする「大曼荼羅本尊」もまた同じである。

大曼荼羅は仏の「内証」（悟りの境地）であると同時に、仏と信仰者とが一体となった「救いの世界」でもある。日蓮聖人はそれを「本門寿量品文底の一念三千」に信受し、法華経虚空会《こくうえ》の教えに基づいて文字で図顕したのである。

文字は仏身である。日蓮聖人は『法蓮鈔《ほうれんしょう》』に『略法華経』の「一一文文是真仏。真仏説法利衆生」の文を挙げ、「法華経の文字は皆生身《しょうしん》の仏なり」「仏種純熟《じゅんじゅく》せる人は仏と見奉る」（『昭和定本日蓮聖人遺文』九五〇頁）と述べている。

著者は宮沢賢治が残した五点の大曼荼羅について深い関心を寄せ、その究明に心を注いでいる。「雨ニモマケズ手帳」に留められたその大曼荼羅は、主に題目と四菩薩から成っている。題目は日蓮聖人が著書・書簡等に繰り返し叙述しているように「法華経の肝心《かんじん》」「一大事の法」「末法の正法《しょうぼう》」「未曾有の大法《だいほう》」である。その題目を受持弘通《ぐづう》し、人々の救いと社会の平安を実現する役割を担うのは本化《ほんげ》四菩薩である。

大曼荼羅はこの四菩薩が本師釈尊の脇士となることによって本尊としての義を具備する。『観心本尊抄』には次のように述べられている。

①その本尊の為体《ていたらく》、本師の娑婆の上に、宝塔空《くう》に居《こ》し、塔中《たっちゅう》の妙法蓮華経の左右に、釈迦牟尼仏・多宝仏。釈尊の脇士《きょうじ》は上行《じょうぎょう》等の四菩薩なり。（『昭和定本日蓮聖人遺文』七一二～七一三頁。原漢文）

②この時、地涌千界《じゆせんがい》出現して、本門の釈尊の脇士となりて、一閻浮提《いちえんぶだい》第一の本尊、この国に立つべし。（『昭和定本日蓮聖人遺文』七二〇頁。原漢文）

本尊の主体である「塔中の南無妙法蓮華経」は、釈尊が本化菩薩に別付嘱《べっぷぞく》された「要法《ようぼう》」であることから、付嘱を蒙った導師（本化）がいなければ、本門本尊の義が成り立たないうえに、仏滅後末法時の弘法《ぐほう》も実現しない。

大曼荼羅本尊における四菩薩の位置付けとその役割は極めて重要である。

日蓮聖人は本化四菩薩のなかでも、「上行菩薩の自覚」に立って題目を弘めた。上行菩薩は、経典中に「上行等の菩薩」と説かれるごとく、無量の地涌菩薩中の上首《じょうしゅ》四菩薩の最上に位置し、本化菩薩を統合し代表する。

菩薩の本分は慈悲利他の実践である。仏の意《こころ》に基づいて衆生を救済し仏の世界を実現する。菩薩道は慈愛に満ちた仏の衆生救済の躍動世界である。

法華経は菩薩の活動を広く説き示しているが、日蓮聖人が自身の規範としたのは常不軽《じょうふきょう》菩薩品に説かれる不軽菩薩の行軌である。不軽菩薩は数々の難に耐えて徹底的に礼拝行《らいはいぎょう》を修した。これを但行礼拝《たんぎょうらいはい》と言い、会う人ごとの尊厳性・平等性を尊重したことから人間礼拝とも称する。このひたむきな信行の姿から、「雨ニモマケズ」にうたわれる「デクノボー」は不軽菩薩を投影したものとも言われる。

また、日蓮聖人は忍難慈勝《にんなんじしょう》の法華経弘通の信念を『開目抄』に「我日本の柱《はしら》とならむ、我日本の眼目《がんもく》とならむ、我日本の大船《たいせん》とならむ、等とちかいし願、やぶるべからず」（『昭和定本日蓮聖人遺文』六〇一頁）と吐露している。一切衆生の救いに身命《しんみょう》を捨てて立ち上がった日蓮聖人の誓願である。

このような、本化菩薩の「仏弟子としての責任と履行」と不軽菩薩の「徹底した人間礼拝」、および本化上行の使命に生きた日蓮聖人の「菩薩の誓願と実践」が、「雨ニモマケズ」にうたわれる「理想的な人物像」の原点ではないか。

法華菩薩道の実践的行為は、日蓮聖人が法華経虚空会の宝塔中に詣《もう》で、釈尊から別付嘱を蒙った題目「南無妙法蓮華経」の観心世界に参入することにおいてこそ実現されるものである。

そのように見ていくと、「雨ニモマケズ」とそこにおける大曼荼羅の記載は、日蓮聖人の法華信仰を受領し、その世界に身命を委ねることの悦びを表現したものであると見ることができる。そこに宮沢賢治が体得し実現した「観心の世界」（一念三千の大曼荼羅世界）があるように思われるのである。

あとがき

「袖振り合うも他生の縁」という。「他生の縁」は「多生の縁」とも用いられるようだが、宮沢賢治さんと私とのご縁も、ひょんなことから始まった。本書の「はじめに」で賢治さんが手帳に描いた「五つのマンダラ」のことを紹介したが、「あとがき」でもやはりそのことにふれておきたい。

私は加賀金沢の寺の長男として生まれたが、立正大学の仏教学部を卒業した後しばらく、大学で日がな一日複数の職場をかけもちで走り回っていた時期があった。仏教学部研究室の副手と学生寮の寮監と大学図書館の職員の仕事であった。それで何とか自前で衣食住を賄うことができていた。

そんなとき、購入する新刊書を選択する係としてはじめて目にしたのが、小倉豊文氏『「雨ニモマケズ手帳」新考』（東京創元社、一九七八年刊）の「五つのマンダラ」の存在である。私はそのとき、「これは、何かあるぞ！」と直感した。もちろん、どんな直感にもその背後には必ず下地となっている「他生の縁」はあるものである。その時の私は、日蓮さんのご本尊マンダラが「図」であったという自身の気づきに、大いに興味をもっていた。加えて、図解でものを考え、図解で他へ伝えるという川喜田二郎さんのＫＪ法という手法が技術として私の手の中に入りつつあった。

賢治さんの「五つのマンダラ」と日蓮さんのマンダラと私のＫＪ法図解とが、「多生の縁」を実証するように結び合った瞬間は、かくして生まれた。以来、ほぼ半世紀になる。

その後の私は、賢治さんのマンダラ観を求めて、ひたすら「宮沢賢治全集」（まだ、その頃は旧「校本」の時代だった）にしたがって、詩や童話など作品のみならず書簡類、雑纂、覚書まで、賢治さんの体臭を感ずるところすべてを精査して、たとえ微小な手掛かりでも彼のマンダラ観を感じた箇所はデータとしてラベル（ＫＪ法では、一点の志しあるデータを一枚のラベルに書く）に書き出した。ここまでが約半年。全部で一三〇〇枚ほどになったラベルをＫＪ法の整理法によってまとめたのが、夏の約三カ月の作業だったことを思い出す。暑くても扇風機は使えず、窓から吹き込むすきま風にラベルを飛ばされるのがもっとも怖かった。川喜田さんは、手作業によるラベル約一三〇〇枚はＫＪ法の新記録だとほめてくれた。私も少々疲れたが、それによって賢治さんのマンダラ観の核心に若干でも迫り得たという喜びは大きかった（あるいは、最新のスーパーコンピュータ「富岳」なら、もっと簡単に可能な手はあるのかな？）。本書の背景にもその成果はあったと自讃している。

なにぶん、寺の住職と大学の授業を掛け持ちしながら、私個人としては専門外の領域に踏み込んでいるという後ろめたさは覆いようがなく、しかし、賢治さんだってその点では同じではなかったかという少々の居直りも許していただき、ようよう一書ができあがった次第である。

「他生の縁」には、まだ続きがある。西暦二〇二一年の今年は、賢治さんが尊崇した日蓮聖人の御降誕八〇〇年（一二二二年二月十六日に千葉県安房小湊にご誕生）を迎えた記念の歳である。思えば、賢治さんはその在世中（大正十年）に御降誕七〇〇年の聖日を迎えている。私は本書の出版が、何はともあれ記念の歳に間に合ったことを慶びたい。賢治さんとはまた、そんな思いを大切にする人であった。

今年はさらに、もう一つ重なった縁がある。昨年の暮れから流行が厳しくなった新型コロナウイルス禍は、つぎつぎに変異種、変異株を発生させてすでに地球を幾周も経巡っている感があり、未収束。期待されている東京五輪すらその開催が危ぶまれている。実は、ちょうど百年前のその年、しばしばコロナウイルスの前哨として話題になるスペイン風邪が全世界に流行し、わが国も襲われた。賢治さんはそのとき、東京へ遊学中の妹のトシさんが感染の疑いで入院したため、その看病に母イチさんと上京し約三カ月間、私の家の近くに（雑司ヶ谷の鬼子母神が有名）滞在していたという。今年私は、コロナ騒動で外出する機会も少なくなり、お蔭で本書の出版が叶ったと言えなくもない。これも、賢治さんとのご縁といえようか。

本書の執筆にあたり直接お世話になった方々は多いが、その多くがすでに鬼籍に入られてしまった。ただただ私の遅筆の責任である。以下に、代表するお名前の一部を挙げさせていただき、衷心よりお詫びを申し上げご冥福を祈るばかりである。

坂本日深（元立正大学長）、野村耀昌（中国仏教学者）、高木豊（日本仏教学者・日蓮研究者）、兜木正亨（法華経研究者・著者岳父）、湯川日淳（唱題行指導者・求道同願会創始者）、田中日淳（元日蓮宗管長・本門寺貫主）、川喜田二郎（KJ法創始者）、丸山照雄（仏教評論家）の諸先生・諸上人。祈増円妙道。

なお私には本書の出版にあたり、特記しておきたいことがある。日蓮宗や日蓮さんのことを系統だてて専門に学んでこなかった私には（大学では一般仏教学を専攻）、私的な集まりではあったが「日蓮聖人御遺文研究会」は貴重な勉学の機会だった。それは一九七九年（昭和五十四）、私が雑司ヶ谷で本納寺住職の後を継いでから後のことであったが、近隣の三ヵ寺の住職成原要潤（亮朝院）・金子光秀（蓮華寺）・松本和道（盛泰寺）の三師から誘われて始めた、月に一度、会場は持ち回りの研究会であった。私はこの研究会で初めて、日蓮さんのご遺文を深く読み込む体験をした。時間は無制限、すべての批判的な議論を許す研究会であり、夜が白むときもあったが私には刺激的で有意義な時間であった。私の賢治研究も随時、まず、ここで報告させてもらうのが慣例だった。残念ながら成原師はすでに故人となったが、研究会は現在も継続しており、本書の出版をきっと喜んでくれているにちがいない。

このたび、忝くも序文を頂戴した渡邊寶陽先生には、平素より親しく日蓮宗学に門外漢の私にご指導ご鞭撻をいただいている。有難く御礼を申し上げる。また、コールサック社の鈴木比佐雄氏には、かねて詩人故石村柳三氏（私の羽田至心寮寮監時代の学寮生）のご紹介で、第四回鳴海英吉研究会（二〇〇八年九月）にも参上し早くに出版のお話を頂戴していたが、このたびようやく故人との約束も果たせ、格別のご好意で解説文を頂戴する恩恵にあずかった。篤くお礼を申し上げたい。

このたびの出版事務には、西條義昌（日蓮宗新聞社）、戸田教敞（日蓮教学研究所）、松木達徳（図版・コンピュータ）、柴田美佐子（校正）、座馬寛彦（コールサック社）の諸氏を煩わせた。篤くお礼を申し上げる。

最後に、家内かをるはいつも、しづかにしづかに私の健康と仕事の進捗を見守ってくれていた。この機会に一言感謝の気持ちを伝えておきたい。

二〇二一年二月

桐谷　征一

増補改訂版あとがき

このたびは、初版の発行（二〇二一年三月）からあまり時を置かずに「増補改訂」版を出版することになりましたが、若干の事情を説明させていただきたいと思います。

この際ですから、初版後に気づいた誤字・脱字なども訂正させていただきましたが、著者として増補版においてとくに強調したいことは、「索引」の部（付録「文字マンダラを絵解きする」を含む）を追加したことであります。本書をお読みいただく際にはぜひご活用いただきたいものと、以下には「索引」を準備したことの理由を釈明させていただきます。

宮沢賢治の文学とその人生についての鑑賞や研究にあたっては、当人の手元に「年譜」と「索引」とが必須のツールではないかと、私は考えます。

とくに、本書が主テーマとした賢治の思想・信仰については、彼の文学活動からその人生の一コマ一コマに至るまで、賢治には何か「気」と呼ぶべきものが行き届いていると感じます。われわれ、彼の足跡を辿ろうとする者にとっては、いささかも「気」を抜くことができないというべきではないでしょうか。

賢治の思想・信仰は、生家の浄土信仰に始まり、最終的には日蓮の法華信仰に到達したと言えましょう。それは、当人が折にふれてくりかえし言明している通りです。しかし、一口に法華信仰とは言っても、その主体である法華経には仏教の始祖シャカムニの地インドに起こり、中国、朝鮮半島を経て、わが国へと伝来した長く膨大な歴史と文化の蓄積があります。仏教が到達した各地で、その国固有の歴史や文化と融合し、また、それぞれが少しずつ異なった発展を見せるのが仏教文化一般の特徴でもあります。

賢治は、その法華信仰の歴史や文化の中でも、わが国の鎌倉時代に日蓮宗を開いた日蓮の教えに傾倒しました。おそらく、賢治にとっては最も親近感を持つことのできた信仰だったのでしょう。しかし、その日蓮の教えにしても、当然にわが国に渡来する以前から、あるいは鎌倉以前の奈良、平安時代からの法華信仰の伝統が影響していることを前提にしなければなりません。

しかも、賢治が最初に学んだ法華信仰は、必ずしも伝統的な法華信仰ではなかったかもしれません。すなわち、それは、当時のわが国の時代的影響とも関連して、日蓮宗から分派した国柱会という新興の法華信仰だったという意味です。すなわち、賢治の法華信仰を知るには、その背景となる分派の歴史まで学ぶ必要を感じるのです。

さらに、賢治自身は文学者であると同時に一人の科学者でありましたが、そのきわめて旺盛な探求心はといえば、法華信仰の哲学・理念の点についてもかなり奥深くにまで分け入っていたと言えましょう。とくに注目されるのが、中国の天台大師が発見した法華経究極の哲学といわれる「一念三千」説についての問題です。日蓮は、その「一念三千」説に高い宗教性を感得して、自身の法華信仰の象徴である「本尊」すなわち「文字マンダラ」に結実させ、門下・信徒に普及させました。

賢治の文学活動のみならずその人生全般に及んだ法華信仰最大の秘密がここにあります。彼は、その「一念三千」説の哲学を基礎として誕生した日蓮の「文字マンダラ」と出会い、その心象と形象から独自のセンスをもって学びとったのが、彼独自の「心象スケッチ」という文学的手法だったと思われます。

いかがでしょうか。皆さんには、賢治によって産み出された膨大な点数の童話や詩などの文学作品群、そして疑いなく、それら作品誕生の豊かな土壌を感じさせる彼の人生には、長い歴史と伝統をもった実に豊富な思想と信仰の存在をお感じにならないでしょうか。その分析を可能とする唯一の手掛りが「索引」の存在だと、私は思うのです。

何を隠しましょう。実は、賢治の思想・信仰と彼の文字マンダラの世界を繰り返し点検するために、「索引」を必要としたのは著者自身だったかもしれません。

また、この増補改訂版には庵谷行亨先生の解説を頂戴することができました。庵谷先生は今日、日蓮宗勧学院長をお務めの日蓮宗教学における第一人者であります。本書にとっては実に光栄なことと感謝しなければなりません。

先生は、とくに本書の解説を「一念三千の観心世界」のタイトルで、賢治が最も関心を集中させた「一念三千」説について執筆してくださいました。法華経信仰における「一念三千」の問題は最も肝心とする教義でありますが、またその理解には最も難関とする教えでもあります。

正直に申して、庵谷先生の解説文はけっして一般的な理解に容易であるとは言えないかもしれません。しかし先生は、法華信仰と日蓮聖人、そして日蓮聖人と「一念三千」観との関係を丁寧に、また正確に語ってくださいました。それは、本書にとって本当に有り難く深く感謝申し上げるところです。

賢治の法華信仰は、日蓮の「文字マンダラ」によって「一念三千」観の真義を発見し、彼独自のいわゆる「心象スケッチ」に到達したと思われます。彼が〝只者《ただもの》〟でなかったことは疑いがありません。私が本書において取り上げたところは、あくまでも賢治の「一念三千」観についてであり、私が、賢治に代わって日蓮聖人の「一念三千」観を語るわけにはいきませんでした。ぜひ読者の皆様にも庵谷先生の解説の味読をお勧めいたしたく存じます。

なお最後に、本書をご覧いただいた方々に謹んで一言申し上げます。私としては、可能な限り客観的に賢治の法華信仰の真相をと心がけたつもりですが、もし何か誤謬にお気づきの節は、恐縮ですが、ご指摘、ご教授のほど衷心よりお願い申しあげる次第です。合掌。

二〇二二年十二月

桐谷征一拝

や

み

ま

へ

ほ

ふ

ひ

ぬ

ね

の

は

つ

て

ち

そ

た

せ

す

さ

こ

け

く

き

お

か

う

え

用語・法句索引

[凡例]

宮沢賢治の一生にわたる思想信仰は領域が広く奥行きが深い。その真摯な求道の精神は一カ所に止まることなく、つねに深まりを求めて進歩し変化する。また彼は、既成の表現に満足せず独自の新造語をも生産した。本書において「索引」を必要とした所以である。

本索引では、人名・書名・事項・法句の区分をあえて類別せず、本書中に見られる彼の思想信仰にかかわる特色ある表現は、単語ではなく章句を一体として拾い、冒頭語によって五十音順に配列した。索引の繁雑な作業を柴田美佐子氏が担当した。厚く謝意を表する。

（桐谷征一）

あ

著者略歴

桐谷征一（きりや　せいいち）

1940年生まれ、石川県金沢市出身。立正大学大学院文学研究科仏教学専攻博士課程中退。中国仏教史専攻、「中国石刻経研究」で文学博士。現在、日蓮宗勧学院勧学職、東京雑司が谷本納寺院首。元立正大学仏教学部および大学院文学研究科非常勤講師。主な研究著書に『寺院の歴史と伝統〈日本人の仏教 九〉』（共著・東京書籍）、『房山石経妙法蓮華経』（編著・法蔵館）、『摩崖刻経鉄山大集経拓本集』（共著・自由舎）、『北朝摩崖刻経研究 続』（共著・天馬図書有限公司）、『北朝摩崖刻経研究 三』（共著・内蒙古人民出版社）、『お釈迦さまとともに―ダンマパダの世界―』（さだるま新書15・日蓮宗新聞社）、『融然の探検―フィールドサイエンスの思潮と可能性―』（共著・川喜田二郎記念編集委員会編・清水弘文堂書房）、『宮沢賢治と文字マンダラの世界――心象スケッチを絵解きする』（コールサック社）など。

現住所　〒171-0032 東京都豊島区雑司が谷3丁目19-14

石炭袋

宮沢賢治と文字マンダラの世界
――心象スケッチを絵解きする　増補改訂版　用語・法句索引付

2023年2月1日　初版発行
著者　桐谷征一
編集・発行者　鈴木比佐雄
発行所　株式会社 コールサック社
〒173-0004　東京都板橋区板橋2-63-4-209
電話 03-5944-3258　FAX 03-5944-3238
suzuki@coal-sack.com　http://www.coal-sack.com
郵便振替　00180-4-741802
印刷管理　（株）コールサック社　製作部

＊装幀　松本菜央

落丁本：乱丁本はお取り替えいたします。
ISBN978-4-86435-554-4　C1095　￥2500E